사바나의 개미 언덕

Anthills of the Savannah

ANTHILLS OF THE SAVANNAH

by Chinua Achebe

세계문학전집 333

사바나의 개미 언덕

Anthills of the Savannah

치누아 아체베

이소영 옮김

민음사

차례

1
첫 번째 증인
크리스토퍼 오리코

"당신 때문에 모두들 시간을 허비하고 있잖습니까, 공보처 장관. 난 아바존에 가지 않을 거요. 이 안건은 종결이요! 이상 끝! 다른 안건이 남았소?"

"각하가 원하시는 대로 하셔야죠. 하지만……."

"'하지만'이란 말은 듣기 싫소, 오리코 씨! 그 문제는 끝이라고 내가 말했잖습니까. 제기랄, 내가 몇 번이나 반복해서 말해야 알아듣겠소? 어째서 당신은 내가 지시하는 것마다 딴죽을 거는 거요? 사사건건 말이오."

"죄송합니다. 각하. 하지만 전 각하의 지시를 받아들이고 또 처리하는 데 아무런 문제가 없습니다."

일 분 가까이 흐르는 동안 격노한 그의 눈길이 나에게 고정되어 있었다. 우리의 시선이 전투라도 하듯 일순간 엉켰다. 그런 다음 나는 항복의 표시로 번쩍거리는 테이블 위로 시선을 내렸다. 기나긴 침묵이 흘렀다. 그러나 그의 노여움은 가라앉지 않았다. 오히려 그는 눈싸움이라도 하는 것처럼 재빠르게 침묵을 일종의 시합으로 바꾸었다. 그 순간 나는 또다시 상대방의 승리를 인정했다. 눈을 계속 내리깐 채 나는 다시 한 번 말했다. "정말로 죄송합니다, 각하." 일 년 전이었다면 절대로 이렇게 두 번씩이나 그 말을 반복하지 않았을 것이다. 그래야 했다면 내 심정이 얼마나 참담했겠는가. 그렇지만 이제 나는 그의 뜻을 지지한다는 듯 그런 말을 아무렇지 않게 할 수 있다. 호의라도 베풀듯 불쑥 튀어나오는 사과가 나한테는 아무런 의미가 없었다. 그러니까 그에게는 상당히 중요했을지 모르지만 나로서는 불편할 게 하나도 없었다.

이 모든 게 처음에는 제법 순수하게 시작되었는데 시간이 흐르면서 갑자기 생소하고 해로운 게임이 된 것 같은 생각이 들었다. 그러나 어쩌면 그런 생각조차 내가 지나칠 정도로 낙관적이기 때문일지도 모른다. 만약 내가 옳다면, 지난 이 년을 되돌아보며 구체적으로 어떤 특정 사건을 꼬집어서 여차여차한 시점에 모든 게 잘못되었고 모든 규칙이 무용지물이 되었다고 말할 수 있어야 한다. 하지만 그걸 찾아내려고 상당 기간 열심히 애썼는데도 불구하고 그런 시점도 그런 이유도 발견하지 못했다. 그래서 이제는 어쩌면 이것이 게임이었던 적은 한 번도 없었고 애초부터 지금 같은 상황이었는데 단지 나 자신만 지나치게 분별없었거나 아니면 너무 바빠 깨닫지 못했던 거라고 생각하게 되었다. 하지만 사실 나 혼자 종종 자문해 보는 질문은 그렇다면 이제는 알 법도 한데 어째서 난 그만

두지 못하고 이 자리에 계속 있는가이다. 정말이지 모를 일이다. 어쩌면 단순히 타성일 수 있다. 아니 어쩌면 순전한 호기심? 그러니까 그 모든 것이 어디서…… 끝나게 될지 알고 싶은 걸까? 사실 난 각하에 대해서는 별로 생각하지 않는다. 오히려 이런 일이 일어나도록 방관한 내 동료들, 아니 이런 일이 발생하기까지 방관했을 뿐만 아니라 실제로 무리하게 유도하고 심지어 지금 이 순간에도 이 사건을 통해 보고 배운 바가 전무한 이 사람들, 그러니까 흑인의 희망이자 우리 사회의 핵심인 지성과 교양을 갖춘 나의 동료 열한 명을 더 많이 생각한다. 이토록 무분별한 우리 국가의 항해 일지에 우스꽝스러운 항목을 만들어 넣으며 내가 아직도 이 어이없는 관측소에 남아 있는 까닭은 동료들 때문일 것이다. 그들에게서 느끼던 환멸은 벌써 오래전에 초연하고도 매우 객관적인 관심으로 바뀌었다.

동료들의 행동은 이제 견딜 만하며 실제로 재미있고 흥미진진할 때도 있다. 무척이나 경이롭다고 할까! 그리고 그들 중 거의 반 정도를 임명하라고 추천한 사람이 바로 나 자신이었다는 사실을 생각하면 기막힐 노릇이다!

물론 정말로 솔직하게 말하자면 조금 부끄럽긴 하지만 내가 계속해서 이 자리에 남아 있는 한 가지 결정적인 요인은, 그러니까 이 모든 과정을 지켜보기 위해 빈둥대며 붙어 있지 않는 한 이 글을 쓸 수가 없기 때문이다. 어느 누구도 기록하지 않을 테니까.

드러내 놓고 표현하진 않지만 그들이 마호가니 테이블에

뻣뻣한 자세로 둘러앉아 마음속으로 그래, 오늘도 그저 그런 날이 되겠지라고 생각한다는 걸 난 그들의 표정에서 읽을 수가 있다. 그러니까 고약한 날 말이다. 이제 좋은 날인가 나쁜 날인가는 각하가 잠자리에서 어떤 기분으로 일어나는가에 달려 있다. 오늘처럼 심기가 좋은 것 같은 전조를 여러 번 보이다가도 갑작스럽게 언짢은 기분으로 바뀌는 날에는 그저 앞다투어 도망갈 채비를 갖추고 구멍 가까이에 납작 엎드려 있는 수밖에 다른 도리가 없다. 그리고 어느 것 하나, 심지어 아침의 말조차 안전하지 않았으므로 우리는 특별히 입 다물고 있기 위해 토의를 하는 것처럼 가장하는 데에 아주 탁월한 전문가가 되었다.

내 오른쪽에 존경스러운 교육부 장관이 앉아 있다. 무리 중 단연 겁이 많은 인물이다. 공기 중에 떠도는 위험을 알아차린 순간 그는 벌써 동물이나 곤충처럼 뒷걸음질 쳐서 구멍 속으로 사라질 준비를 시작했다. 본능적으로 서류를 주섬주섬 모은 다음 그 위에 파일 커버를 올린 후 그것들을 질질 끌고 구멍 속으로 들어가려던 찰나 갑자기 온몸이 경직되었다. 한층 더 깊은 곳에 숨어 있던 심원한 본능이 더 강력한 경보음을 울렸는지 그는 방금 자신이 하려던 동작이 마치 각하의 면전에다 문을 쾅 하고 닫는 동작과 다름없다는 사실을 깨달은 듯했다. 그 순간 기상천외한 일이 벌어졌다. 그는 얼마나 당황했던지 파일 커버를 떨어뜨렸고, 이제 모든 사람의 눈길이 그에게로 쏠려 이유를 알 수 없는 교육부 장관의 행동을 지켜본다. 그는 막 저지를 뻔했던 모독 행위에 대해 허둥지둥 사과하며 원상회복하려는 듯 위원회 서류를 다시 늘어놓는다. 무심코. 그러면서 테이블 주변을 이리저리 둘러보던 그는 두 눈이 각하의 눈과 마주치자마자 곧바로 마호가니 테이블로 시선을 떨어뜨린다. 내가 두 번째로 사과한 순간부터 침묵은 계속 유지되고 있었다. (결코 창의력이 뛰어나지 못한) 이 불쌍한 친구는 내가 했던 말을 토씨 하나 빠뜨리지 않고 그대로 하려 했던 게 너무나도 분명했다. 맹세할 수 있다. 몸집을 줄이기라도 할 것처럼 그는 팔을 겨드랑이로 바짝 끌어당기고 간청하는 사람처럼 몸 앞에서 두 손을 꼭 잡았다.

먼저 입을 연 사람은 각하다. 그런데 마지막으로 무례한 짓을 저지른 교육부 장관이 아니라 여전히 나를 겨냥해서 말한다. 그의 친절하고도 회유적인 말투는 감탄할 만하다. 바로 그 순간 하루가 바뀐다. 불같은 태양이 일시적으로 구름 뒤로 숨는다. 집행 유예를 선고받은 우리는 곧바로 즐거워하며 서로를 축하한다. 각하가 등을 돌리는 순간 그를 향해 표하게 될 수많은 찬사가 벌써부터 내 귀에 쟁쟁하다. 누군가의 마음을 아프게 한 날에는 결코 잠을 이룰 수 없는 분이 바로 각하라고 떠들어 댈 테니.

여하튼 그런 치밀한 행동을 우리는 그런대로 계속 유지하고 있다. 그러니까 우리는 각하가 등을 돌리기까지 기다렸다가 찬사를 늘어놓는다. 그런 다음 누군가가 덧붙여 말할 것이다. '이 나라에 정말로 필요한 것이 무자비한 독재자라는 게 참으로 유감입니다. 적어도 오 년은 족히 필요할 텐데요.' 그리고 우리 모두는 과도하다 싶을 정도로 껄껄대고 웃을 것이다. 우리가 무자비한 독재자라는 그런 분에 넘치는 복을 결단코 받지 못할 것임을 잘 알기 때문이다. 소중한 우리 마음에 복을 내려 주기를.

"당신 지금 나에게 어떤 요청을 하고 있는 건지 알고나 있습니까, 크리스?" 각하가 말했다. 난 아무 말도, 아무 동작도, 심지어 고갯짓도 하지 않는다. 이런 순간이면 내 머리는 단단한 화강암이라도 된 것 같다. 비록 생각은 계속해서 완벽할 정도로 명료하고 논리적일지라도 멀리서 망원경을 통하여 이런 사건을 확인한 후에야 뭔가가 나오는 것만 같다. 어떤 의미가 있는지 모르겠지만 난 그가 공보처 장관이나 오리코 씨라는 호칭으로 냉담하게 거리 두기를 하지 않았다는 사실에 주목하는 한편 그런 미묘한 사실 때문에 내 마음을 더 혼란시키지 않으려고 애쓴다. 내 생각에 그는 아무 말 없이 가만히 있는 나를 찬성 또는 반대로 오해한 것 같다. 그러나 둘 다 아니고 순전히 철저한 무관심이었다.

"당신은 내게 그들의 지적 능력을 모욕하라고 요청하는 거요." 그는 어조를 가라앉히고 다소 오만하게 말한다. 그 순간 나는 고개를 천천히 가로젓는다. "그래요, 당신이 나에게 요청하는 게 바로 그것이란 말이오." 되살아나는 나의 미약한 저항에 맞설 자극이라도 받은 듯 그는 힘주어 말한다. "이 사람들은 기우사(祈雨士)를 굳게 믿으니까, 어서 가서 그들의 무지를 이용하여 값싼 인기를 얻어라. 그게 바로 당신이 나에게 요청하는 거란 말이오, 크리스. 그런데 난 그런 일은 할 수가 없어요. 내가 여전히 정치가가 아니라 군인이라는 사실을 당신들 모두가 잊은 것 같소."

점점 더 많은 시간을 대통령 궁에 머물고 있는 각하는 지금 평복 차림인데, 멋지게 금실로 수놓은 백색 단시키 셔츠[1]에다 그에 어울리는 바지 차림이다. 대통령과는 대조적으로 나의 동료들, 특히 학계 출신들은 군인다운 복장을 선호한다. 오콩 교수는 오로지 어깨를 견장으로 장식한 카키색 사파리 슈트만 입고 다닌다. 지식인들이 얼마나 행동가를 선망하는지 아주 놀랍다.

각하는 자신이 아직도 군인이라고 말했을 때 내 얼굴에 나타난 희미한 미소를 눈치챈 것 같다. 그는 사람들의 얼굴 표정으로 속마음을 읽는 재주가 있다. 그가 내 미소를 질책할지 아니면 무시해 버릴지 아주 잠깐 머뭇대는 모습이 내 눈에 들어왔다. 결국 그는 둘 다 하지 않고 정말이지 아주 능수능란하게 처신했다. 그는 계속해서 나에게 시선을 고정시킨 채 목소리를 통해 자신이 지금 말하는 것에서 나는 제외되어 있다는 의사를 어떻게든 전했다. 그러니까 너무나도 존귀한 자신의 생각을 쓸데없이 상습적으로 반대하는 사람에게는 말해 봐야 소용없다고 암묵적으로 말하는 것 같았다.

"군인은 명료하고 솔직합니다." 그는 저항하는 듯한 자세로 말한다. "우리가 당신들에게 국정을 돌려주고 병영으로 돌아가면 그때 민간인들의 책략이 재개되겠지요. 그때까지 조급하게 굴지 말고 조금만 참으세요."

1) 칼라 없는 반소매의 헐렁한 아프리카풍 리조트 셔츠.

이 시점에서 각하의 말은 대담하게 나선 법무부 장관 겸 검찰 총장에 의해 중단되고 그 뒤를 이어 다른 사람들도 하나같이 구색을 맞추고자 이의를 제기하는 말을 한마디씩 쏟아 놓는다. 사실상 그토록 담대하게 그의 말을 중단시킬 수 있었던 건 적절하게 선택된 각하의 말 때문이다. 왜냐하면 그의 목소리에 힘은 넘쳐흘렀지만 말 자체는 이제 우리가 이의를 제기해도 좋다고 말하는 경보 해제 신호처럼 들렸기 때문이다. 그래서 우리는 다시 굴 밖으로 기어 나오기 시작했다. 검찰 총장이 아주 명확하게 "각하, 국민들의 소원을 과시하시면 안 됩니다."라고 말한다.

"무시하면 안 된다는 말이겠죠."라고 내가 말했다.

"국민들?" 각하는 박식한 척 지적하는 내 말은 무시한 채 물었다.

"예, 각하." 검찰 총장이 용감하게 답한다. "국민들은 의사 표명을 했고, 그들이 바라는 바는 아주 명백합니다. 각하는 운명적으로 국민을 위해 평생 봉사하셔야 합니다." 크게 박수치며 "맞습니다! 맞아요!" 하고 외치는 소리. 경쟁적으로 발언권을 요구하는 수많은 목소리가 뒤따른다.

"나는 결코 변호사가 아닙니다." 각하는 앞다투어 외쳐 대는 소리를 중단시키려고 다소 격양된 어조로 말한다. "그저 군인에 불과해요. 하지만 군인이라면 자신이 한 약속은 지켜야겠지요."

"하지만 당신은, 아, 죄송합니다. 그러니까 각하는 심지어 각하가 말한 적도 없는 약속을 깨트리실 수는 없는 겁니다.

100퍼센트라는 터무니없는 말은 단지 신문 편집인의 책동에 불과해요. 제 판단에 그는 자기중심적인 훼방꾼입니다."

"이단자들과는 신의를 지킬 의무가 전혀 없습니다, 각하." 목사이자 교수인 오콩의 목소리가 우렁차게 울려 나왔다.

"각하, 의사 절차상." 이제 각하는 나를 노려보더니 검찰 총장을 향해 고개를 끄덕인다. 그러자 검찰 총장은 오콩과 나 때문에 중단되었던 말을 계속한다.

"각하, 세상 어디를 가더라도 네 구역 중 세 구역에서 경선에 이기면 과반수가 넘은 겁니다." 박수 소리가 더 커진다.

"각하, 훼방꾼이라고 비난한 검찰 총장의 발언에 저는 동의하지 않습니다. 그리고 이 자리에 없어 자신을 변호할 수 없는 관리들에 대해 그런 식의 발언은 하지 마시기를 각료들께 간청하는 바입니다." 내가 동의하지 않는다 하고 말하자 각료들의 얼굴에 겁먹은 표정이 나타났다. 그러더니 내가 말한 게 막상 그들이 두려워하던 말이 아닌 걸 깨닫고 안도하는 모습을 보고 있자니 웃음이 터져 나올 것만 같았다. 심지어 각하까지도 순간 평정심을 잃는 것 같았다. 하지만 나머지 사람들과 달리 그는 장난이었다는 걸 알고도 재미있어 하거나 안도하는 것 같지 않았다. 반대로 그의 마음속은 분노로 끓어올랐고, 자신의 오른편 의자 모서리에 엉거주춤 앉은 비서실장 쪽으로 고개를 홱 돌린다.

"다른 안건은 없소?" 각하의 이번 말투는 더 이상 한가로운 상투적 질문이 아니다. 도대체 당신은 내가 이 질문을 몇 번이나 하기를 바라는 거요? 같은 책망의 느낌이 물씬 풍겼다.

예상치 못한 위기가 자신에게 쏠리자 비서실장은 완전히 혼란에 빠져 우아하지 못한 대답을 쏟아 냈다.

"아, 없는데요, 선생님. 전혀 없습니다, 각하." 그런 다음 비서실장의 시선이 테이블을 건너오는 바람에 내 눈과 마주친다. 이런 상황이 초래된 데 대한 책임을 지고 싶진 않지만 그 순간 내 얼굴에 나타난 조롱의 미소를 통해 이 관료가 제대로 숙고할 수 있는 계기가 마련될지도 모른다는 생각이 든다. 어쩌면 그는 내 얼굴에서 이 성채의 거대한 문 너머에 그를 기다리며 매복하고 있는 동료들의 조롱과 비웃음의 전조를 힐끗 보았을지 모른다. 그는 특히 내가 아첨꾼이라고 비난할 때 아주 민감한 반응을 보인다. 내 생각에 그가 나에게 존경의 마음을 갖고 있기 때문인 듯하다. 그리고 어떤 면에서 나 역시 그를 싫어하지 않는다. 우리와 달리 그는 민간 대통령…… 아니 영국 통치하의…… 그러니까 지금 이 각하를 모시고 있는 직업 공무원이다. 하지만 실제로 어떤 환경에서 공무원으로 일했든 간에 그는 지금 거의 무모하다고 할 수 있는 완전히 특이한 태도를 드러내고 있다. 그는 조금 전에 하려 했던 말로 다시 돌아간다. "하지만 각하, 혹시 제가 음, 당신의 관용 음, 각하의 관용을 바랄 수 있다면 말이죠, 음, 그렇다면 존경하는 장관님을 대신하여 한마디 드리고 싶습니다."

"존경하는 장관 누구 말이요? 당신도 알다시피 열두 명이나 있잖소." 다른 때 같으면 이 말로 인해 웃음이 터져 나왔겠지만 지금은 아주 새로운 상황이 벌어지고 있었기에 우리 모두 너무나 놀랐다.

"각하, 그러니까 공보처 장관 말입니다." 당혹스럽게도 침묵이 오랫동안 지속된다. 그러자 나도 인정하는 바이지만 그런 상황에서 대처 능력이 매우 뛰어난 각하가 말을 꺼낸다.

"당신이 그 사람을 대변해 줄 필요는 없소. 기억하세요. 그 사람은 이 나라에서 말이란 말은 몽땅 소유하고 있단 말입니다. 신문, 라디오, 텔레비전 방송국……."

갑자기 터져 나온 떠들썩한 웃음소리로 모든 사람이 몇 분 동안 정신을 차리지 못했고 우리 모두는 긴장을 풀고 다시 한 번 여유를 되찾았다. 가까이 앉은 동료들은 큰 소리로 웃어 대며 내 등을 가볍게 두들겼다. 다른 장관들은 나를 향해 호의적인 미소를 보냈다.

"존경하는 말 장관(Commissioner for Words)이라." 검찰 총장이 껄껄대고 웃으며 말한다. "훌륭한 표현이군요. 정말이지 아주 훌륭한 표현입니다." 그는 아직도 단정하게 접힌 손수건을 가볍게 눈에 대고 있다.

"반대합니다! 제 직함과 너무나 유사한걸요." 노동부 장관(Commissioner for Works)이 이의를 제기했다.

"그렇군요." 검찰 총장이 그 말을 생각하느라 웃기를 잠시 멈추고 말한다. "말 장관, 일 장관[2]이라. 정말로 지당하신 말씀이군요."

"신학적으로 보면 근본적인 차이가 있습니다." 교단에서나 어울릴 법한 굵다란 목소리로 오콩 교수가 한마디 거든다.

---

2) words와 works의 발음이 비슷한 것을 두고 한 말장난.

“아, 네, 교수님, 잘 알았습니다.” 교육부 장관이 말한다. 우리 모두 기분이 아주 좋았다. 만약 회의가 여기서 끝난다면 우리는 기쁜 마음으로 집에 돌아갈 것이다. 그리고 가정이 있는 사람들은 오늘 하루 어떻게 지냈느냐고 묻는 아내에게 미소를 지으며 대답할 수 있을 것이다. 하지만, 아, 슬프도다! 각하는 아직 끝낼 생각이 없었다.

“그건 그렇고, 공보처 장관을 위해 하려던 말이 뭡니까?”

“각하, 그건 음, 아바존 방문에 관한 겁니다.”

“그렇다면 회의는 휴회하겠소.” 각하가 자리에서 불쑥 일어난다. 어찌나 갑작스러웠던지 우리가 후닥닥 일어나느라 낸 소음은 장황한 사제의 기도가 끝나기가 무서울 정도로 소란스럽게 일어나는 무릎 관절이 아픈 회중들에게나 어울릴 만한 소리였다.

각하는 다시 자리에 앉더니 테이블 밑에서 구두를 찾기 위해 차분하게 상체를 회전의자에 기댄다. 회의를 시작할 때면 그는 항상 발을 차서 신발을 벗는다. 그러면 비서실장은 회의가 끝났을 때 각하가 구두를 찾느라 허비하는 시간을 덜어 주기 위해 언제나 자신의 발을 이용해 구두를 조심스럽게 정돈해 놓는다. 각하가 이런 섬세한 서비스를 알고 있는지 모르지만, 그는 한 번도 감사를 표한 적이 없고 값비싼 호텔에서 모습을 드러내지 않은 채 밤사이에 구두를 닦아 놓는 벨 보이의 시중처럼 당연한 것으로 받아들인다. 각하는 철저할 정도로 신중하게 마룻바닥을 내려다보더니 오른발을 얼른 신발에 집어넣는다. 그는 다른 쪽을 바라보며 왼쪽 신발도 신는다. 그런 다음 이번엔 처음 일어났을 때의 활기찬 태도를 버리고 묵직한 의자 팔걸이에 올려놓은 양손을 지렛대 삼아 몸을 천천히 들어올린다. 정말 놀라운 사실은 이토록 천천히 들어 올리는 육중한 자세나 이전의 민첩한 움직임이 그에게 똑같이 잘 어울린다는 점이다.

우리 모두 꼼짝 않고 서 있다. 방에서 나는 유일한 소음은 각하 자신의 동작과 에어컨이 윙윙 돌아가면서 내는 소리뿐이다. 그 소리가 도드라진 건 각하가 다시 신발을 신고 그 나름대로의 속도로 인접한 사저 공관으로 호젓하게 물러나기까지 경의를 표하느라 각료들이 숨을 죽이고 침묵을 유지하며 가만히 서 있었기 때문이다.

각하는 이따금 우리에게 작별을 고하며 위원님들, 잘들 가시오라고 말할 때가 있다. 오늘은 당연히 아무 말도 없었다. 그가 자리에서 떠나자 당번 사병이 재빨리 서류를 모아 들고 그를 뒤따라 나갔다. 좀 더 엄격해 보이는 또 다른 당번 사병은 조각한 패널로 만들어진 묵직한 방문을 열고는 한쪽 옆에 서서 부들부들 떨리는 손을 들어 한참 동안 경례를 붙이고 있었다.

"오늘은 각하의 기분이 좋지 않은가 봅니다." 비서실장이 얼어붙은 분위기를 깨트리며 말문을 연다. "크리스, 이 문제는 다음 목요일에 다시 제기합시다. 걱정 마세요."

각하에게 들리도록 일부러 밀한 듯한데 실제로 정말 이 말을 들었을 것 같다. 일식의 가장자리에 희미하게 보이는 기억의 빛처럼 나는 그의 뒤통수에서 찬란히 빛나는 미소를 볼 수 있었다.

각하가 퇴장하는 마지막 단계에서 침묵이 내려앉았던 회의장이 미묘한 변화 과정을 겪는 것 같았다. 뭐라고 가늠할 수 없는 모호한 분위기가 침투하더니 그 강도가 서서히 높아졌다. 처음에는 에어컨 소리가 그저 미세하게 커진 거라고 생각했다. 그건 예측할 수 없는 전력 공사의 발전 성능과 완벽하게 맞아 떨어지기 때문이다. 게다가 비서실장의 발언으로 촉발된 대화 속에서 각하의 변화무쌍한 기분에 대해 혼란스러운 이야기를 이어 가느라 한동안 그 소리를 알아차리지 못했다. 검찰 총장이 내 자리로 다가오더니 어깨를 툭 쳤다.

"왜 그래요, 크리스? 요즈음 왜 이렇게 긴장하는 겁니까? 이봐요, 맘을 편안히 가지세요. 긴장을 풀라고요. 그러니까 이 세상은 끝나지 않는단 말이요."

그의 평화 제안에 화가 났지만 조용히 무시해 버렸다. 그러자 그의 말이 신호라도 된 것처럼 방에 있던 사람들이 하나같이 말하기를 멈췄다. 그런 다음 우리는 모두 동쪽 창문을 향해 몸을 돌렸다.

"폭풍인가요?" 누군가가 묻는다.

창밖으로 나지막한 히비스커스 울타리와 거기에 멋지게 매달린 수많은 빨간 방울들이 전혀 흔들림 없이 가만히 서 있었다. 울타리 너머로 콘크리트 석판과 틈새마다 깔끔하게 손질된 바하마 잔디가 깔린 안뜰에는 나뭇잎이나 먼지 하나 날아다니지 않았다. 안뜰 너머로 쭉 이어 뻗은 녹색과 빨간색 울타리가 대통령 궁 동쪽의 단층 건물을 에워싸고 있었다. 지붕 저 너머로 해안 도로에 서 있는 야자나무 꼭대기가 부드러운 바닷바람이 불어올 때처럼 아주 느릿느릿 여유롭게 흔들렸다. 이건 절대로 평범한 폭풍은 아니었다.

오직 각하 옆에서만 침착한 마음이 흐트러지는 비서실장이 창가로 가까이 다가가 걸쇠를 풀고 유리창을 밖으로 민다. 그러자 구호를 외치는 군중의 소리와 뜨거운 열기로 충만한 바깥세상이 파도를 타고 낯선 회의실 분위기로 맹렬하게 밀려든다. 그와 동시에 육중한 방문이 흔들릴 정도로 벌컥 열리더니 각하가 부리나케 회의실로 돌아온다.

“무슨 일이오?” 각하가 다급하게 묻는다.

“제가 가서 알아보겠습니다, 각하.” 경찰청장이 테이블에서 뾰족한 모자를 집어 머리에 쓰고 경찰봉을 팔 밑에 끼더니 차려 자세로 경례를 붙이면서 말한다.

“저 사람 보시오! 저 모습 좀 보게!” 각하가 코웃음 치며 말한다. “위원님들, 이 사람이 나의 경찰청장이라는 사람이오. 불량배들이 대통령 궁을 향해 밀려오는데 여기 서서 수다나 떨고 있군요. 게다가 무슨 일이 벌어지고 있는지 아는 것 하나 없으니. 어서 앉아요! 경찰청장!”

각하가 나를 향해 몸을 돌린다. “장관은 이 일에 대해 뭔가 알고 있소?”

“죄송하지만 모릅니다, 각하.”

“잘했어요. 아주 잘했습니다. 자, 그럼 여기 있는 사람 중에 저 밖에서 악을 쓰고 있는 저 무리에 대해 무슨 말이든 나한테 해 줄 수 있는 사람 있소?” 그는 우리들을 한 사람씩 차례차례 돌아가며 쳐다본다. 어느 한 사람 몸을 움직이거나 입을 열지 않는다. "나에겐 행정 위원회가 전혀 없다고 말하는 게 바로 이런 뜻이란 말이오. 모두들 잘 들으세요. 지금 내가 무슨 말을 하는지 알겠소? 위원님들, 어서 자리를 잡고 앉으세요!" 그는 또다시 부리나케 밖으로 나간다.

문 앞에서 그는 손을 부들부들 떠는 당번 사병의 경례를 또다시 받는다. 검찰 총장에게서 "오, 이런!"이라는 쓸쓸하고도 심각한 신음 소리를 끌어낸 것은 어쩌면 당번 사병이 육중한 문을 닫을 때 보인 교도관 같은 방식이나 왼쪽 손에 자동 소총을 든 채 취한 미묘한 동작이나 태도 때문일 것이다. 나는 기탄없이 미소를 머금고 그 친구 앞으로 다가선다. 당번병은 난폭한 정신병자라도 맞닥뜨린 것처럼 한 발 뒤로 물러선다.

이후 삼십여 분 동안 말을 하는 사람이 거의 없다. 문이 다시 활짝 열리더니 당번 사병이 "각하께서 오콩 교수님을 들어오시랍니다!"라고 말한다.

"내가 여러분을 위해 거처를 예비하러 갑니다, 위원님들……. 하지만 가장 안락한 감방은 내 차지니까 그렇게들 알고 계시오." 오콩 교수는 껄껄대고 웃으며 나갔다. 나 역시 허세를 부리느라 껄껄대고 웃기 시작했다. 그런 다음 동료들을 향해 말했다. "저분 참 마음에 드는군요. 첫 번째 위험 신호에도 바지에다 오줌을 싸지 않을 사람이에요." 그러고는 나 혼자 멀찍이 떨어진 창문으로 다가가 바깥을 내다보았다.

레지널드 오콩 교수는 광대 같긴 해도 한편으로는 철저하게 자수성가한 투사 같은 사람이다. 불행하게도 그에게는 정치 윤리 의식이 전혀 없는데 그건 미국 침례교 목사로 인생의 첫발을 내디뎠다가 훗날 우리 대학의 정치학 교수가 된 사람으로서는 이중적인 비극이다. 놀랄 정도로 주목할 만한 각하의 변신에 대한 책임은 나를 제외한다면 다른 어느 누구보다 그에게 있을 것이다. 하지만 오콩 교수도 어쩌면 나처럼 좋은 의도로 시작했을지 모른다. 우리 두 사람 모두 아기 괴물이 태어나 완전히 성장하는 과정을 본 경험이 없었다.

레지널드 오콩은 초등학교에서 총명한 교육 실습생으로 일할 때 오하이오에서 온 미국 침례교 선교사들의 눈에 띄었다. 당시 선교사들은 오콩 교수의 관할 구역에서 뒤늦지만 고집스럽게 복음 전파 사역을 하고 있었다. 오콩 교수에게서 상당한 미래를 발견한 그들은 26세라는 이른 나이인 그에게 목사 안수를 해 주었다. 기네스 세계 기록적인 사고방식에 따라 그들은 종종 오콩 교수를 전 세계를 통틀어 미국 침례교파의 최연소 토착민 사역자라고 불렀다. 아메리칸 인디언이냐고? 이런 세상에, 절대로 그렇지 않다! 아프리카 토착민이다. 그런데 선교사들이 오콩을 느리면서도 확실하게, 이십 년 내지 삼십 년 후에 지역 교회를 책임질 지도자로 세심하게 준비시켜 나가는 동안, 무척이나 마음이 급했던 이 총명하고 야심찬 젊은 목사는 남몰래 자기 나름대로의 계획을 추진했다. 그중 하나가 종교적인 터전에서 완전히 벗어나 미국 남부에 있는 한 흑인 대학이라는 세속의 캠퍼스로 이동한 것이었다. 이 사실을 알고 경악한 오하이오 후원자들은 배은망덕하다는 비난으로 그치지 않고 그를 추방시키려는 확고한 목표를 세우고 미국 이민국에 연락했다. 그렇지만 오콩 역시 강경했고 그 모든 어려움을 극복해 냈다. 설교와 간절한 기도로 빈약한 자원을 늘려 가며 그는 2년제 전문 대학 과정에 해당되는 3등급 교사 자격증을 획득함으로써 기록적으로 짧은 기간 안에 졸업했다. 그로부터 사 년 후 그는 가방 속에 박사 학위증을 넣어 가지고 귀국하여 대학에서 가르치게 되었다.

귀국한 후 오콩 교수는《내셔널 가제트》의 편집인이었던 나에게 주말 시사 칼럼 제안서를 들고 나타났고 나는 그를 열렬히 맞이했다. 물론 나는 그의 일부 대학 동료들이 종종 그의 학구적 역량에 대해 유보적인 입장이라는 사실을 알고 있었다. 하지만 편집자들이 종종 신문사를 위한다는 명목으로 궁극적으로는 기형적인 아이를 양육해 내는 것처럼 나 역시 그가 선도적인 아프리카 정치학자로서의 입지를 구축해 나가는 데 일조했다. 허나 오콩은 원고 마감일을 지키는 것 같은 측면에서는 완벽한 기고자였고, 실제로 그가 기고한 '레지 오콩과의 협주'라는 제하의 칼럼은 곧바로 상당한 인기를 얻었다. 오콩에게서 멋진 통찰력, 지혜 또는 독창성을 얻는다고 주장하는 사람은 한 명도 없었지만, 어쨌든 그는 어떤 문구를 활용하여 일반 독자들을 즐겁게 만드는 능력이 꽤 뛰어났다. 그의 칼럼은 상투적인 문구로 가득했지만 예전에 그런 문구를 한 번도 들어 본 적이 없다면 그건 진부한 문구가 아니다. 그리고 분명 우리 신문의 일반 독자들은 그런 문구를 들어 본 적이 없었기에 한 문구 한 문구 만날 때마다 그것이 처음 만들어졌을 때 자아냈을 법한 그런 황홀경 속으로 빠져들었다. 왜냐하면 상투적인 문구는 단지 극도로 궁핍해진 황홀경이기 때문이다.

난생 처음 누군가가 분연히 일어서서 "우리는 잘못된 안보 의식에 빠져들어 거기에 안주하면 안 됩니다."라는 말을 했다고 생각해 보라. 그런 말을 처음 듣게 된 청중들은 분명 웅성대지 않겠는가? 오콩의 경우가 바로 그랬고 대성공을 거두었다! 내 친구 이켐 오소디는 그런 칼럼을 연재하는 것을 두고 나를 항상 조롱했다. 오콩 교수는 문구를 만들어 내는 등의 위조품 불법 제작 행위로 인해 마땅히 교수형을 받은 후 사지가 찢겨야 한다고 이켐은 말했다. 하지만 이켐은 문학가이고《가제트》는 이켐 같은 사람들을 만족시키기 위한 신문이 아니었다. 심지어 그가 이 신문의 편집자로 앉아 있는 지금도 마찬가지다! 그런 사실을 그는 아직도 깨닫지 못했다.

당연히 오콩은 정치가들을 불쾌하게 만든 적이 한 번도 없었고, 계속해서 유권자들을 즐겁게 해 주었다. 나 역시 언짢게 여기지 않았다. 이켐처럼 당혹감을 불러일으키는 기고자들은 필요한 만큼 충분했고 또 그렇지 않은 기고자들도 많았다. 하지만 정치가들이 쫓겨난 바로 그다음 날부터 오콩은 도가 지나쳤던 정치가들의 행동에 대한 훌륭한 분석가로 변신했다. 오콩이 그토록 갑작스럽게 기고문의 톤을 바꾼 것을 보고 나는 이 사람이 마침내 무리수를 두었다고 생각했다. 하지만 황홀해 하며 써 보낸 열광적인 편지들을 보면 우리 독자들의 생각은 달랐던 것 같다. 민간 정권의 전복을 "은총(grace)에서 잔디(grass)로의 역사적인 추락!"이라고 묘사하여 오콩은 또 한 차례 확실한 대성공을 거두었다. 그 후로 나는 그를 존경하게 되었다. 그리고 각하가 각료 구성을 위해 몇 사람을 추천하라고 요청했을 때 오콩 교수는 내가 내놓은 명단의 앞자리를 차지했다.

이것에 대한 몇 가지 설명과 변명이 필요하다. 각하는 정치적 리더십에 대한 아무런 준비 없이 권좌에 올랐다. 그는 꽤 총명한 사람이었기에 그런 사실을 충분히 인식했고 더욱이 그런 사실로 인해 어느 누구도 놀라워해서는 안 되었다. 영국의 왕립 육군사관학교는 정치 및 공공 업무로부터 초연한 것을 자랑스럽게 여기는 고상한 전통에 맞춰 장교들을 훈련시켰으므로 막상 그들은 여왕의 권좌를 인계받을 수 있는 능력을 훈련받지 못했다. 그리하여 정변이 일어나 사랑받지 못한 민간 정치인들이 마침내 애석해하는 사람도 없이 쓰레기 더미로 추락하고, 젊은 육군 사령관이 쿠데타를 일으킨 한층 더 젊은 친구들에 의해 국가 원수로 추대되었을 때, 그는 어떤 일을 해야 하는지 별생각이 없었다. 그래서 그는 지성인처럼 친구들을 불러 모아 놓고 "내가 어떻게 하면 좋을까?"하고 자문을 구했다.

당시 나는 아주 옛날 로드 루가드 칼리지[3]에서 13, 14세의 신입생으로 처음 만난 이래 이십오 년 가까이 그를 알고 지낸 터였다. 그래서 나는 새로 맡은 일에 대해 티가 날 정도로 겁에 질려 있던 '완전한 국가 원수'에게 조언을 제공하는 위치로 올라가게 되었다. 어째서 완전 무장한 군부가 무기 하나 없는 민간인을 저토록 위협적인 존재로 생각할 수 있지? 이건 나로

3) 우리나라의 중고등학교에 해당하는 학교.

서는 꿈에도 생각해 보지 못했던 의문이었다. 그러나 각하에게 이건 단지 일시적인 단계에 불과했다. 때때로 그런 기억들이 되돌아와 그를 괴롭히는 것 같지만 그는 곧바로 두려움을 극복해 냈다. 그러지 않고서야 예를 들어 시위가 있을 때면 그가 어째서 그토록 비합리적으로 두려움을 과도하게 표출하는지 다른 설명을 찾을 수가 없다. 심지어 애처로울 정도로 평화롭고 비굴한 시위조차 말이다.

권좌에 오른 초기에 그가 자주 꾸었던 악몽은 불만을 품게 된 국민들로 인해 험악한 시위가 전 지역에서 터져 나오는 것이었다. 그래서 그는 어떻게 하면 그것을 예방할 수 있을지 지나칠 정도로 고심했다. 나로서는 명확한 생각이 하나도 없었다. 하지만 오콩 교수 같은 사람은 우리 두 사람보다 더 명확한 생각은 없을지라도 우리의 머릿속에 떠오르는 생각들을 대중 용어로 국민에게 전달하는 데 도움이 될 거라는 생각이 들었다. 그래서 그는 내 추천 목록의 1순위였고 각하는 그를 내무부 장관으로 임명했다. 오콩 교수는 전성시대를 보낸 다음 부분 일식 단계로 접어들었지만 나는 그가 감옥에 들어갈 운명이라고는 생각하지 않는다. 아직은 말이다.

2

심각했던 각하의 고민은 젊고 총명하며 공격적인 국무 연구 위원회(SRC) 대표 덕분에 신속하게 완화되었다. 각하의 표현대로 그 대표는 무능한 내각과는 정반대로 상당히 유능하다는 걸 다시 한 번 입증해 냈다. 존슨 오사이 소령은 임명된 날부터 실행에 옮긴 조처 하나하나를 통해 각하에게 자축할 명분을 충분히 제공했다. 왜냐하면 이 똑똑한 젊은 친구는 상급 장교들의 격렬한 반대에도 불구하고 각하가 직접 선발하여 임명했기 때문이다. 게다가 그러한 임명은 각하가 군인 출신 각료들을 모두 물러나게 하고 그들 대신 민간인들로 교체한 데다 설상가상으로 자신의 모든 직함에 회장이라는 말을 집어넣기로 결정한 매우 민감한 시기에 이루어졌다. 병영에서는 소요, 비밀 재판, 처형 등 확인되지 않은 소문이 무성했다. 하지만 각하는 개별적으로 자신이 직접 임명한 두 명의 주요 인물, 즉 육군 참모 총장과 비밀경찰에 해당하는 국무 연구 위원회 대표 덕분에 이 사회적인 격동을 제법 편안하게 견뎌 낼 수 있었다.

그리하여 오콩 교수가 험상궂은 당번 사병의 인도를 받으며 걸어 들어왔을 때에 각하는 강경하고도 자신 있게 그를 맞았다.

“안녕하십니까, 대통령 각하.” 오콩 교수는 90도 각도로 고개 숙여 절하면서 나지막한 목소리로 말했다.

각하는 아무런 응답도 또 그의 존재를 인정하는 어떤 제스처도 전혀 하지 않았다. 고개를 쳐들기까지 각하는 일 분 정도 계속해서 뭔가를 메모장에 기록했다. 그런 다음 얼른 떨쳐 내고 싶은 침입자에게 말하듯이 퉁명스럽게 말했다.

“그래요, 당신이 리셉션실로 가서 그곳에서 대기하고 있는 사절단을 접견해 주었으면 합니다……. 자, 어서 앉으세요!”

“감사합니다, 각하.”

“우선 당신에게 그들이 누구인지 또 무엇 때문에 여기에 왔는지 그런 것들을 말해 줘야겠소. 물론 내가 자리를 떠난 후 당신들이 의외로 그런 것들을 알아냈다면 굳이 그럴 필요가 없겠지만 말이죠.”

“아닙니다, 대통령 각하. 못 알아냈습니다. 죄송합니다.”

“좋아요. 내가 말해 주겠소. 하지만 그걸 말해 주기 전에 혹시 엔테베 구출 작전 후 우리가 함께했던 논의를 당신이 기억하시는지 알고 싶군요. 생각나십니까? 그때 당신들 모두가 말했죠. 아프리카에 대한 크나큰 모독이라고 말입니다. 기억합니까?"

"기억합니다, 각하."

"좋소. 당신들 모두 아주 분노했지요. 의분 말입니다. 혹시 그때 내가 뭐라고 말했는지 기억합니까? 그런 일은 여기서도 일어날 수 있다고 했지요. 바로 이곳에서 말입니다."

"그렇게 말씀하셨습니다, 대통령 각하. 그 말을 아주 잘 기억하고 있습니다."

"당신들은 하나같이 말했소. '아, 아닙니다. 각하, 여기선 그런 일이 일어날 수 없습니다.'라고요." 그가 언어 장애가 있는 아둔한 얼간이를 흉내 내는 말투로 말하는 바람에 듣는 사람이 여러 명이었거나 조금이라도 덜 심각한 분위기라면 웃음을 터뜨렸을지도 몰랐다.

"예, 각하. 저희가 그렇게 말했습니다. 진심으로 사과드립니다." 오콩 교수가 인정했다. 말의 요점이 무엇이고 어떤 연관성을 지적하고 있는지 그로서는 아직 명확하지 않았지만 답변 내용은 확실했기에 오콩은 다시 한 번 반복해서 말했다. "각하, 진심으로 사과드립니다."

"상관없어요. 당신도 알다시피 나는 어떤 사건이나 사람에 대한 정보를 구할 때 당신들에게 의존한 적이 한 번도 없으니까. 그걸 알기나 합니까?"

"예, 각하."

"당신네들을 믿었다간 내가 큰코다치겠지요. 만약 엔테베 사건이 여기서 발생한다면 세상 사람들이 비웃을 대상은 바로 나란 말이오. 그렇지 않소?"

오콩 교수는 다소 까다로운 이 질문에 대해 어떻게 답해야 할지 곤란하여 목구멍 깊숙한 곳에서 나오는 애매한 소리를 토해 냈다.

"그래요, 바로 나입니다. 세상 사람들은 허풍쟁이 대장이라고 말하겠죠. 그리고 《타임》 겉표지에 작은 머리에 입만 커다랗게 그린 내 얼굴이 실리겠지요. 알아들었소? 그들은 당신들에 대해 떠들어 대지 않을 거란 말이오. 그렇지 않소?"

"분명히 안 할 겁니다, 각하."

"안 하지요. 그들은 당신들을 모르니까. 그러니까 그날은 당신들의 제삿날이 아니라 나의 제삿날이란 말이오." 오콩 교수는 제삿날이라는 말이 불편해서 항변하려고 했지만 각하는 왼손을 들어 올려 그의 말을 제지했다. "그러니까 난 어리석은 행동을 하지 않을 거요. 예방 조치를 취한단 말입니다. 알아들었소?"

"예, 각하. 다시 한 번 말씀드리지만 절 포함한 저희 동료들을 대신해서 제가 당신에게, 아니 각하께 저희의 부당한, 아니 깊은 사과를 드립니다."

그 후 전사한 동지를 위해 동료들이 묵념하는 듯한 긴 침묵이 흘렀다. 지나칠 정도로 격한 감정에 휩쓸린 각하는 평정을 되찾을 시간이 필요했다. 그는 손수건을 꺼내 얼굴과 칼라가 달라붙은 목덜미를 돌아가며 격렬하게 닦았다. 오콩 교수는 눈길을 내려뜨리고 테이블 위를 응시했다. 마치 조기를 향한 시선처럼.

"한 시간쯤 전에 찾아온 무리는 아바존 사람들이오." 각하가 차분하고 슬픈 목소리로 말했다.

"또 그 사람들이로군요!" 오콩이 격분하여 외쳤다. "자신들을 방문해 달라고 각하를 성가시게 괴롭히던 바로 그 사람들이요."

"평화스럽고 충성스러운 친선 사절단이겠죠……."

"아, 그 말씀을 들으니 진심으로 기쁩니다."

"그러니까…… 그들은 충성심을 보여 주고자 아바존으로부터 그 먼 길을 왔단 말이오."

"아주 잘됐습니다, 각하. 아주 잘되었어요! 그리고 또 시기 역시……." 갑자기 각하의 얼굴에 극심할 정도로 언짢은 표정이 나타나는 바람에 오콩 교수는 되살아난 수다를 급히 거두어 들였다.

"하지만 내가 이해하기로 그들은 또한 그들이 사는 지역의 심한 가뭄에 대해 청원을 하려는 건지도 몰라요. 그들이 개인적으로 원하는 건 내가 그들을 방문하여 그들의 문제를 보살펴 달라는 겁니다. 글쎄요, 당신도 잘 알고, 또 모두들 알고 있겠죠. 청원이나 시위 같은 것들에 대한 내 입장이 어떤지 말이오."

"잘 압니다, 각하. 이 나라의 모든 충성스러운 시민들은 각하의 입장을 잘 압니다……."

"전적으로 기강이 해이해졌다는 표시요. 어떤 구역이라도 그런 걸 한 번 허용하게 되면, 그때는 끝장난 거나 다름없단 말입니다."

"정확한 말씀이십니다, 각하."

"하지만 이 사람들은 내가 방금 당신에게 말했듯이 충성스러운 사절단이고 머나먼 길을 왔단 말입니다. 하지만 규율은 규율이지요. 내가 만약 그들을 만나 준다고 동의하면, 내일은 겔레겔레 시장의 화물 자동차 기사들이 나를 보겠다고 여기로 행진해 오는 것을 어떻게 막겠습니까. 그들도 똑같이 충성스러운 사람들이잖소. 아니면 노르웨이에서 수입하는 건어물 가격에 대해 불평하려고 떼 지어 몰려올 충성스러운 시장 아낙네들의 단체는 또 어떡합니까."

교수는 큰 소리로 자기 혼자만 웃고 있다는 것을 알아채고 미치광이처럼 다소 급작스럽게 웃기를 멈추었다.

"그러니까 그런 모든 경우에 내 답변은 늘 같소. 안 됩니다! 이상 끝."

"훌륭하십니다, 각하." 지금 자기에게 강의를 하고 있는 이 사람이 얼마 전만 해도 자기가 보기에 정치적으로 거의 학생 수준이었다는 사실이 오콩 교수의 마음속을 언뜻 스쳐갔을지도 몰랐다. 아니, 아마도 그는 그런 걸 감히 기억해 낼 용기가 더 이상 없었을 것이다.

"우리가 기억해야 할 건 이 사람들이 당신들 같은 교활한 지식인이나 노동조합 선동가들이 아니라 단순하고 정말로 순진한 농민들이란 겁니다. 나한테 들어온 소식통에 의하면, 이 사람들은 과거의 행동에 대해 진심으로 후회하고 있고 이제 과거의 일은 잊어버리고 싶어 한다는군요. 그러니까 그들에게 가서 '이제 그만 돌아가시오. 대통령 각하는 지금 너무 바빠서 당신들을 만날 수가 없습니다. 무슨 말인지 아시겠어요?'라고 말한다면 부당하지 않겠소."

"아주 분명합니다, 각하." 오콩은 자신을 이곳으로 부른 취지를 깨닫기 시작하면서 자신감이 회복되었다.

"그래서 당신을 들어오라고 한 겁니다. 그들에게 해 줄 적당한 말을 찾아보시오. 지금 이 순간 국운이 걸린 아주 중요한 사안들을 해결하느라 꼼짝달싹할 수 없다고 그들에게 말해 주란 말입니다. 그런 건 당신이 아주 잘하잖소……."

"정확하십니다, 각하. 그게 바로 제 장기입니다."

"어쩌면 내가 지금 미국 대통령이나 영국 여왕과 전화 통화 중이라고 말해도 되겠지요. 농부들은 그런 말에 깊은 감명을 받으니까."

"멋지십니다, 각하. 멋지세요."

"내 말은, 그들의 비위를 맞추라는 겁니다. 온도를 잘 측정하고 그에 따라 당신이 할 말의 수준을 조절하란 말이오."

"그렇게 하겠습니다, 각하. 무슨 일이든지 시켜만 주십시오."

"그리고 혹시라도 그들이 실제로 청원서를 가져왔으면 나 대신 그걸 받은 다음 그들의 불만 요소나 아니 더 정확히 말해 문제점, 그래요, 불만 요소가 아니라 그들의 문제점에 대해 각하가 직접 관심을 기울일 테니 안심해도 좋다고 말하시오. 그들을 만나러 가기 전에 공보처 장관에게 기자 한 명을 보내 달라고 요청하시고 의전 국장에게는 당신이 사절단장과 악수하는 사진을 찍도록 의사당 촬영 팀에게 특별 지시하라고 말하세요. 그리고 제발 교수님, 사진 찍을 때에는 카메라 대신 당신이 악수하는 사람을 쳐다보시오……."

오콩 교수는 또다시 큰 소리로 웃음을 터뜨렸다.

"사람들이 이렇게 악수를 하면서…… 마치 「엑소시스트」라는 영화에 나오는 여자애처럼 고개를 카메라를 향해 90도로 돌리고 싱글거리는 게 난 하나도 우습지 않단 말입니다."

"각하는 저희의 지도자일 뿐만 아니라 큰 스승이십니다. 저희는 항상 배울 준비가 되어 있습니다. 선조들이 기도할 때 말하듯이 저희는 그저 배만 닦는 어린아이 같지요."

"당신이 무슨 짓을 하든지 간에 청원과 연관된 말이 신문에 단 한마디도 나오지 않도록 주의하세요. 여하튼 난 언론에서 불평이건 청원이건 그런 말을 왈가왈부하는 꼴은 보고 싶지 않으니까. 이건 어디까지나 단순한 친선 방문입니다."

"말씀하신 그대로입니다. 지난날 각하에게 순종치 않던 국민들이 보내는 화해의 서곡이지요."

"아니, 아니, 아니오! 난 그런 말을 자꾸 되뇌고 싶지 않소. 공연히 긁어 부스럼 만들지 말고 그냥 그대로 내버려 둡시다."

"하지만 각하, 각하는 너무나 관대하십니다. 지나칠 정도로 너무나 관대하세요! 이 나라에서는 어찌하여 나쁜 건 모두 다 아바존 지역에서 시작된단 말입니까? 폭동이 그곳에서 일어났지요. 유일하게 그곳의 이념적 지도자들만이 확실한 통치 권한을 각하에게 되돌려 주지 않았습니다. 저는 종족주의자로 보이고 싶진 않지만 아바존의 대표적 인물인 이켐 오소디 씨가 이 모든 문제를 야기하고 있습니다. 각하, 개인적인 이야기를 해서 죄송합니다만 우리는 현실을 직면해야 합니다. 제 생각으로는 각하, 하느님은 잠도 안 주무십니다. 그 지역에서 겪고 있는 가뭄이 어쩌면 그들이 이 나라에 야기한 그 모든 문제에 대한 주님의 심판일지 어떻게 알겠습니까? 그러고는 이제 와서 뻔뻔스럽게 각하에게 자기들 지역에 방문해 달라는 편지를 보내고 또 각하가 그 방문 요청에 대해 답변할 여유도 주지 않고 어처구니없게 각하가 계신 궁으로 왔습니다. 각하, 제 생각으로는 각하가 너무나 관대하신 겁니다. 이런 말을 해서 죄송합니다만, 지나칠 정도로 너무나 관대하십니다."

"교수님, 당신이 그토록 격한 감정을 느끼는 것은 고맙지만 이런 일은 내 방식대로 처리해야 합니다. 긁어 부스럼 만들지 말고 그대로 내버려 두시오."

"각하 뜻대로 하십시오, 각하. 전 그저 각하의 명령을 그대로 따르겠습니다. 한마디도 놓치지 않고 철저하게요. 각하께서 텔레비전 보도에 대해서는 아무 말씀 하지 않으신 것 같은데요."

"아니, 아니, 아니, 아니오! 당신이 그 문제를 언급해서 고맙소. 텔레비전도 안 됩니다. 불필요한 보도예요. 텔레비전에 나오려고 순식간에 도처에서 친선 대회를 열겁니다. 우리 국민이 어떤 사람들인지는 당신도 잘 알잖아요. 텔레비전은 안 됩니다. 아, 안 돼요!"

"각하의 말씀이 백번 옳습니다. 그런 생각은 해 본 적도 없습니다. 각하께서 그 모든 걸 생각하고 계시다니 정말이지 놀랍군요."

"교수님, 그 이유를 아시잖소. 그날이 내 제삿날이기 때문입니다. 그게 이유요. 그날이 당신 제삿날이라면 당신은 틀림없이 그 모든 걸 생각해야 하지 않겠습니까. 특히 이런 수준의 각료들을 데리고 일하려면 말이오."

"각하, 이번 기회에 제가 저희 각료들을 대신해서 공식적으로 사과의 말씀을 드려도 되겠습니까? 그러니까 저희들에게 경계심이 부족했던 점 말입니다. 저희 중 어느 한 사람에게 잘못이 있으면 모두가 다함께 죄책감을 느끼는 공동 책임의 정신으로 정말이지 겸손한 마음으로 이 말씀을 드립니다. 손가락 하나에 기름때가 묻으면 다른 네 손가락으로도 번지니까요……. 저희 각료들이 맡은 일에 쓸데없이 참견하는 걸 전 한 번도 원한 적이 없었는데 각하께서 혹시 그걸 아실는지 모르겠습니다. 그렇다고 해서 제가 현재 진행되고 있는 모든 의심스러운 일들에 대해 아무것도 몰라서 그런 게 아닙니다. 저는 언제나 남에게 의지하지 말고 혼자 힘으로 해결해 나가라는 격언을 굳게 믿었기 때문이지요. 하지만 오늘의 사건을 보니 다른 사람들에게 폐가 될까 봐 기침이 나오는 걸 참기만 해서는 안 될 것 같습니다……."

"무슨 말을 하는지 전혀 모르겠군요, 교수님. 괜찮으시다면 속담 좀 빼고 말하시오."

"글쎄요, 각하, 제 직무 방침을 어떻게 정해야 할지 그동안 마음속으로 많이 생각해 보았습니다. 당신, 아니 각하의 주의를 환기해야 하는지 말이죠. 그러니까 공보처 장관 그리고 또 《가제트》 편집자와 각하의 관계에 대해서 말입니다."

"관계라, 그게 무슨 뜻이죠? 좀 더 알기 쉽게 말할 수 없소?" 그의 목소리에 나타난 짜증의 정도가 상당히 높아져 있었다.

"글쎄요, 각하, 개인사에 관한 이야기를 해서 죄송합니다만 솔직하게 말씀드려야 할 것 같군요. 조심하시지 않으면 각하의 두 친구가 불화를 조장할 수 있다는 생각이 듭니다. 그렇게 되면 모반 행위가 어린아이 장난처럼 보이겠죠. 그리고 제 육감이 믿을 만하다면 아마도 그들은 벌써 수많은 혼란을 꾀하고 있을지도 모릅니다."

"그만 됐소, 오콩 씨. 난 사실만 다루지 뜬소문은 개의치 않아요. 이제 어서 가서 그 무리와 만난 다음 끝나자마자 나한테 곧바로 보고하세요. 그렇지만 서두를 것까진 없소. 그들이 하고 싶은 말을 다 하도록 내버려 두시고 당신은 답변을 충분히 해 주세요. 그런 다음 그들과 함께 시간을 보내면서 당신이 나 대신 주인 노릇 좀 하시면 좋겠군요. 그들이 먹고 마실 음식을 마련하도록 조처해 놓았소. 당신이 그들과 함께 어울리면서 그들의 마음이 편안해지게 도와주세요. 그들이 정치학과 학생들은 아니지만 당신이 잘 다룰 수 있으리라고 믿어요. 접대하는 일은 국무 연구 위원회가 맡겠지만 당신이 나서서 그들의 주인 노릇을 해 주세요. 무슨 말인지 알겠소? 그 사람들이 나의 초대로 여기에 와 있다는 기분이 들게 해 주란 말입니다."

"알겠습니다, 각하."

불쌍하게도 오콩 교수의 마지막 말은 각하가 성급하게 누른 커다란 버저 소리로 인해 들리지 않았다. 그는 각하를 알현한 자리에서 물러나오면서 어찌나 혼란스럽던지 당번 사병이 들어오느라 돌아가고 있던 육중한 반회전문에 정면으로 부딪치는 걸 간신히 피했다. 문밖으로 나온 그는 한참 동안 가만히 서서 마호가니로 만든 것처럼 갑자기 묵직해진 다리를 제대로 움직이려 안간힘을 썼다. 어디서라도 의자를 찾아내 잠시 앉아 있고 싶었지만 눈에 들어오는 의자는 하나도 없었고 다만 회색 카펫이 깔린 기다란 복도만이 눈앞에 광활하게 펼쳐져 있었다. 여하튼 그로서는 사실 가만히 서서 빤히 쳐다보고 있을 시간이 없었다. 그에게는 급박하게 수행해야 하는 국가적 임무가 있었다. 그의 머릿속은 온통 각하의 방에서 인정사정없이 쫓겨나듯 물러나온 상황과 특히 각하가 그를 오콩 씨라고 불렀다는 충격적인 사실로 가득 차 있었지만 그래도 그는 두 발을 다시 움직이기 시작했다. 그는 또다시 걷기를 멈추었다. "눈 밖에 났어." 그는 큰 소리로 중얼거렸다. "주님, 제가 눈 밖에 났습니다. 제가 어떤 잘못이라도 저질렀나요?"

"아직 여기 계십니까?" 등 뒤에서 당번 사병이 소리쳤다. 오콩 교수는 다시 한 번 의식을 되찾았다. 조금 어지러운 것 같았다. 어쩌면 복도 저편에 의전 국장이 수납장에 브랜디를 넣어 두었을지도 모른다. 술 한 잔만 마시면 괜찮을 것 같다.

한편, 조금 전 복도에서 교수를 따라잡은 인정사정 없게 생긴 당번 사병은 회의실로 들어가 각하가 방금 내린 명령대로 방에서 기다리던 각료들을 해산시킨 다음 검찰 총장에게 대통령의 호출을 알렸다.

그 친구가 한 말이 정확하게 무슨 의미였는지 각하는 알고 싶었다. 그래도 내가 그를 다룬 솜씨는 제법 근사했어. 장관들이 동료들에 대한 막연한 비난거리를 들고 은근슬쩍 나한테 다가오는 건 절대로 참을 수 없어. 정정당당하지 못하잖아! 충성심도 아니고, 단결심도 아니고, 아무것도 아니야! 게다가 대학교수라는 사람이 왜 그래. 요즈음 그가 캠퍼스에서 박수나 쳐 대는 영성 집회나 이끌고 있다는 게 놀랄 일도 아니로군. 수치스러워. 속속들이 어리석어. 모두들 그렇다니까. 교수라고! 읽고 쓰는 걸 겨우 하던 내 삼촌도 언제나 옳은 말만 했는데. 우리가 백인에게 짐을 싸서 나가라고 했을 때 그들이 올 때 가져온 도구들을 몽땅 들고 가리라고는 생각지 못했다고 삼촌은 말했지. 교수라! 백인들은 작별을 고하면서 자기 상자에 몽땅 도로 집어넣었어. 그러고 보니 우리가 이 자리에 왔을 때 도대체 무엇 때문에 제정신이 아닌 이 교수들이 우리에게 뭔가 말해 줄 필요가 있다고 생각했던 거지? 그들이 아는 게 뭐가 있는데? 언제라도 제대로 된 군사 훈련이 훨씬 낫지!

"들어와요, 검찰 총장……. 자리에 앉으시오. 당신에게 직접 간단한 질문을 하려고 들어오라고 했소. 당신이 변호사라는 걸 잘 알지만 난 아주 바쁜 사람입니다. 난 솔직하고 직접적인 답변을 원해요. 알아들었소? 다양한 경로로 입수한 정보에 의하면 공보처 장관이 나한테 그다지 충성스럽지 못하다는 말이 있던데요. 이게 아주 심각하고 민감하고 예민한 문제라는 걸 당신도 잘 알 테니 당신한테만 절대 극비로 묻는 거요. 이것에 관한 말이 단 한마디도 절대로 이 방의 네 벽 밖으로 새나가면 안 됩니다." 비행기 승무원이 이륙 전 비상 훈련을 하며 비상구를 가리키는 것처럼 그는 한 번에 둘씩 사방 벽을 가리켰다. 검찰 총장은 재빠르게 네댓 번 연달아 고개를 끄덕였다.

“좋아요. 당신은 그런 정보에 대해 어떻게 생각하십니까?”

의자 끝에 걸터앉은 검찰 총장은 왼쪽 팔꿈치를 테이블 위에 올려놓고 각하의 말을 한마디도 놓치지 않으려고 목을 앞으로 길게 빼고 있었다. 마치 의도적으로 상대방이 자신의 말을 잘 듣지 못하게 만들려는 것처럼 각하가 평소와는 달리 특별히 낮은 목소리로 말했기 때문이다. 아니, 검찰 총장은 생사가 달린 암호를 놓치지 않기 위해 완전 경계 태세를 갖춘 사람마냥 귀를 곤두세웠다. 각하는 자신의 희생자가 중요한 메시지를 알아들으려고 애쓰는 걸 지켜보면서 요즘 들어 자주 맛볼 수 있었던 조용한 환희의 기쁨을 다시 한 번 만끽했다. 권좌에 오르고 얼마 되지 않았을 때 무척이나 어마어마하다고 생각되던 골치 아픈 몇몇 사람을 극도로 손쉽게 제거해 버린 지금은 특히 그랬다. 우리나라 사람들은 표범을 길들이려면 사자가 필요하다고 말한다. 얼마나 맞는 말인가!

향기 좋은 선홍색 야자 기름이 갓 구워 내어 쌕 소리가 날 정도로 뜨거운 얌[4] 속으로 녹아들어 가는 것처럼 각하는 그토록 짧은 기간에 획득한 이 놀라운 성취감이 그의 사고와 존재의 중심으로 확산되어 스며드는 것을 만끽하면서 목소리를 한층 더 목구멍 속으로 끌어들였고, 커다란 검정색 가죽 소파에 기대고 앉아 머리를 뒤로 젖혔다. 그런 까닭에 그는 마치 테이블 건너편에 앉아 열심히 듣고자 하는 사람보다는 차라

4) 참마과의 초목. 굵은 덩어리 모양의 뿌리를 요리해 먹는다.

리 무심한 높다란 천장을 향해 말하는 것 같았다.

공기 중에 떠도는 죽음의 냄새는 맡았지만 어디에 숨어 있는지 확실치 않은 사냥감과도 같이 갑자기 미심쩍은 마음이 생긴 검찰 총장은 시간을 벌어 보기로 마음먹었다. 거의 일 분이 다 흘러가도록 그는 미동도 않고 대답도 내놓지 않은 채 같은 자세를 취하고 있었다.

"말해 보시오." 각하는 상대가 시간을 끌며 침묵을 지키자 흥분하여 큰 소리로 말했다. 이제는 앉아 있는 자세 또한 꼿꼿했다. "내가 한 말을 들었소? 아니면 반복해서 말할까요?"

"반복하실 필요는 없습니다, 각하. 하신 말씀은 다 들었습니다. 그러니까, 각하, 당신의 부하인 저는 변변치 못한 변호사입니다. 직업상 저는 단지 확실한 증거만을 신뢰해야 하고 개인적인 감정이나 단순한 의혹은 믿지 말아야 합니다."

"검찰 총장, 내가 당신을 부른 건 나에게 강의를 하라는 게 아니라 내 질문에 답변하라는 거였소. 당신은 변호사일지 모르지만 나는 장군이라는 사실을 잊지 마시오."

올챙이배를 한 검찰 총장은 참을 수 없는 듯 껄껄대고 웃기 시작했다. 계속 큰 소리로 웃어 젖히면서 그는 계속 반복해서 말했다. "농담도 잘하십니다, 각하. 참으로 재미있는 농담입니다!" 의심할 여지없이 자신의 재치 있는 말이 가져온 극적인 반응에 대해 각하는 만족스러우면서도 그런 내색을 나타내지 않으려고 시치미를 뗐다. 그리고 움직이지는 않지만 다소 관대해진 두 눈을 총장의 얼굴에 고정시키고 떠들썩한 웃음소리가 자연스럽게 사라지기를 느긋하게 기다렸다. 산뜻하게 접은 실크 손수건을 가슴팍 호주머니에서 꺼내어 뚱뚱한 광대처럼 우아하게 두 눈을 가볍게 누르자 마침내 검찰 총장의 웃음은 사그라지기 시작했다.

"이제 내 질문에 답할 거요?" 각하가 다소 흥겨운 어조로 말했다.

"죄송합니다, 각하. 저에게 뭐라고 하지 마십시오. 흉내도 낼 수 없는 각하의 유머 감각을 탓하시지요……. 사실을 말씀드리자면, 각하, 존경하는 저의 동료에게서 불충의 증거는 하나도 찾지 못했습니다." 그는 효과를 기다리며 잠시 말을 멈췄다. 하지만 각하의 얼굴에서 감정의 변화는 전혀 찾을 수 없었다. "하지만 변호사도 역시 인간이지요. 저한테도 법정에서는 유효하지 않은 사적인 직감이 있다는 건 인정합니다. 그렇지만 그것은 아주 분명하기 때문에 만약에 크리스가 이 자리에 있다 해도 그의 면전에서 말할 겁니다. 크리스가 각하를 100퍼센트 지지한다고는 생각지 않습니다."

"어째서 그런 생각이 드는 거요?"

"어째서냐고요? 글쎄요, 이렇게 표현하면 어떨까요. 저는 작년 한 해 동안 문제의 동료를 자세히 지켜보았는데 그는 전반적으로 이 정권, 특히 각하와 연관된 일에 기쁨도 열정도 전혀 보이지 않는다는 인상을 받았습니다. 단지 몇 분 전에도 저는 그 친구에게 정확하게 그런 말을 했지요. 어째서 자네는 항상 얼굴을 그토록 딱딱하게 굳히고 있소? 라고 말입니다. 친구여, 기운을 내시게! 하지만 그는 힘을 낼 수가 없습니다. 왜냐고요? 이유는 그리 먼 데서 찾을 필요가 없어요. 두 분은 결국 로드 루가드 칼리지 동급생이잖습니까. 그 시절을 돌아보면 그 친구한테는 각하가 옆집에 살던 소년으로 보이겠지요. 어린 시절 온갖 못된 장난을 함께 치던 바로 그 소년이 오늘날 어떻게 이 나라의 운명을 좌지우지하는 대통령이 될 수 있는지 이해할 수 없는 겁니다. 그러니까 말이죠, 각하. 그건 예수가 자기 마을에서 직면해야 했던 문제와 아주 똑같은 거예요. 예수의 배경을 잘 아는 사람들이 말했다잖습니까. '이 사람이 바로 그 아버지가 여관에 지불할 돈이 한 푼도 없어서 마구간에서 태어난 바로 그 친구 아닙니까?'라고요……."

검찰 총장은 계속해서 주절주절 말했다. 하지만 각하의 마음은 이제 그가 하는 말과 귓전에서 메아리치는 연륜 깊은 대통령 응공오의 충고 사이에서 갈라져 있었다. "당신의 가장 큰 위험 요소는 소년 시절의 친구들이오. 당신과 한 마을에서 함께 자란 사람들 말이요. 가급적 그들을 멀리하시오. 그러면 당신은 장수할 거요." 현명한 늙은 거북이 같으니!

검찰 총장에 대한 존경심이 이제 거울 같은 각하의 얼굴에 새롭게 나타났고 각하를 지켜보던 약삭빠른 변호사는 그 빛줄기를 양손으로 붙잡았다. 그는 마음속으로 생각했다. 이 거대한 이로코 나무 꼭대기에 날마다 오를 수 있는 건 아니지. 그러니까 나무 꼭대기에 올라간 지금 가능한 한 땔감을 잔뜩 모아야 해.

"저 같은 사람들은 말이죠, 각하. 오지에 있는 초등학교를 다닌 불쌍한 얼간이들은 분수를 압니다. 저희보다 나은 사람들을 보면 금세 알아차리죠. 각하 같은 사람을 숭배하는 것에 대해 저희는 아무런 문제가 없어요. 솔직히 말해서 정말입니다. 각하는 교사 중 반 정도가 영국인인 로드 루가드 칼리지를 나오셨잖아요. 학창 시절 제가 만난 백인에 가장 가까웠던 사람이 인도 사람 한 명과 파키스탄 사람 두 명이었다는 게 믿기십니까? 각하, 말하자면 나이 들어 법률을 공부하기 위해 영국의 엑서터 대학에 가기까지 전 진짜 백인한테 배워 본 적이 한 번도 없었습니다. 그때 나이가 31세였어요. 저 같은 오지 사람들이 어떤 생활을 했는지 각하는 상상도 못하실 겁니다. 영국에 간 첫해에 날씨가 아주 좋던 어느 날 식당 메뉴에 '웨일스의 토끼[5]'라는 게 있더군요. 난 두 손을 비볐고 입에서는 벌써 군침이 흐르기 시작했지요. 웨일스 숲에서 잡은 진짜 토끼 고기 맛을 보겠구나! 하고 생각했으니까요."

각하는 이제 분명히 재미있어 하며 미소 짓고 있었다. 검찰총장은 자신의 연기가 성공을 거두는 걸 보고 놀라 자빠질 지경이었다. 각하가 이토록 장시간 자기 이야기를 떠벌리는 사람의 말에 귀를 기울이는 데다 그가 지껄이는 농담에 미소까지 지을 거라고 어느 누가 생각했겠는가?

"각하, 제가 이런 말씀을 드리는 건 저 같은 배경을 지닌 사람은 각하 같은 사람을 숭배하는 일에 아무런 문제가 없다는 걸 알려드리기 위해섭니다. 그리고 제 동료에 대해 아주 공평하게 말하면 — 저는 양심적으로 그 친구에게 공평하고 싶거든요 — 그 사람에게는 문제가 있지요. 어째서 그가 아니라

---

5) 토스트에 녹인 치즈를 바른 음식.

각하가 그 위치에 올라갔는지 그는 알고 싶을 겁니다. 그 친구가 저에게 그런 말을 상세히 했다는 건 아닙니다만 그런 생각이 그의 마음속에 들어 있다는 거지요. 제가 다른 사람의 마음을 읽는 독심술사는 아니지만 확실히 그런 생각이 거기에 있습니다, 각하…….”

“고맙소. 당신한테 증거는 하나도 없고 단지 다소 흥미로운 이론만 있군요. 잘 들었소. 당신도 알다시피 난 일반적으로 이런 식의 정보를 캐낸다든지 또는 장관들이 서로를 염탐하도록 만드는 사람이 아니오. 분명히 말해 두건대 내가 당신에게 이런 질문을 하는 데는 상당히 특별한 이유, 그러니까 거국적인 이유가 있기 때문이지. 그리고 당신이 솔직하게 답변해 주어 고맙게 생각합니다. 증거가 하나도 없다니 안심이 되면서 매우 기쁩니다. 당신은 이제 여기서 우리가 나눈 대화는 싹 잊어버리세요. 조금 전에도 말했지만 이것에 관한 이야기는 단 한마디도 어느 누구한테도 말하면 안 됩니다. 알겠소?”

“잘 알아들었습니다, 각하. 절대적으로 신중한 제 언동을 믿으셔도 됩니다.”

“신중이라고? 아니오, 검찰 총장. 철저한 침묵입니다. 만약 우리가 나눈 이야기가 단 한마디라도 새 나간다면, 나 아니면 당신 중에서 나온 거요. 알아들었소?”

“물론입니다, 각하.”

“그럼 잘 가시오.”

3

크리스는 이켐에게 전화를 걸어 아바존에서 온 친선 사절단 이야기를 다뤄야 하니 대통령 궁의 리셉션실로 사진사를 한 명 보내 달라고 요청했다.

"그것 참 신기한 일이로군. 아바존에서 온 친선 사절단이라! 제법 있을 법한 이야기인걸! 다음엔 어떤 말이 나올까?"

"그리고 제발 부탁인데 기사화되기 전에 원고 좀 미리 보여 주게나."

"존경하는 장관님께 감히 질문을 드리는 만용을 부릴 수 있다면, 어째서 그래야 하지?"

"자네 말 한번 잘했네. 난 공보처 장관이야. 그 때문이지."

"글쎄, 그건 충분한 이유가 못 되는걸, 공보처 장관. 나한테는 적절치 않단 말일세. 자네가 뭔가 잊고 있는 것 같은데, 그러니까《가제트》16쪽 아래에 인쇄되어 나오는 건 내 이름과 주소지. 빌어먹을, 미안하네, 하지만 빌어먹을 어느 장관의 이름이 아니란 말이야. 부득이하다면 샘소나이트 소령이 감옥에 처넣을 사람은 나지 자네가 아니란 말일세. 나의 제삿날이라니까…….”

“얼토당토 않은 말이로군, 이켐. 자네도 그걸 잘 알지 않는가. 이 문제에 관해선 벌써 수천 번도 더 말했잖아. 이제는 반복해서 말하는 것도 지긋지긋하네. 이제 마지막으로 다시 한 번 말하지, 정말로 마지막일세. 언론 관련 수정 법안 14장 6절에 의하면《가제트》에 실린 모든 글에 대한 전반적이고 특별한 권한 모두 장관에게 있네. 자네도 그걸 잘 알잖나. 이제 그 법률 조문을 발동하여 내 지시 사항을 글로 적어 보내겠네. 앞으로 삼십 분 안에 그걸 받아 볼 수 있을 걸세. 그게 자네가 원하는 방식인 게 분명하니 그렇게 해 주지.”

크리스는 전화를 끊고 새로 온 비서를 불러들였다. 그녀가 의자를 끌어당기고 상사의 말을 받아 적기 위해 메모장을 넘길 때 전화벨 소리가 활기차게 울렸다. 비서가 전화를 받으려고 했지만 장관이 그녀보다 먼저 수화기로 다가가 손을 올려놓았다. 벨이 계속해서 울리는 동안 장관은 비서에게 말했다. “전화를 건 사람이 누구건 간에 난 지금 자리에 없소.” 그런 다음 그가 손을 치우자 비서가 수화기를 집어 들었다.

전화를 건 사람은 이켐이었고 소리를 마구 질러 대고 있었다. 누구 목소리인지 분간하기 어려울 정도로 숨넘어가게 외쳐 대는 이켐의 목소리를 크리스는 분명히 들을 수 있었다. 비서가 고막을 보호하는 차원에서 수화기를 귀에서 약간 떼어 놓고 있었기 때문이다.

"장관님은 지금 자리에 안 계십니다, 선생님."

"거짓말하지 마! 젠장, 방금 나하고 통화했는데 자리에 없다니 말도 되지 않는 소리 하지도 말라고."

"저, 선생님, 이 도시에서 이게 유일한 전화기는 아니잖습니까? 집이나 대통령궁 아니면 어디 다른 곳에서 전화를 거셨을 수도 있지요."

크리스는 억지 미소를 짓고 있었다. 화내는 사람은 언제나 어리석기 마련이다. 그를 데리고 실컷 놀아라, 착하기도 하지 우리 비서 아가씨. 그는 마음속으로 생각했다. 마지못해 입을 다물어 버린 이켐의 침묵이 길고도 답답했다. 이켐은 결국 한마디 말도 없이 수화기를 철커덕 소리가 나도록 격하게 내려 놓았고, 비서 아가씨의 몸이 움찔했다.

"만점이야, 아가씨." 크리스는 이제 미소도 짓지 않고 말했다. "품위 없는 내 친구들의 행태에 대해서는 내가 사과하지."

"누구세요?"

"누군지 몰랐어? 《가제트》 편집장이잖아."

그녀가 날리던 승리의 깃발이 갑자기 바람을 잃고 헐떡이는 것만 같았다. 그녀의 얼굴이 침울해졌다. 그 순간 크리스는 보았다. 경외의 표정을.

4월의 태양은 적입니다. 텔레비전에서 기상 예보관이 존경하는 다른 나라 예보관들의 말을 기계적으로 복창하며 전국적으로 날씨가 좋을 거라고 말하더라도 말입니다. 좋은 날씨라고요! 2월 이후로 우리는 서서히 잘 익은 양고기처럼 쪄 들어가는데 공무원 명단에 있는 얼간이들은 우리가 아주 잘 지내고 있다고 말합니다! 그렇지 않습니다, 친애하는 나의 동포 여러분. 저는 지쳐 가는 202대대의 불행 준장으로, 여러분이 편안하지 못하다는 것을 여러분에게 말해 주고자 합니다. 아닙니다, 친애하는 나의 동포여. 여러분이 난폭한 4월의 태양을 쫓아내기 전에는 편안할 수가 없습니다. 동포들이여, 난 단지 대변인에 불과하고, 오늘 밤 늦게 입(口) 장군님이 직접 전문을 들려줄 겁니다. 여러분은 그가 직접 전하는 말을 듣게 될 겁니다. 애국가가 느릿느릿 연주된 후에 말입니다. 그때까지 사랑하는 동포여, 편안히 달구어지시기를 기원합니다.

하루가 끝나 가는 시간의 열기와 교통 체증 속에서 대통령궁을 향해 500미터를 달려가는 데 벌써 한 시간 십오 분이나 지났지만 아직 반도 가지 못했다. 저항하기 힘든 아바존의 유혹에 이끌려 그는 이 길로 접어들게 되었다. 조금씩 나아가다 멈추고 또다시 조금 나아가다 급히 세게 브레이크를 밟으면서 기억해 냈다. 교통량이 아주 많을 때 주의해야 할 자동차는 바로 자신이 모는 자동차라는 사실을 말이다. 평범하고 믿을 만하며 양식 있는 사람들을 좌절시키는 어리석은 교활함, 무익한 기민함. 엘레와 같은 사람. 그녀라면 절대로 그러한 교통 수수께끼를 풀어 볼 엄두도 내지 못할 게다.

다음번 급격한 커브길이 나타나기 직전에 저 멀리 아득한 전방을 바라보니 반갑게도 차선을 따라가던 자동차 한 대가 그가 있는 쪽으로 꿈틀하고 움직이는 게 보였다. 애타게 기다렸지만 그가 움직일 차례가 되어 보니 한심스럽게도 기껏해야 1미터 정도나 될까. 그래서 그는 기어를 변환시킬 가치도 없다고 마음먹었다. 모아 두었다가 다음번 움직일 때 한꺼번에 가면 신나게 2미터는 달릴 수 있겠지. 게다가 쓸데없이 클러치를 건드려 보았자……. 그 순간 이켐 뒤에 있던 자동차가 얼마나 세게 경적을 울렸는지 그의 몸이 그야말로 앉아 있던 자리에서 움찔했고 열기로 인해 몽롱하게 빠져 있던 공상에서 깨어났다. 백미러를 통해 노란 택시에서 격노한 한 남자가 땀이 송글송글 맺힌 머리를 밖으로 쑥 내밀고 어서 앞으로 가라고 그를 향해 손을 마구 흔들어 대는 모습이 눈에 들어왔다. 다른 자동차와 운전자 들도 모두 합세하여 경적을 울리고 소리를 질러 대며 항의하기 시작했다. 이켐은 하늘이 무너진다 해도 그들 모두를 무시하고 자기 앞에 있는 자그마한 소중한 공간을 보호하기로 마음먹었다! 그러자 소음이 열 배는 더 커졌고 무슨 일이 벌어졌는지 알 수조차 없을 앞쪽의 몇몇 자동차들한테도 영향을 미치기 시작하여 아무 이유도 없이 뒤쪽에서 경적을 울려 대는 차들과 합세했다. 그는 한 치의 양보 없이 꼼짝 않고 서 있었다. 굴복하느니 차라리 주변을 관찰하는 일에 전념해야지……. 왼편 반대 차선의 교통 흐름은 평소와 마찬가지로 자신이 갇힌 이쪽보다는 운이 좋은 편이었다. 하지만 혹시 조금이라도 움직이고 싶어 방향을 바꾸어 자신의 목적지로부터 멀어져 가는 이 사람들과 합세하기로 마음먹을 사람이 있다 하더라도 방향을 바꿀 공간이 없었기에 그런 생각은 당장에 사라질 거라고 그는 판단했다……. 반대 차선에도 흥미를 끌 만한 일이 전혀 없어서 고개를 오른쪽으로 돌렸더니 길을 따라 낡고 더러운 깃발과 장막으로 장식된 거리 풍경이 처음으로 그의 시야에 들어왔다. 분명 몇몇 공보처 장식가들이 작년 노동절 행사 후 쥐가 득실거리는 창고 상자에 넣어 두었던 누더기 같은 이 더러운 깃발들을 오늘 여기에 달았을 게 뻔했다.

그 순간 바로 뒤에 있던 택시 기사가 차선에서 이탈하려고 기회를 엿보는 모습이 그의 눈에 들어왔다. 풀로 덮인 도로변이긴 했지만 사실상 그 택시는 이제 그의 자동차와 나란히 서 있었다. 엔진 시동을 걸자 다행스럽게도 첫 번째 시도에 반응을 보였으므로 이켐은 기어를 바꾸고 그의 적수가 실제로 비스듬히 끼어들려고 했던 그 귀중한 공간을 차지하기 위해 앞으로 나아갔다. 그때로부터 앞쪽에 약간의 공간이 생길 때마다 계속해서 두 사람 사이에 신경전이 벌어졌다. 과거에는 택시 기사와 자가용 운전자 사이에 이와 같은 대립이 있을 때에는 택시가 항상 이겼다고 알려져 있었다. 택시 기사는 자가용 운전자가 매끄럽고 소중한 자동차 외관에 움푹 파인 상처를 내느니 차라리 자기 자리를 양보할 것이라는 확실한 근거를 결정적인 무기로 갖고 있기 때문이다. 하지만 오늘은 이 나라의 교통 역사상 처음으로 택시 기사가 당하지 못할 적수를 만났다. 적수인 이 미친 자가용 운전자는 그가 아는 기준에 전혀 맞지 않았다. 그가 모는 자동차의 상태를 한 번만 보아도 택시 기사에게 경고가 되었을 터인데 그는 보지 못했거나 아니면 보았더라도 제대로 파악하지 못했던 것 같다.

"애 엄마에게 뭐라고 말하지?" 한 중년 공무원이 새로 산 볼보 자동차의 반짝이는 측면 전체에 택시가 스쳐 가며 보기 흉한 상처를 만들어 놓자 엉엉 울었다는 이야기가 나돌았다. 글쎄, 이켐은 집에 가 봐야 두려워할 아내도 없고 존, 제임스, 또는 무슨 이름이든 부를 자식도 없다. 그러니까 얼마든지 시합해 볼 만했다. 이켐은 자기 옆에서 두 바퀴를 관목 숲길에 걸친 채 달리고 있는 택시를 잔인할 정도로 무시하고는 암염소의 엉덩이를 킁킁대며 냄새 맡는 흥분한 숫염소처럼 앞 자동차의 빨건 브레이크 불빛을 바짝 뒤좇았다.

십오 분에 걸쳐 서로 부딪칠 정도로 위험하게 바짝 붙어 경쟁적으로 달리던 택시 기사는 거센 욕을 내뱉으며 이켐의 승리를 인정한 다음 뒤로 물러났다. 본래 위치로 돌아오도록 잠시 멈추어 준 뒤편 운전자의 배려로 택시는 다시 승리자의 뒷자리를 차지했다.

이켐은 한숨을 깊이 내쉰 다음 승리감에 취해 그 일을 태양이 해 냈다고 당당하게 선포했다. 농부들이 벼 껍질을 까기 쉽게 만들려고 쌀을 반쯤 익히듯이 우리도 벼처럼 살짝 익혀졌던 것이다. 그 이후로는 요리하는 데 단 오 분밖에 걸리지 않는다.

그날 밤 그는 태양에게 바치는 찬가를 지었다.

전능자에게 희생 제물을 나르는 위대한 운반자인 외눈박이 신이시여! 어째서 당신은 우리에게 이런 운명을 가져다주었나요? 일곱 번씩이나 반복해서 금하고 금하고 금한 끔찍한 악행을 우리가 눈감아 주었거나 저질렀단 말입니까? 어떤 보상으로도 결코 말소시킬 수 없을 잘못을 행했던가요?

보세요, 절망적인 우리의 기도, 우리의 화해의 제물이 당신이 경멸하여 내동댕이친 마룻바닥에 흩어져 있네요. 동이 틀 때마다 당신은 기다란 하루의 바구니에 죽음의 상징물과 연장을 모으시네요.

눈이 휘둥그레진 불면증 환자여, 당신은 닭이 울 때 밖으로 나가 기진맥진 누워 있는 세상을 향해 저주를 내뱉는군요. 당신은 심홍색 횃불로 하늘의 용광로에 불을 지피고 당신의 복수심으로 활활 타오르는 큰 참화가 하늘을 가득 채우는군요.

영원한 신의 눈이여! 당신의 마음이 우리를 측은히 여겨 자상해지지 않을 것임을 우리는 잘 압니다. 그렇다면 당신 자신을 위해 노여움을 푸세요. 왜냐하면 광기로 번득이는 그 퉁방울눈이 타서 없어진 이 세상에서 치솟아 오르는 먼지들로 멀 수도 있으니까요. 외눈박이 신이시여! 당신은 단순히 인간이 당신의 어둠 속에서 비틀거리도록 당신의 눈을 망치실 겁니까. 기억하십시오, 외눈박이 님이시여! 외눈박이가 장님이 되는 것은 한 끗 차이라는 걸 기억하세요!

신의 눈이시여, 도대체 당신에게 인간이 무엇이기에, 인간 때문에 스스로를 다치려 하십니까? 당신이 보기에 인간이 신과 같은 위상을 갖추었나요? 신나게 사냥을 마치고 코끼리 몸통을 커다란 머리에 이고 집을 향해 돌아가던 중, 당신은 발가락 사이에 낀 메뚜기를 집어 올리겠다고 꾸물대실 겁니까?

창조주의 위대한 메신저여! 날마다 이 장작 더미에서 올라가는 이 세상의 재가 재생의 계절에 탄생의 수로를 막으려고 다시 내려올 때 충분치 못할 수도 있으니 조심하십시오.

아침을 노래하던 새들은 심지어 마지막 나비가 불에 타 땅에 떨어지기도 전에 녹아 없어졌습니다. 노래하는 새들이 사라지자 아침은 스스로 미망인처럼 틀어박혀 아름다운 장식품과 화려한 옷, 그러니까 부드럽고 매끄러워 손에 잡히지 않는 가벼운 벨벳 옷과 무지개처럼 산호와 푸른 옥수, 벽옥, 마노를 줄줄이 엮어 눈부신 가슴까지 내려오도록 돌돌 감아 맑은 소리를 내는 목걸이를 내던지고 검댕과 재를 뒤집어쓴 채 참회의 생활로 돌입했답니다. 그러니까 시간 자체가 노래하는 새들보다 먼저 사라졌기에 새들이 떠나간 후 공허감도 텅 빈 시간도 전혀 느끼지 못했지요. 아침은 더는 존재하지 않습니다.

나무는 모두 머리가 여럿 달린 아주 오래된 청동 동상이 되었고 그들의 얼굴은 단지 뭉툭해진 이목구비만 남아 마치 사바나에 새로 돋아난 풀에게 지난 해 덤불에서 발생한 불에 대해 이야기해 주려고 남아 있는 개미 언덕 같습니다.

집에서 키우던 동물도 모두 죽었지요. 우선 돼지는 돼지 기름에 튀겨졌고, 양과 염소와 소는 부풀어 오른 혀로 인해 질식해 죽었습니다. 장터를 헤매던 개들은 독수리와 내기라도 하듯 뛰어다니며 미친 사람의 시체를 게걸스레 뜯어 먹었답니다. 개들은 어느 날 아침 미친 사람이 아무런 방해 없이 계속해서 차지했던 외양간에 웅크린 채 죽어 있는 걸 발견했지요. 아침마다 그는 외양간에서 힘차게 걸어 나와 광장 중앙에 있는 통나무 층계 맨 꼭대기로 올라가 그곳에 없는 마을 사람들을 조롱했답니다. 모두들 어디 갔소? 당신들 장날도 잊은 건 아니겠지? 어서 와요! 얌을 넣은 기다란 바구니와 코코얌이 담긴 둥그런 바구니도 가져오시오! 생선 장수 아줌마, 야자 기름 아줌마는 다 어디로 갔소? 높다랗게 머리에 이고 온 도자기 보따리는 어디 있지? 어서 와요, 오늘이 행운의 날이 될지 누가 알겠소? 장님하고 거래할 수도 있지 않겠소. 팔 물건이 하나도 없소? 누가 그런 말을 했지? 어서 와요! 정 팔 게 없으면 내가 당신 엄마라도 사 줄 테니.

개들은 미친 사람을 물어뜯고 겁도 없이 부리로 반격하는 독수리들을 향해 덤벼들며 으르렁거렸습니다. 독수리들은 마지막으로 더할 수 없이 시끄럽게 식사한 다음 세차게 들이박던 사악한 머리를 힘차게 내뻗으며 또 다른 나라로 떠나갔지요.

결국에는 구름조차 너무나 오랫동안 버틴 듯 가라앉았습니다. 선동적인 태양의 후원자들로 구성된 당당한 편대를 막기 위해 후줄근한 구름 띠가 용기를 내어 보았지만 갈피를 못 잡은 채 얼마 안 되는 마지막 자원을 허둥지둥 이리저리 나르는 데 불과했지요. 이런 무례한 행동에 태양은 마지막으로 남은 조각까지 모두 태워 그 재를 사방팔방 흐트러뜨리는 끔찍한 복수를 가했습니다. 유감스럽게도 바람은 벌써 오래전에 도망쳐 버렸지요. 그래서 버림받은 구름 먼지는 하늘 전체를 가로질러 안개 속에 매달려 떠돌았고 그들의 등을 스치고 튀어나간 태양 빛에 무자비한 청동 색조를 선물했답니다. 체면이 구겨진 구름 그림자는 이따금 정오가 되면 용기를 얻어 갑자기 재와 먼지를 맹렬하게 회전시켜 무모한 반란을 일으켜 보려고 꿈틀대지만 또 다시 곧바로 진압될 뿐입니다.

이제 절박한 심정에 빠진 대지는 마지막으로 자신의 몸에 불을 붙여 머리 위로 소용돌이치는 검은 연기 방패를 올려 보냅니다. 불같은 태양에 뜨거운 덤불숲의 불길을 단지 추가시킨 것은 처량하고도 잘못된 짓이었지요. 여하튼 얼마 지나지 않아 태울 만한 재료는 하나도 남지 않았습니다.

전능자에게 희생 제물을 나르는 위대한 운반자가 어째서 세상 사람들에게 이런 짓을 하는지 설명할 수 있는 사람은 한 명도 없었습니다. 다만 전설로 내려오는 아주 오래전 옛날 옛적에 이런 일이 발생했다는 것만 알지요. 대지는 무덤 파는 사람들의 괭이를 부러뜨리고 철로 된 그들의 창끝을 구부러뜨렸어요. 그래서 사람들은 그들의 땅을 버리고 땅에 묻지 못한 죽은 자들, 심지어는 죽어 가는 자들을 내버려 둔 채 떠날 때가 왔다는 걸 알게 되었답니다. 그러면서 제일 먼저 큰 재해를 폭발시킨 악행들이 한층 더 심각해졌겠죠. 그들은 별빛에 의지하여 이동했고 낮에는 누워 있을 수 없을 정도로 모래가 뜨거워질 때까지 돗자리를 덮고 그늘에 누워 있었지요. 전설조차 그들의 곤경에 대해서 입을 다물었어요. 여정이 다시 시작되는 밤마다 수많은 사람이 돗자리를 떨치고 일어나지 못했고 간신히 비틀거리며 일어선 사람들은 남몰래 조용한 은신처를 힐끔 쳐다보곤 돌처럼 굳어진 얼굴을 남쪽으로 향했다는 이야기만 전해졌답니다. 그리고 자기 마을과 사당을 버리고 떠나온 사람, 어머니든 아내든 자식이든 누워 있던 광야의 은신처였던 돗자리에서 다시 일어서지 못하면 자신의 얼굴을 단호하게 다른 곳으로 돌린 사람은 두 눈에 죽음을 담고 가야 한다고 전설의 목소리가 논평 삼아 덧붙여 말해 주었어요. 그 사람이 그랬고, 또 어느 날 밤 그와 함께 오세라는 작은 마을을 습격하여 잠자던 마을 주민을 몽땅 죽여 버리고 그들의 우물에서 갈색 물을 들이마신 다음 그 땅을 차지하고는 아바존이라는 새 이름을 붙인 살아남은 그의 친구들이 그랬답니다.

그리고 이제 그 시기가 이야기 나라에서 또다시 돌아온 겁니다. 어쩌면 아직은 첫 번째만큼 그토록 나쁘지 않을지도 몰라요. 하지만 필시 더 나쁘게 끝날 수도 있겠죠. 어째서냐고요? 요즘엔 별빛에 의지하여 자리에서 일어나 불구가 된 친족을 황량한 사바나에 버려둔 채 남쪽으로 행진하여 가다가 살그머니 자그마한 마을에 도착한 다음 주민들을 공격하여 죽이고 그들의 땅을 차지하고는 '내 눈 속에 죽음의 칼날이 번득였기에 이런 짓을 했다.'라고 말할 수 있는 사람이 단 한 명도 없기 때문이지요.

그래서 그들은 그 대신 도움을 구하기 위해 오늘날 얌을 소유하고 칼을 쥔 정부에 원로 사절단을 보낸 겁니다.

4
두 번째 증인
이켐 오소디

“이봐요 엘레와, 아무 이유 없이 까탈 부리는 사람이 난 정말 싫어요. 내가 맨 처음부터 당신한테 이 모든 걸 설명해 주었잖아요.”

“무슨 설명을요? 제발 나 좀 짜증 나게 만들지 말아요……. 세상에 이럴 수가! 음! 하기야 이 세상에선 여자들이 먹을 걸 다 만들어 주지……. 생각해 봐요! 그래, 우리들 탓이지. 우리들이 잘못한 거라니까. 내가 정말이지 이 바보 같은 엉덩일 당신 침실에 갖다 놓지 않는다면 당신은 내가 축구공인 양 이리저리 발로 차겠어요? 그게 뭐 당신 탓인가. 전혀 아니지!”

“무슨 말을 하는 건지 도통 모르겠군요.”

“당신이 어떻게 알겠어요? 알 재간이 없는데.”

진입로로 자동차 한 대가 들어오는 게 보여서 난 다시 창가로 다가간다. 아니군, 우리 아파트 주민일 뿐이야. 하지만 난 여전히 창가에 붙어 서서 자동차가 오른편 공용 주차장 건물 쪽으로 천천히 기어가는 모습을 지켜본다. 브레이크 등 하나는 빨간 커버가 깨져 그 속에 든 백색 알전구가 보인다. 그러니까 저 양반이 바로 옆 동에 사는 악명 높은 우편 전신국 직원인 '미스터 그래서요'였군. 그는 세 번째 문을 통해 느릿느릿 기어갔다. 어쩌면 오늘 밤 그는 아름다운 아내를 때릴지도 모른다. 요즈음 몇 달째 그 짓을 하지 않았으니까. 그렇다면 당신은 그 짓이 아쉽소? 솔직히 말해 보시지, 이 혐오스러운 짐승아! 정말로 아쉽다고 말이야! 그래, 왜 아니겠어? 그 모든 과정이 놀랄 정도로 초현실적인 속성을 지니고 있어서 만족스러울 정도로 속이 후련해지는 것만 같다. 꿈속에서 그 소리를 듣기 시작한 나는 반쯤 잠이 깬 상태로 들어가 그 행위가 막을 내릴 때까지 비몽사몽간에 계속 누워 있다. 저 양반은 항상 달콤한 잠에 한참 취해 있을 시간에 그 짓을 하기 때문이다. 그 시간은 상당히 뛰어난 무장 강도들 역시 선호하는 때이다. 그래서 아침이 되면 어느 정도가 실제로 발생했고 어느 정도가 내 꿈속에서 이루어진 일인지 잘 모른다. 한번은 바로 그다음 날 아침 멀지 않은 주차장으로 걸어가다가 그들 부부와 마주쳤는데 터무니없을 정도로 다정하고 편안해 보였다! 특히 여자가 그래 보였다. 난 어안이 벙벙했다. 훗날 들은 바로는 (내가 이곳으로 이사 오기 전) 언젠가 한 이웃 사람이 걱정하다 못해 경찰서에 전화를 걸어 남편이 아내를 구타한다며 신고했더니 내근 중이던 경사가 졸린 목소리로 "그래서요?" 하고 물었다는 것이다. 그래서 우리끼리는 남편의 등 뒤에서 그를 '미스터 그래서요'라고 부른다. 그의 본명은 전혀 기억나지 않는다.

엘레와는 아직도 여자의 운명과 나를 아주 공평하게 저주하고 있다. 이제 아무런 대꾸도 하지 말고 그냥 여기 이 창턱에 앉아 오랫동안 모습을 보이지 않는 택시가 언제 들어오는지 계속 지켜봐야겠다. 어째서 택시가 안 들어오지? 대체로 이 정도 늦은 밤이면 한 시간도 되기 전에 택시들이 들어오곤 했는데 말이다.

"세상에……. 한밤중에 여자를 택시에 태워 무장 강도가 득실거리는 길로 내보내다니."

"엘레와, 잘 알면서 왜 그래요. 바사에는 이제 무장 강도가 없다고요."

"지난 주 주차장에서 살해된 여자는 당신이 죽인 거네요."

"이런, 누가 당신을 죽인다고 그래요, 엘레와."

"이런, 누가 당신을 죽인다고 그래요, 엘레와. 무장 강도들이 바사에서 몽땅 사라졌다는 걸 안다면서 어째서 자동차로 날 집에 데려다 주지 않는 거죠. 엉덩이가 의자에 붙었나."

"자동차 배터리가 약해서 집에 데려다 줄 수 없다고 벌써 스무 번도 더 말했잖아요."

"그래, 배터리가 나갔죠. 오후에 날 데리러 왔을 땐 어째서 배터리가 안 나갔을까요."

"낮에는 배터리가 약해도 어떻게 해 볼 수 있지만 밤에는 안 된다니까요, 엘레와."

"제발 그 거짓말 가득한 입에 내 이름을 함부로 담지 말아요. 내일이면 또다시 그 터무니없는 배터리로 날 데리러 올 테니까. 말도 안 돼!"

엘레와는 정말이지 공격적으로 나오고 있다. 내 사랑하는 엘레와를 제대로 모른다면 정말 무척 걱정이 되었을 거다. 하지만 엘레와는 내일 아침 눈뜨자마자 나한테 전화를 걸 여자다. 아마 9시 편집 회의 시간에 걸지도 모른다. 우리가 맨 처음 이런 기분으로 헤어졌을 때 그녀와 영영 끝인 줄 알았다. 난 그날 밤 처음으로 무엇 때문에 내 아파트에서 그녀가 자는 걸 허용할 수 없는지 나 나름대로 설명하고자 애썼다. 엘레와가 계속해서 우리 집에 또 다른 여자가 올 예정인 게 분명하고 바로 그 때문일 거라고 말하지 않았더라면 성가시게 그런 설명을 하려 들지도 않았을 것이다. "여하튼 당신이 내 체력을 그토록 칭찬해 주다니 고맙군." 나는 일부러 그녀가 이해 못 할 게 뻔한 어려운 표현을 써 가며 아주 신중하게 말했다. "그 이유는 정말이지 아주 단순해. 난 당신이 집에서 잠을 안 자는 바사의 다른 문란한 여자들과 같은 부류에 포함되는 게 싫단 말이오." 엘레와는 말문이 막혔는지 입을 크게 벌리고 나를 빤히 쳐다보았다. 이번 기회에 내가 말하려는 요점을 분명히 해 두어야겠다고 생각한 나는 이렇게 말했던 것 같다. "그러니까, 내 누이가 그런 짓을 한다면 내 기분이 어떻겠소." 그러자 그녀의 반격이 나왔다. "앞으로 잠자리하고 싶으면 당신 누이나 부르세요. 알겠죠?"

헤어진 후 난 우리 사이가 완전히 끝났다고 생각했다. 하지만 다음 날 아침 한창 편집 회의를 하고 있는데 바깥 사무실에 있던 속기사가 들어오더니 나에게 전화를 받으라고 했다.

"누군데 그래?" 내가 화가 나서 물었다.

"어떤 아가씨입니다." 어리석게도 그는 관공서 용어로 말했다.

"누구든 간에 나중에 다시 걸라고 하세요. 아, 됐어요. 내가 받겠소. 여러분, 잠깐 실례하겠습니다."

전화를 건 아가씨는 엘레와였고, 그녀는 어시장의 '우악스러운 아줌마들'이 몽땅 사 버리기 전에 어부들이 잡아 온 신선한 생선을 살 수 있게 오후에 바닷가로 데려다 줄 수 있는지 물었다. "오늘 당신한테 맛있는 후춧국을 끓여 주려고요." 엘레와는 말했다.

마침내 택시가 들어온다. 난 손전등을 움켜쥔 다음 그녀를 데리고 빗자루로 쓸지도 않고 불빛도 없는 층계를 내려온다. 이 층계를 오르내릴 때마다 여러 사람이 공동으로 소유한 염소가 배곯아 죽는다는 이야기가 생각난다. 택시 기사는 자리에 앉은 채 뒷문을 열어 준다. 실내등이 들어오지 않는다. 실내등이 있어야 하는 곳을 손전등으로 비춰 보니 전선 몇 가닥이 뒤엉켜 있다. 엘레와를 안심시키기 위해 내가 손전등으로 운전기사의 얼굴을 살피는 척하자 택시 기사가 불만을 터트린다.

"눈에다 전등불 좀 비추지 마요. 왜 그러시는 거죠?"

"내일 아침 당신을 알아보려고요."

"뭐 때문에요?"

"아무것도 아니오. 만일의 경우를 대비해서죠." 난 자동차 앞으로 걸어가 손전등으로 차량 번호를 비춘다.

"저런 사람 때문에 당신들 같은 거물이 사는 구역엔 오고 싶지 않아요. 공연히 이런저런 문제를 일으킨다니까."

"형법 48장 16절 106항에 의하면 실내등 없이 자동차를 운행하는 게 위법 행위라는 걸 아시죠?"

"오늘 그런 거요. 방금 여기 들어올 때 등이 나갔다고요."

운전기사는 나와 맞먹을 정도로 거짓말을 잘하지만 내가 유리하다. 나는 기사가 거짓말하고 있다는 걸 알지만 그는 내가 한 말이 거짓말인지 모르고 겁에 잔뜩 질려 있다.

"그럼 좋소. 내일 아침 일어나자마자 곧바로 자동차 공업소로 가서 고치도록 하시오."

"알겠습니다, 선생님."

20코보[6]짜리 동전을 팁으로 주며 상호 이해했다는 걸 확정지은 다음 나는 뒷좌석 한쪽 모서리에 앉아 철저하게 자기만의 세계로 빠져 들어간 엘레와를 향해 말한다. "괜찮을 거요, 엘레와."

"아저씨, 어서 세게 밟으세요, 제발."

엘레와가 용납할 수 있는 이유를 찾아내기까지 난 계속해서 노력할 것이다.

난 다른 사람들과 잠자리를 함께하는 데에 일리가 있다고 한 번도 생각한 적이 없었다. 남자는 아침에 자신의 침대에서 깨어나야 한다. 여자도 마찬가지다. 잠들기 전에 어떤 일을 하

---

6) 나이지리아의 화폐 단위.

건 간에 그런 권리를 인정치 않을 이유가 전혀 없다. 나는 잠에서 깨어나 누군가가 내 옆에 벌거벗은 모습으로 역겹게 누워 있는 걸 본다는 생각 자체가 싫다. 그건 나 자신과 특히 엘레와에게 부당한 일이다. 그래서 난 내 아파트와 내 자유를 완전히 소유하는 권리를 흥정해 본 적이 한 번도 없었다. 나한테는 샤워를 하고 혼자서 잠자리에 드는 게 너무나도 솔직 간결하고 합당한 기대인 것 같다. 수많은 여자들이 그걸 개인적인 모욕으로 받아들이는데 나로서는 그런 점이 참으로 이상스럽다. 여자들은 그들 자신을 괴롭히는 최악의 적이다.

엘레와는 그것이 내가 자기를 충분히 사랑하지 않는 증거라고 생각한다. 사실은 정반대인데 말이다. 난 엘레와를 너무나 좋아한다. 최근 몇 년간 기억에 남아 있는 어느 누구보다도. 그리고 그녀와의 사랑 행위는 그저 환상적이다. 술책은 전혀 없다. 강바닥 속에 박아 넣은 강철 말뚝처럼 머리와 두 발만으로 버티고 현수교처럼 천천히 곡선을 그리며 몸을 들어 위쪽으로 올리면서 상대방을 자신의 몸통 위로 통째로 들어올릴 수 있는 그런 힘을 엘레와가 그 자그마한 육체 안에서 어떻게 찾아내는지 난 결코 알 수 없을 것 같다. 그런 다음 그녀는 — 혼합된 비유, 순수한 축복인데 — 선광 냄비로 물에 일어 사금을 가려 내는 광부처럼 나를 흔들어 댄다! 잠만 각자 자기로 합의한다면 우리는 매우 즐거운 시간을 함께 보낼 것이다. 엘레와는 진정 멋지고 멋진 아가씨다.

더운물로 샤워하는 걸 발명한 사람이 누구였지? 그건 꼭 알아야 하는 사실인데도 아무도 모른다. 우리는 온갖 잡동사니

정보로 머리를 복잡하게 만들면서 샤워기나 호치키스를 만들어 낸 천재는 누군지 모른다……. 이제 유명한 사람들과 우리를 낳아 준 아버지들을 찬양하자. 우리의 아버지들이 발명 계통에서는 그다지 유명하지 못했다는 점은 제외하고 말이다. 하지만 그게 무슨 상관인가? 프랑스 사람들은 자그마한 아프리카 어린이에게 「우리의 조상, 프랑스 사람들……」을 암송하라고 가르쳤다. 그렇다고 상고르가 아프리카의 훌륭한 시인이 되는 건 막을 수 없었다……. 만딩고[7] 프랑스인의 진정한 후손!

난 얼른 일을 시작해야 한다. 이것이 함께 잠을 자는 것과 연관된 또 다른 문제이다. 함께 잠을 자면 일하는 데 방해가 된다. 발명이라는 영역에서 우리 선조들이 이루어 놓은 성과를 향상시키려면 우리는 각고의 노력을 달콤하게 이용하는 법을 습득해야 한다. 엘레와의 손이 축축한 내 사타구니를 잡고 있으면 난 다음 날에 나갈 사설을 쓸 수가 없었다.

크리스는 문제점을 제기하는 나의 캠페인성 사설이 헛수고일 뿐이라고 계속해서 나에게 잔소리를 해 댄다. 그것들은 아무것도 얻는 게 없고 모든 사람들의 반감을 사며, 지나쳐서 효과가 반감되거나 역효과를 낳는다. 불쌍한 크리스. 지금쯤 어쩌면 크리스 역시 그런 허튼소리를 믿을지도 모른다. 관직에 들어간 지 한 달이 지났을 뿐인데 인간의 마음이 저토록 바뀌다니 놀랍다. 나는 조만간 크리스를 칠판 앞에 세워 놓고 그를 위해 나의 캠페인성 사설들의 핵심을 적어 줄 생각이다. 여태

7) 서아프리카 말리 등지에서 사는 흑인종.

껏 내가 크리스에 대해 취했던 방침이 어쩌면 너무 섬세한지도 모른다. 하지만 만약에 나의 캠페인성 사설이 정말로 아무런 소용이 없다면 그것을 계속해서 쓸 필요가 있을까? 크리스가 더 이상 그런 논리를 이해하지 못하는 것 같다고 생각하니 참으로 슬프다! 어쩌면 그동안 친구들에게서 일어나는 변화를 도무지 인정하려 들지 않았던 것 같다. 아마도 나는 크리스 자신의 방침에 따라 그를 상대하는 법을 습득하고 그동안 내가 쓴 공격적인 사설들이 거둔 수많은 성공으로 그의 건망증을 일깨워 줘야 할 것 같다. 그렇게 할 때 분명 커다란 위험이 뒤따를 것이다.

우리 일을 방해하는 사람들은 우리가 접근할 수 없는 사실을 아는 척하면서 우리로 하여금 비판하지 못하도록 억압할 것이다. 게다가 그들의 터전에서 그들과 교전한다는 건 아주 치명적이다. 그들과 맞설 때 우리가 가진 최상의 무기는 그들이 진정코 독점한 사실을 모아서 정리하는 게 아니라 열정을 가지는 것이다. 열정은 우리의 희망이자 힘이고, 바로 곤란에 처해 있을 때 힘을 발휘하는 자원이다. 크리스에게서《내셔널 가제트》를 인계받았을 때 나는 사형 제도에 대하여 어떤 식으로든 강경한 의견이 없었다. 심지어 공개 처형에 대한 특별한 혐오감도 없었다. 투표를 해야 한다면 아마도 본능적으로 반대표를 던지겠지만 별 관심도 보이지 않을 것이다. 그런데 어느 날 오후의 일을 통해 모든 게 변했고, 난 열정적인 개혁 운동가가 되었다. 크리스는 나를 낭만주의자라 했다. '눈에는 눈'의 원칙을 확고하게 믿는 캉안의 보통 사람과 나는 탄탄한 관계를 맺고 있지 않다는 말이었다. 게다가 다른 모든 사람이

하는 말에 의하면 캉안 사람들은 이토록 내 속을 뒤집어 놓은 놀랍고도 참혹한 광경을 즐긴다는 것이었다.

다른 모든 사람이 하는 말이라! 한 사람의 이야기, 그러니까 내가 아는 한 크리스는 한 번도 그런 자리에 간 적이 없었다. 나는 갔다. 그리고 이런 세상에 그것이 흥밋거리라는 점에서는 크리스의 말이 옳다! 하지만 고맙게도 그는 또한 완전히 틀렸다.

2시가 되자 해변에는 발 디딜 틈 하나 없이 뜨거운 흰색 모래나 바다로 쭉 뻗어 거대한 방파제를 이루고 있는 검정색 화강암 바위 위나 사람들로 가득했다. 격렬한 기수들이 궁정에서 로열 파빌리온 앞에 있는 가상의 선 앞에서 진정되듯이 보통 때라면 걷잡을 수 없는 파도를 막고 있는 그 거대한 바위에는 단지 죽음도 무릅쓰는 미치광이들이나 올라갔다. 하지만 이날은 보통날이 아니고 대체로 제정신인 사람도 미쳐 날뛰는 날이었다. 위험한 방파제 위에 올라선 무리 중에 여자들도 제법 눈에 띄었다. 심지어 아이들도 있었다.

사람들은 이동 송신탑에 자리 잡은 전국 텔레비전 방송국에서 나온 카메라 요원들을 감탄하는 표정으로 바라보았다. 그들이 찬란한 태양의 온갖 색깔인 노란색, 빨강색, 흰색, 파랑색, 특히나 캉안의 인디고 염료의 파랑색을 모두 받아들이며 카메라 장비를 원형 극장의 한쪽 편에서 또 다른 편으로 돌릴 때 사람들은 미소를 짓거나 얼굴을 찌푸리거나 카메라를 향해 손을 흔들었다.

아직 남은 유일한 공간은 번호가 붙은 귀빈용 좌석들이 있는 높은 연단과 뒤쪽으로 그들만의 자그마한 모래주머니 방호벽이 있는 처형대 네 개뿐이었다. 소금기와 수증기를 품은 태양의 열기가 무지막지할 정도로 이마 위로 내리쬐어 우리 모두는 눈을 보호하기 위해 손으로 눈가리개를 만들었다. 이런 상황에 대비해 미리 우산을 준비한 사람들이 그걸 펴면 다른 사람들의 시야를 가릴 수밖에 없었다. 바로 내 앞에서 가볍게 시작된 실랑이는 문제가 된 우산이 다시 접힌 다음에야 비로소 끝이 났다.

"실례 많았습니다. 이 물건을 지팡이로 쓰는 건 괜찮겠죠?" 평화를 사랑하는 우산 주인이 말했다.

"그게 좋겠소. 아침부터 햇빛으로 타 들어가며 여기로 걸어온 게 우산을 보려던 건 아니니까."

한순간 나는 저쪽에 아주 탐날 정도로 서늘해 보이는 간격도 적당하고 번호가 붙은 저 좌석 하나를 차지할 수 있는 표를 거절한 게 어리석은 행동이 아니었을까 하는 생각이 들었다. 아직도 그곳에는 앉아 있는 사람이 거의 없었다. 귀하신 몸들이 서늘한 집에서 휴식을 취하는 동안에도 언제나 좋은 것들에 대한 풍성한 몫이 주인이 나타나기를 기다리고 있다는 건 대단한 일이 아니겠는가? 불쌍한 사람들은 빈약한 부스러기나마 얻어 보겠다고 밖으로 나와 이리저리 마구 밀쳐 대면서 햇빛에 타 들어가고 있는데 말이다. 깔개가 놓인 저 텅 빈 좌석들을 보라! 이런 북새통에서 가난한 사람들은 어떻게 침착함을 유지하는 걸까? 끝없이 깊은 인내의 우물에서 끌어 올리는 걸까? 그들의 대단한 유머 감각이 그런 점을 설명해 줄 것이다. 이런 유머 감각이 때때로 속마음을 배신하고 철저하게 의기소침해 있던 그들을 구해 내는지도 모른다. 그들은 돌처럼 차가운 운명으로부터 자신이 누릴 수 있는 모든 기쁨을 마지막 한 방울까지 짜 내는 방법을 습득했다. 그리고 그 불쌍한 사람들을 억압하는 멍청이들은 특별히 그런 즐거움을 강조할 것이다. 있잖아, 저들은 우리와는 전혀 달라. 저들은 당신이나 나한테는 꼭 있어야 하는 사치품들이 필요하지도 않고 또 있어도 사용할 줄 모른다니까. 그러니까 저들에게는 동물처럼 사육시키는 고통을 참아 낼 수 있는 능력들이 있어. 바로 이건 한창때에 주인이던 백인들이 흑인 전체에 대하여 했던 말들이다. 그런데 이제 우리는 불쌍한 사람들에 대해 그렇게 말한다.

심지어 불쌍한 사람들조차 자신들이 어떤 농담을 했는지도 잊을 수 있고 고통 속에서도 지나칠 정도로 완전히 익살스러울 수가 있다. 그날 오후 해변에서 그렇게 끔찍한 처벌을 당하면서도 분홍색 잇몸이 드러나도록 웃어 대는 그들을 보면서 가슴 아프게도 나는 그 웃음의 폭넓은 주름 속에 숨겨진 무기에서 가냘프게 울려 나올 짤랑 소리를 고대하며 귀를 기울였다. 그렇지만 난 그 소리를 듣지 못했다. 그러니까 크리스의 말이 맞다. 그동안 내가 그를 알아오고 사랑했던 그 모든 세월 때문에라도 크리스가 그런 식으로 옳다고 여겨지는 날이 결코 오지 않기를 얼마나 소망했던가. 하지만 그건 부차적인 일이었다.

나는 행정 당국이 취향의 문제에서 탁월할 거라고는 한 번도 기대했던 적이 없었다. 하지만 그날 오후 그들이 감행한 외설적인 의식 절차는 너무나도 놀라웠다. 희생자의 가슴에 과녁을 붙인 것부터 저주받은 남자의 귀에 대고 뭔가 신성모독적인 말을(누가 알랴!) 속삭여 대는 그 교활한 양의 옷을 입은 늑대 같은 성직자의 우스운 몸짓, 구멍이 숭숭 뚫린 끝장난 시신을 향해 청진기를 들고 황급히 달려가 과녁에 열심히 귀 기울이더니 의학적으로 모든 것이 끝났다고 현인처럼 고개를 끄덕이던 의사에 이르기까지 말이다. 다음 날 인간의 진정한 고난을 돌봐 달라고 찾아가면 그 의사가 얼마나 느릿느릿 행동하는지 한번 보아라! 그리고 얼마나 비싼 값을 요구하는지! 그날 해변에서는 행정 당국과 공직자들이 내 예상을 훨씬 뛰어넘었다.

하지만 실제로 나를 힘들게 한 건 행정 당국이 아니었다. 절대로 그들 때문에 괴로워한 적은 없다. 또한 주제넘은 거만한 바보 공직자들 때문도 아니었다. 심지어 총살당한 네 사람 때문도 아니었다. 내가 괴로웠던 건 다름 아니라 자신들의 수치나 살해 행위를 향해 그토록 떠들썩하게 웃어 젖히던 수천 명의 사람들 때문이었다.

죄수 호송차에서 남자 넷이 끌려나올 때 터져 나온 고함 소리는 여태껏 내가 들어 본 소리와는 완전히 달랐고 두 번 다시 듣고 싶지 않은 소리였다. 그건 열렬한 박수갈채였다. 하느님 맙소사, 도대체 누구에게 보내는 박수갈채란 말인가?

죄수 네 명은 나흘간의 하늘 모양만큼이나 서로 달랐다. 한 명은 다리 힘이 완전히 풀렸고 오줌을 싸서 바지 앞부분이 완전히 젖은 채 경찰 두 명에게 이끌려 처형대로 갔다. 두 번째 남자는 애처롭게 울부짖으며 줄곧 어깨 너머로 뒤쪽을 쳐다보았다. 저 앞 콘크리트 속에 박힌 장대한 들보를 바라보고 싶지 않아서였을까? 아니면 최후의 순간에 그 자리에 있겠다고 꿈이나 비전을 통해 약속한 구원자라도 있었던가? 세 번째 남자는 눈물 한 방울 흘리지 않고 계속 걸어갔다. 될 대로 되라는 듯 무슨 말인가를 어찌나 큰 소리로 외쳐 대던지 목의 신경과 혈관이 당장이라도 터질 것만 같았다. 자동차에서 방금 내렸는데도 그는 겔레겔레 시장에서 손수레를 끄는 사람처럼 땀을 비 오듯 흘렸다. 네 번째는 범인들 중에 왕자였다. 경찰에 의하면 이 남자는 세 건의 살인을 저지른 것은 확실하고 네 번째 살인은 용의 선상에 올라 있었는데 용케 이 년 넘게 피해 다녔다 한다. 그는 금실로 수놓은 티 하나 없는 흰 레이스 단시키 셔츠와 멋진 푸른색 테릴렌[8] 바지를 입었다. 그의 외모라든지 곧추서서 걷는 경멸하는 듯한 걸음걸이는 군중의 어마어마한 조롱과 욕설에 대한 도전이었으므로 군중들은 한층 더 맹렬하게 격분했다. 흥분한 군중들의 외침이 사살대원들에게 내리는 장교의 명령을 놓치지 않기 위해 갑자기 고요해지는 바로 그 최고의 순간을 위해 그는 잠자코 있었다. 그 짧은 침묵의 순간에 그는 크고도 침착한 목소리로 선포했다. "난 다시 태어날 겁니다!" 그는 그 말을 두 번이나 반복했다. 사실 세 번이었지만 세 번째는 큰 소리로 터져 나온 야유와 외설적인 농담 그리고 웃음에 묻혀 버렸다. 그건 마치 하늘

8) 폴리에스테르 계통의 합성 섬유.

이 우르릉 쿵쾅 요란하게 "가만히 서서 내가 여호와임을 알지어다."라고 외친 것처럼 우리가 겁먹은 채 꼼짝 못하고 서 있던 바로 그 침묵 속에 내포된 끔찍한 진리에 대한 보상이 분명했다. 내 앞에 서 있던 한 여자가 말했다.

"다음엔 여자가 아니라 염소한테서 태어나겠지."

그 무리와 나를 연결시켜 주던 미약한 고리가 그 순간 완전히 끊어지는 듯했다. 그 순간 나는 만약에 두 다리로 버티고 서 있던 자신의 어머니가 낡은 천 조각처럼 몸이 찢겨진다 해도 저 무리는 눈물이 나오도록 웃으며 소리를 질러 댔을 거라는 사실을 깨달았다. 그런 끔찍한 저주가 선포되는데 어떻게 웃음을 터뜨릴 수 있는지, 또 그런 저주가 실행에 옮겨질 것을 상상하면서 어떻게 공포감을 느끼지 못하는지 난 아직도 자문해 본다. 왜냐하면 강도가 입은 흰 레이스 셔츠가 피로 붉게 물들고 복면을 한 그의 머리가 가슴으로 툭 떨어지기 단 몇 분 전 과잉 반응을 보이는 군중을 향해 강도가 그토록 차분하고도 힘 있게 선포한 말은 강도 자체보다도 더 대단했으며 실제로 나한테는 예언과도 같은 말로 느껴졌기 때문이다. 만약에 마지막 순간까지 허용된 그 비전에서 어떤 특별한 결함을 찾는다면 아마도 그건 이미 명백하게 성취된 사실인 자신의 환생을 미래로 잡았다는 것이리라. 바로 그 순간 강도는 혼란에 빠진 군중들이 선 각각의 모서리마다 훔친 레이스가 달린 테릴렌 소재의 다른 옷을 입고 완전히 성장한 모습으로 서 있지 않았던가? 그리고 저 강도나 그를 똑 닮은 무수한 자들은 날마다 우리들에게서 그저 단순히 레이스나 테릴렌 이상의 더 많은 것을 훔쳐 가는 다른 인간들을 모방한 게 아니던가? 공공연히 우리의 보물을 약탈해 간 지도자들, 철면피 같은 그들의 행위가 이 나라의 혼을 더럽히지 않았던가.

그날 오후 유일하게 행복했던 추억은 내 앞에 있던 여자였다. 그녀는 우산을 들고 있던 남자의 등에다 잔뜩 토해서 그걸 담홍색 머릿수건으로 닦아 내야 했다. 난 그날 그곳에 모인 무리 중 이곳저곳에서 그 여자처럼 비싼 천으로 더러운 토사물을 닦아 낸 사람들이 여럿 있었다고 믿고 싶다. 우리 잡지사 기자들은 그 모든 게 이글이글 타오르던 태양 때문이라고 말했지만 분명 실신한 사람들도 많았다. 그런데 또 다른 보도에 의하면 그날은 대형 강도가 소박하게 환생한 조무래기 소매치기들도 무척이나 바쁜 하루였다.

그다음 날 나는 그런 터무니없고 혐오스러운 공개 처형을 허용하는 법률을 폐기하는 칙령을 대통령이 곧바로 공포해 주기를 촉구하는 첫 번째 캠페인성 사설을 썼다. 이 사설을 쓰면서 어찌나 열정이 솟아오르던지 끝부분에 찬송가 「주여 당신의 말씀 안에 거하소서」의 곡조에 맞추어 부를 만한 시 한 편을 실었다.

지옥의 인간들이 내뱉는 최악의 위협이
잔인한 행동으로 나타나지 않게 하시고
그들의 방식으로 알려진 것보다 훨씬 더 나쁘거나
그들보다 더 맹렬하지 않게 하소서.

대부분의 찬가가 그렇듯이 그다지 좋지 못한 찬가이다. 하지만 사람들은 바사 거리 곳곳에서 이 찬가를 불러 댔다. 크리스는 내가 요령 없이 각하에게 명령하는 것처럼 쓴 논조에 대해 못마땅하게 생각했다. 하지만 막상 당사자인 각하가 정확하게 나의 요구대로 진행하는 걸 본 크리스는 새로운 곡조를 들고 나와야 했다. 갑자기 내 사설은 새로 공포된 칙령과 아무런 관련이 없었다. 각하는 민간 정부 시절에 평판이 나빴던 모든 법률을 뒤집으면 자신의 명예가 어느 정도 향상되리라는 결론을 아주 독자적으로 내렸으며 공개 처형 수정 법령은 단지 그것 중 하나일 뿐이었다. 공개 처형이 얼마나 인기 있는 게임인지 모르냐며 나를 질책했던 바로 그 크리스가 이런 짓을 했다.

그런 특별한 사건들이 있고 나서 일 년여 정도를 나는 사설 규제에 대한 크리스의 생각에 굴복하지 않고 성공적으로 대처할 수 있었다. 하지만 얼마나 더 버틸 수 있을까?

"자네 사무실로 서너 번 전화했었어." 내가 들어가자마자 크리스가 말한다. 그는 나를 쳐다보지도 않은 채 타이핑한 종이 묶음을 정리한답시고 양손으로 붙잡고는 테이블에 대고 툭툭 치기를 계속한다.

"그 말은 나에게 왜 자리에 붙어 있지 않았는지 설명하라는 뜻인가 보군."

"엉뚱한 소리 좀 하지 마, 이켐. 난 그냥 자네에게……."

"저, 나리님. 배터리를 빌려 제 차에 연결시켜 24시간 쓸 수 있게 충전하려고 자동차 공업사에 가야 했습니다. 그 점에 대해 정말로 죄송합니다."

"오늘 아침 사설에 대해 문의하려고 전화했었어." 크리스는 여전히 나를 쳐다보지 않는다. 조용히 말했지만 그의 얼굴이나 목소리에서 묻어 나오는 짜증은 분명히 커지고 있다. 난 요즘 크리스에게서 더 이상 분노를 불러일으키지 못하고 짜증만 나게 만드는 것 같다.

"그게 어째서?"

"어째서냐고! 그러니까 이켐, 난 이제 자네가 하는 일을 이해하려는 노력도 포기했어. 정말일세."

"잘됐네! 드디어!"

"자네는 어떻게 자네나 다른 모든 사람들에게 어리석은 문제들을 만들어 내나?"

"그래 좋아! 크리스, 당신이나 잘하시지그래. 난 나 자신을 충분히 돌볼 수 있으니까. 내 사설들은 말이지, 내가 《가제트》의 편집자로 있는 한 내 글에 대해서는 어느 누구의 허락도 구하지 않겠어. 이전에도 그 점에 대해 자네한테 여러 번 말했을 텐데. 크리스, 자네 마음에 들지 않으면 어떻게 해야 하는지 잘 알잖아? 안 그래? 자네가 날 고용했잖아."

"해고하는 건 문제도 아니야. 자 내 말 좀 들어 봐. 자넨 말이지, 각하에게 내놓을 설명을 제법 그럴듯한 걸로 준비해 두는 게 좋을 거야. 내가 자네한테 전화 건 이유는 단 하나, 각하가 먼저 나에게 질문할 것 같아서야. 이제는 자네를 변호하려고 목요일마다 자리에서 일어나는 것도 아주 진절머리 난다는 걸 말해 주고 싶군."

"날 변호한다고? 이런 맙소사! 날 변호해 달라고 누가 자네에게 부탁했지? 여하튼 무엇으로부터 날 보호하는데? 크리스, 내 생각엔 별로 쓸데없는 짓을 하는 것 같군."

"글쎄, 신경 쓰지 마. 더는 안 할 테니. 이제부터는 자네 맘대로 계속하고, 자업자득으로 혼자 괴로워하거나 말거나 난 모르네."

"고맙습니다, 나리. 더 이상 할 말이 없으시면 이제 그만 가도 될까요?"

"물론 되고말고!"

"아주 짧고 간결하네요." 바깥 사무실에서 짙게 화장한 인형처럼 자그마한 크리스의 비서가 말했다. 난 어쩔 줄 몰라 그저 그녀를 노려보다가 밖으로 나온 다음 문을 쾅 하고 닫았다. 복도를 따라 몇 걸음 걷다 보니 내가 했어야 할 말이 생각났지만 이제는 너무 늦었다. 그러니까 '자네는 길고 고통스러운 걸 좋아한다더군.'하고 말해 줄 걸 그랬다. 난 발걸음을 멈추고 따져 보다가 마음을 고쳐먹고 계속해서 걸었다.

그 젊은 아가씨는 상대편 비서가 상사를 바꿔 주기 전에는 절대로 크리스에게 수화기를 건네주는 법이 없다는 소문이 자자했다. 보아하니 그녀는 존경하는 장관이 보조자와 인사를 나누는 걸 심각한 외교 의례 위반이라고 생각하는 게 분명하다. 어째서 이 나라에서는 모든 게 그토록 손쉽게 판에 박힌 의례상의 콘테스트로 바뀌는지 모르겠다. 헤비급 챔피언은 자기 얼굴을 먼저 보여 주면 안 되고 도전자가 링에서 기다리다 못해 지칠 때까지 탈의실에서 머물러 있어야 한다. 정말이지 그 모든 제스처 게임이 너무나도 크리스답지 않은 걸 보면 크리스도 모르는 사이에 그렇게 된 게 확실했다. 하지만 권력이란 니제르 강을 가로질러 결혼하는 것과 같다는 걸 크리스는 언제쯤 알게 될까. 곧바로 야밤에 노를 젓는 자신의 모습을 발견하게 될 텐데.

크리스는 별것도 아닌 일로 자신을 괴롭혔던 것 같다. 일주일이 흘러갔지만 그 어느 전령병도 대통령 궁에 있는 큰 활자의 레밍턴 타자기로 정리한 질문지를 나에게 전달해 주지 않았다. 녹색의 군대 지프차도 푸른색 경찰 지프차도《가제트》사무실 바깥이나 우리 집 아파트 앞에 멈춰 서지 않았다. 크리스는 무척이나 겸연쩍어 한다. 당연하다. 크리스 책임이 아니다. 오늘 저녁 그의 집에 들러 그의 기분이라도 풀어 줘야 할 것 같다.

독재자를 숭배하는 건 상당한 골칫거리이다. 그게 단순히 머리를 아래로 물구나무서서 춤추는 일이라면 그다지 나쁜 일이 아닐 수도 있다. 그런 거라면 누구든지 연습을 통해 습득할 수 있다. 진짜 문제는 매일매일 시시각각 어느 게 위고 어느 게 아래인지 알 길이 전혀 없다는 점이다. 크리스가 마지막으로 대통령 궁에 갔던 날 권력자는 아주 단호하게 아바존을 방문하겠다고 말했던 것 같다. 크리스는 그곳에서 나온 후 나를 포함한 모든 사람에게 그 소식을 충실하게 전하기 시작했다. 하지만 그러는 동안 선잠에 빠져들었다 깨어난 권력자는 이 세상을 다르게 보기 시작했다. 이제 그는 "아바존에 가서 충성스러운 나의 국민들을 만나서는 안 돼."라고 말한다. 그러고는 곧바로 모든 계획을 취소해 버렸다. 그래도 괜찮다. 하지만 문제는 어느 누구도 이 거대한 왕국의 4개 주에 그런 중요한 정보를 전파하는 책임이 있는 공보처 장관에게 그런 결정을 말해 주는 걸 생각해 내지 못했다는 점이다. 그래서 불쌍한 크리스는 완전히 곤경에 빠진 것이다.

나한테도 누구 한 사람 말해 주지 않았다. 하지만 나와 크리스의 큰 차이는 난 애당초 그런 기대도 없었다는 거다. 이상하게 그 문제에 대해 뭔가 감이 잡힌 나는 엘레와가 택시를 타고 떠난 후 한밤중에 홀로 앉아 자유 계약 선수라도 된 양 내 생각을 가다듬었다. 그런 식으로 하면 인생이 한층 더 간편하다고 난 계속해서 크리스에게 말한다. 훨씬 더 간편하다. 어깨 너머로 뒤돌아보지 말라고 난 크리스에게 말한다. 예정보다 조금 늦게 달려올 구원자는 결코 없다. 남자답게 처형대를 향해 씩씩하게 걸어가 가슴으로 총알을 받아라. 훨씬 더 간편하다.

하지만 이 상황에서 진정한 아이러니는 심지어 크리스 자신의 생각을 따르더라도 내가 택한 방식이 훨씬 더 성공적이라는 점이다. 용하다 싶을 정도로 다른 모든 부하보다 내가 권력자의 생각을 더 잘 알아맞힌 적이 얼마나 많았던가? 어쩌면 얼마 지나지 않아 나는 마술을 부린다거나 아니면 대통령궁과 비밀스럽게 내통하는 핫라인이 있다는 의심을 받을지도 모른다! 숲 속에 있는 은둔자의 오두막집에 살면서 날마다 시중드는 최면에 걸린 아첨꾼들보다 황제의 생각을 더 잘 알아맞힌다는 게 도리에 맞지 않기 때문이다. 하지만 그건 사실 아주 간단하다. 황제는 얼간이일 수는 있지만 괴물은 아니다. 물론 크리스 일당이 그에 대해 계속해서 손을 쓰면 분명 괴물이 되겠지만 여하튼 아직은 아니다. 다행스럽게도 지금 당장은 아직 괜찮다. 그렇기 때문에 난 그가 기본적으로는 옳은 일을 하고 싶어 한다고 믿는다. 몇몇 친구들은 이 점에서 나와 의견이 다르다는 걸 잘 안다. 심지어 크리스조차 내 생각에 동의하지 않는다. 하지만 난 내가 옳다는 확신이 있다. 우리가 마음을 쏟는다면 아직도 샘이 구제될 수 있다고 믿는다. 샘의 문제는 그런 사기꾼 같은 검찰 총장처럼 하루 종일 사소한 이해관계가 얽힌 수많은 일을 위해 굽실거리는 인물들에 둘러싸여 있는 탓에 어느 게 옳은지 알 기회가 전혀 없다는 점이다. 그러니까 샘이 이따금이나마 단단한 벽 같은 궁정의 광대들 사이로 난 틈을 통해 살짝살짝 가느다란 빛을 볼 수 있게 해 주는 일, 바로 그런 일을 크리스와 내가 해야 한다. 어느 누구보다도 오랜 기간 샘을 알고 지낸 우리들은 그런 사람들과 경쟁해서는 안 된다. 난 논란의 여지가 있는 수많은 사설을 통해 가능한 한 빛을 비춰 보려고 노력했다. 크리스와 함께라면 훨씬 더 많은 일을 할 수 있을 텐데. 만약에 샘이 더 강하거나 더 총명하면 아마도 그는 우리의 도움을 필요로 하지 않을 것이다. 하지만 그럴 경우 그는 어쩌면 그렇게 빠르게 각하가 되지 못했을 수도 있다. 조금은 얼빠진 인간들만이 어쩌다가 그런 엄청난 일에 관여할 수가 있다.

크리스는 군인이라는 직업에 대해 나름대로 괜찮은 이론을 가진 것 같다. 그 이론에 의하면 군대 생활은 두 종류의 사람들에게 매력적인데, 하나는 아주 드물지만 정말로 강한 사람들이고 나머지는 강해지고 싶어 하는 사람들이다. 첫째 그룹은 훌륭한 군인이 되어 자신의 힘을 과시하기는커녕 거의 드러내지도 않는 좋은 사람으로 남는다. 하지만 나머지 그룹은 그저 으스대고만 싶어 한다. 훗날 이 말이 사실이라는 걸 두 개의 별도 사건을 통해 확인했는데 아주 흥미롭게도 두 번 다 겔레겔레 시장에서 경험했다. 쓰러질 듯 비틀거리는 술주정뱅이 하나가 아주 훌륭해 보이는 이방인에게 전투 태세로 싸움을 걸고 있었다. 자그마한 상자를 든 이방인은 분명 주차장을 향해 걸어가던 중이었다. 주정뱅이는 그 상자나 심지어 이방인이 입고 있던 옷까지 자기 거라고 주장했던 것 같다. 시장에 있던 사람들 모두 술주정뱅이를 아는 것 같았는데, 그건 이 장면을 목격한 수많은 사람이 상자를 든 강한 남자에게 똑같은 충고를 했기 때문이다. "여보쇼, 자네가 만약 저 바보를 단호하게 다스리지 않으면 저놈은 계속해서 자넬 못살게 굴 거요."라고 말이다. 하지만 이방인은 군중의 충고를 따르기보다 자기를 괴롭히는 사람에게서 슬쩍 빠져나가려고 애쓰는 것 같았다. 그런 모습은 마침내 사람들을 짜증 나게 만들었다. 이 이방인에게 정말로 잘못된 게 없다면 어째서 술 취한 이 천치 바보가 이토록 괘씸하게 자신을 무시하도록 내버려 두는지 사람들은 이해하지 못했다. 어쩌면 저 친구가 입은 옷이 정말 자기 게 아닌가. 그 시점에 그 광경을 지켜보던 군중 사이로 새롭게 끼어든 사람이 그 이방인은 바로 전날 밤 캉안에서 새롭게 탄생한 레슬링 챔피언이라는 걸 알아보았다. “그래서 저렇게 행동했군.” 누군가가 사무적인 목소리로 짧게 말하자 나머지 사람들도 이해하는 것 같았다. 그들의 통찰력이 이토록 예민한 걸 보고 난 정말이지 깜짝 놀랐다.

또 한 사건은 주차장에서 일어났다. 여자 친구가 머리를 땋겠다고 미용사의 오두막으로 들어간 사이에 난 차 안에서 책을 읽고 있었다. 주차된 자동차 주변에서 중고품 옷을 파는 젊은이들이 나무로 된 빨래걸이에 상품을 진열해 놓았다. 분명 어떤 물건이건 간에 시장 주차장에다 상품을 진열할 권한이 전혀 없었으므로 소란스러운 이 행상인들은 이따금 경찰관이나 시장 주인이 나타났다는 것을 알리는 비밀스러운 신호가 오면 재빠르게 도망쳤다. 믿기 어렵겠지만 그런 동작을 하는데 채 일 초도 걸리지 않았는데, 저 멀리 추운 날씨의 풍요로운 소비문화 속에서 유통되던 무거운 헌 옷들이 걸려 있던 수백 개의 나무틀이 순식간에 눈부신 한낮의 태양 속에서 몽땅 사라졌다. 대체로 경고 신호는 가짜로 판명되었는데, 상인들은 깔깔대고 농담을 해 가며 사라질 때와 같이 기적적으로 기민하게 또다시 나타나 자리를 불법으로 차지하곤 했다. 사방으로 활기 넘치고 스릴 만점인 이 극적인 사람들에 둘러싸인 채 나는 책을 읽거나 아니면 읽는 척하면서 그냥 자동차에 앉아 있는 기회를 절대로 포기하지 않았다. 물론 겔레겔레 시장 전체가 동시에 공연되는 천 개의 라이브 연극 무대이다. 예를 들어 친구 조이가 머리를 땋고 있는 오두막 자체가 나름대로의 즐거움을 선사했다. 마룻바닥에 깔아 놓은 매트에 앉아 자신의 머리를 양 무릎으로 잡고 있는 미용사의 날렵한 손에다 조이가 기다란 검정 실을 건네주는 모습은 무척이나 흥미롭다. 하지만 난 언제나 중고품 옷을 파는 쾌활한 젊은이들을 선택하곤 했다.

그러던 어느 날 군용차가 미친 듯이 달려오더니 후진을 했다. 앞으로 달려가던 자동차가 갑작스레 살벌해진 차도에서 간신히 서둘러 빠져나온 한 젊은이와 그의 옷 무더기를 향해 조금의 여유도 주지 않고 빠르게 후진하는 모습을 목격한 나는 커다란 충격을 받았다. 사방에서 비명 소리가 들렸다. 운전자는 밖으로 나오더니 잠금 단추를 꽉 누르고 문을 쾅 하고 닫았다. 간신히 목소리를 되찾은 어린 장사꾼이 쭈뼛쭈뼛 말했다.

"저기요, 날 죽이려고 그런 거예요?"

"널 죽이느니 개를 죽이지." 차에서 내린 군인은 간담이 서늘할 정도로 독기를 품고 말했다. 난 자동적으로 자동차 문을 열고 밖으로 나왔다. 그 친구에게 그런 말을 할 필요가 전혀 없다고 말해 줄 참이었던 것 같다. 하지만 결국 그런 말을 하지 않았던 게 다행이다. 왜냐하면 싸움에 뛰어들어 자기 자신이 행위자가 되고 싶은 유혹을 물리칠 때만 볼 수 있는 것들이 있기 때문이다. 그래서 난 그 멍청이가 겁쟁이처럼 과장되게 으스대며 걸어가는 꼴을 지켜보다가 다시 자동차 안으로 들어갔다. 그러면서도 속에서는 정말이지 분노가 끓어올랐다. 어린 친구들은 놀라서 할 말을 잃었다. 그 순간 자동차에 부딪쳤던 바로 그 어린 친구가 갑자기 웃음을 터뜨리더니 물었다.

"저 사람이 한 말이 날 죽인 다음 가서 개도 죽이겠다는 거예요?"

그러자 다른 상인들도 합세하여 다 같이 깔깔대고 웃었다.

"아니, 그게 아니라 널 죽이는 건 개를 죽이는 것과 마찬가지란 뜻이야."

"그러니까 자네가 개란 거지……. 개가 자네로 태어났던가."

하지만 피해자는 한층 더 창의적인 해석에 매달렸다. "아니에요. '널 죽이느니 개를 죽이지.'라는 말은 날 죽인 다음 집에 가서 자기 개도 죽이겠다는 뜻일 거예요."

이 사람들의 삶은 십 분이 채 흐르기도 전에 이런 새로운 환상으로 어찌나 잘 회복되었던지 공격적인 군인이 군용차를 몰고 가려고 자기 자동차로 돌아가자 삼십 분 전 그에게 당한 피해자는 군인을 향해 말했다.

"저기요, 잘 가세요." 이 말이 자기 꼴을 한층 더 초라하게 만드는데도 군인은 아무 대꾸도 하지 못했다. 혹시 그런 걸 생각할 수 있는 사람이면 말이다. 그래서 난 나무랄 데 없는 그 시나리오에 개입하지 않았다는 사실이 매우 기뻤다.

샘이 영특했던 적이 한 번도 없었다고 말한다고 해서 과거에 그가 항상 얼간이였다든지 아니면 지금 얼간이 짓을 하고 있다고 암시적으로 말하는 건 아니다. 샘의 가장 큰 결함은 도대체 그의 소원이란 게 기껏 남들의 기대에 맞춘다는 거였다. 특히 그는 이따금 바보처럼 보일 정도로 감탄하던 영국 사람들의 기대를 따랐다. 우리 학교 교장인 존 윌리엄스 씨가 그에게 군인이야말로 신사들이 꿈꿔야 하는 길이라고 말하자 샘은 그 즉시 의사가 되겠다는 생각을 포기하고 군인이 되었다. 샘이 서리에서 MM을 통해 소개받은 영국인 아가씨와 결혼하지 않은 유일한 이유는 크리스와 그의 미국인 아내 루이스의 관계가 깨진 것에 충격을 받아서인 게 분명하다. 크리스의 결혼은 뉴욕에서 했다면 어느 정도 이해될 수도 있었겠지만 놀랍게도 런던에서 이루어졌다. 심지어 지구의 양쪽 끝에서라 해도 두 이방인이 똑같은 무인도로 추방당해 왔다면 어떤 밀접한 관계가 이루어진다는 게 불가능하다고는 생각지 않는다. 그런데 불행하게도 크리스와 루이스는 함께 산 육 개월 동안 침대에서건 다른 어디서건 한 번도 그런 밀접한 관계를 이루지 못했다.

우리의 선생이던 존 윌리엄스가 처벌을 묘사할 때 즐겨 쓰던 문구는 "상당히 적절하고 확실하게 짓눌러 흘러넘치도록 만든다."였는데, 결과적으로 볼 때 어쩌면 그는 샘을 위해 최상의 선택을 해 준 셈이다. 샘은 꽤 자연스럽게 군인으로 성장했는데, 내 생각에 의사라는 역할로 융합되기보다 더 쉬웠던 것 같다. 물론 샘이 환자를 다루는 솜씨 역시 분명 나무랄 데 없었을 것이다. 하지만 샘은 영국의 샌드허스트에 있는 육군사관학교를 졸업한 후 대학 편람 안내서의 사관 모델이 되었다. 아직 끝난 건 아니지. 고국으로 돌아온 후 샘은 완벽한 발음으로 이런 표현을 즐겨 썼다.

샘이 대위로 진급했다는 소식을 들은 다음 날 아침 난 그를 만나러 갔다. 일요일 10시경이었다. 샘은 모닝코트를 입고 느긋하게 소파에 앉아 있었으며 일요일자 신문이 그의 주변 마룻바닥에 흩어져 있었다. 사이드 테이블에는 반쯤 피우다 만 파이프가 놓여 있었고 음향 기기에서는 모차르트의 세레나데가 33과 1/3회전판에서 45rpm 속도로 흘러나오고 있었다. 그게 바로 샘의 문제였다. 그는 아주 똑똑하지도 않았지만 그렇다고 사악하지도 않았다. 게다가 음감이 전혀 없었다. 샘이 휘파람을 불려는 모습을 보면 얼마나 우스운지 모른다.

샘에게는 그를 엄청날 정도로 받아들이기 쉽게 만드는 또 다른 점, 그러니까 무대 감각이 있다. 기본적으로 그는 배우이다. 우리가 샘에 대해 안 좋게 생각하는 점은 대체로 도덕적 책임 의식이 완전히 결여된 것 같은 레퍼토리의 상황 정도이다. 그는 영국인, 특히 부유층의 관습에 매료되어 그들의 기벽을 즐겨 따라했다. 샘이 오전 내내 메이페어 상점에서 멋들어진 파이프를 고르느라 고생했다고 말할 때 나는 그가 자기 자신을 진지하게 여기지 않는 사람인 걸 알 수 있었다. 그러니까 나도 그를 진지하게 생각할 이유가 전혀 없었다.

물론 국가 원수로서 이런 태도가 적절한지에 대해 의문을 제기해 볼 수 있다. 하지만 솔직히 말해서 난 그럴 마음이 전혀 없다. 사실 샘이 보여 주는 그런 종류의 지적 유희는 수많은 아프리카 독재자에게서 보이는 권력에 대한 기쁨이 결여된 열정보다는 위험하지 않을 것이다. 샘이 유익한 충고를 받아들이고 라스푸틴[9]과도 같은 레지널드 오콩의 영향하에 너

9) 1869~1916. 러시아 정교회 수도사. 니콜라스 2세와 알렉산드라 황후의 신임을 얻어 국정을 좌우하다 암살되었다.

무 깊숙이 놓이지만 않는다면 최악의 상황은 피할 수 있을 것이다.

어쩌면 내가 너무 낙관적인지는 모르지만 의사들에게 위기가 닥쳤을 때 보인 샘의 반응이 나에게는 상당한 희망과 격려가 되었다. 그 모든 훌륭한 의사들이 증오심에 가득 차서 매드 메디코를 내쫓지 못해 안달을 떨었던 게 매드 메디코의 말도 안 되는 낙서 때문이 아니라는 사실을 샘은 곧바로 알아차렸다.(나는 샘과 생각이 같았지만 크리스는 그걸 받아들이지 않았다.) 전혀 그런 게 아니었다. 매드 메디코가 저지른 죄는 그가 감히 한 의사에게 굴욕감을 느끼게 만든 거였다. 의사들은 오페 박사가 비윤리적인 행동을 했을 수도 있다고 공공연히 인정했다. 하지만 그렇다고 해서 비전문가인 데다 특히 외국인인 주제에 감히 죽은 환자의 친척들을 선동하고 심지어는 그 친척들에게 자기 돈을 내 주면서 자신이 몸담은 바로 그 병원을 상대로 소송을 제기하라고 부추길 자격이 매드 메디코에게 있었는가? 자신들이 내놓은 수사적 의문에 대해 그들이 내놓은 답변은 물론 단호한 부정이었다. 하지만 나의 답변은 확고한 긍정이었고 다행스럽게도 각하의 답변도 내 의견과 같았다. 공평하게 말하자면 크리스가 오페 사건에 대한 우리의 견해에 동의하지 않은 건 아니지만 그는 매드 메디코의 안내문에 대한 의사들의 불평에 대해 완전히 별도로 그 진가대로 판단해야 한다는 법률적 노선을 취했다. 교활한 그놈의 검찰 총장이 크리스에게 무료 교습을 해 준 게 분명했다.

그런 형편없는 농담을 붙여 놓다니, 매드 매디코가 완전히 바보짓을 한 것은 나도 인정했다. 그는 무책임한 행동을 저질렀을 뿐만 아니라 자신의 안전 역시 개의치 않았다. 의사들과 충돌한 후에야 그는 그동안 자신의 모가지를 자르려고 여기저기 다양한 방법으로 매복할 적들을 스스로 양산해 놓았다는 사실을 깨달았을 것이다. 고맙게도 매드 메디코가 자기 머리를 금 쟁반에 얹어 내미는 바람에 의사들은 자신들의 직무 범위를 넘어섰던 것이다.

그가 무례하게 세련된 취향을 남용한 사실을 경시할 이유가 하나도 없었기에 나는 곧바로 사설을 통해 매드 메디코를 위한 개혁 운동을 부추겼다. 그것에 덧붙여 외과 진료실에서 말할 수 없는 고통을 겪으며 나흘 밤낮을 누워 있었을 그 불쌍한 남자에 대해 알려야 했다. 그동안 환자의 친척들은 오페 박사가 수술 전에 달라고 요구한 25마닐라[10]를 모아 보겠다고 병원에서 먼 마을까지 미친 사람들처럼 왔다 갔다 뛰어다녔지만 허사였다. 환자의 비명 소리가 남자 병동을 벗어나 멀리 떨어진 병원 입구의 응급실에서도 들을 수 있었다고 목격자들은 모두 입을 모아 말했다. 간호사들 역시 환자의 입을 다물게 할 수 없었던 바람에 쉬려고 하는 사람들은 병동에서 나와 몇 시간 동안 다른 곳에 가 있어야 했다고 증언했다. 세 명의 간호사는 오페 박사와 전화 연락을 하려고 무척이나 애썼지만, 의사는 계속해서 귀찮게 집으로 연락하면 징계 조치를 내리겠다는 엄포와 함께 환자에게 모르핀을 한 대 더 놓아 주

10) 아프리카 서부 종족 사이에서 쓰이는 금속 장신구이자 화폐.

라는 지시만 내렸다고 말했다. 매드 메디코가 이 일에 개입한 후 마침내 수술을 시행한 의사는 조사받으면서 말하기를, 자신이 끄집어내야 했던 1미터인가 2미터인(이제는 내 기억에도 희미한데) 그 기다란 검정색 창자가 이미 손도 쓰지 못할 정도였다고 했다.

매드 메디코가 이 나라에서 쫓겨나든 말든 뒷짐을 진 채 상관하지 말아야 할지를 놓고 고민할 때 난 매드 메디코의 어리석은 행동과 이 환자의 이야기를 나란히 놓고 생각했다. 나는 분명 매드 메디코가 어떤 어리석은 짓을 저질렀건 간에 오페 박사의 동료들이 아무리 간접적이라 해도 승리감에 도취되는 꼴은 도덕적으로 허용할 수가 없었다. 다행스럽게도 대통령 각하 역시 그 문제를 나와 똑같은 방식으로 보았다. 크리스는 나에게 감상적이라고 말한다. 그래, 그럼 그러라지.

샘이 영국 사람들을 모방하는 점에 대해 아마도 난 상당히 관대한 것 같다. 풋내기 독재자는 유유자적한 영국 신사보다 훨씬 나쁜 모델을 선택할 수도 있다는 믿음 때문이다. 내 생각에 오늘날 영국 사람들은 다른 사람에게 해를 크게 입힐 수 있을 것 같지 않다. 오랜 기간 머나먼 땅에서 야만인들을 진압하던 그들은 영국해협 바로 건너편에서 최고로 위험한 야만인을 발견하고는 그를 데려다 자신들을 뒤따르게 했다. 하지만 감당하기 힘들 정도로 엄청난 노력이 필요했을 뿐만 아니라 비용 또한 만만치 않았다. 훌륭하게 임무를 완수한 후 그들은 두 번 다시 그런 일을 하지 않겠다고 다짐했다. 그들은 자신들의 현란한 솜씨로 만들어 낸 영웅을 가장 훌륭한 영국인으로 지명한

다음 그를 투표소에 내동댕이치고는 클레멘트 애틀리[11]를 뽑게 했다. 대영 제국의 소명이라는 유령이 아직도 전 세계 소수 민족에게 어떤 무서운 영향력을 행사할는지 모르지만, 변절자 영국인과 얼마 되지 않는 그의 일당이 여왕 폐하의 로디지아 식민지[12]를 점유하고 십삼 년 동안 지배하면서 그런 두려움은 마침내 사라졌다. 아니, 영국인들은 실제적인 목적 때문에 더 이상 전 세계를 협박하지 않게 되었다. 오늘날 진정한 위험 요소는 비대한 백만장자이자 비행 청소년 같은 미국, 그리고 유럽이 아프리카에 낳은 아민[13]이나 보카사[14] 같은 가혹하고 기형적인 괴물들이다. 특히 위험한 것은 그 괴물들이다.

샘에게 일어난 변화는 대부분 그가 처음으로 아프리카 단결 기구 모임을 다녀온 후부터 시작된 것 같다. 당시에 종종 그랬던 것처럼 크리스와 나, 그리고 다른 몇몇 친구들이 샘을 만나러 대통령 궁으로 들어갔을 때 샘이 단 일주일 전 바사를 떠날 때와 똑같지 않다는 걸 한눈에 알아챘다. 다른 친구들, 그러니까 크리스, 매드 메디코 및 다른 사람들은 모두 나중에서야 그런 변화에 주목했다. 샘은 자신이 만난 영웅들에 대해 이야기할 때, 그러니까 특히 자기 주변에서 무슨 일이 벌어지

11) 1883~1967. 영국의 정치가. 인도의 독립을 인정하는 등 식민지 축소에 힘쓰고 국민 의료 보험 제도 창설 등 사회 보장 제도 확립에 노력을 기울였다.
12) 현재 짐바브웨로, 1888년부터 1980년까지 영국의 식민 지배를 받았다.
13) 이디 아민. 1928~2003. 1971년부터 1979년까지 우간다 대통령을 역임했으며, 잔혹한 통치로 악명 높았다.
14) 장베델 보카사. 1921~1996. 1965년 쿠테타를 일으켜 중앙아프리카공화국 대통령에 취임한 후 탄압과 폭정을 이어 가다 축출당했다.

든 절대로 웃지도 않고 얼굴 표정도 바꾸지 않는 노련한 황제에 대해 이야기할 때 수학여행을 다녀와 흥분해서 떠드는 학생처럼 말했다.

"혹시 귀가 어두워 잘 못 듣는 것 아닐까?" 매드 메디코가 말했다.

"말도 안 되는 소리." 각하가 말했다. "그의 청력은 완벽해. 다섯째 날 아침에 그분과 함께 식사를 했는데 내가 하는 말을 하나도 빼놓지 않고 다 듣던걸. 게다가 그는 아주 활기차고 유쾌한 유머 감각도 있어."

"그러니까 그는 부족 회의를 할 때만 가면을 쓰는군." 내가 말했다.

"나도 그 사람처럼 보이면 얼마나 좋을까." 생각이 딴 데로 가 있는 게 분명한 각하가 아쉬운 듯 말했다. 만약 어떤 다른 사람이 그런 대화를 나에게 전해 주었다면, 특히 나도 그 사람처럼 보이면 얼마나 좋을까 하는 말을 하더라고 전해 주었다면, 난 절대로 믿지 못했을 것이다. 젊은이가 80대 노인처럼 보이기를 원하다니!

샘은 대부분의 시간을 은공오 대통령에 대해서만 이야기했는데, 그러니까 종신 대통령인 은공오는 샘에게 사랑스러운 내 친구라고 부르며 두 번째 날 칵테일을 마시자고 자신의 스위트룸으로 초대했다고 했다. 샘이 습관적으로 이상 끝이라고 말하게 된 건 의심할 여지없이 그 늙은 은공오에게서 배운 것이었다. 일주일도 채 지나지 않아 그 말은 내각 구성원들 그리고 바사의 칵테일 그룹으로 퍼져 나갔다. 거기서부터 그 말은 꽤 빠르게 일반인들의 입으로 들어갔다. 일전에 나를 자동차로 자동차 공업소까지 태워다 준 사무실 소속 운전기사가 말했다. "배터리 충전은 순전히 돈 낭비예요. 일단 배터리가 말썽 부리기 시작하면 새 걸로 바꿀 생각 하세요. 이상 끝."

샘이 여행 가방 속에 단지 이상 끝이라는 말만 넣어 왔을 리가 없다. 내 느낌이 틀릴 수도 있겠지만 그때부터 대통령 궁에서 우리를 맞아들이는 그의 태도가 분명 더 냉담해졌다고 생각한다. 더 이상 우리와 어울리지 않는다는 것 자체는 문제될게 없지만 타이밍은 중요할 것이다. 그때 샘은 처음으로 아프리카 국가 원수로 자신이 써 내려갈 드라마의 가능성을 보았을 테고 얼른 얼굴 분장을 끝내고 무대로 올라가 자기 역할을 완벽하게 수행하기 위해 우리들과 어울리기보다는 은둔 생활을 하기로 마음먹은 것 같다.

5

“나도 같은 걸로 줘요.” 이켐이 말한다.

“제기랄!” 매드 메디코가 대꾸한다. “그러니까 이 집에서는 빌어먹을 자네 상관을 그대로 따라 하지 않아도 된다고. 자, 스카치나 캄파리나 다른 것, 차라리 물이라도 마셔. 그냥 그에게 본때를 보여 주라고.”

“너무 늦었어요.” 이켐이 말한다. “본래부터 우린 고든스 드라이진에 중독되었거든요. 아무리 저항하려고 발버둥쳐 봐도 이젠 너무 늦었고 아무런 의미도 없지요. 진이여 영원하라, 아멘.” 말은 유쾌했지만 목소리나 얼굴에는 즐겁다는 표시가 전혀 없다.

“어째서 이켐이 나를 따라 한다는 생각을 갖게 되었는지 궁금하군요. 다시 한 번 말하지만 당신만 모르는 것 같네요. 저 친구는 그러느니 차라리 죽음을 택할 겁니다. 모든 사람이 그러니까 당신도 아는 줄 알았는데요."

"자신의 지도자를 추종하는 상관을 따른다면 우스꽝스러운 서커스 공연이 될 겁니다." 이켐이 계속해서 엄격한 표정으로 말했다.

매드 메디코는 알코올이 거의 없는 진을 두 잔 따른 다음 플라스틱 통에 든 얼음을 손가락으로 집어서 넣느라 꾸물거렸다. 그가 각각의 잔에다 탄산수를 조금씩 붓는 걸 보고는 자기 잔에는 좀 더 많이 넣으라고 부탁한다. 그런 다음 그는 또 다른 통에서 레몬 조각을 집어 들더니 엄지와 집게손가락을 이용하여 각 잔에 살짝 짜 넣고는 휘젓는다. 그는 진을 준비하면서 손가락을 두세 차례 핥거나 푸른색 반바지의 엉덩이 부분에다 문질렀다. 이켐의 새로운 여자 친구 엘레와는 그 모습을 보고 처음에는 충격을 받았지만 나중에는 매혹되었다는 걸 알 수 있다. 그녀는 분명 매드 메디코에 대한 이야기를 수천 번은 들었을 테지만 이렇게 가까이서 보는 건 처음이다. 다른 사람들도 마찬가지다. 그러니까 어쩌면 엘레와는 백인을 이렇게 가까이서 보는 게 난생처음일지도 모른다.

매드 메디코(Mad Medico)의 본명은 존 켄트지만 여기서 그를 그 이름으로 부르는 사람은 한 명도 없다. 그는 이 기이한 명칭을 아주 좋아해서 친한 친구들은 항상 MM으로 줄여서 부른다. 그는 물론 의사[15]도 아니고 정확하게 말해서 미치지

15) medico에 대한 설명.

도[16] 않았다. 이켐은 한때 그를 보고 실패한 시인이라고 했는데, 내 생각으로는 그게 존 켄트라는 경이로운 사람에 대한 가장 정확한 설명인 것 같다. 그리고 저 두 사람, 시인과 실패한 시인은 아주 사이좋게 잘 어울렸다. 모든 사람이 아는 것처럼, MM은 대통령 각하와도 아주 잘 지냈다. 무엇보다 MM을 여기로 데려와 병원 관리를 맡기고 일 년 전 갑작스럽게 추방될 뻔했던 그를 구해 낸 건 그들의 우정이었다.

엘레와는 깜짝 놀라 커다래진 눈으로 매드 메디코의 특이한 집을 둘러보며 점점 더 매료되었다. 그녀의 순수함은 상당히 매력적이다. 이제 그녀는 비어트리스를 쿡 찌르더니 바의 중앙 벽에 진열해 놓은 술병들 위로 읽기 쓰기를 조금밖에 못하는 사람의 손으로 새겨 넣은 글귀를 손으로 가리킨다. 비어트리스는 그걸 적어도 열 번 이상 보았으면서도 친절하게 엘레와와 함께 킥킥대고 웃는다. 매드 메디코는 이 젊은 숙녀가 그 글귀에 관심을 보이는 걸 알아차리고는 그 시의 영감을 급사로 일하는 선데이에게서 받았다고 말해 준다.

> 그들이 예서 마시는
> 그 모든 맥주
> 날 두렵게 허네.

정말로 시의 영감을 준 사람이 선데이라면 그건 단지 유유

---

16) mad에 대한 설명.

상종을 증명해 주는 꼴이다. 매드 메디코에게는 낙서에 대한 이상한 강박증이 있는데, 일 년 전에는 그것 때문에 문제가 발생해 이 나라에서 그가 하던 일도 집도 모두 날아갈 뻔했다. 그러자 오늘날까지 처음이자 마지막으로 각하와 이켐이 그를 구하기 위한 공동 노력을 기울였다. 의사들은 그를 산 채로 찢어 죽일 마음이었는데 난 아직도 그들이 전적으로 나빴다고는 생각하지 않는다. 이켐은 일부 의사들이 그 상황을 이용하여 다른 불평 불만을 터뜨린 거였다고 주장하지만 난 아직도 벽에 붙여 놓은 글귀가 용서받을 수 없는 한심스러운 짓이었다고 생각한다. 마음이 가난한 자는 복이 있나니 그들이 하느님을 볼 것이요 하는 글귀는 이 세상 어디를 가더라도 심장병 환자들이 입원한 병동에다 못으로 박아 놓기에 합당한 농담이라고 볼 수 없다. MM을 옹호하는 한 멍청이가 이런 말도 안 되는 소리를 하긴 했다! 환자들은 너무 많이 아프든가 아니면 무척이나 무식해서 실제로 그 글귀로 인해 마음의 상처를 받은 사람은 한 명도 없었을 거예요. 문제는 악취미였다. 남자 성병 환자 병동 밖에다 그가 붙여 놓은 또 다른 낙서는 한층 더 끔찍했는데, 어떻게 그런 착상을 할 수 있는지 놀랍다. 서로 스칠 것만 같은 두 개의 공 사이에 자리 잡은 커다란 화살이 흔들거리는 도로 표지처럼 병동 입구와 '두 도시 소돔과 임질 방향'이라는 글자를 가리키고 있었다.

MM이 묻는다. "우리 시대의 총아 님은 어떻게 지내지? 요즘은 그를 만날 기회가 도통 없군. 어설프기만 한 늙어 빠진 바보를 추방당하지 않도록 구해 줄 때 강력했던 우정이 큰 타격을 입은 것 같아. 그건 그렇고, 각하는 잘 지내시나?"

"더할 나위 없이 아주 잘 지내고 있습니다. 지난 금요일 오후에는 온 각료를 한 시간 동안 억류해 놓은걸요." 내가 말했다.

"그래? 너무 진부한데." 매드 메디코가 대답했다. "그러니까, 딕, 권력에서 가장 끔찍한 건 그게 철저하게 부패해서가 아니라 사람들을 엄청나게 지루하게 만들고, 예측할 수 있게 되고……. 그러니까 완전히 재미없어진다는 거잖습니까." 그는 우리보다는 영국에서 온 손님을 향해 말했다. "그 청년을 처음 만났을 때는 상당한 매력 덩어리였다고 내가 말했잖소. 그토록 인간적이고 그토록 세련된 사람은 한 번도 본 적이 없었지요." 딕은 무심히 고개를 끄덕거린다. 딕은 오후 내내 열 마디 말도 하지 않았다. 그는 진이 탄산수인 양 라임 주스를 섞어서 마신다. 하지만 그의 혈색은 음울한 분위기와는 대조적으로 아주 밝아서 거의 아가씨 피부 같았고 매드 메디코의 지나칠 정도로 거친 황갈색 피부와는 달랐다. 맨 처음 이런 점으로 우리의 관심을 이끈 사람은 매드 메디코 자신이었다. 그는 우리에게 딕을 소개하며 "열대 지방에서 사는 백인은 자신의 피부 상태가 어쩌면 보기만큼 나쁘지도 않고 군데군데 얼룩덜룩하지도 않다는 사실을 상기하기 위해서라도 이따금씩 자기 종족 나라에서 바로 온 사람을 만나 볼 필요가 있지."라고 말했다.

딕은 이제 아주 애처롭게 말하고 있다. 그는 삼면으로 된 바의 내 맞은편 맨 끝에 앉아 있다. 우리 둘 사이로 바 안쪽에서 바텐더 노릇을 하고 있는 매드 메디코를 마주하고 기다란 앞쪽 카운터에 이켐과 두 아가씨가 앉아 있다. 그런 말이 있는지 알 수 없지만 액턴 경은 부패에 어쩌면 인간성 말살도 포함시킬 마음이 있었던 것 같다고 딕은 말하는 중이다.

"그렇지는 않겠지만 분명 그래야 하죠." 매드 메디코가 무심히 답하고는 다시 나에게 묻는다. "자네는 뭘 했나?"

"뭘 하다니요?"

"모두들 억류당했다고 말했잖아."

"아, 그거요. 아니요, 우리는 아무것도 안 했어요. 그게 문제였죠. 아바존, 그러니까 가뭄이 심한 지역 있잖아요. 거기 대표단이 대통령 궁에 도착했는데, 우리 중 아무도 그들이 온다는 걸 몰랐어요. 아주 돼먹지 않았죠? 그래서 각하가 우리한테 화가 잔뜩 난 거죠."

"잘했군." 매드 메디코는 이렇게 답한 다음 다시 딕에게로 몸을 돌리고 얼굴이 불그스레한 신참을 다루는, 아는 게 많은 노련한 연안 무역업자 역할을 수행한다. "아바존은 북서쪽에 있는 지역인데, 지난 일 년간 비가 전혀 내리지 않았답니다. 그래서 불쌍한 그 지역 친구들이 비를 좀 달라고 부탁하러 대표단을 각하에게 보낸 거죠." 그런 다음 그는 확인을 바라며 나에게로 몸을 돌린다. "그게 실상인 거지?"

"대체로 그렇죠." 내가 뭐라고 말하기도 전에 이켐이 대답한다.

"그것 참 경탄할 일이로군요." 딕의 얼굴이 환해지면서 말한다. "일종의 토박이 헨더슨[17]이로군요. 정말로 신기한걸요.

17) 미국 작가 솔 벨로의 소설 『비의 왕 헨더슨』의 주인공.

그래서 그는 어떻게 했습니까?"

"각하가 이 친구들을 몽땅 가둔 거죠. 그러니까 대표단이 아니라 자기 캐비닛 각료들을요……. 그게 캐비닛의 본래 의미인 게 분명해요. 나무로 만든 사물함에 사람들을 집어넣는다 이거죠. 하하하! 그렇게 좋은 건수가 있었는데 그다음 날 아침 신문에 기사로 안 뜨다니, 이켐. 놀랐는데."

"NTBB(Not To Be Broadcast). 방송 불가였어요."이켐은 약어에 뜻을 덧붙여 몇몇 얼굴에 나타난 당혹감을 불식시킨다. 여자들과 매드 메디코는 깔깔대고 웃는다. 딕은 아직도 당혹감을 감추지 못하고 있다.

"무슨 연관성이 있는지 모르겠군요." 딕이 말한다.

"무엇 사이에요?"

"사막 지역에서 온 대표단과 각료들 사이에요."

내가 다시 설명하려고 하는데 매드 메디코가 더 적절한 설명으로 내 말을 압도한다.

"저 사람 영국 본토 사람 맞군, 크리스. 둘이 어떤 관계냐고 물어보잖아. 연관성이 있긴 뭐가 있겠어요, 젊은 친구. 여긴 흑인의 나라이지 영국의 데번셔가 아니랍니다."

"아, 그건 너무 지나친 말인걸요." 내가 말한다. "당신들도 포함해서 다른 어느 민족보다 여기 사는 우리가 더 불합리하다고는 볼 수 없죠." 어쩌면 내 목소리에서 필요 이상의 날카로움이 느껴진 것 같다.

"자, 그만, 그만요! 존은 그저 농담하는 겁니다." 딕이 상당히 불쾌할 만큼 관대한 척 말한다.

나 역시 농담하는 거라고 말하려고 했는데 매드 메디코가 바로 이어 말한다. "자, 보세요. 유머 감각이라고는 하나도 남아 있지 않아요. 전혀요. 사람들이 모두 하나같이 어찌나 엄격하고 빌어먹을 애국자인 데다가 얼마나 쉽게 화를 내는지 놀랍다니까요. 여기서 백인들은 농담하면 안 돼요. 무척이나 순진했던 내가 그 끔찍한 병원 병동의 음울한 분위기에다 생기를 불어넣으려고 했더니 글쎄 나한테 뭐라고들 했는지 아십니까. 제국주의자! 백인 인종 차별주의자! 편협한 자! 그중에서도 최고는 흑인 혐오자였어요. 그런 말 아세요? 난 몰랐어요. 흑인 혐오자! 명백히 흑인을 사랑하는 사람의 반대말이지요."

"솔직히 말해서, MM."(정말이지 난 이제 짜증스러웠다.) "영국 병원이었다면 당신이 그런 농담을 붙여 놓았겠어요?"

"물론 하지 않았겠지. 한다고 말한 적이 한 번도 없어. 그렇지만 영국인들한테는 처음부터 유머 감각이란 걸 기대하지 않아. 게다가 여기는 영국이 아니잖아, 안 그래? 밖을 보라고. 뭐가 보이지? 눈부신 햇살! 생명! 활력. '어서 밖으로 나와 놀아요.'라고 유혹하잖아. 사랑하세요! 힘차게 살아가요! 그런데 샌드허스트와 런던 정치 경제 대학교에서 타락한 이 거무스레한 소시민적인 유럽의 모방자들은 내가 여기 와서도 런던의 치프사이드 거리에서 볼 수 있는 빌어먹을 은행가처럼 중절모를 쓰고 접은 우산이나 들고 돌아다닐 걸 기대한다니까! 빌어먹을!"

우리 모두는 이 짤막한 연설을 듣고 웃으며 박수갈채를 보낸다. 딕만 예외다. 그는 매드 메디코가 땀을 뻘뻘 흘리며 자기 잔에다 캄파리 소다를 다시 따르고 얼음 조각 두 개를 떨어뜨리고 손가락을 핥는 동안 뚫어져라 지켜보고 있다.

알고 보니 딕은 소호에서 《리젝트》라는 새로운 시 잡지의 창립 편집자이다. 매드 메디코가 재촉하자 그는 자기 이야기를 시작하는데, 처음에는 마지못해 한 문장 두 문장씩 띄엄띄엄 말한다.

"어떻게 시작되었죠? 분명 이켐이 무척이나 듣고 싶어 할 겁니다."

"아, 단순히 유명한 문학 잡지에다 다른 시 잡지사에서 거부당한 원고들을 보내 달라는 광고를 내며 시작했죠. 간단해요."

"그게 삼 년 전이었어요?"

"그러니까 거의 사 년 전이죠."

"그랬더니 히트였나요?"

"즉각적이고 절대적인 성공이었어요."

이제부터 딕의 목소리에 활기 같은 게 스며들기 시작한다. 얼굴 표정에서도 변화가 감지된다. 처음에는 냉소처럼 보였는데 아마도 딕 나름대로 자부심을 표현하는 방식인 것 같다. 이제 그는 정보에 대해 좀 더 후해졌다. "이 년도 채 되기 전에 우리는 우쭐대던 기존의 시 단체와 그들이 발행하던 재미없는 기관지 들을 무너뜨렸어요. 전후 영국 시에서 가장 의미심장한 변화가 일어난 겁니다."

우리는 차차 두 그룹으로 나뉘졌다. 바의 한쪽 끝에 앉은 편집자와 이켐, 그리고 엘레와가 거의 알아듣지 못하면서도 그들한테 딱 달라붙었고, 매드 메디코는 나와 비어트리스 쪽에 합세했다.

"이런 말을 하게 돼서 유감인데 당신은 크리스를 오 년 전에 만나야 했어요. 그때는 크리스나 샘이나 훨씬 더 괜찮은 사람들이었거든요." MM이 비어트리스에게 말한다.

"누군 안 그랬겠어요? 오 년 전에는 비비가 미성년자라 나로서도 큰 관심을 보이지 않았을 겁니다."

"미안하군요." 비어트리스가 말한다.

"정말이지 그때는 저 친구와 샘이 얼마나 재미있었는데." MM이 거의 혼잣말로 말한다. 그는 자기 스카치위스키에 떠다니는 조그만 얼음 조각을 집게손가락으로 휘젓는다. 정말로 아쉬워하는 기운이 그의 목소리와 눈길에 서려 있었다.

"그러니까, MM, 이 나라에서, 아마 전 세계를 통틀어서 아직도 각하를 샘이라고 부르는 사람은 당신이 유일할 겁니다."

"그래, 자네들의 우스꽝스러운 각하 놀이에 난 절대로 합세하지 않을 거야. 차라리 추방당하고 말지!"

"그렇지만 샘이 한층 더 우스꽝스럽죠. 그 이름은 더 이상 그 사람과 어울리지 않거든요. 하기야 당신은 어느 게 어울리고 또 어느 게 어울리지 않는지 한 번도 제대로 판단한 적이 없었죠……. 그게 당신의 크나큰 매력이니까요."

"고맙군." 그는 당황한 듯 소년 같은 미소를 지으며 말한다. 그 순간 MM 안에 숨어 있던 장난꾸러기 소년이 눈가에 나타난다. 지금까지 말을 아끼던 비어트리스가 날카롭게 묻는다. "그렇다면요, 당신은 당신 나라 여왕에게 가까이 다가가 '안녕, 엘리자베스.'라고 말할 건가요?"

"제길, 절대로 그러지 않겠죠. 하지만 어째서 당신들은 하나같이 이토록 햇살 좋은 파라다이스를 음산하고 자그마한 영국으로 바꾸지 못해 안달복달인 거요? 제길, 샘은 지독한 여왕이 아니에요. 그가 그 시절엔 정말로 괜찮은 친구였다고 말하잖아요. 그 친구한테는 건전한 순수함이 있었어요. 그 친구는…… 뭐랄까? 도덕적으로나 지적으로 타락하지 않고 건전해서, 그러니까 일종의 처녀라고 할까. 내가 말하려는 뜻이 뭔지 아세요? 물론 고상한 척했다는 뜻은 아니에요. 그는 동료인 영국 장교들보다 더 당당했고, 더 많은 것을 알았죠. 빌어먹을 영어도 얼마나 잘하던지. 그러면서도 그는 여전히 이런저런 일에 대해 아주 기분 좋게 놀라워했죠……. 난 그런 점이 무척이나 건강하고 매력적이라고 생각했어요……. 한번은 그에게 아가씨도 소개시켜 준걸요……."

"누구요?" 높다란 둥근 의자에 앉은 엘레와가 우리 쪽으로 합세하기 위해 몸을 옆으로 돌리며 묻자 이켐과 그의 시인 친구도 함께 끌려온다. 그 친구는 마지못해 합세하는 기색이 역력하다.

"다름 아닌 각하 말입니다, 아가씨." 매드 메디코가 고개를 숙이며 말한다. "그가 캠벌리 병원을 떠난 후에 내가 그 아가씨를 찾아내 그에게 소개해 주었죠."

"당신한테 여자를 알선해 주던 과거가 있었는지 전혀 몰랐네요." 딕은 스스로 생각하기에도 놀라울 정도로 엄숙하게 말한다.

"글쎄, 그런 식으로 말할 수도 있겠군요." 매드 메디코가 말한다. "하지만 이런 식으로 생각하면 어떨까요. 한 멋진 젊은이가 따사로운 아프리카로부터 불친절한 영국의 병원으로 멀고도 먼 길을 왔어요. 아, 말장난할 생각은 없었는데. 게다가 이 청년은 불쌍하게도 양쪽 폐의 염증을 치료하는 중이었답니다. 내가 해 줄 수 있는 건 마음이 따뜻하고 다정한 여자 친구를 그에게 소개해 힘이 나게 하는 것뿐이었죠. 심각한 건 전혀 아니었어요. 분별 있는 판사라면 나의 죄를 용서해 줄 것 같은데요."

"하지만 이 세상 여자들은 고통당하는 걸요." 엘레와가 말한다.

"그래요, 현대판 데스데모나죠. 그래서 그 여자가 청년의 힘을 돋우어 주었나요?" 비어트리스는 같은 여자로서 자기 말을 좀 더 응원해 주리라 기대했을 엘레와의 마음을 알아채지 못하고 묻는다.

"두말하면 잔소리죠! 그는 몇 년 동안이나 그녀를 잊지 못했답니다. 다음 날 아침 나에게 전화가 걸려 왔어요. '존 아저씨, 정말 나쁜 사람이세요.' 그런 다음 그가 얼마나 껄껄대고 웃으며 행복해 하던지요! 그가 또 런던 정치 경제 대학교에 다니던 크리스에게 장거리 전화를 걸었다고 해도 하나도 놀랄 일이 아니었죠……. 걸었던가요?"

"글쎄, 그렇다고 할 수 있죠. 그건 아주 유명한 이야기였으니까요. 실은 얼마 지나지 않아서 나한테 몽땅 털어놨지요."

"뭐라고 하던가요?" 비어트리스가 묻는다.

"NTBB."

"NT 뭐라고요?"

"BB. 방금 들었잖소, 비비. 그건 라디오 방송국에 있는 내 친구들이 너무나 외설스러워 방송에 내보낼 수 없는 레코드판 위에다 노란색 사인펜을 가지고 고딕체로 써 놓는 말이요."

"방송 불가라는 뜻이에요." 이켐이 다시 한 번 설명한다. "그런데 이제는 그 말이 단지 외설스러운 레코드에만 해당되지 않는다는 말도 크리스가 덧붙일 수 있었겠죠. 정부 당국에 불편한 건 뭐든지 NTBB니까요."

"맞아요. 그 말을 덧붙여야 했어. 알다시피 공보처 장관으로서 내 주된 임무는 어떤 게 불편한지 결정해서 그 정보를 즉각 거부하는 이켐에게 알려 주는 거니까……. 하지만 좀 더 흥미로운 주제로 돌아가서 고백하자면 최근에 난 규약을 어기고 그 비밀을 비비에게 누설했지."

"나한테요?" 비어트리스가 눈을 크게 뜨고 물었다. "나 말이에요?"

"그래요, 내가 말해 주었잖소. 그러니까 그 아가씨……. 뭐라 말할까……. 활기를 불어넣는 혀 말이요."

"아! 그 아가씨가 그 아가씨예요? 아니, 이런 세상에!" 다른 사람들한테는 아무런 설명도 해 주지 않은 채 우리 두 사람은 갑자기 웃음을 터뜨렸다.

"당신들은 뚜쟁이인 나조차 못 들은 뭔가를 아는 것 같군요. 하지만 아무렴 어때." MM이 말했다.

엘레와가 음탕한 이야기를 기대하고 우리 쪽으로 붙는 바람에 시 편집자는 분산된 청중의 관심을 되돌리려고 한동안 애를 썼다. 그는 담대하게 마지막 도전장을 내밀어 그 자리에 있던 사람들을 모두 사로잡는다. 그의 얼굴에 나타난 표정 역시 한동안 아주 우스웠다. 풍요로운 표정이라는 게 어느 것 하나 가늠할 수 없는 찡그린 표정을 어슴푸레 계속 지어 대는 걸 의미한다면 사실상 그의 얼굴 표정은 극도로 풍요롭다. 그의 얼굴을 쳐다보고 있어도 저 사람이 지금 슬픈지 즐거워하는지 말할 수가 없다. 그의 기분이 어떤지 기다리다가 알아서 눈치채야 하는데, 그런 다음에도 여전히 확신이 서지 않는다. 그 다음에는 갑자기 그런 중요하지도 않은 일에 그토록 골치 아프게 마음을 썼다는 사실로 인해 스스로에게 분노가 일어난다. 그 사람은 상대를 짜증 나게 만드는 스타일이다. 이제 그는 청교도적인 도덕적 위엄은 전혀 갖추지 않은 채 청교도처럼 매우 엄격하게 얼굴을 찌푸리고 있다.

"우리는 꽤 성공을 거두었어요." 그는 자기 이야기가 끊겼다는 사실을 전혀 모르는 사람처럼 말한다. "그래서 우리 손에 들어오는 것이 모두 다 정말로 거부당한 작품인지 확신하기가 어려워졌지요. 원고를 보낼 때 채택 거부 편지도 함께 보내라고 그토록 강조했지만 그런 쪽지는 얼마든지 만들어 낼 수 있잖아요. 무슨 말인지 이해하시죠? 잡지사는 대부분 그런 편지 관리에 아주 허술해요……. 그러니까 몇몇 아가씨들처럼요. 물론 이 자리에 계신 분들은 예외지만요……. 영국 조폐국에서 인쇄하는 게 아니잖아요……. 그래서 우리 손에 들어오는 작품이 항상 진짜로 거부당한 작품이라는 걸 철저하게 확인할 방법이 전혀 없었어요. 그렇지만 제가 말씀드렸던 것처럼…….” 모든 사람이 또다시 자기 말에 귀를 기울이자 이제 그는 여전히 이켐에게만 말하는 것처럼 행동하면서 나머지 우리에게는 무관심한 것 같은 태도를 보이고 싶은 듯했다. 세상에는 참으로 뻔뻔스러운 사람들이 있다. “……우리의 가장 큰 문제점은 너무 일찍 성공을 거둔 거였어요. 얼마 지나지 않아서 우리는 들어온 원고 중에서 일부, 그러니까 아주 적은 분량만을 출간했어요. 한동안 나는《리젝트 2》또는《이중 리젝트》라는 자매 잡지를 만들까도 생각했어요. 아마 그 잡지들도 장담하건대《리젝트》만큼이나 성공했을 겁니다. 하지만 결론적으로 그런 생각은 접어야 했어요. 한꺼번에 여러 가지 일을 하는 건 그렇잖습니까.”

“흥미롭군요.” 이켐이 말한다. “크리스가 날 해고하면 내가 건너가서 당신 대신《이중 리젝트》를 만들 수도 있겠습니다. 그 아이디어가 내 마음에 쏙 드는데요.”

“당신은 편집자시죠, 지역…….”

“《내셔널 가제트》라는 쓰레기죠.” 매드 메디코가 말한다. “이켐은 훌륭한 문필가인데……. 하지만 제기랄! 내가 뭐라고 그에게 점수를 매깁니까? 여하튼 나로서는 무엇보다 기막히게 훌륭한 그의 논설 덕분에 무분별한 내 행위의 책임을 벗을 수 있었지요. 하지만 내가 정말로 하고 싶은 말은 저분이 한층 더 훌륭한 시인이라는 거예요. 내 생각에 영어로 글을 쓰는 사람 중에 최고일 겁니다.”

“그래요, 당신이 얼마나 멋진 시인인지 존이 말해 주었어요. 이런 말을 해서 부끄럽긴 하지만 난 아직 당신의 글을 한

편도 읽어 보지 못했네요. 하지만 이제 꼭 읽겠습니다."

"서두르지 않으셔도 됩니다." 이켐이 말한다. "그리고 MM이 공평무사한 증인이 아니라는 사실도 잊지 마시고요. 그에게 제가 친절을 베풀었거든요."

"그리고 당신한테 이 말도 아직 안 했는데요," MM이 말했다. "저기 얌전히 앉아 있는 저 비어트리스 아가씨는 놀랍게도 런던 대학에서 영문학으로 우등 학위를 받았답니다. 장담하건대 그 분야에서는 우리 두 사람보다 저 아가씨가 월등할 거요."

"그렇다고 해도 난 하나도 놀랍지 않아요. 내가 알기로 요즘 영어로 글을 완벽하게 쓰는 사람은 아프리카나 인도 사람들이거든요. 일본 사람들과 중국 사람들도 별로 뒤떨어지지 않을 겁니다." 딕이 다소 미심쩍어하면서도 아주 열심히 말했다.

어쩌면 비어트리스와 내가 너무 늦게 만난 것 같다는 MM의 말에 일리가 있는지도 모른다. 이따금 나 자신도 우리 관계가 너무 차분한 건 아닌지, 우리가 지치도록 수영하다 난간에서 휴식을 취하는 한 쌍의 수영 선수와 흡사한 건 아닌지 생각할 때가 있다. 처음 사귈 때의 장면이 내 머릿속에 떠오른다. 이 년도 더 지난 것 같은데 머리 한편에 믿기 어려울 정도로 상세하게 보관되었다가 지금 떠올리니 영묘함으로 가득한 채 어제 일처럼 아주 새롭다.

비어트리스에게 캐세이 식당으로 가자고 제안했더니 그녀는 싫다고 했다. 그럼 앙투안의 집? 여전히 싫다고 했다. 그 두

곳은 비어트리스가 즐겨 찾는 식당이었는데, 너무 크지도 않고, 번쩍거리는 불빛도 전혀 없고, 음식 맛이 좋았다. 이제 그녀는 뭘 하고 싶을까?

"당신 집으로 가도 될까요?"

"아, 물론이죠." 그 자리에서 내가 내놓을 수 있었던 답변은 그게 전부였다. 그녀가 한 말을 제대로 들었는지 내 귀가 의심스러웠다. 얼떨떨한 표정을 보고 내 마음을 알아챈 비어트리스는 설명하듯 이렇게 말했다. "우리 둘 다 하루 종일 힘들었잖아요. 난 지금 그저 어딘가에서 조용히 음악을 들으며 쉬고 싶을 뿐이에요."

"좋습니다!" 물론 그녀는 이전에도 여러 차례 우리 집에 온 적이 있었지만 스스로 먼저 오고 싶다는 말을 한 적은 한 번도 없었다. 그건 수줍음 때문이 아니었고, 그녀에게는 품위와 함께 일을 진행시키는 자기만의 속도가 있었으므로 처음부터 나는 이를 존중할 수밖에 없었다. 런던에서 보낸 육 개월간의 정식 결혼 생활을 비롯하여 두세 차례 정신없이 진행된 연애 사건을 경험한 나로서는 사실상 비비의 보수적인 스타일을 고맙게 여기며 기꺼이 받아들일 준비가 되어 있었다. 이따금 그녀를 생각할 때에 선뜻 내 마음에 떠오르는 건 장미꽃이나 음악이 아니라 보기도 좋고 품위 있게 만들어진 좋은 책이었다. 가식적으로 머리를 혼란스럽게 만드는 요소는 전혀 없었다. 철저하게 건전했다. 어리석은 짓이라는 걸 잘 알면서도 난 비비와 전처를 비교하지 않을 수가 없었다. 정신적으로 온전하다는 걸 증명해 보이느라 정신이 온통 나가 있었던 루이스는 매주 정신과 의사를 방문했는데도 불구하고 잠자리에서 완전히 불감증 환자라는 게 드러났다. 정반대편에 또 다른 유형으로 다른 사람들 앞에서 자신의 몸매를 과시하며 섹스 심벌처럼 구는 사람이 있는데 난 그런 여자도 만나 본 적 있었다. 그런 유형의 여자는 대체로 한동안은 효과가 있었지만 어느 날 갑자기 마음이 차갑게 식으면서 그녀에게 제발 신음 소리나 개 같은 수작을 몽땅 집어치우고 얼른 본론으로 들어가자고 말하고 싶어졌다. 비어트리스는 내가 꿈꾸던 이상적인 여자의 완벽한 화신이다. 화려하진 않지만 아름다운 그녀는 평온하면서도 아주 강했다. 정말 매우 강했다. 난 그녀를 사랑하니까 그녀가 정해 놓은 속도로 따라갈 것이다. 하지만 이따금씩 그녀의 신호를 잘못 이해하는 건 아닌지 의심스러울 때가 있다. MM이 말하듯이 그럴 의도는 전혀 없는데 내가 혹시 경험으로 인해 지나칠 정도로 쪼글쪼글 시들어 버린 건 아닐까. 그러니까 내가 감각을 잃어버린 것은 아닌지 모르겠다.

사실 우리 두 사람 모두 배는 고프지 않았다. 그래서 우리는 새우튀김을 안주 삼아 와인이나 한 병 마시기로 했다. 나의 요리사 실바누스는 손님이 왔을 때 자신의 요리 솜씨를 마음껏 발휘하지 못하게 하면 언제나 속상해 했다. 그가 공들여 만든 새우를 먹는 와중에도 그는 계속해서 우리를 귀찮게 했다.

"마담께 뭔가 조금만 만들어 드릴게요." 그는 간청했다. 우리가 실바누스에게 괜찮으니까 아무 걱정 하지 말라고 하면 할 수 없이 나갔다가 얼마 지나지 않아 다시 돌아와 부엌문 앞에서 서성거렸다. 다 큰 성인 둘이서 어떻게 저녁 식사로 '가

재'만 먹을 수 있는지 그는 도저히 이해할 수 없었다.

"아니면 조금 이따가 호텔로 가실 건가요?" 실바누스가 물었다. 그가 그렇게 말하면 우리는 아프리카 서부 해안 지방에 있는 그 어느 요리사, 프랑스, 이탈리아, 또는 어느 나라 요리사건 간에 그들이 만든 음식보다 그가 만든 요리가 더 맛있다고 장담하듯 말해야 했다.

"아니에요, 실바누스." 비어트리스가 그의 마음을 달래 주려고 애쓰며 말했다. "아무 데도 가지 않아요. 우린 그저 집에서 쉬고 싶을 뿐이에요. 오늘 저녁은 그만 쉬세요. 만약 주인님이 뭘 원하면 내가 해 줄 수 있어요." 그 순간 난 단번에 알아챘고 비비도 자신이 커다란 실수를 저질렀다는 사실을 깨달았다. 실바누스가 대놓고 화를 내며 뛰쳐나가지는 않았지만 그의 분노는 저녁 인사를 하는 표정과 말투에 분명히 드러났다.

"내가 왜 여기 와서 우리끼리 있자고 했는지 아세요?"

"글쎄, 알 듯 모를 듯하군요."

"좋아요, 그럼 아는 것부터 말해 봐요."

"사람들 눈에 나하고 같이 있는 모습을 너무 자주 보이고 싶지 않겠지요." 누가 들으면 미리 생각해 두었던 말 같지만 사실은 그렇지 않았다. 비어트리스는 곧바로 대답하지 않았다. '일리 있는 말이네요.'라고 말하려는 듯 그녀는 내 말을 신중하게 생각하는 것 같았다. 그런 다음 그녀는 부드럽게 고개를 몇 차례 가로저으며 간단히 말했다. "일 년 전 오늘 당신이 처음으로 나에게 여기서 저녁 식사를 하자고 했어요."

난 몇 달 동안 자제해 왔던 감정에 완전히 압도되어 어찌할 바를 몰랐다. 나는 그녀를 소파 위에서 끌어당긴 후 키스를 퍼부었다. 좀 거칠었던 것 같다. 머리로는 내가 완전히 잊고 있었던 것에 대해 어떤 변명을 늘어놓을지 궁리했다. 다른 여자 앞이었다면 단번에 변명부터 늘어놓았을 테지만 비어트리스에게는 가식적으로 행동할 수가 없었다. 난 기념일을 챙기는 사람이 아니었기에 깜빡했다고 말하는 건 완전히 기만적인 행동일 것이다. 그렇게 말하는 대신 난 또다시 그녀에게 키스한 다음 "정말로 대단한 여자군요."라고 말했다. 우리는 한동안 아무 말 없이 잠자코 있었다.

"이켐이 그 조이라는 아가씨와 알고 지낸 게 얼마나 되었소?" 내가 물었다.

"잘 몰라요. 지금까지 나도 두 번 정도 본걸요."

"나이가 아주 어린 것 같던데. 글도 잘 모르고. 이켐이 그녀와 무슨 이야기를 할 수 있을까요?" 내가 물었다.

"이켐은 어느 여자건 간에 말을 많이 하지 않아요. 여자들에게 지능이 충분하다고 생각하지 않으니까요."

"위대한 혁명가이신 그로서는 잘된 일입니다."

"글쎄, 그러니까 내가 조금 과장하는 거예요. 하지만 사실 이켐에게 여자는 별로 중요하지 않아요. 아마 위로자 정도일까. 내 생각으로는 그의 혁명 장비에 유일한 허점일 거예요……. 그분이 지금 당신한테 얼마나 화가 나 있는지 눈치채셨어요?" 그녀는 방침을 바꿨는지 갑자기 나한테 물었다. "당신은 심지어 의식도 못 하는 것 같아요. 예전에는 그렇지 않았던 터라 좀 걱정되네요. 당신들 두 사람 앞에 수많은 난제가 놓인 게 보이거든요."

"아, 당신 또 과장하는군요. 하지만 분노에 대해서는 당신 말이 맞아요. 그리고 내 생각에 그건 아주 당연한 거요. 특히 쿠데타가 일어나 샘이 그 자리로 올라가고 또 나도 그보다는 못하지만 그렇잖소. 말 그대로 이제 샘이 나의 상사고 또 나는 이켐의 상사니까요."

"이켐이 당신들 두 사람을 질투한다는 뜻이에요?"

"그래요. 그러지 않나요? 하지만 나도 그 친구만큼이나 화가 나 있어요. 어쩌면 더할지도 몰라요. 그는 아주 자유롭게 행동할 수 있으니 말이요."

"정말이지 당신들을 이해할 수가 없어요."

"사실 복잡할 게 뭐 있겠습니까. 그러니까 우리가 그 옛날 로드 루가드 칼리지에서 함께 공부하던 시절로 거슬러 올라가면, 이켐이 학급에서 가장 뛰어난 학생이었거든요. 육 년 동안 매 학기 일등 자리를 놓친 적이 없었으니까. 놀랍지 않나요? 샘은 사교계의 귀감이었고…… 팔방미인이었어요. 공부도 잘하고 크리켓 팀의 주장인 데다 최고 수훈 선수였고 마지막 학년에는 학교 전체 대표였지요. 그러니까 그 지역 모든 여학생들의 숭배 대상이었죠. 하지만 이상하게도 당시 샘은 여자라면 사족을 못 쓰면서도 정신적 순수성 같은 게 있었어요. 아마 순수성은 아니라 해도 어떤 면에서 그는 상당히 완벽하고 비현실적이었어요."

"감당하기 어려울 정도로 성공했군요."

"아마 그랬던 것 같아요. 가슴이 벅찰 정도로 성공했지요. 그는 단 한 번도 실패한 적이 없었으니까. 신기한 재주가 있었죠. 그렇지만 궁극적으로는 항상 치명적이어서 그는 지금 그 값을 치르고 있는 것 같아요. 내 생각이지만. 운 나쁘면 누구나 비싼 값을 지불하는 법이니까. 그의 첫 번째 야망이었던 의대에 진학했더라면 얼마나 좋았을까요. 하지만 샘은 우리 학교 교장 선생의 마법에 빠지고 말았는데 그분은 1941년 아비시니아에서 이탈리아 사람들과 싸웠고 그걸 입증하는 칼을 에티오피아 왕자로부터 받은 분이었소. 영국인 교장의 영향으로 샘은 이 나라 최초의 사관 후보생이 되어 샌드허스트로 갔지요."

"난 이켐에 대해서 물었지 각하에 대해서 물은 게 아닌데요." 비비는 장난꾸러기처럼 눈을 반짝이며 나한테로 바싹 달라붙는다.

"그건 당신 잘못이죠. 당신이 하도 진지한 태도로 들으니까 그랬던 거니까."

"게다가 당신에 관한 말은 한마디도 없었거든요." 비비는 비꼬듯이 말한 내 칭찬을 못들은 척 무시하고 덧붙여 말한다.

"우리는 모두 연결되어 있어요. 우리 중 어느 한 사람에 대해서 말하려면 다른 사람들이 연루될 수밖에 없답니다. 이켐이 나에 대해 화가 나 있을지 모르지만 아마 샘에 대해서는 더 많이 화가 나 있을 거요. 그리고 샘은 우리 두 사람에 대해 상당한 분노를 느끼고 있고. 내 생각에 우리들이 너무 가까이 모여 있는 것 같아요. 로드 루가드 칼리지는 학생들이 너절한 가업을 이어 가며 함께 처박혀 있도록 훈련시킨 게 아니라 따로 멀리 떨어진 곳에서 외로운 지도자가 되도록 훈련시켰는데."

"좋아요, 이켐은 지식인이었고 샘은 사교계의 명사였어요. 그럼 당신은요?"

"난 언제나 그 중간이었죠. 이켐만큼 총명하지도 못했고 그렇다고 샘처럼 사교계에서 그다지 성공도 못했으니까. 어찌 보면 난 항상 운이 좋았어요. 어릴 적 우리가 부르던 노래가 있었는데, 당신도 알까요? 앞서 가는 사람은 악령을 볼 것이요, 뒤에 있는 사람은 손목이 비틀릴 것이요, 가운데 있는 사람은 행운의 자식이라네. 당신도 그 노래 아나요? 난 행운의 자식인 거죠."

"이런 말을 해도 될까요? 당신 화내지 않겠다고 약속하는 거죠? 약속했어요? 그러니까 당신들은 말이죠, 세 사람 모두 터무니없을 정도로 자만심이 많아요. 당신 셋에 의하면, 이 나라 이야기가 당신들 세 사람의 이야기라니까요……. 여하튼 계속 말해 봐요."

"사실 당신 말이 옳아요. 나도 방금 그렇게 말했잖소. 우리는 때때로 우리의 이야기가 단지 수천만 개 이야기 중 하나, 그러니까 아주 작은 한 가지 개괄적 이야기일 뿐이라는 사실을 잊는 경향이 있어요. 하지만 내가 아는 이야기라곤 단지 그것뿐이고 당신이 내 말을 이토록 달콤하게 들어 주잖아요."

"내가 달콤한 감미료라고요? 감미료도 나름대로의 이유가 있죠……. 그건 그렇고, 당신은 날마다 일어나는 일들을 일기장에 상세하게 적어 두나요? 내 생각엔 그래야 할 것 같아요. 하지만 어서 하던 말이나 계속해 봐요."

“그럼, 일기를 적고 있지요. 하지만 이제 화제를 바꿉시다. 기분 전환도 할 겸 당신이 이야기해 봐요.”

“오늘은 당신의 날이에요……. 어째서 각하는 당신들 두 사람을 못마땅하게 여기죠? 성과는 자기가 몽땅 차지했는데.” 비비가 원하는 건 단지 내가 이야기를 계속하는 것 같다. 아무 이야기라도 말이다. 아마도 내 목소리를 들으면 마음의 위안을 얻나 보다. 게다가 그녀는 머리 회전이 어찌나 빠른지 조숙한 아이처럼 곤란한 질문을 해 대는 아주 놀라운 재주가 있다.

“어째서 우리를 못마땅하게 여기냐고요? 정말 왜 그럴까요? 성과는 몽땅 차지하고서. 중학교에서 샌드허스트로 진학했고, 최초의 아프리카 육군 소위, 총독 부관, 여왕 방문 시에 시종무관, 독립 전쟁 때의 지휘관, 쿠데타 때 중령, 그 후로 육군 장성이자 국가 원수인 각하가 되었는데. 정말이지 그런 사람이 어떻게 다른 사람을 못마땅하게 여길 수 있을까요? 당신이 물어보니까 말하는데, 나도 몰라요. 처음에는 안 그랬거든요. 사실 처음 여섯 달 정도는 우리와 얼마나 가깝게 지냈는데. 그러다가……. 그건 그렇고 오늘은 우리의 첫 번째 데이트를 기념하는 황금 같은 날인데 더 좋은 이야기를 합시다.”

내 가슴에 기대고 있던 비어트리스는 벌떡 일어나더니 재빨리 내 얼굴을 훑어보았다. “당신 지금 비꼬는 건 아니죠?” 그녀가 말했다. 난 다시 아주 진지한 표정으로 그녀를 끌어당긴 다음 부드럽게 키스한다. 그녀는 또다시 입술을 허용했다. 우리 둘 다 부들부들 떨었다.

“집에 가는 게 낫지 않을까요?”

"왜요? 난 당신이 머문다고 생각했는데."

"어째서요?"

"당신이 머물기를 내가 원하니까."

"그게 타당한 이유예요?"

"그럼요."

"나한테는 더 타당한 이유가 있는걸요."

"가는 거 아니면 머무는 거?"

"가는 거요."

"이유는요?"

"내가 원하지 않으니까요……." 우리는 깔깔대고 웃었다. 그러고는 그녀에게 키스하려고 했지만 그녀가 손바닥으로 내 입술을 막으며 말했다……. "잠깐요! 난 아직 끝나지 않았어요……." 그런 다음 그녀는 다음 부분을 노래했다. "하지만 12시가 되면 힘은 사라지고 엄마가 나에게 화를 내지요." 그런 다음 비어트리스는 노래에 맞는 천사 같은 표정을 바꾸더니 계속 머물 수 있다고 했다……. "대신 한 가지 조건이 있어요."

"그게 뭐죠? 말하지 말아요, 나도 잘 아니까."

"뭔데요?"

"당신에게 아무 짓도 안 하는 것."

비어트리스는 고개를 가로저었다. "그건 당신이 말했으니까 그것도 추가예요. 한 번 더 맞혀 봐요."

"먼저 우리 이야기부터 하는 것."

"당신에 대한 이야기를 누가 더 듣고 싶대요? 어차피 당신은 다른 사람들 이야기만 할 텐데."

"난 포기요."

"이제 방으로 들어가서 침실에 있는 에어컨을 끄겠다고 약속하세요." 난 터져 나오는 웃음을 제어할 수가 없었다. 비비는 대단히 진지한 척 가장하고는 조금 전 화장실에 가려고 그 방을 지나만 갔는데도 얼어 죽을 뻔했다고 말했다. 비비는 정말이지 놀라운 아가씨였다. 절대로 남자의 등골을 빼먹을 그런 요구를 할 여자가 아니었다!

그녀가 원하는 연인은 일부 여자들이 갈망하는 호랑이, 그러니까 갈기갈기 찢어진 옷들이 여기저기 흩뿌려져 있고 피로 얼룩진 자국을 남기는 그런 남자가 아니다. 데이트를 시작하고 몇 달이 지난 후 처음으로 그녀와 사랑을 나누던 날 나는 일기장에 이렇게 적었다. 그녀의 열정은 느릿하고 평화스러우며 거대한 궤도에서 격동하는 폭포수를 향해 다가가는 열대성 강물의 잔잔한 파문처럼 시작한다. 거만한가? 아니, 거대하다.

"당신은 백인 아가씨와 당신의 대단한 친구에 대한 이야기를 해 주고 있었죠." 비비는 내가 방금 끈 침실용 램프를 켜고는 내 손이 또다시 줄로 된 스위치로 향하는 걸 제지하며 불쑥 말했다. 무슨 대답도 하기 전에 비비가 물었다. "어째서 그녀가 기적을 일으키는 아가씨죠?" 난 비비의 보폭에 맞추겠다고 말은 했지만 빌어먹을 밤이 지새도록 샘과 그웬의 이야기만 할 수는 없었다. 그들에 관해서는 이켐과 그가 새로 사귀는 아가씨인 조이와 함께 점심식사를 하면서 이미 언급하지 않았던가. 그래서 난 곧바로 요점으로 들어갔다.

"두 사람이 지치도록 밤을 지새우고 다음 날 아침이 되었는데 그웬이란 아가씨가 샘을 깨우더니 또 하고 싶다는 거였어요. 난 샘이 한 말을 지금도 생생하게 기억해요. 이봐, 수로에 남은 게 정말이지 하나도 없었어. 그런데 그웬이 자기 몸을 뒤집더니 축 늘어진 그의 거시기를 자기 입안에 넣더랍니다. 그러니까 갑자기 마술이라도 부린 것처럼 그게 다시 살아났대요. 샘은 난생 처음 그걸 경험한 거죠."

비비는 아무런 반응도 보이지 않고 단지 내 쪽으로 조금 더 가까이 다가오더니 물었다. "사람들이 정말로 그런 걸 한다는 뜻이에요?"

"항상 있는 일이죠."

"역겹네요." 비비가 말했다.

"글쎄, 난 모르겠는데요."

"그러니까 당신은 아무렇지도 않다는 말이로군요. 아니면 당신도 벌써 해 보았거나."

"아니, 난 안 했어요. 그걸 하는 사람은 아가씨니까요."

"좋아요, 똑똑이 아저씨. 당신한테 어떤 아가씨가 해 준 적 있어요?"

"그 문제를 나한테로 돌리진 맙시다."

"좋아요. 더 캐묻지 않겠어요. 하지만 나한테는 역겹다니까요, 안 그래요? 그리고 그들은 먼저 샤워도 안 했대요?"

"난 그 자리에 없었는걸요. 아마 샤워 안 했을걸요. 내가 알기로는 그 여자가 잠자는 샘을 깨운 다음 곧바로 작업에 돌입했으니까."

"거기에 잔뜩 묻어 있었는데 말이죠!"

"그래요, 떡떡 말라 붙어 있었겠죠."

"아 더러워라. 난 절대로 안 할 거예요. 어느 누굴 위해서도."

"걱정 마요, 비비. 당신한테는 절대로 해 달라고 하지 않을 거요."

"그녀가 입에 넣고 있는데 갑자기 그게 나오면 어쩌죠?"

"뭐가요? 아하 그거. 하지만 그게 바로 묘미 아닌가요?"

"당신, 나한테 요구할 거예요? 그런 이야기를 꺼낸 사람은 나지, 당신은 아니죠?"

"글쎄, 그게 묘미라고 들었는데요. 바로 그녀의 입안에서 그걸 하는 게."

"농담 말아요!"

"정말이라니까요."

"크리스, 당신은 그런 짓 정말 한 적 없죠?"

"안 했죠. 그걸 하는 사람은 여자니까요."

"그만해요. 무슨 뜻인지 다 알면서. 그러니까 아무 짓도 하지 말아요. 난 절대로 입으로 빨아 주진 않을 테니까."

"그럼 우선 샤워부터 할까요."

"농담하는군요. 아 크리스! 제발."

6
비어트리스

수화기를 집어 들자 한 번도 들어 본 적이 없는 목소리의 주인공이 "비어트리스 오코 양과 통화할 수 있을까요?"하고 말했다. 그 말을 듣는 순간 공포에 사로잡혀 심장이 격렬하게 두근거렸다. 무슨 까닭인지 모르지만 그 순간 머리에 떠오른 생각은 '아, 어쩌지. 크리스한테 무슨 사고가 났구나. 그래서 티칭 병원 응급실에서 누군가 전화를 한 거야.'였다. 도대체 뭐 때문에 사고가 났다는 생각이 들었는지 알 수 없지만 그런 느낌이 어찌나 강했던지 다른 쪽으로는 전혀 생각할 수가 없었다. 그래서 전화를 건 사람이 "각하를 바꿔 드릴 테니 전화를 끊지 마세요."라고 말했을 때 나는 당황하여 이성을 잃은 사람처럼 "누구요? 당신은 누구세요?"라고 대꾸했다. 자신만만하고 낭랑한 목소리의 주인공이 자신이 그토록 통화하기 싫은 사람이냐고 느릿느릿 물었을 때에야 비로소 난 예전에 들어 본 적이 있는 목소리라는 걸 깨닫고 더듬더듬 사과를 늘어놓았다. 각하가 말하는 동안 내내 내 머릿속은 그런 생각들로 복잡했고, 전화를 끊고도 한참 지난 후에야 비로소 각하가 말한 내용의 세세한 사항을 정리할 수 있을 정도로 평정심을 되찾을 수 있었다. 각하는 소규모 비공식 만찬에 나를 초대했다. 토요일에. 뭔가 아주 중요하면서도 개인적인 일을 나한테 말하고 싶다고 했다. 6시 30분에 만찬장으로 데려갈 자동차가 당신 아파트로 올 겁니다. 의상은 절대 격식을 차릴 필요가 없고 평상복 차림도 괜찮소. 그럼 그날 봅시다. 그런 다음 각하는 전화를 끊었다. 말 그대로 간단명료했다!

각하가 권좌에 오르고 얼마 지나지 않았을 때에는 크리스와 함께, 또 어떤 때에는 크리스와 이켐과 함께 대통령 궁을 자주 드나들었다. 그러다 대략 일 년 정도 지난 다음부터 극적인 상황 변화가 일어났고 사실 이제는 밤마다 텔레비전 뉴스에서 보는 걸 빼면 일 년 이상 그를 직접 만난 적도 없었고 직접적인 연락 역시 어떤 형태로든 없었다. 그렇기 때문에 그의 전화 통화와 만찬 초대는 나로서는 황당할 뿐만 아니라 전혀 예상치 못했던 일이다.

물론 두 사람의 관계가 점점 악화되고 있다는 걸 크리스는 계속해서 말해 주었다. 중요하면서도 개인적인 일을 논의한다는 게 그것과 연관된 것인가? 난처하게도 내가 기저귀를 차고 있던 때(글쎄 정확한 건 아니지만 대충 그 무렵)부터 친분 관계를 유지하던 두 친구 사이의 상호 비난을 들어야 한단 말인가? 그래서 6시 30분이라는 이른 시간에 오라는 건가 보다. 그제야 비로소 내가 단순하게 예전처럼 크리스와 함께 대통령 궁에 가는 걸로 가정하고 있었다는 사실이 머리에 떠올랐다. 하지만 초대할 때 그런 말은 한마디도 하지 않았다. 나는 서둘러 전화기 앞으로 달려가 크리스의 집으로 전화를 걸었지만 받지 않기에 그의 사무실로 전화를 걸어 초대 소식을 알렸다. 평소처럼 다른 사람들은 모두 다 귀가하여 점심 식사를 하고 심지어 낮잠까지 즐기는데 그는 혼자 남아 계속 일을 하고 있었다. 그런데 크리스는 그런 초대를 받지 않았다고 했다. 하지만 그는 전화로는 더 이상 말하려 들지 않았다. 잠시 후 집에 가는 길에 우리 집을 들르겠다고 했다. 그날이 목요일 저녁이었다.

초인종 소리가 정확하게 6시 25분에 울렸다. 화장대 앞에 앉아 있던 나는 곧바로 애거서가 안식일인데도 다른 날처럼 방문객에게 재빨리 문을 열어 주고 남자 목소리와 활기찬 대화를 나누는 소리를 들을 수 있었다. 누구든 상관없이 애거서는 필요하다고 생각되는 만큼 시간을 지체한 후 침실 문 앞으로 다가와 대통령 궁에서 보낸 군인 한 명이 문 앞에 와 있다고 나한테 알려 주었다. 사병이 그러는데, 가서 부인을 데려오라고 대통령이 자기를 보냈다네요.

“잠깐만 앉아서 기다리시라고 해. 준비가 거의 끝나 가니까.” 내가 말했다.

곧 이어서 또다시 마무리 손질을 하고 있는 내 귀로 두 사람의 목소리가 흘러들었다. 이삼 분 후 거실로 나가자 방금 부엌문을 통해 사라지는 애거서의 뒷모습이 보였다. 여전히 거실에 서 있던 사병은 내가 들어서자 경례했고 나는 단번에 그에게 자리를 권하지 않은 내 하녀의 태도에 대해 사과했다.

"아니, 괜찮습니다, 부인." 그가 씩씩하게 말했다. "부인의 하녀는 아주아주 예의 바릅니다. 그녀는 저에게 자리에 앉으라고 권하고, 뭘 마시겠냐고도 물었습니다. 그러니 결코 그녀의 잘못이 아닙니다, 부인. 앉지 않은 사람은 저입니다. 그러니까 서 있는 게 사병의 의무니까요."

"좋아요. 당신이 날 대통령 궁으로 데려가는 거죠? 난 준비됐어요."

"아, 부인. 우리가 가는 곳은 궁이 아닙니다. 궁으로 간다고 들으셨습니까?"

"뭐예요? 그럼 어디로 가는 거죠?"

"그러니까 그들이 부인께 말하지 않았습니까? 놀랍군요! 저는 부인을 아비치 호수에 있는 영빈관으로 모시고 오라고 들었는데요. 그리고 그게 맞을 겁니다. 대통령께서는 어제부터 그곳에 계시거든요. 각하는 절대로 궁에 계시지 않습니다."

목요일 오후부터 마음속에서 이상한 감정이 부글부글 끓고 있었는데 마지막 순간에 이런 무례의 요소가 이토록 아무렇지도 않게 추가되자 분노의 거품이 격렬하게 뿜어져 나올 것만 같았다. 이런 세상에! 이 친구는 도대체 자기가 누구라고 생각하는 걸까? 우선 그는 나에게 만찬에 오라고 명령하더니 나에게 마음에서 우러나오는 감사를 표현할 시간도 주지 않고 전화를 끊었다. 그러니까 그 사람은 그런 특권을 누리려면 60킬로미터 이상의 먼 길을 달려가야 한다는 사실을 나한테 미리 알려 줄 필요성에 대해서는 전혀 생각지도 않았단 말인가! 도대체 이 나라에서 무슨 일이 일어나고 있는 거지?

나는 첫 번째 저항 행위로 호위병이 나에게 우리 집 진입로에 세워 둔 검정색 메르세데스 자동차의 주인석에 앉으라고 권했을 때 거절했다. 그렇지만 채 오 분도 지나지 않아 그게 얼마나 무익한 짓인지 깨닫고는 힘없는 미소가 떠올랐다. 병사가 나보다 먼저 서둘러 가서 자동차 문을 열고 붙잡고 서 있었는데 나는 단지 미안하다고 말한 다음 반대편으로 걸어가 자동차에 올라탔다. 운전병은 아마도 오늘 자동차에 싣고 갈 기이한 물품을 잘 살펴보려는지 좌석에 앉은 채로 재빨리 뒤돌아보았다. 게다가 내가 "안녕하세요?"라고 인사말을 건네자 그는 처음에는 한 대 얻어맞은 사람처럼 얼떨떨한 표정을 짓더니 곧바로 당황스러운 표정이 환하고 행복한 웃음으로 바뀌었다. 그런 모습에 나는 — 우선 명예의 자리를 퇴짜 놓았고 그다음으로 운전기사에 불과한 사람에게 먼저 인사를 함으로써 — 나의 저항이 성공적으로 이루어진 것 같아 기분이 아주 좋아졌다. 그 순간 나는 상자에 갇힌 생쥐처럼 보잘것없고 무가치한 반항 행위를 수행한 나 자신을 향해 미소 지었다.

문득 어떤 일이 있어도 냉정을 유지하라던 크리스의 충고가 기억났다. 그분이 심지어 자기가 초대한 시간에 나에게 다른 일은 없는지 물어볼 생각도 하지 않았고 또 내가 초대를 받아들이겠다고 말할 시간도 주지 않더라는 나의 불평을 듣더니 크리스는 단지 너그러운 미소만 지었다. "이봐요, 비비." 크리스는 말했다. "이 세상 어느 나라를 가건 어느 언어를 살펴보건 간에 국가 원수의 초대는 실질적인 명령이에요. 설사 그가 개인적으로 수화기를 집어 들고 명령을 내리지 않더라도 말이죠. 그러니 나의 사랑스런 아가씨, 아무래도 가서 친절 좀 베풀어야 할 것 같군요. 샘이 그렇게 어리석은 사람은 아니에요. 지금 상황이 상당히 절망적이라는 걸 잘 아니까 그런 상황에서 빠져나올 수 있는 마지막 가능성을 당신에게서 찾는지도 몰라요. 당신이 어떤 도움을 줄 수 있을지도 모르고."

"어떻게요?"

"비비, 난 몰라요. 하지만 모든 선택의 여지를 열어 둡시다. 결코 늦은 건 아니니까."

크리스는 지독할 정도로 합리적이라니까. 내가 할 수 있는 말은 그뿐이다. 모든 선택의 여지? 난 적어도 한 가지는 열어 놓지 않을 것이다.

우리가 아비치 마을 호수에 도착한 시간은 7시 30분경이었다. 예전에 이 대통령 휴양지에 두 차례 와 본 적이 있었지만 두 번 다 낮이었다. 그날 저녁에는 좌측으로 어둠이 짙게 내려앉은 가운데 동쪽으로 엄청날 정도로 광활하게 펼쳐진 인공 호수의 물이 반짝반짝 빛났는데, 그 풍경을 바라보며 영빈관을 향해 밝게 빛나는 가로수 길을 달려가는 것은 신경이 곤두서고 화가 잔뜩 난 상황에서도 눈물이 날 만큼 아름다운 경험이었다. 자동차는 언덕 꼭대기에 등대처럼 자리 잡은 대통령 휴양지를 향해 하늘을 바라보며 천천히 거대한 원을 그리며 돌고 있었다. 소문에 의하면 사천오백만이나 되는 비용을 들여 이 휴양지를 건축한 민간 정권을 타도하고 현 정권이 들어

온 후 그걸 새로 단장하느라 이천만이나 되는 비용을 추가로 사용했다는데, 여하튼 우리 상황에서는 무책임할 정도의 낭비라고 볼 수 있었다……. 하지만 어쩐단 말인가? 이제 조심해야겠다. 천천히 그리고 자신도 모르는 사이에 합리적인 크리스 쪽으로 기울지 않도록!

사실 크리스와 이켐은 이 휴양지를 재정비하느라 들어간 엄청난 비용을 놓고 내 앞에서 격렬하게 논쟁을 벌인 적이 있다. 불행하게도 돈 문제가 재정부의 합법적인 재가를 얻지 못했던 상황이었다. 그 상황에서 난 전적으로 이켐 편이었다.

"뭐로부터 숨는 거지? 누구로부터?" 이켐이 그 사람답게 맹렬하게 힐난하던 게 생각난다. "필요한 거라고는 단지 소박한 집과 음식, 그리고 기니아충[18] 없는 물과 같이 기본적인 것밖에 없는 국민들로부터 피신하는 거겠지. 당신들은 바로 그런 거로부터 도망치는 거란 말이야. 언덕 위로 피신하여 패거리들끼리 어울리면서 당신들의 권위를 합법화시켜 주는 국민을 잊고 있다니까."

"그런 책임을 나한테 지우지 말게." 크리스가 소리쳤다. 그런 다음 그는 그 문제에서 완전히 벗어나 믿기 어려울 정도의 폭넓은 독서와 달변으로 아주 능숙하게 아름다운 역사적 건축물에 대해 이야기하면서 법과 대변혁뿐 아니라 건축물에 의해서도 국가 발전이 촉진되었으며 그런 건축물은 이제 그것들은 세운 나라에게 얼마나 큰 자랑거리인지 모른다고 했

18) 물속에 서식하는 기생충.

다. 하지만 사람들은 그런 건축물들이 대부분 민주적으로 선출된 수상이 아니라 차라리 매력 없고 잔인한 중세의 전제 군주에 의해 세워졌다는 사실을 잊고 있다. 유럽의 대성당, 인도의 타지마할, 이집트의 피라미드와 짐바브웨의 석탑은 모두 다 농노, 굶주린 농부와 노예의 등골을 파먹으며 세워졌다. 아프리카의 현 지도자들은 심지어 마르크스주의자들까지도 모든 면에서 볼 때 뒤늦게 꽃핀 중세 군주들이다. 마즈루이[19]가 은크루마[20]를 스탈린주의 독재자라고 말한 거 생각나? 어쩌면 우리 지도자들이 그런 방식을 택해야 할지도 모르지. 심지어는 그런 방식대로 밀고 나갈 수밖에 없을 수도 있고.

"형편없는 개혁주의자!" 물론 대단한 작가이기는 하지만 즉흥적으로 말해야 할 때면 결코 크리스의 상대가 되지 못하는 이켐이 격분과 감동이 섞인 말투로 소리쳤다.

상냥한 얼굴의 육군 소령이 입구에서 내 핸드백을 뒤진 다음 또 다른 장교가 나를 데리고 빨간 카펫이 깔린 널따란 층계를 올라갔다. 층계참에 이르러 활짝 열린 커다란 문으로 들어가니 거대하고 호화로운 방이 나타났고 손님들은 벌써 와서 자리 잡고 있었다. 내가 문 앞에 도착하자 각하가 서둘러 나와 맞으며 내 이마에 키스한 다음 내 손을 잡고 방 안으로 들어갔다. 의자, 소파, 의자 쿠션에 두셋씩 무리 지어 앉은 손님들은 술을 마시거나 마루나 등받이 없는 의자에 마련해 놓은 다양

---

19) 1933~2014. 케냐 출신의 미국 정치학자.
20) 1909~1972. 가나공화국 초대 대통령.

한 마른안주 그릇에 손을 넣고 있었다.

“어떤 분을 모르죠?” 각하가 물었다. 그러고는 내 대답은 기다리지도 않고 덧붙여 말했다. “숙녀들부터 시작합시다.” 그동안 남자들은 모두들 이를테면 보초라도 서려는 듯 자리에서 서둘러 일어섰다.

“이리 와서 미국 연합통신의 크랜퍼드 양과 인사하시죠. 루는 미국에서 우리에 대해 떠도는 그 모든 안 좋은 소식이 사실인지 알아 보려고 바사에 왔습니다.” 미국인이라는 말을 듣지 못했더라면 전형적인 이탈리아 미인이라고 생각했을 흑발 아가씨가 미소를 지으며 악수를 나눌 생각으로 심벌즈처럼 두 손을 부딪쳐 소금 친 땅콩 부스러기를 털어 내고 있었다. 그녀는 악수하면서 어찌나 손을 꽉 잡던지 은연중에라도 미국 사람이라는 사실을 알아챘을 것이다. 그러는 동안 각하는 말 그대로 내 경력을 줄줄 읊었다. “루, 이 아가씨는 우리나라에서 최고로 총명한 아가씨라고 말할 수 있는 비어트리스 오코 양이오. 오코 양은 재무부에서 부과장 직책을 맡고 있는데, 남녀 불문하고 그 부서에서 유일하게 영문학으로 최우수 학위를 받았답니다. 그것도 지방 대학이 아니라 런던 대학교의 퀸 메리 칼리지에서요. 그러니까 우리 비어트리스 양은 영국 본토에서 영국 사람을 능가한 거죠. 우리의 커다란 자랑거리랍니다.”

“와아.” 루가 답했다. “굉장해요. 비어트리스, 어떻게 그럴 수 있었어요?”

나머지는 관례대로 이루어졌다. 내 생각에 남자는 여덟 명, 날 포함해서 여자는 일곱 명이었던 것 같다.

남자들 중에 내가 제법 잘 아는 사람은 단 한 명, 노동부 장관인 조 이베였다. 각하가 조에게로 다가가 "자, 당신은 당연히 비어트리스를 잘 알 겁니다."라고 말하자, 그는 "저요? 각하, 죄송합니다. 한 번도 본 적 없는 분인데요."라고 대답했다. 이 말은 분명 바사에서 떠도는 농담 중 가장 뻔하고 고리타분한 말이지만 그래도 언제나 좌중에게 웃음을 주었는데, 이날은 그저 조 이베 혼자만 너털웃음을 터뜨렸다. 그러자 그는 마치 수준 높은 유머를 받아들이기에 적절치 못한 평범한 사람들의 수준으로 내려온 것처럼 곧바로 "비어트리스, 오랜만이군요. 내 친구 크리스는 잘 지냅니까?"라고 덧붙여 말했다. 그래서 나도 어설프게나마 애써 익살스럽게 답변했다. "그건 제가 물어야 할 질문 같은데요? 장관님이 저보다 더 자주 보시잖아요. 크리스는 장관님이 주관하시는 이런저런 모임에 항상 참석하잖아요?"

"그 사람이 그렇게 말합디까?" 이제야 모든 사람이 하나같이 큰 소리로 웃었다.

"그래요, 조의 말이 맞아요." 각하가 눈을 찡긋하며 말했다. "나라면 이따금씩 불시 점검을 할 텐데."

소개 절차가 모두 끝나자마자 미국인 기자가 부리나케 나에게로 다가오더니 오늘 저녁 이렇게 인사도 나눴으니 다음 주 중에 어딘가에서 만나 식사라도 하며 담소를 나누고 싶다고 말했다. 그러니까 특별히 여자의 각도에서 말이다. 그 말에 나는 아무 때라도 관계자들로부터 모든 정보를 직접 구할 수 있는 기자님께서 나 같은 사람에게 듣고 싶은 말이 뭐가 있겠느냐고 다소 날카롭게 대답했다. 어쩌면 무의식적이었는지 모르지만 그녀는 아주 짧은 순간 두 눈이 가늘어지며 호전적인 눈길로 날 힐끗 쳐다보더니 재빨리 작전을 바꾼 듯 다시 한 번 친절하게 말했다.

"당신과 대화를 나누기 전에는 절대로 이 나라를 떠나지 않겠어요. 방금 들은 것들에 대해 모두 다시 들어야겠어요. 약속이에요!" 그런 다음 그녀는 다른 곳으로 자리를 옮겼고 얼마 동안 난 다시 평온할 수 있었다.

그녀와 대화할 때 내가 지나칠 정도로 날카롭게 굴었다는 건 안다. 하지만 나의 대응 자세는 완전히 통제되지 않는 것 같다. 올바른 예의범절보다 더 강인한 뭔가가 마음 깊숙한 곳에서 난투를 벌이다 우위를 차지하자 무심결에 날카로운 말로 긴급히 튀어나왔던 것이다. 무엇보다 이 파티에 이례적으로 초대받은 상황에 대해 나는 아직도 과잉 반응을 일으키고 있는 거라고 추정하면서 차분함을 유지하라던 크리스의 충고를 기억해 냈다. 그의 그림자를 향해 나는 한층 더 노력해 보겠다고 약속했다.

그러니까 이 사람들이 각하를 둘러싼 새로운 실세라는 거지! 처음으로 논란의 주인공인 국무 연구 위원회 대표를 아주 가까이서 보게 되었는데 예상했던 대로 내 마음에는 들지 않았다. 그는 아주 젊은 축에 속했고 얼굴도 아주 잘생겼으며 왠지 불쾌할 정도로 강인해 보였다. 어쩌면 그의 레슬러 같은 손 탓인지 모르겠는데 아무리 그 사람처럼 덩치가 크다 해도 손은 단박에 너무 크다는 인상을 주었다. 그는 손을 어떻게 해야 할지 모르는 사람처럼 계속해서 옆구리에서 등 뒤로 그다음에는 호주머니 속으로 이리저리 옮겼는데 그런 모습이 오히려 사람들의 눈길을 끈다. 그는 단지 사람들이 말을 걸어야만 대꾸하는데 그것도 아주 턱없이 부드러운 목소리로 말한다. 그리고 내가 결정적으로 그를 가위표 친 이유는 저녁 식사 내내 각하에게 과도할 정도로 비굴한 태도를 취했기 때문이다. 저 사람은 뭐야? 나머지 우리들처럼 손님이야 아니면 일종의 상급 지배인이야? 누군가의 잔이 반 정도 비면 그는 대화를 나누던 손님을 내버려 두고 식사 안내원에게로 달려가곤 했다.

육군 참모 총장은 더 널리 알려져 있었고 더 자신만만했으며 전체적으로 좀 더 마음에 드는 사람이었다.

가장 놀라운 건 숙녀들이었는데, 그들은 모두 다 과도할 정도로 옷치장이 심하거나 아니면 비공식적인 모임이라는 걸 전혀 듣지 못한 것 같았다. 어느 누구도 할 말이 별로 없는 것 같았다. 이들은 소문대로 각하가 요즘 빠져 있는 소란스럽고 멋진 파티 생활의 주요 멤버일 리가 없었다. 아무런 특징도 없는 이 여자들은 아마도 미국 기자에게 좋은 인상을 주기 위해 애처로울 정도로 쓸모없는 조언에 따라 선택된 것 같았다. 대통령 참모 중 어떤 멍청한 친구가 밤마다 방영되는 텔레비전의 종교 프로그램에 자주 등장하는 광분한 미국인 목사나 미국에서 교육받은 목사들을 보고 어쩌면 실제로 대통령으로서의 예의범절을 그럴듯하게 보여 주는 게 바람직하다고 믿었던 건 아니었을까!

음식은 간단하고 맛있었다. 칵테일 새우, 바나나와 프라이드치킨을 곁들인 졸로프 라이스[21], 그리고 디저트로 신선한 과일 샐러드와 치즈를 곁들인 영국식 크래커가 나왔다. 와인은 탁월했지만 이 모임에서는 전혀 쓸모가 없었고 단지 각하와 미국인 기자 아가씨 그리고 나만 흥미를 보였다. 바사 남자들은 평소처럼 하루 종일 들이켠 맥주를 고수했다. 한 여자는 라임을 넣은 더블 진을 마셨고 다른 두 여자는 흑맥주와 세븐업을 마셨는데, 내 생각에 이름이 아이린인 여자는 감정이 고조되어 "검은 것은 아름답다."라고 소리쳤다.

각하는 파티의 주인 노릇을 완벽히 해 냈다. 타원형 테이블 상석에 앉은 그는 연회를 베풀며 모든 사람의 마음을 편안하게 해 주었다. 그 자리에 참석한 손님들이 각하의 말이 끝나기가 무섭게 쌍수를 들어 찬성할 때나 그가 농담을 한다고 생각될 때마다 과도할 정도로 배꼽을 잡고 웃을 때에 덜 열심히 했더라면 그날 저녁은 정말이지 상당히 훌륭한 파티였을 것이다. 각하를 중심으로 난 그의 오른쪽, 미국인 여기자는 그의 왼쪽에 앉았으므로 우리 두 사람은 타원형 테이블 양쪽 끝 날렵한 부분에 서로 마주 보고 앉았다. 내 오른쪽에는 과묵한 오사이 소령이 앉았고 소령의 맞은편에 노동부 장관이 앉았다. 육군 참모 총장은 이등 지휘자처럼 테이블의 반대쪽 끝 부분을 장악하고는 꼭 그래야 할 상황에는 반드시 최고 권한을 지닌 우두머리에게 신경을 썼지만 이따금씩 자기 나름대로 은밀하게 라임을 넣은 진을 마시는 아가씨를 낄낄대게 만들고

21) 나이지리아를 비롯해 서아프리카 권역에서 주로 먹는 쌀 요리.

있었다.

미국 아가씨와 내가 담소를 나누게 하려는 주최자의 노력은 비참할 정도로 실패했다. 나는 심지어 꺼져 가는 불길을 살리려고 끼어드는 각하와의 대화조차 계속하고 싶은 열의가 일어나지 않았다. 미국 아가씨는 처음에 내가 퇴박을 준 다음부터 단지 의례적으로만 정중하게 행동할 뿐이었다. 각하에게 말을 하지 않을 때면 난 오른쪽 오사이 소령 쪽으로 몸을 돌리고 외견상 깊은 대화를 나누곤 했다. 게다가 그는 사교적인 예의범절에 대한 의지가 본선의 전기 공급이 만족스럽게 이루어질 때의 예비 발전기 정도밖에 되지 않는 사람이라 내 목적에 아주 합당했다.

미국 아가씨는 식사를 시작할 때 칵테일 새우와 함께 마신 달지 않은 셰리주 외에도 모젤 포도주를 큰 잔으로 세 잔이나 마셨다. 게다가 식사 전에 라운지에서 어떤 술을 게걸스럽게 마셨는지 모르지만 여하튼 그녀한테는 그 모든 게 분명 감당할 수 없을 정도였다. 여전히 나와의 거리를 가능한 한 멀리하는 걸 감안하면 신체적 정신적 기능을 완전히 통제하고 있는 것 같긴 했지만, 저녁이 깊어 갈수록 그녀는 수다스러워졌고 자제력이 떨어졌다. 물론 그녀의 그런 태도는 나한테는 아주 안성맞춤이었다. 듣거나 지켜보는 것 같은 자세를 취한다거나 도발에 대비해 긴장하여 정중한 태도를 내보일 필요도 없이 그녀의 말을 듣고 그녀를 마음껏 관찰할 수 있었으니까.

각하에 대한 미국 아가씨의 태도가 터무니없을 정도로 친밀하고 거만해지기 시작했다. 그녀는 간간이 자신이 방금 토해 낸 단어에 각하가 매달리게 해 놓고는 자신은 몸을 돌려 이제는 단지 존슨이라고 부르는 오사이 소령을 향해 또 다른 단어를 내던지곤 했다. 그리고 최고의 불가사의는 그녀가 육군 참모 총장인 랑고 대장을 한번은 심지어 아흐메드라고 불렀다는 점이다. 게다가 그녀가 이렇게 방약무인한 태도를 보이는데 문제의 신사들은 그저 만족스러운 듯 히죽히죽 웃기만 했다. 도저히 믿기가 힘들었다!

하지만 이건 단지 시작에 불과했다. 거두절미하고 그녀는 각하와 그의 신하들에게 오늘날 이 나라가 현재 총 수출액의 51퍼센트를 약간 상회하는 이자를 지급해야 하는(말할 필요도 없이 상당히 평이 나쁜) 외채 수준을 유지할 필요성에 대해 장황하게 설교하기 시작했다. 어째서? 가뭄이 심각한 국내 지역을 위해 미국의 잉여 곡물 원조가 증가된 것에 대한 대가로!

"최근에 《내셔널 가제트》에 실린 사설을 읽고 계신가요?" 아연실색해진 내가 물었다.

"그럼요. 존슨이 친절하게도 주초에 논평 몇 개를 보여 주었어요. 마르크스주의자라고 소문난 편집자는 원하는 걸 모두 얻을 수 있다고 생각하는 것 같더군요. 우리 모두가 민주주의의 한쪽 측면만 생각하는 경향이 있으니까요. 쿠바나 심지어 앙골라에서 살 필요가 없는 사람이 카스트로[22]를 찬양하면 어떻겠어요. 하지만 정말로 이상한 건 카스트로 박사는 말은

22) 피델 카스트로. 1926~ . 쿠바의 공산주의 혁명가, 정치가. 사십구 년간 쿠바를 통치했다.

어떻게 하든지 간에 자기 자신이 국제 금융 사회에 대한 의무를 불이행한 적이 한 번도 없다는 점이에요. 그는 절대로 빚을 늦게 갚는 적이 없도록 유의하면서 다른 사람들에게는 '지불하지 말라.'고 하죠. 우리가 기억해야 할 건 은행이 자선 단체가 아니라는 점이에요. 은행은 적정하고도 합리적인 이익을 얻으면서 돈을 빌려 주기 위해 존재하지요. 사람들이 돈을 빌린 다음 갚지 않는 바람에 이자 수익금이 생기지 않으면 은행은 곧바로 영업을 중단해야 할 거고 그러면 우리 모두는 또다시 할머니의 돼지 저금통에다 돈을 모아야겠죠."

"아니면 낡은 매트리스 속에다 넣어 두던가요." 각하가 덧붙였다. 이런 식의 건방진 말을 듣고도 각하가 공손하게 나오는 모습은 최근에 그 어느 것보다 더 충격적이었다. 공손하게 경의를 표하고 고통당하는 자의 정당화하는 얼굴 표정. 각하는 그녀에게 "계속해서 그들에게 말해. 내가 그동안 똑같은 메시지를 목이 쉬도록 소리 높여 외쳤지만 아무 소용이 없었거든."이라고 말하는 것 같았다. 그리고 그 상황에서 그들은 다름 아닌 나였다.

춤이 시작되었을 때 내가 취한 행동에 대해 약간의 배경 설명이 필요할 것 같다. 우리는 식탁에서 물러나 커피나 술을 마시기 위해 한층 더 편안한 라운지에서 다시 모였다. 그동안 각하와 루는 소파에 앉아 중대하고도 심도 깊은 대화를 열심히 나눴다.

그러던 중 갑작스럽게 내 이름을 부르는 소리가 들렸다. "비어트리스, 이리로 와서 내 옆에 앉아요." 각하가 그의 다른

쪽 소파를 가볍게 두드리며 명령했다. "아프리카 추장들은 언제나 일부다처주의자요." 당연히 이 말을 들은 사람들로부터 폭발적인 웃음이 터져 나왔다. 그가 내 쪽으로 몸을 조금 기울인 것 같았다. "일부다처제와 아프리카의 관계는 단조로운 일부일처제와 유럽의 관계나 마찬가지지요." 각하가 단언적으로 말하자 여전히 타오르던 맹렬한 웃음의 불길은 서까래가 위험할 지경까지 제멋대로 타올랐다. 너무 소란스러워 확신할 수는 없지만, 각하 옆에 있던 미국 아가씨가 "미국도요!"라고 끼어들었던 것 같다.

각하의 목소리가 영향을 미치기 전 난 겉으로는 노동부 장관의 말을 경청하는 것처럼 행동했지만 사실 잠시 상념에 빠져 있었다. 유럽이나 미국, 심지어 케냐에서 본 고속도로와 달리 우리나라 고속도로는 건설되는 중에도 붕괴되고 있다고랑고 대장이 별생각 없이 내뱉은 논평에 대해 노동부 장관은 지나치게 양심적으로 씨름하고 있었다. 분명 아주 오랜 기간 전문가들과의 교제를 통해 어설프게나마 그들의 언어를 귀동냥한 장관은 이제는 관심도 기울이지 않는 대장에게 그런 취지에서 진정한 문제점은 무거운 화물차의 중량이 아니라 오히려 차축 같은 것의 중량이라고 설명하고 있었다.

그 순간 문득 캐묻고 싶다는 생각이 또다시 나를 사로잡았고 그 생각을 이어 가려는 마음에 푹 빠져 버렸다. 무엇 때문에 내가 여기 와 있지? 무엇 때문에 날 오라고 했을까? 맨 처음 내 머릿속에 떠올랐던 이유인, 오랜 두 친구(심지어 한 명은 없어도) 사이에서 중재 역할을 하는 것과 관련되어 있을지도 모른다는 생각은 이제 보니 틀린 생각이었다. 그렇다면 어째서 날 오라고 한 걸까? 이 미국 아가씨를 만나 여자로서의 시각을 알려 주는 것, 바로 그거였다! 날 이곳으로 끌고 온 건 애리조나인지 어딘지에서 태어난 이 뻔뻔스러운 아가씨의 시중을 들라는 거였다. 그렇다면 좋아. 어디 두고 보라지!

바로 그 순간 일부다처제가 실시되는 아프리카의 침실에서 내 차례를 알리는 주인의 목소리가 들려 왔다!

처음으로 그런 일을 겪은 것은 영국에서 공부할 때였다. 당시 내 남자친구는 세인트팬크라스 타운 홀에서 열린 송년 댄스파티에 날 데려갔다. 그곳은 꽤 혼잡해서 남자친구의 지인이 백인 여자와 함께 자리 잡은 테이블에 합석해야 했다. 한두 차례 춤추고 난 다음 나는 내 남자친구인 가이의 귀에 대고 예의상 파트너를 바꿔서 춤춰야 하지 않겠느냐고 속삭였다. 가이는 백인 아가씨와 춤을 두 번 추더니 그녀에게 완전히 빠져 버렸다. 백인 여자를 데리고 거대한 댄스홀의 저쪽 구석으로 가더니 그곳에서 춤 한 곡이 다 끝나고 밴드가 또 다른 곡을 연주할 때까지 기다렸다. 백인 여자의 남자친구는 나와 두 곡 정도 같이 춤추더니 사라졌고, 나는 파트너 없이 파티에 온 낯선 남자들과 춤을 추게 되었다. 그때까지 살아오면서 난생처음으로 '등록 안 된 택시' 같은 존재가 되었다.

꽤 긴 휴식 시간이 되자 가이와 백인 아가씨는 마침내 우리 테이블에 나타났다. 가이가 음료수를 사러 간다며 급히 그 자리를 떠나자 아가씨는 립스틱을 덧칠하기 위해 핸드백에 붙은 거울을 들여다보며 런던 억양이 심한 말투로 나에게 말했다. "당신 나라 남자들은 우리를 좋아하나요? 내 친구는 그걸 데스데모나 콤플렉스라고 말하던데. 데스-데-모나, 멋있는 단어예요. 아마 이탈리아 말이죠? 그런 단어 들어봤어요?"

그러니까 난 또다시 데스데모나와의 전투에 사로잡혔다. 이번에는 순회하는 사람이고, 한층 더 고약한 건 영국에서 아무짝에도 쓸모없는 흑인 건달을 놓고 싸우는 게 아니라 어쨌든 우리나라의 자존심이 걸린 성스러운 상징물을 두고 벌이는 싸움이었다. 감상적이라고? 그래도 할 수 없지!

그래서 난 이 경쟁 상대와 각하 사이로 내 몸을 던졌다. 위기에 처한 지휘관을 자신의 몸으로 감싸고는 지휘관 대신 치명적인 총알을 맞는 충성스러운 호위병처럼 난 문자 그대로 각하를 향해 내 몸을 던졌다.

난 뻔뻔스럽게 그런 행동으로 나 자신을 비하했다. 신이시여! 힌두 사원에서 춤추는 댄서처럼 난 당신의 영광을 위해 그런 행동을 했나이다. 에스더[23]처럼, 아 그래, 에스더처럼 오랜 기간 고통당하고 있는 내 민족을 위해서였다.

그리고 왕이 서서히 그러면서도 확실하게 반응을 보여 줄 때 얼마나 기뻤던가! 정말로 기뻤지! 침침한 불빛 아래 우리의 오래된 상처를 함께 가라앉히며 마음을 달래 주는 선율에 맞추어 점점 더 가까이 붙어 서서 춤을 추자 커다란 뱀, 거대하게 곧추선 황제 비단뱀이 내 사원의 관목 숲에서 꿈틀대기 시작했다. 꽤나 흥분한 각하는 필사적으로 나에게 매달렸다.

---

23) 성경에 나오는 아름다운 왕비. 용기를 발휘해 유대인 박해를 막았다.

대담해진 나는 그의 손을 붙잡고 발코니 난간으로 나아가 언덕 정상에서 숨 막히게 아름다운 시커먼 호수를 내려다보았다. 거기서 나는 그에게 나의 데스데모나 이야기를 들려주었다. 그 말을 할 때 난 뭔가에 사로잡혀 있었다.

"만약 제가 오늘 미국 워싱턴 DC에 간다면, 혹시라도 백악관에서 열리는 비공식 만찬으로 걸어 들어가 미국 대통령을 인질로 잡을 수 있을까요? 그리고 미국의 국방부 장관과 CIA 국장도요?"

"아, 절대로 그런 민족주의자는 되지 마시오, 비어트리스. 정말 놀랍군요. 당신처럼 교육을 많이 받은 아가씨가 어떻게 그런 생각을!"

그는 화가 났는지 발코니에 날 혼자 내버려 두고 그냥 가 버렸다. 그곳에 서서 어둠에 잠긴 호수를 멍하니 내려다보고 있으려니 눈물이 하염없이 흘러내렸다. 난 방 안에 있던 사람들이 살그머니 발코니 문으로 다가와 은근슬쩍 내다본다는 걸 알았다. 그들을 내 눈으로 본 건 아니었다. 난 단지 그들이 왔다가 또다시 어둑한 불빛과 음악 속으로 도망쳐 들어간다는 걸 눈치챘을 뿐이다. 그런 다음 발코니의 테라초[24] 바닥을 내딛는 힘찬 발소리가 나더니 등 뒤에서 오사이 소령의 목소리가 들렸다. "당신을 집으로 모셔다 드릴 자동차가 아래층에 대기 중입니다."

---

24) 대리석에 시멘트 등을 혼합해 만든 인조석.

7

산산조각난 이 비극적 역사의 수많은 조각을 발견할 수 있는 건 모두 그러모아 하나로 조합해야겠다고 굳게 결심했는데, 몇 주 몇 달이 지난 시점까지도 도입 부분을 어떻게 시작해야 좋을지 난 아직도 그 방안을 찾아내지 못했다. 이렇게 저렇게 시도해 보았지만 하나같이 흡족하지 않고 내가 들어 봐도 너무 급작스럽든가 너무 요령이 없든가 너무 진부한 것 같았다.

난 계속 같은 자리에서 빙글빙글 돌고 있었다. 매주 시장에서 겪는 호된 시련을 또다시 경험한 지난 토요일까지도 그랬다. 뜨거운 햇볕 아래서 여러 시간 승강이를 벌이고 나서 후덥지근하고 먼지투성이가 된 나는 식료품을 들고 집으로 돌아와, 현기증 날 정도로 가파른 나선형 층계를 씩씩대며 올라와 부엌으로 들어갔다. 시원한 음료수를 마시는 동안 잠깐만 쉴 것처럼 식탁 위에 시장 가방들과 머리에 쓴 스카프를 털썩 내려놓고 나왔는데 그날 난 부엌으로 되돌아가지 않았다. 상당히 이례적인 일이었다. 나는 고기에 대해서만큼은 특별히 까다로워서 보통 같으면 당장에 깨끗이 씻어 끓여 놓거나 아니면 소량의 밀튼[25] 용액에 담가 냉동실에 넣어 두어야 했다. 하지만 그날은 레모네이드를 큰 잔으로 반 정도 꿀꺽꿀꺽 들이켠 다음 이상한 힘에라도 끌렸는지 반 정도 남은 음료수 잔을 들고 공부방으로 꾸민 방 한쪽에서 뭔가를 끼적거리기 시작한 후 밤이 깊도록 계속했다. 어느 시점에 방문 앞에서 잘 자라고 인사하는 애거서의 목소리를 어렴풋이 들었지만 특별한 관심을 보이지 않았다.

그날 오후 복잡한 길을 벗어나 정부 청사에서 관사 지역에 이르는 훤히 트인 길로 들어선 순간 번개처럼 내 마음에 떠오른 단 한 가지 생각 또는 힘 또는 그 무엇이었든지 간에 난 그것에 완전히 사로잡히고 말았다! 그런데 그것 때문에 자리에 앉았으면서도 그 말을 그대로 기록해 놓지는 못했다. 월요일이 되자 토요일과 일요일에 수고롭게 해 놓은 그 모든 결과물을 몽땅 내버리고 새롭게 시작해야 했기 때문이다. 그렇지만 한번 고양된 사기는 조금도 꺾이지 않아서 난 다시 시작했다. 버려진 종이들과 못 먹을 정도로 상해 버린 고기는 꼭 필요한 의식이었거나, 아니면 현명한 천사들도 밟기 두려워하는 곳을 대담무쌍하게 돌진하였기에, 아니 차라리 전사들이 패배

---

25) 살균 용액 브랜드명.

를 인정하여 땅에다 창을 꽂고는 빙글빙글 돌며 다함께 마지막 춤을 출 때에 창 하나를 뽑아 드는 실수를 저질렀기에 노여워하는 누군가를 달래 주기 위한 희생 제물인 것 같았다.

우리 집 가정부 애거서는 요즈음 바사 지역에 들쑥날쑥 새롭게 생겨난 열광적인 교회에 나간다. 그녀의 교파는 야훼 복음주의 안식교단이란 곳인데, 토요일에는 난로에 불을 붙이기 위해 성냥을 긋는 행위조차 금지하는 게 분명하다. 애거서는 내가 잠자리에서 일어나기도 전에 집을 나가 하루 종일 돌아오지 않는다. 오후 5시경 그녀는 시든 코코얌 잎사귀처럼 축 처진 모습으로 돌아와 빵과 차가운 스튜 아니면 손에 닿는 대로 먹다 남은 음식을 아무거나 꺼내 놓고 먹는다. 심지어 각설탕 여덟 개와 가루우유 한 통을 얼음물에 넣고 가리 가루[26]를 타서 먹을 때도 있다. 하지만 내가 성냥을 그어 난로에 불을 켜고 음식을 따뜻하게 덥혀 주면 그 음식은 먹어도 괜찮다고 했다. 하지만 나는 애거서에게 유급 가정부의 발을 씻고 닦아 줄 만큼 내 도량이 넓지 못하다는 걸 처음부터 분명히 말해 두었다. 흰옷을 입고 샤워캡을 쓴 가슴에 털이 수북한 예언자 앞에서 그녀가 매주 박수를 쳐 대면서 눈알을 뒤룩거리고 엉덩이를 흔들어 대는 동안 겔레겔레 시장에서 식료품을 사 와야 하는 것만으로도 나로서는 충분하다.

하지만 우리의 삶을 변화시킨 어떤 일이 발생한 건 그다지 오래전 일이 아니었다. 바로 그 특별한 토요일, 애거서는 집 안

---

26) 카바사 곡물 가루를 지칭하는 말로, 나이지리아 사람들의 주식이다.

에서 아주 특별한 일이 일어나고 있다는 것을 감지한 게 분명했다. 그녀는 그 힘에 압도당했는지 안식일 규율도 깨고 이미 상하기 시작한 고기와 시든 채소를 치웠다. 아니 어쩌면 그녀 자신이 뭔가에 사로잡힌다는 게 어떤 건지 모르지 않기에 다른 사람에게서도 그 점을 재빨리 간파할 수 있었던 건 아닐까!

내 이름은 비어트리스이다. 하지만 친구들은 대부분 그저 비 또는 비비라고 부른다. 그리고 나의 적들, 그러니까 우리가 겪은 아직도 믿기 힘든 폭력 행위로 인해 습득한 교훈은 나처럼 별 볼 일 없는 사람도 적이라고 여길 사람들이 있다는 점이다. 나는 적이란 훌륭한 사람들이나 누리는 특권이라고 아주 순진하게 생각했다. 하지만 그게 아니었다. 어느 정도 정통한 소식통인 저널리스트들에 의하면 위신이 완전히 땅에 떨어진 영웅들의 이름을 바꾸듯이 나를 위해서도 기꺼이 신랄하고 혐오스러운 별명을 만들어 내느라 골몰할 사람들이 상당수 있었다.

그건 정말이지 뜻밖의 발견이었고 솔직히 말해서 특히 남자들이 히죽거리며 불러 대는 엉덩이 세력이란 말의 상스러운 암시 때문에 난 한동안 무척이나 당황스러웠다. 하지만 마음속으로 생각했다. 그러거나 말거나 내가 신경 쓸 게 뭐람. 이토록 많은 사람, 그리고 이토록 많은 것이 소진된 재난이 발생했는데 별 대수롭지도 않은 여자가 어떤 일을 했는지 안 했는지 알아내겠다는 것, 그것 말고는 별다른 이유도 없을 텐데 어째서 내가 세상 사람들에게 하던 일을 중단하라고 요청해야 하는가? 나로서는 개인적인 자존심이라는 사소한 문제가 걸려 있겠지만 그래서 뭐 어떻다는 건가?

그렇긴 해도 나에 대해 앞으로도 결코 받아들이기 힘들 것 같은 이야기가 떠돌고 있는데, 그건 생각만 해도 여전히 눈물이 나올 것만 같다. 바로 야망이 크다는 말이다. 내가 야망이 크다고! 어떻게 그런 말을 하지? 이런 부당한 비난 때문에 어쩔 수 없이 이곳에 내 생활을 드러내 놓고 심지어 나 자신도 모르게 완벽하게 숨겨 왔던 모습이 나한테 있는지 알고 싶은 거다. 새로운 군부 지도자들의 관심을 끌어 보겠다고 우쭐대는 저널리스트들이 나의 이미지를 군 장성과 후원 작가 들을 조종하는 '현대판 퐁파두르 부인[27]'으로 만들어 냈다.

나는 지금까지 살아오면서 관심을 얻기 위해 애썼던 적이 한 번도 없었다. 심지어 어린아이일 때도 그랬다. 어릴 적 기억을 더듬어 보더라도 답답한 선교관이라는 제한된 세상에서 러시아 인형들처럼 나만의 자그마한 세계에 폭 파묻혀 살던 어린 소녀였을 뿐이다. 성공회 경내에 아늑하게 위치한 우리 집은 아주 놀라운 곳이었다. 교회 건물과는 별도로 교육관 두 동, 목사관, 전도사 사택이 있었고, 교사들이 거주하는 롱하우스[28]에는 등급에 따라 공동으로 사용하는 방, 가구가 갖추어진 방 하나 혹은 둘 짜리가 있었다. 남자 교사들의 경우는 그랬다. 여자 교사들은 가장 작은 건물에 모여 살았는데, 그건 방 세 개짜리 초가지붕 집으로 보호 차원에서 목사관과 전도

27) 1721~1764. 프랑스 왕 루이 15세의 정부.
28) 여러 세대가 공동으로 거주하는 단층 연립 주택.

사 사택 사이에 있었던 것 같다. 성공회 경내 가장 구석진 곳에 교회 묘지가 있었는데 잡초가 다소 무성했으며 우리 자매 중 하나인 에밀리가 묻혀 있었다.

세상 속 세상, 또 그 속에 끝도 없이 갇혀 있던 세상이었다. 우리말로 하면 우와투와이다. 어린 시절 그 세상이 열렸다 닫히기를 거듭하며 구슬픈 빗소리가 될 때까지 무한히 반복할 것만 같은 그 이상한 소리가 들리면 내 몸이 얼마나 부르르 떨렸는지 모른다. 우와투와 투와투와 우와투와.

우와투와는 나 홀로 수많은 게임을 할 수 있는 장난감용 블록이었다. 그것으로 난 온갖 종류의 생각을 만들어 낼 수 있었다. 심지어 귀가 떨어진 나무 아기 인형처럼 그걸 좌우로 흔들 수도 있었다.

이 이상한 단어들과의 우정 쌓기는 의심할 여지없이 아주 일찍부터 시작되었는데 내가 그걸 처음으로 인식하고 기쁘게 받아들인 때는 하루가 시작되거나 끝날 때 아버지가 인도하던 가정 예배가 끝나는 순간이었다. 기도가 얼마나 오래 이어졌던지 나는 졸다 깨다를 반복했고 가끔씩 고꾸라지거나 옆으로 쓰러지기도 했다. 우와투와는 언제나 호된 시련의 끝이었고 우리 모두는 아멘! 아빠, 안녕! 엄마, 안녕! 아니면 저녁에는 안녕히 주무세요!를 큰 소리로 외쳤다.

어느 날 저녁 우와투와라는 말이 들리는 순간 난 어떤 악마에게 사로잡혀 정신이 번쩍 난 것처럼 잠에서 깨어났다. 미리 계획한 것도 아닌데 나는 곧바로 유치한 감사 찬양을 소리 높여 불렀다. 우와투와! 우와투와! 우와투와! 우와투와! 투와투와! 우와투와!

언니들이 키득키득 웃는 바람에 나의 무모한 찬양은 불이 붙었다.

입에서 아멘 소리가 떨어지기 무섭게 아버지는 자리에서 벌떡 일어나시더니 항상 가까이에 놓아두던 회초리를 집어 들고 우리 모두를 흠씬 때렸다. 그날 밤 우리는 각자 누운 자리에서 울다가 잠들었는데 언니들은 훌쩍훌쩍 울면서 아침에 일어나면 두고 보자고 나한테 을러 대었다.

아버지란 사람은 무척이나 엄격한 분이었다. 불쌍한 엄마만큼이나 어린 우리 자매들에게도 아주 냉담했다. 나이가 들면서 난 그의 회초리가 우리 집이나 옆에 있는 학교뿐만 아니라 교구 전체에서 아주 유명하다는 걸 알게 되었다. 어느 날 지역 책임자가 아버지를 찾아왔고 두 분은 우리가 광장이라고 부르던 기다란 바깥방에 앉아 후추 뿌린 콜라나무 열매를 드셨다. 난 손님이 오면 즐겨 하듯이 그 주변을 맴돌고 있었는데, 손님은 회초리로 우리 마을 아이들을 잘 훈련시키신다고 입에 침이 마르도록 아버지를 칭찬했다. 아버지는 내가 이전에 한 번도 본 적이 없었던 애석해 하는 표정으로 1940년 식민지 학교를 시찰하러 영국에서 온 백인 감독관들로부터 칭찬받은 한 교장에 대한 이야기를 손님에게 했는데, 그건 그 교장이 근무하던 학교가 서아프리카에서 가장 조용했기 때문이다. "맞습니다!" 지역 대표는 영어로 대답했다.

그 당시 난 지리 시간에 서아프리카 지도를 공부하고 있었으므로 지금도 그날 일이 생생하다. 그래서 아버지와 그 친구분이 담소를 나누던 곳에서 물러나온 나는 라피아[29]로 만든 책가방에서 『서아프리카 지도책』을 꺼내 놓고 1940년도에 최고라고 칭찬받은 교장이 속해 있던 지역이 얼마나 넓은지 확인하고 상당히 놀랐다.

아버지가 불쌍한 우리 엄마를 회초리로 때릴지도 모른다고 의심한 적이 있었다. 물론 실제로는 한 번도 본 적이 없었던 그런 엄청난 일을 어떻게 생각해 냈는지 놀랍긴 하다. 우리 언니들 중에도 그걸 본 사람은 없었다. 그들은 나한테 속마음을 한번도 털어놓지 않았으므로 혹시 보았더라도 말해 주지 않았을 것이다. 그때를 되돌아보면 언니들이 대체로 음모에 가까운 일에는 나를 포함시켰던 걸 생각하면 이따금씩 어안이 벙벙하다. 그런 경우 아버지는 항상 방문을 잠그는 조치를 취했기 때문에 나로서는 이런 의심이 아무리 강해도 확인하거나 부인할 길이 전혀 없었다. 어머니는 우리처럼 큰 소리로 울기에는 너무나 어른이었거나 자존심이 너무 강했는지 한참 후에(잠갔던 방문을 연 후, 아니 아마도 아버지가 문을 여셨을 것이다.) 치맛자락으로 눈가를 훔치며 방에서 나오곤 했다. 하지만 이런 일이 그다지 자주 있진 않았다. 그렇지만 난 그럴 때마다 언제나 설화에서처럼 아버지한테 죽을지어다! 하고 말하면 그가 죽게 되는 여자 마법사가 되고 싶었다. 그런 다음 아버지가 제정신을 차리면 그를 다시 살려 낼 것이고 그렇게 되면 그는 두 번 다시 회초리를 들지 않을 것이다.

29) 야자수 잎에서 추출한 섬유.

그러던 어느 날 어머니가 눈가를 훔치며 나올 때 난 그녀에게로 달려가 두 다리를 감싸 안았다. 그런데 내 기대와 달리 엄마는 나를 품에 안는 대신 격하게 밀쳐 내었고, 나는 나무절구에 머리를 쾅 부딪쳤다. 그런 다음부터는 아버지한테 죽으라는 말을 하고 싶다는 생각이 더 이상 들지 않았다. 당시 내 나이는 일고여덟 살 정도밖에 안 되었지만 아버지와 어머니한테는 그들만의 세계가 있고, 세 언니들에게는 그들의 세계가 있으며 나는 나만의 세계 속에 혼자라는 아주 특별할 정도로 강력하고도 어른다운 생각에 빠져 있었다. 당시에 나는 혼자라는 사실에 대해 전혀 신경 쓰지 않았고 그 이후로도 마찬가지였다.

시간이 한참 흐른 후에야 내가 여자로 태어나는 바람에 우리 엄마가 나에 대해 좋지 않은 감정을 품고 있었다는 걸 알게 되었다. 비록 한 명은 죽었지만 난 연속해서 딸 넷을 낳은 엄마의 다섯 번째 딸이었다. 내가 태어났을 때 엄마는 아들을 낳아 아버지 품에 안겨 줄 수 있기를 아주 절실하게 바랐던 것이다. 이제 와서 상세히 말할 필요가 없는 이런저런 단계를 거쳐서 난 늦게야 이런 사실을 알게 되었다. 하지만 부모님이 나에게 비어트리스 외에 (여자 또한 대단하다라는 의미의) 은와니이부이페라는 또 하나의 세례명을 주었다는 사실을 언급해야할 것 같다. 정말 놀랍지 않은가! 어렸을 때조차 난 진정한 의미도 모르면서 그 이름이 죽어라 싫었다. 그때는 단지 그런 이름을 가진 사람을 한 번도 본 적이 없다는 사실에만 사로잡혀 있었다. 얼렁뚱땅 얼버무려진 이름 같으니까! 여하튼 난 그 이름을 아주 싫어했는데, 축약된 부이페라는 이름은 그나마 괜찮았다. 어쩌면 내가 특별히 분개했던 건 여자라는 뜻의 은와니이 부분이었는지 모른다. 아버지는 그 점을 특히나 강조했다. "여자답게 앉아라!"라고 말하거나 아니면 내가 캐슈나무에서 떨어진 날에는 나에게 "여자 군인"이라고 부르며 왼손으로 나를 땅에서 들어 올리더니 오른손으로 엉덩이가 얼얼할 정도로 세 차례나 때렸다.

난 이 글에서 자서전을 쓸 생각도 없고 또 그러고 싶지도 않다. 내가 누구이기에 세상 사람들 앞에 내 이야기를 내놓는단 말인가? 사실 내가 말하려던 건 그저 내 기억에 난 항상 외톨이였고 다른 사람들에게 날 좀 알아달라고 해 본 적이 한 번도 없었다는 점이다. 결코! 그리고 다른 사람들에게 부탁해야 하는 어떤 일을 시도했던 기억도 전혀 없다. 이 말은 보잘것없이 미약한 나의 힘을 넘어서는 일을 했던 적이 한 번도 없다는 뜻이다. 그러니까 궁극적으로 난 야심적일 수가 없다.

이 점에 대해 내가 무척이나 민감하다는 걸 얼마든지 인정할 수 있다.

내가 지위가 높고 힘 있는 사람들의 삶에 연루된 것은 순전히 우연이었지 내 쪽에서 어떤 책략을 꾸민 적은 없었다. 무엇보다 그들 모두가 내가 그들을 만나기 전이 아니라 만난 후에 그런 자리로 올라갔다.

크리스는 내가 처음 만났을 때 장관이 아니라 《내셔널 가제트》의 편집자에 불과했다. 그건 한참 전인 민간 정부 시절이었다. 그리고 혹시라도 크리스가 혼자 좋아해서 쫓아다녔다는 말을 해도 그건 내 자랑이 아니다. 그건 그냥 사실이었다. 게다가 난 내숭이나 떠는 그런 여자가 아니었다. 경계해야 한다는 건 나 혼자만의 자그마한 세계에서 습득하게 된 경험의 문제였다. 내가 천성적으로 의심이 많다고 말하는 사람들도 있다. 어쩌면 그럴지도 모른다. 어느 정도 평균 이상의 용모와 좋은 학벌을 가지고 좋은 직장에 다니는 여자라면 문 앞에서 달콤한 목소리로 노래 부르는 사람 모두에게 마음을 열면 안 된다는 것 정도는 곧 알게 될 것이다. 사실 독창적일 것도 없다. 여자라면 모두 다 엄마 젖을 먹을 때부터 아는 사실이다. 물론 그 후로 일부 여자들은 이런저런 이유에서 황홀경에 빠져 버리기로 선택할 수도 있고 시간이 훌쩍 지나간다는 생각에 겁에 질려 성급한 결정을 내리기도 한다. 특히 다른 여자들로부터 온갖 황당무계한 이야기를 듣게 되면 그러기가 쉽다. 예를 들어 '콧수염이나 기르며 아버지 집에서 사느니 악당한테 시집가는 게 낫다.', '불행한 노처녀로 사는 것보다 불행한 결혼 생활이 낫다.', '천국에서나 만날 올바른 남편감을 기다리기보다 이 세상에서 나쁜 남자와 결혼하는 게 낫다.', '모든 결혼은 그저 어떻게 행동하느냐에 달렸다.', '남자는 모두 다 똑같다.'와 같은 말들이 있는데 이처럼 어리석은 말들이 한 보따리 그득하다.

나는 맨 처음부터 경력을 최우선으로 삼았고 필요하다면 끝까지 고수하겠다고 단단히 결심했다. 모든 여자들이 남자가 자신의 삶을 완성시켜 주기를 원한다는 생각은 내가 여성 해방 운동 같은 게 있다는 걸 알기 전부터 철저하게 거부하던 남성 우월주의적인 헛소리에 불과하다. 우리나라 사람들은 그런 건 영국에서나 통하는 거라고 종종 말한다. 완전히 부질없는 말이다! 일곱 번 환생하더라도 우리 아버지 집에서라면 충분히 지속될 남성 우월주의였다.

그래서 크리스가 등장했을 때 나는 분명 그를 좋아하면서도 그가 바라는 대로 그의 품 안으로 달려들 생각은 추호도 없었다. 게다가 이상할 정도로 크리스에게는 내가 경계해야 할 아주 합당한 이유들이 있었다. 아주 잘생겼고 사려심이 상당히 깊었으며, 석유 붐 덕분에 황홀할 정도로 호황기를 누리는 시기라 사방천지 득실거리는 그런 무모한 친구들과는 너무나도 다른 그를 진실되지 못한 사람임에 틀림없다고 난 아주 간단하게 단정 지었다!

부당하다고? 어쩌면 그럴지도 몰랐다. 하지만 이 세상이 그렇다는 게 내 책임은 아니다. 정말로 온당한 아내는 늘 임신 중이라는 말이 있잖은가? 회의적인 자세는 여자들의 필수품이다. 여자에게 책임 물을 일이 아니다. 여자들을 둘러싼 이 세상이 그들 때문에 이토록 거칠어진 게 아니다.

내 여자 친구 하나는 보기 드물 정도로 분별력이 있고 아주 매력적인데 스물여섯 살에도 여전히 미혼이라는 죄를 지었다. 그녀의 약혼자가 그녀를 데리고 벽지 마을에 사는 자기 집안 사람들을 만나러 갔을 때 약혼자의 고모인가 하는 아낙네가 일부러 내 친구가 듣게끔 속담 같은 말을 지어냈다. "만약에 거시기가 그토록 소중한 거라면 쥐들이 우연히 찾아내어 파 들어가도록 아무 데나 놓아둘 사람은 한 명도 없겠지!"

내 친구 컴포트는 신뢰할 만한 아가씨다! 그런 모욕은 침묵하는 약혼자에 비하면 참을 만했다. 그래서 그들이 다시 도시로 돌아와 자기 아파트에 들어설 때까지 컴포트 역시 아무 말도 하지 않고 잠자코 있었다. 집 안으로 들어온 그녀는 약혼자에게 당신이 쥐 같은 놈일 거라는 의심이 줄곧 들었다고 말했다. 그렇게 말하며 약혼자를 아파트에서 내쫓는 그녀의 목소리가 들리는 듯하다! 지금 그녀는 북부 사람과 결혼하여 아이 둘을 낳고 행복하게 살고 있다.

물론 내가 경험한 크리스는 완전히 달랐다. 그는 내게 질문 하나 하지 않았으면서 나에 대해 모든 걸 이해하는 것 같았다. 우리가 만난 지 얼마 되지 않았을 때에 내가 좋아하거나 싫어하는 색깔, 음식이나 태도처럼 아주 사소한 것에 대한 그의 통찰력에 종종 놀라곤 했었다. 그래서 내가 "그런 걸 어떻게 아셨어요?"라고 물으면 그는 미소 지으며 "내가 저널리스트라는 걸 잊지 마세요. 찾아내는 게 내 일이니까요."라고 대답하곤 했다. 그런 식으로 말하는데 어느 여자가 녹아나지 않겠는가.

그때 당시 난 처음부터 감정적으로는 크리스에 대한 의구심이 전혀 없었다. 하지만 지적으로는 나의 위기 감각을 총동원해야 했다. 어떤 면에서 나는 껍질 하나에 두 사람이 살고 있는 형국이었다. 그런데 그 두 사람은 적대적이 아니라 서로에게 다소 우호적인 입주자였으며 상극이 아니라 서로에게 흥미로울 정도로 아주 다른 두 사람이었다.

우리가 처음 만난 날 저 사람의 아내가 누군지 몹시 부럽다는 생각이 번개처럼 내 머릿속을 스쳐 갔던 게 분명히 기억난

다. 그렇지만 나는 몇 주가 지난 후에야 아주 조심스럽게 그녀에 대해 알아볼 수 있었다. 그것도 크리스에게 직접 물은 게 아니라 제삼자인 이켐을 통해 은밀하게 캐물었다. 하지만 크리스로 인해 유발된 두 가지 반대되는 성향이 교묘하게 균형을 잡고 있던 터라 그에겐 아내가 없다는 소식은 일말의 안도감을 준 건 틀림없었지만 그렇다고 완전한 만족감을 주지도 못했다. 그러니까 시원한 생맥주잔 바닥에 실망의 찌꺼기가 약간 들어 있었다고나 할까. 그것은 시합 중독에 사로잡힌 타고난 싸움꾼이나 노름꾼이 불확실한 승리를 빼앗겼을 때 경험하는 실망감이었을까? 아니면 나 역시 마음 깊숙한 곳에서 그토록 좋은 사람이 내가 우연히 만나게 된 날까지 이토록 오랜 기간 기다리고 있을 리가 없다고 생각하는 끔찍할 정도로 냉소적인 시골 마을 아낙네와 비슷했기에 이 만남이 매력을 상실했던 걸까? 얼마나 끔찍한 생각이었던가!

우연이라도 크리스를 마주칠지 모른다는 생각이 들 때마다 무슨 옷을 입을까 화장은 어떻게 할까 세심하게 고르기 시작하는 내 모습을 발견할 때면 빈틈없는 경계심을 잊지 않는 한 그런 건 얼마든지 탐닉할 수 있는 무해하고 사소한 흥밋거리에 지나지 않는다고 나는 간단히 생각해 버렸다.

이켐이 나한테 크리스의 아내에 대해 물어볼 기회를 준 건 어느 토요일 아침 슈퍼마켓에서였던 것 같다. 이제는 세세한 것까지 정확하게 기억할 수 없지만 아마도 나는 이켐, 이켐의 여자 친구, 그리고 크리스와 함께 그들의 친구 생일 파티에 함께 가자고 초대받았던 것 같다. 난 이런저런 이유를 대며 거절하면서도 가능한 한 대수롭지 않은 척 가장하고 도대체 크리스의 아내는 어디에 있느냐고 겨우 물어보았다. 아니, 크리스란 남자는 아내의 생리가 끊어지자마자 아주 편리하게 친정어머니나 마을 산파에게로 아내를 보내 버리는 남자냐고 물었던 것 같다.

이켐은 짓궂게도 커다란 두 눈에다 기뻐 죽겠다는 미소를 가득 담고는 짐짓 격분한 척 소리쳤다. "비비! 새치름한 입술을 보아하니……."

"알고 있어요, 안다구요. 말할 수가 없었겠죠? 왕의 입술을 쳐다 보더라도 말할 수는 없었겠죠?"

"아니면 숙녀 분 걸음걸이를 보니 말할 수가 없었겠죠?"

"그만 됐어요!" 나는 집게손가락을 입술에 갖다 대고 짐짓 화난 척 말했다. "제가 물었던 건 당신 친구가 아내를 어디로 보내 버렸느냐는 거예요."

"아내는 없어요, 비비. 그러니까 안심해도 돼요."

"내가요! 그게 나랑 무슨 상관인데요?"

"아주 많고도 많죠. 난 벌써부터 알고 있었어요, 비비."

"알긴 뭘 알아요? 제발 좀 비키세요." 내가 카트를 밀고 이켐을 지나쳐 계산대로 가려고 하자 이켐은 내 팔을 움켜쥐고 날 도로 끌어가더니 음모를 꾸미는 사람처럼 흘끔흘끔 뒤를 돌아보며 큰 소리로 속말을 하기 시작했다. 그는 지난 몇 달 동안 크리스와 나 사이에 오가는 행동이나 반응을 속속들이 지켜보았다며 전혀 말도 안 되는 이야기를 길게 늘어놓았다. 결론적으로 그 모든 게 단 한 가지 의미, 즉 '자기 친구 크리스가 사랑에 단단히 빠졌다!'는 뜻일 수밖에 없다는 거였다.

"당신 정말 미쳤네요. 글쎄…… 좀 비켜 줘요."

그때는 내가 영국에서 돌아온 해였고, 런던의 대학 시절부터 이켐을 알고 지낸 지 제법 오래되었다. 어떤 까닭인지 말하기 힘들지만 이켐은 처음부터 내게 오빠 같은 사람이었다. 이삼 년 전에 학업을 마친 그는 런던에 있는 출판사에서 아르바이트도 하고 아프리카 센터 같은 곳에서 자작시도 낭독하고 제3세계 저널에 글도 기고하며 지냈는데, 그러다 마침내 고국으로 돌아와 국가 건설에 참여하라는 친구들의 권유를 받아들였다. "그런 헛소리를 받아들이다니!" 훗날 이켐은 그때를 기억하며 말하곤 했다.

이켐이 고국으로 떠날 때 난 퀸 메리 대학에서 학위를 받던 마지막 해로 접어들었고 서로 정말이지 무척이나 가깝게 지내던 터였다. 어쩌다가 우리 두 사람의 관계가 잠깐 동안 연인 사이로 접어들 뻔했지만 우리는 다시 안전한 관계로 되돌아왔다. 나는 가이와 데이트를 계속했고 이켐은 숨 가쁠 정도로 여자들을 바꿔 가며 끊임없이 만났다.

잘 생각해 보니 진지하든 그렇지 않든 간에 수많은 문제를 놓고 난 다른 누구보다 이켐과 함께 앉아 대화하고 토론했다. 이켐이 굉장한 작가라고 생각했던 터라 내가 이따금씩 끼적거린 이상한 단편이나 시를 그가 칭찬해 주면 당연하게도 얼마나 커다란 격려가 되었는지 모른다. 그가 나의 문장 스타일을 칭찬할 때 때로는 박력 있다거나 남성적이라고 말해도 그다지 개의치 않았다! 농담 삼아 내가 이건 분명 남성 우월주의적인 표시라고 지적하자 그는 처음에는 깜짝 놀랐지만 나중에는 학자로서의 격렬함과 턱수염 뒤에 숨은 순진무구한 어린아이 같은 이켐 특유의 함박미소만 지었다.

지난 몇 년 동안 우리는 그가 무기처럼 가진 눈부실 정도로 독창적인 생각들 중에서 나한테는 허점이라고 여겨지는 문제들을 놓고 수없이 토론했다. 그의 정치적 사고 틀에서 여성의 역할이 모호하다고 내가 말하면 그는 그게 무슨 말인지 이해하지 못하는 것 같았다. 아니, 거의 끝날까지 이해하지 못했다.

"비비, 어떻게 그런 말을 할 수 있어요?" 이켐은 거의 절망에 빠져 이렇게 소리치곤 했다.

난 그의 절망이 뭘 의미하는지 잘 안다. 그는 영국 정부의 행정 업무를 그 자리에서 완전히 중단시킨 '1929년 여자들의 전쟁'을 주제로 장편 소설도 쓰고 희곡도 쓴 사람인데, 바로 그 사람이 여성들에게 분명한 정치적 역할을 전혀 주지 않는다는 비난을 받은 것이기 때문이다. 하지만 내 관점에서는 전통 사회와 똑같이 오늘날의 여자들에게도 다른 모든 조처가 실패했을 때에만 참여할 수 있는 그런 역할을 맡기는 것으로는 충분치 못하다. 그러니까 상벤[30]의 영화에서 패배한 남자들이 내버린 창을 집어든 여자들처럼 말이다. 젠장, 최후 수단이라는 게 얼마나 멀고 때늦은 것인데 여자들에게 종심 재판소의 역할만 맡기는 게 어떻게 충분하단 말인가!

30) 우스만 상벤. 1923～. 세네갈 출신의 영화감독. 아프리카 문화와 사회를 주로 담아 냈다.

그 점이 바로 이켐의 정치적 입장에 대해 내가 유일하게 가진 진지한 의구심이었다. 이켐이 여자 친구들한테 무신경하게 대하는 경향이 있고 친구 크리스로부터는 심지어 방종하다는 소리까지 들었지만, 그가 사실 세 종류의 여자, 즉 시골 여자, 장터 아낙네 그리고 지적인 여자를 상당히 존경한다는 건 인정해야 한다.

이켐이 타인에 대해 극도로 사려심이 깊고 곤경에 빠진 여자를 돕기 위해 개인적인 불편은 얼마든지 감수한다는 걸 나는 잘 안다. 매섭게 춥던 어느 겨울날 밤 이켐이 나 때문에 런던의 마지막 기차에서 오도 가도 못하고 갇힌 채 거의 죽을 뻔했던 일은 아직까지도 소름이 돋을 정도다.

세인트팬크라스 타운 홀에서 나이지리아인들의 크리스마스 댄스파티가 있던 날 저녁, 남자 친구였던 가이로부터 내 평생 가장 굴욕적인 일을 당한 후 나는 어리석게도 이켐에게 전화를 걸었다. 사실 나는 이켐에게 그 시간에 내가 있는 곳으로 와 달라고 요청한 게 아니라 그저 이켐 같은 대화 상대가 필요했던 것이다. 그때 당시 우리나라가 원유만큼이나 풍성하게 수출하던 떠들썩한 오합지졸에 불과한 무식하고 둔감한 젊은 이들과는 다른 누군가가 필요했다. 하지만 전화라는 매체를 통해 전해진 내 목소리가 어찌나 제정신이 아니던지 이켐은 12시가 한참 지난 시간에 털모자와 목도리, 그리고 외투로 중무장하고는 눈길을 헤치고 걸어가 사우스런던 역에서 마지막 기차를 잡아탔다. 이켐이 계속해서 위험을 무릅쓰고 심야 버스를 타고 마침내 우리 집 문 앞에 다다랐을 때는 새벽 3시 반이었다. 그의 모습이 어찌나 안쓰럽던지 나로서는 뭐라고 위로할 말을 찾지 못했다. 이켐의 몸이 따뜻해지기만 한다면 난 어떤 음식이라도 만들 참이었다. 밥? 세몰리나 푸딩[31]? 플랜테인[32] 튀김? 입술이 얼어붙었는지 이켐은 고개만 가로저을 뿐 말을 하지 못했다. 결국 나는 크림이나 설탕을 넣지 않은 커피 한 잔을 마시게 했다. 코트를 벗은 그는 침실 겸 거실에 푹 쓰러지더니 곧바로 잠에 빠져들었다. 나는 침대에 있던 담요를 모두 벗겨다 그에게 덮어 주었다.

최근 우리 두 사람에 대해 사람들이 만들어 낸 터무니없는 소문 중 가장 우스꽝스러운 건 이켐이 나를 사랑하는 세 명의 연인 중 하나라고 묘사하는 말이었다. 젠장, 이켐은 나한테 오빠 같은 사람일 뿐인데!

작년에는 그를 자주 보지 못했다. 매드 메디코의 집에서 두서너 번, 파티에서 몇 차례, 그리고 우리 집으로 한두 차례 찾아와 만났을 뿐이었다. 이켐은 집으로 방문하는 걸 좋아하는 사람이 아니었지만 방문할 때마다 오래도록 남을 인상을 남겼다.

마지막 방문은 8월이었다. 8월인 걸 기억하는 까닭은 그가 계절에 안 맞는 맹렬한 열대성 폭풍우를 뚫고 우리 아파트로 걸어 들어왔기 때문이다. 부엌에서 삐익 하고 날카로운 초인종 소리가 들린 후 허둥지둥 현관문을 쿵쿵 때리는 소리가 들

31) 세몰리나 밀가루에 우유를 섞어 만든 푸딩.
32) 바나나와 비슷하게 생긴 열매로, 주로 찌거나 튀겨 먹는다.

렸다. 내가 벌떡 일어난 건 문을 열어 주기 위해서가 아니라 부엌에 있던 우리 집 가정부 애거서가 연기 냄새를 맡고 굴에서 튀어나오는 토끼처럼 현관으로 달려 나가는 걸 막기 위해서였다. 수많은 강간과 살인 행위에 대해 아무리 자세히 설명해 줘도 애거서는 우리를 둘러싼 위험한 무장 강도들에 대해 속 편하게 아주 둔감했다. 내가 하는 모든 말에 대해 그녀는 간단히 "네 아가씨, 아니요 아가씨."라고 대꾸할 뿐 이전에 하던 그대로 계속 행동한다.

"부엌에 가 있어!" 난 애거서를 향해 고함치고는 문 밖에서 있는 존재를 향해서도 똑같은 목소리로 소리쳤다. 최근 우리 집의 모든 문과 창문을 쇠 방범창으로 보강한 이후로 조금 더 보호받고 있다는 안도감을 느끼던 차였다. 그러니까 밖에 있는 사람이 바깥쪽 나무 문은 어떻게 때려 부순다 해도 쇠문도 처리해야 할 테니까 그러는 동안 우리는 도망갈 계획을 세울 약간의 시간적 여유가 생길 것이다. 그렇긴 해도 난 현관문에서 한참 떨어진 곳에 서서 한쪽 눈으로 부엌 쪽 출구와 그 너머에 있는 비상 출구를 살폈다.

"누구세요?" 난 소리쳤다. 바깥에 있는 사람은 내 말이 들리지 않는지 계속해서 비상벨을 울리며 문을 쿵쿵 두드려 댔다. 나 역시 옴짝달싹할 마음이 조금도 없었으므로 계속해서 "누구세요?"라는 소리만 질러 댔다. 이런 상황이 한참 동안 계속되면서 나는 점점 더 겁을 먹게 되었는데 그때 그 사람은 내 말을 들었는지 못 들었는지 주먹 대신 목소리를 사용할 생각을 독자적으로 하게 되었던 것 같다. 그러던 중 폭풍우가 심호흡을 하려고 잠시 멈춘 그 짧은 시간에 난 그 목소리를 알아챌 수 있었다. 난 쇠문 고리를 풀고 문을 열어 주었다.

이켐은 집 안으로 들어오며 어색하게 소리쳤다. "우리 동네엔 비가 안 왔는데. 정부 청사를 지날 무렵 갑자기 폭풍우를 만났어요. 그러니까 말 그대로 내리퍼붓는 빗발 기둥 속으로 달려든 꼴이었죠. 그 자리에 서 있으면 아마도 앞으로 내민 발은 젖고 또 다른 발은 마른 채였을 거요."

"어서 들어오세요. 여기서 이렇게 소리치고 있다가는 목이 쉬겠어요."

이켐은 물이 뚝뚝 떨어지는 우산을 층계참 화분 옆에 놓고 나를 따라 응접실로 들어왔다. 일단 집 안으로 들어와 문과 창살문을 모두 닫아 버리자 빗소리는 한순간에 멀리서 들려오는 배경음으로 희미해져 우리는 아늑한 분위기를 맛볼 수 있었다.

소파에 몸을 맡긴 이켐은 젖은 신발을 벗고 그 속에다 양말을 집어넣으며 말했다. "우리가 어렸을 때는 8월에 비가 오지 않았어요. 8월의 휴식이라고들 말했죠. 지리 교과서에도 그런 현상이 설명되었고 농부들은 으레 그럴 거라고 생각했지요. 그 시절엔 8월의 휴식을 한 번도 어긴 적이 없었어요."

"정말로요?"

"비비, 도대체 내 어린 시절이 어떻게 된 걸까요?"

"이켐, 아쉽게도 모든 게 영원히 날아간 거죠."

"당신은 그렇게 말하지 않기를 바랐는데. 특히나 오늘은 말이죠. 아, 아무렴 어때요."

"오늘이 어때서요? 생일이나 뭐 그런 날인가요?"

"나한테는 생일이란 게 없어요. 내가 태어난 시절에 우리 마을에선 태어난 날이건 죽은 날이건 아무런 기록이 없었죠. 공증인의 사인도." 난 깔깔대고 웃었고 이켐도 나를 따라 웃었다……. "난 당신처럼 산부인과에서 태어난 귀하신 몸이 아니거든요. 초가집 뒤 바나나 잎사귀로 떨어졌지 하얀 시트 위에 뉘어 놓은 아기가 아니었단 말이에요. ……. 저 꽃 참 아름답네요. 이름이 뭐죠?"

"예전에는 당신이 꽃이나 여자 옷 같은 하찮은 것에 대해 언급하는 걸 한 번도 본 적 없는 것 같은데, 웬일이세요?"

"미안해요, 비비. 참 아름다운 옷이군요. 꽃도 참 예쁘고. 그나저나 꽃 이름이 뭐라고 했죠?"

"애거서가 우베[33]와 옥수수를 굽고 있는데 좀 드셔 보실래요? 아니면 코코넛과 함께 드릴까요……."

"우베와 코코넛 둘 다요."

"욕심쟁이!"

"그 말이 맞아요! 당신의 규칙을 침해하는 걸 보면 말기 단계인가 봐요! 이 꽃 이름이 뭔지 아직 못 들었네요. 내가 이전에는 꽃에 관심이 없었는지 모르지만 지금은 관심이 생겼단 말이에요. 아직 늦은 건 아니겠죠?"

"아니요. 이 꽃은 수국이에요."

부엌으로 가서 애거서가 코코넛을 꺼낼 수 있도록 창고 문

---

33) 보라색 고구마.

을 열어 주면서도 나는 이켐이 도대체 어쩐 일로 왔을까 계속 해서 자문해 보았다. 크리스 때문인가? 최근 몇 달 동안 두 사람의 관계가 위험할 정도로 순탄치 못했는데 이제는 아주 수직 강하하여 박살날 지경인가? 이켐은 지금까지 나한테 대놓고 크리스에 대해 불평한 적이 없었다. 그는 조심스럽게 지켜 온 관행을 이번만은 깨트릴 생각인가? 응접실로 돌아가니 그는 꽃병을 집어서 코에 대고 킁킁거리며 냄새를 맡고 있었다.

난 우베와 옥수수를 먹었고 이켐은 우베와 코코넛을 번갈아 한 입씩 베어 먹었다. 밖에서는 폭풍우가 내가 좋아하는 방식으로 맹위를 떨치고 있었는데, 멀리서 우르르 쾅쾅 요란한 천둥 번개가 영화에서처럼 거리를 두고 낮은 소리로 들려왔다. 이켐이 다소 이상하다 싶을 정도로 행동하지만 않았더라면 난 아주 편안했을 것이다. 단지 폭풍우 때문이기를 나는 소원했다. 열대성 폭풍은 서로 다른 피조물에게 수도 없이 많은 다른 영향을 미칠 수 있다. 어린 시절부터 난 그런 걸 보고 자랐다. 내 언니 앨리스는 아버지가 외출하고 집에 계시지 않으면 언제나 마당을 뛰어다니며 동요를 불러 댔다.

오그워그워 음밀리
타쿠메이 아욜로!

마침내 기진맥진해진 언니는 눈은 붉게 충혈되어 튀어나올 것만 같고, 이는 탁탁 부딪치는 소리를 내고 몸은 부들부들 떨면서 집 안으로 들어와 아궁이 앞으로 다가가곤 했다. 비에 젖는 걸 싫어하는 나에게 언니는 소금, 또는 짓궂게 염소 아가씨라는 별명을 붙여 주었는데, 내 경우엔 마룻바닥에 깔아 놓은 매트에 누워 뒹굴거나 어두운 원통 모양의 통 속에 들어가 리듬에 맞춰 손바닥을 귀에 바짝 댔다 떼었다 하면서 폭풍우의 노랫소리를 조절하며 조용히 놀기를 좋아했다. 그 시절엔 아침에 학교나 교회에 갈 걱정이 전혀 없는 금요일 밤 비가 주룩주룩 내리는 가운데 계속해서 잠잘 수 있다는 게 나로서는 가장 큰 호사였다.

"당신은 어렸을 때 이렇게 비 오는 날에 뭘 했어요?" 난 이켐에게 물었다.

"8월에는 비가 내린 적이 없었다고 말했잖아요. 8월의 휴식이라는 건조한 달을 보냈다고요."

"아! 그럼 7월이나 9월은요."

"아주 어렸을 때는 그나마 별로 걸치지도 않았던 옷을 벗어 버리곤 빗속으로 뛰어 들었죠."

"오그워그워 음밀리 타쿠메이 아욜로! 하고 노래하면서요?"

"비비도 빗소리에 맞춰 노래 불렀어요?" 이켐은 뛸 것처럼 흥분했다.

"아니, 우리 언니가 그랬어요."

"아……. 그럼 비비는 뭘 했는데요?"

"난 들었어요. 비가 나에게 노래 불러 주던걸요."

"행운아였군요! 뭐라고 했어요? 비가요."

"우와투와 투와투와. 투우우……와아…… 투우……와아.

두우우-다아아…… 부우우-바아아…… 슈우우-샤아

아……

쿠우우-카아아…… 루우우-라아아…… 무우우우-마아아……."

"푸우우-파아아." 이켐이 말했다. "대단한 노래였군요!"

"비비, 당신은 오늘 내가 어째서 이토록 이상하게 행동하는지 무척이나 궁금하지요. 글쎄, 내가 오늘 여기에 온 건 이전에는 한 번도 해 본 적이 없었던 임무를 수행하기 위해서예요……. 한 인간이 다른 인간에게 줄 수 있는 최고의 선물을 나한테 준 당신에게 고맙다고 말하고 싶었어요. 통찰력이라는 선물. 그걸 당신이 나한테 주었고 난 당신에게 감사하다고 말하고 싶었어요."

"통찰력이요? 내가요? 뭐에 대한 통찰력이죠?"

"여자들의 세계에 대해서요."

밖으로 튀어나오고 싶어 입술에서 바들바들 떠는 익살스러운 대답을 나는 꽉 붙잡았다. 갑자기 변한 이켐의 낯선 태도 탓에 차마 그 말을 할 수가 없었다. 난 아무 대꾸도 하지 않고 낯선 이켐의 선포에 귀 기울였다.

"몇 년 전 당신이 나한테 한 말을 기억하는지 모르겠군요. 우리 사회에서 현대 여성의 역할에 대한 내 생각이 명확치도 않고 보수적이라고 말했잖아요. 기억나요?"

"네, 기억해요."

"난 당신의 비난을 인정하지 않았고……."

"그건 비난이 아니었어요."

"틀림없이 그건 비난이었어요! 하지만 난 부인했죠. 아주 강하게. 그런데 놀라운 건 당신이 비난하는 글을 읽으면 읽을수록……."

"세상에!"

"……내가 내놓았던 답변들이 힘을 잃어 갔어요.《가제트》에서 쫓겨난 후 나한테 놀라운 일들이 벌어졌어요. 가만히 앉아 이런저런 것들을 곰곰이 생각해 볼 여유가 생겼지요. 당신이 옳았고 내가 틀렸다는 걸 난 이제야 깨달았어요."

"아니 왜 이러세요, 이켐. 다시 태어난 사람을 내가 싫어한다는 걸 당신은 아시잖아요."

"농담하지 말아요!"

"미안해요. 어서 계속해요. 어떤 일이 일어났죠?"

"아무 일도 일어나지 않았어요. 단지 이틀 전 아침에 소설가라면 자신이 만들어 낸 등장인물들의 말에 귀 기울여야 한다는 생각이 들었을 뿐이에요. 그들은 결국 곤란을 직접 겪어 본 후 작가에게 어째서 슬픈지를 알려 주잖아요."

"저, 잠깐만요! 그러니까 내가 당신의 소설 속에 등장하는 인물이란 말이에요?"

"비비, 조금만 진지해져 봐요. 안 그러면 난 그만 갈 거요. 농담 아니에요. 난 벌써 생각의 흐름을 놓치고 있다고요."

"이제부터 한마디도 하지 않을게요. 어서 계속해요."

"당신은 내가 여자들한테 지나칠 정도로 공손하게 대한다고 말한 적 있어요."

"그런 말 한 적 없는데요."

"젠장, 당신은 분명 그렇게 말했어요. 그런데 그게 정말이지 딱 맞는 말이었어요. 집에 불이 나서 거의 다 타 버린 후에야 여자들에게 소방관 역할을 맡긴다고 당신이 날 비난했잖아요. 당신의 비난을 듣고 난 어쩔 수 없이 억압의 본질에 대해 숙고하게 되었죠. 억압이 되풀이해서 성공하려면 얼마나 유연성을 발휘해야 하고, 얼마나 많은 가면을 써야 하는데, 그러려면 얼마나 많은 학습이 필요할까."

이켐은 셔츠 주머니에 손을 넣더니 여러 번 접은 종이 한 장을 꺼내어 무릎 위에 놓고 조심스럽게 폈다. "어젯밤 이 이상한 연애편지를 썼는데 읽어도 될까요?" 난 고개를 끄덕였다.

"'여성 억압은 본래 유치한 중상모략으로 생겨났다. 여자가 남자를 타락하게 만들었다는 것이다. 그로 인해 여자는 희생양이 되었다. 아니, 흠이 하나도 없는 그런 희생양이 아니라 그 후에 남자가 여자에게 쏟아붓기로 마음먹은 모든 고통을 충분히 받아 마땅한 죄인이 되었다. 그게 바로 창세기에 등장하는 여자이다. 이 변방에서 우리 선조는 구약에 대해 알 길이 없었는데도 지방색만 다를 뿐 아주 똑같은 이야기를 만들어 냈다. 처음에는 하늘이 땅과 아주 가까웠다. 하지만 저녁마다 여자가 국 냄비에 집어넣기 위해 하늘을 조금씩 잘라 냈다. 또 다른 이야기에서는 여자가 곡물을 빻을 때마다 부주의하여 절굿공이의 맨 꼭대기가 하늘에 닿도록 반복해서 탕탕 쳐 댔다. 또 다른 이야기에서는, 남자의 창의력은 참으로 경이로워요, 여자가 하늘의 얼굴을 행주로 쓱쓱 문질렀다. 여자가 어떤 식으로 화를 북돋았는지 자세히는 모르나 여하튼 하늘은 마침내 부아가 치밀어 떠나 버렸고 신도 함께 가 버렸다.

글쎄, 그런 식의 노골적인 남성 우월주의는 야만스러운 구약의 취향에는 괜찮았는지 모르나 신약에 와서는 좀 더 개화되고 세련되며 심지어는 좀 더 다정한 전략이 필요했다. 그러니까 표면상으로는 그랬다. 그래서 남자는 자신의 배우자를 다름 아닌 신의 어머니로 바꾸고 창조 이래로 자신의 발아래에 있던 여자를 들어 올려 멋있는 모서리 받침대 위에다 경건하게 올려놓았다. 그곳에서 여자는 두 발이 땅에서 완전히 떨어진 채 힘들었던 옛날과 똑같이 세상 운영의 실질적인 결정권과는 무관한 존재가 될 것이다. 유일한 차이는 이제 남자들은 아무런 죄책감도 느끼지 않는다는 점이다. 남자들은 느긋하게 앉아 자신들의 관대함과 신사다움을 자랑스럽게 여길 수 있다.

한편 우리 조상들은 이 변방에서 신약에 대해 전혀 알지 못한 채 나름대로 아주 유사한 속임수를 생각해 냈다. 은네카라고 그들은 말했다. 어머니는 최고이다. 최악의 위기가 찾아올 때까지 그녀를 유보해 두자. 동강 난 허리는 고통에 시달리고 잎사귀 끝에 야자나무 열매가 달릴 것이다. 그러다가 세상 무너지는 소리가 사람들의 귀를 때리면 높은 자리에 올라가 있던 여자가 내려와 조각들을 쓸어 모을 것이다.' 무슨 말인지 알겠어요?"

"언제나처럼요. 어서 계속하세요."

"고마워요, 비비. 당신 덕분에 이런 통찰력을 얻게 되었어요. 앞으로 어떤 새로운 역할이 여자들에게 주어질지는 말할 수가 없네요. 난 모르겠어요. 주제넘게 아는 척하지 말았어야 했는데. 당신들이 우리에게 말해 줘야 해요. 우리는 한 번도 당신들한테 물어 본 적이 없었잖아요. 아마도 당신들은 한 번도 질문받은 적이 없었기에 그런 생각을 해 보지 않았을지도 몰라요. 아마 답변이 손쉽게 나오지 않을 거요. 하지만 그렇다 해도 지금 누가 그런 조치를 강구하는지 모든 사람이 아는 게 좋겠지요."

"참 친절도 하시네요!"

"지금까지 말한 게 이 연애편지의 전반부인데 특별히 당신한테 신세 진 부분이에요. 이제는 나머지 부분을 읽어 볼게요.

'물론 여자들은 이 세상에서 숫자적으로 가장 많은 피압박 집단이고 우리가 창세기를 믿는다면 가장 오래된 집단이다. 하지만 그들만이 유일한 피압박 집단은 아니다. 다른 집단으로는 모든 나라의 시골 농민들, 산업화된 나라의 도시 빈민층, 아프리카 흑인을 포함하여 전 세계에 퍼져 있는 흑인들, 모든 나라에 존재하는 민족적 종교적 소수 집단과 계층들이 있다. 실제로 가장 두드러진 난점은 이 문제의 엄청난 규모와 이질성이다. 전 세계적으로 억압당하는 사람들의 집합체는 전혀 없다. 자유민은 자유롭다는 점에서 세상 어디를 가도 똑같을 것이지만 피압박자들은 각기 특유의 지옥 생활을 하고 있다. 해방이라는 기존의 통설은 이런 사실을 인정도 못 할 정도로 무익하다. 그 점에 대한 내 입장은 당신이 잘 알 것이다. 진정한 예술가라면 누구라도 그걸 뼛속 깊이 느낄 것이다. 놀라움이라는 인간의 고집스런 항체 때문에 (스스로를 예술가라고 말하는 일부도 포함하여) 온갖 형태의 세일즈맨들이 내놓는 단순한 해결 방안은 언제나 실패할 것이다. 인간은 악행뿐만 아니라 고결함을 발휘할 수 있는 능력으로도 놀라게 만들 것이다. 어떤 제도도 그 점을 변화시킬 수 없다. 그것은 인간의 자유로운 영혼 중심부에 내재되어 있다.

압제자들에게 맞서 해일처럼 힘차게 일어나 이론과 슬로건으로 자신들의 세상을 새로운 천국이자 새로운 형제애, 정의, 자유의 땅으로 바꾸어 놓겠다는 사람들의 포괄적이고 장엄한 비전은 기껏해야 크나큰 환상에 불과하다. 일어나 정복하는 조수, 좋다. 하지만 그다음에 이어지는 새 천년, 그건 아니다! 해일이 실제로 일어나기 훨씬 전부터 새로운 압제자들이 저류에서 은밀하게 대비하고 있었을 것이다.

경험이나 지성을 통해 우리는 자유의 진전이 단편적이고 느리며 극적이지 못하다는 걸 잘 알게 되었다. 길게 뻗은 오도가도 못할 수렁에서 한 사회를 끄집어내기 위해 혁명은 필요할 수 있지만 그렇다고 자유를 주는 게 아니라 실제로는 자유를 방해할 수도 있다.

형편없는 개혁주의자? 이 욕설을 내가 지난 수년 동안 다른 사람들에게 수도 없이 들먹였다는 걸 상기시킬 필요도 없을 것이다. 하지만 다시 자문해 본다. 그런 욕설을 투창처럼 던지는 정의로운 사람은 마음속에 스며드는 기분 좋은 만족감은 얻겠지만 그 외에 그 말이 우리의 문제 해결에 어떤 중대한 실마리를 내놓을 수 있을까? 전혀 없는 것 같다.

그렇다면 개혁은 어쩌면 더러운 말일 수도 있지만 이제는 실제 세계에서 점점 더 성공으로 인도하는 가장 유망한 길처럼 보이기 시작한다. 이제 모든 확신은 의심스럽다는 게 분명하다는 단순한 이유에서 나는 유일한이라는 말 대신 가장 유망한이란 말을 사용할 것이다.

사회는 개인의 연장이다. 우리가 불확실한 개인의 마음에 대해 기대할 수 있는 최상의 것은 그것을 재-형성하는 것이다. 책임감 있는 정신 분석가라 해도 누구 하나 그 이상의 것을 목표 삼지 않을 것이다. 왜냐하면 그 이상의 것을 하고자 하면, 그러니까 정신 자체를 전복시키게 되면 정신 이상을 불러일으킬 것이기 때문이다. 아니, 우리는 단지 인격의 주변부에서 몇 가지 세부 사항을 재정비하기를 바랄 수 있다. 핵심부를 조금이라도 건드리면 무책임하게 재앙을 초래하게 된다. 심지어 태어난 지 하루밖에 안된 아기도 뿌리까지 바꾸는 심리 공학의 대상이 될 수 없다. 왜냐하면 길게 나부끼는 불멸의 구름이 몰려오기 때문이다. 무슨 불멸? 더 이상 단순화할 수 없는 유전자 상속의 짐. 그게 불멸이다.

사회의 경우도 동일해야 한다. 지적이고 추상적인 개념의 주변부가 아니라 실재의 핵심, 그 주변부를 재-형성할 뿐이다.

이것은 그 어느 것도 정치적 소극성 내지 무관심에 대한 타당한 변명이 아니다. 사실 그걸 이해한다는 것은 의미심장한 행위를 위한 불가결한 요소이다. 그것을 아는 것만이 그릇된 희망과 잘 속아 넘어가는 치명적인 전염병에 맞서 우리가 할 수 있는 유일한 예방 접종이기 때문이다.

어떤 급진적 이론가는 '모순'이라는 어휘에 그들의 반대자들만이 무릎 꿇을 수 있는 치명적인 질병 같은 지위를 부여하지만, 사실 모순은 삶의 가장 중요한 요소이다. 만약에 거라사의 돼지들 가운데 약간의 반대파가 있었다면 돼지들 중 일부는 빠져 죽지 않고 구조되었을지도 모른다.[34)]

모순은 제대로 이해되고 세심하게 관리만 된다면 발명의 불을 지필 수 있다. 우파든 좌파든 간에 통설은 창조력의 무덤이다.' 이 통찰력은 당신 덕분에 갖게 된 건 아니에요, 비비. 그건 우리 어머니 젖을 빨아먹을 때부터 생긴 거죠. 그 이후로 내게 필요했던 건 확증이었어요. '나는 지금 모순된 말을 하고 있는 걸까?' 월트 휘트먼은 이렇게 물었지요. '좋아, 난 자기모순에 빠져 있어.' 그는 도전적으로 노래했어요. '난 크고 내 안에는 아주 많은 것이 들어 있다네.' 예술가라면 누구든지 아주 많은 것을 함축하는 법이죠. 그러니까 그레이엄 그린은 로마 가톨릭 교도이자 로마의 열성 당원이었어요. 그렇다면 그는 어째서 좋지 못하고 의심스러우며 의심이 많은 신부들에 대해 그토록 강박적인 글을 썼을까요? 진정한 예술가는 자신의 믿음을 어떻게 말하던 간에 태어날 때부터 예술과 신앙 간의 근본적인 적대감을 느끼기 때문이지요.

사랑하는 피압박자에게서는 악행의 얼룩 하나 보지 않고

34) 신약 성경에 예수가 거라사라는 지방에서 귀신 들린 사람을 고치려 하자 귀신들이 사람 몸에서 빠져나와 2000마리 가까이 되는 돼지 속으로 들어갔고, 귀신 들린 돼지들이 한꺼번에 비탈을 내달려 물에 빠져 죽었다는 일화를 빗댄 것.

끔찍한 압제자에게는 아주 희미한 자비심조차 허락하지 않을 사람들은 열렬한 지지자, 애국자 그리고 정당 정책에 충실한 사람들이에요. 상황이 끝나는 대단원에 이르면 그들이 온갖 충성을 바치는 신격화된 외골수 통치자가 두 손 벌려 환영할 것이고 그들이 안락하게 거주할 대저택이 마련되어 있을 거요. 하지만 복잡하고 역설적인 여신 이도토의 동굴에서는 그렇지 못할 거요."

이켐은 손으로 쓴 종이를 나에게 던져 주며 "이제 가야겠어요."라고 말하더니 신발을 다시 신기 시작했다. 난 종이를 — 우아하면서도 동시에 상당히 설득력 있는 — 그의 글을 응시했다. 그는 자리에서 일어났다. 나도 역시 자리에서 일어나 그에게로 다가갔다. 그는 충동적으로 나를 품에 안았다. 난 그를 올려다보았고 그는 나에게 입맞춤하기 시작했다. 내 안에 있는 모든 것이 녹아내리고 있었다. 두 무릎이 꺾어지고 있었다. 몸이 부들부들 떨리기 시작했고 숨이 막혀 오는 것만 같았다.

"이제 그만 가시는 게 좋겠어요." 난 간신히 말했다. 나를 안았던 그의 손이 천천히 풀렸고 난 의자에 주저앉았다.

"그래요, 난 이제 그만 가는 게 좋겠군요."

그런 다음 이켐은 가 버렸다. 내가 아니 어쩌면 그 사람 역시 생각했던 것처럼 당분간이 아니라 영원히 가 버려 두 번 다시 그를 볼 수 없게 되었다. 우리가 깨닫지도 못하는 사이에 폭풍은 이미 잦아들었다. 폭풍이 사라지고 난 지금 남은 흔적이라고는 녹초가 되었는지 간헐적으로 꿈틀거리는 번개와 간간이 아주 멀리서 들려오는 탐욕스럽게 딸꾹질하는 천둥소리뿐이었다.

8
딸들

이데밀리

우리가 심오한 미스터리에 둘러싸여 있다는 건 구제하기 힘들 정도로 무지한 사람들을 빼놓고 누구나 다 아는 사실이다. 그렇지만 심지어 무지한 사람들 역시 인정해야 하는 사실은 그들의 세계라 할 수 있는 시장에서의 거래를 그들의 후원자인 신이 멀리서 열심히 통제하고 있기에, 실제로 그들이 고도의 솜씨로 신의 말을 불쑥 끼워 넣는 기술을 발휘할 때 신중하게 간격을 두긴 하지만 그럼에도 그 흐름에 필연적으로 어떤 방해가 있다는 점이다.

태초에 힘이 벌거벗은 채로 이 세상을 광란하듯 휩쓸고 지나갔다. 결코 잠들지 않는 태양의 둥그런 눈을 통해 자신의 창조물을 지켜보던 전능한 신이 그 광경을 목격하고는 곰곰이 생각하다가 마침내 자신의 딸 이데밀리를 지상으로 내려보내 남부끄러운 힘의 허리를 평화와 겸손의 살바로 감싸서 권위의 도덕성을 입증하기로 결정했다.

이데밀리는 이제는 단지 전설로만 기억되는 찬연한 물기둥으로 내려왔다. 그러나 몇몇 사람들의 말로는 십팔 년마다 멋지게 차려입은 축제 참석자들이 희생 제사를 드리려고 화환으로 장식한 소를 이끌고 행렬을 지어 마을 길을 걸어가는 오둔케 축제보다도 더 드물게 발생하는 희귀한 빛의 상태에서 억세게 운 좋은 사람들은 그 장면을 우연히 목격할 수 있었다고 한다. 그 머리로 아래 있는 숲이 아닌 창공을 통솔하는 아버지 이로코 나무의 줄기처럼 물기둥은 어두컴컴한 호수의 우묵한 부분에서 장엄한 모습으로 똑바르게 위로 솟아오른다.

처음에는 그 성스러운 호수가 이데밀리를 숭배하는 유일한 성소였다. 하지만 사람 수가 크게 늘어 온 세상으로 퍼져 나가자 사람들은 호수로부터 멀리 떨어진 곳이라도 좋은 땅과 물을 발견하여 정착하게 되면 자그마한 사당들을 지었다. 사람들의 수는 여전히 계속 증가하였고 새로운 정착지마다 식량 공급이 달리게 되었다. 그래서 땅과 물을 찾는 수색 작업 또한 계속되었다.

공교롭게도 좋은 땅이 좋은 물보다 더 풍부하여 오래되지 않아 개울이나 샘으로부터 너무 멀리 떨어진 일부 작은 마을은 최악의 건기가 닥치면 바나나 줄기에서 짜 낸 즙으로 타는 듯이 극심한 갈증을 완화시켰다. 사냥꾼으로 위장한 채 온 나라를 돌아다니다가 이런 상황을 목격한 이데밀리는 자기 호수로 돌아오자마자 오리밀리에 이르기까지 바싹 말라 버린 촌락을 따라 뱀처럼 구불구불 돌려 가며 개울물을 흘려 보냈다. 장차 도래할 세대에 낯선 외국인들은 거대한 강 오리밀리를 찾아내어 니제르 강이라고 이름 지을 것이다.

언행이 일치하는 신에게는 언제나 숭배자가 끊이지 않는다. 이데밀리의 헌신적인 추종자는 오맘발라와 이구에도 사이에 있는 모든 지역에서 늘어났다. 하지만 저 멀리 있는 경계 지역으로 흩어져 이주할 때 사람들은 어떻게 어두컴컴한 호수에 서 있던 장엄한 물기둥에 대한 기억을 충분히 가져갈 수 있었겠는가?

위엄 있는 신성을 올가미로 잡아 쥐는 인간의 최고 술책은 항상 인간의 손안에서 바스러진다. 인간이 열심히 노력하면 할수록 그 결과는 한층 더 보잘것없고 조화를 이루지 못한다. 그러므로 아무런 노력도 하지 않는 게 더 나았다. 도달하지 못할 영광을 그 반대되는 가장 극명하게 일상적인 것, 이를테면 단순한 개울, 나무 한 그루, 돌멩이, 흙덩이, 기다란 백묵이 담긴 자그마한 찰흙 그릇으로 넌지시 알려 주는 신비스러운 비유를 불러 내어 그런 부조화를 의례화하는 게 훨씬 더 나았다.

그리하여 검은 호수의 배꼽에서 땅을 하늘과 결합시키는 이루 형언할 수 없는 물기둥은 전국의 수많은 성지에서 헐벗은 흙바닥에 똑바로 선 마른 막대기로 바뀌게 되었다.

농작물과 가축으로 부를 일군 사람이 이제는 돈을 들여서라도 오조라는 영향력 있는 계층으로 진출하여 자신의 성공에다 독수리 깃털을 첨가하고 싶으면 그 사람은 그것을 이루기 위한 의식을 시작하기 전에 그리고 또다시 의식을 마친 후에 바로 이 상징물 앞에 자신의 모습을 직접 드러내어 희생 제물을 바쳐야 한다. 그의 첫 번째 방문은 단지 전지전능한 신의 딸에게 자신의 야망을 알리는 정도에 불과하다. 그곳으로 갈 때 그는 자기 딸, 또는 단지 아들밖에 없다면 친척의 딸이라도 동행하는데, 반드시 딸이어야 한다.

이 남자는 접견을 하려면 반드시 나이 어린 여자가 그와 전능한 신의 딸 사이에 서야 한다. 그녀가 어린아이처럼 아버지의 손을 잡고 거룩한 막대기 앞에 서서 일곱을 센다. 그런 다음 그녀는 바닥에다 부러지기 쉬운 평화의 상징물인 일곱 개의 기다란 백묵을 조심스럽게 배열한 다음 백묵이 단 하나도 부러지지 않도록 아버지를 그 위에 아주 가볍게 앉힌다.

만약 그때까지 모든 게 순조로우면 그는 자기 지역으로 돌아와 고대의 관습을 따라 정성과 비용을 많이 들여 오조 의식을 시작하는데, 온 동네 사람들이 만족할 때까지 맘껏 먹고 춤을 추는 잔치를 벌인다. 그런 다음 그는 전능한 신의 딸에게로 다시 가서 자신이 이제 마을에서 고귀하고 성스러운 직위에 올랐다는 사실을 알려야 한다.

이데밀리는 첫 번째 접견 때나 이 두 번째 접견 때나 그에게 직접 답하지 않는다. 그는 그곳을 떠나 그녀로부터 오게 될 만족의 신호를 기다려야 한다. 만약에 그가 오조의 권위를 지닐 가치가 없다고 생각되면 이데밀리는 자신의 성스러운 계급을 추문과 오염에서 보호하기 위해 간단히 죽음을 보내어 그를 없애 버린다. 허나 그를 인정하는 경우 그녀가 체면을 내려

놓고 — 마지못해 간접적으로 — 보내 주는 유일한 신호는 삼 년 후에도 그가 여전히 살아 있다는 거다. 동료들 위에 군림하고 싶어 하는 인간의 채울 수 없는 열망을 이데밀리는 이 정도로 멸시한다.

먼 옛날 비교할 사람이 없을 정도로 잘생긴 어떤 남자에 대한 이야기가 있다. 냄새를 풍겨 대는 숫염소는 우도 신전에서 나와 그를 위해 수많은 농가 앞 말뚝에 묶어 놓은 암염소들한테 뒷다리 사이에서 흔들거리는 커다란 주머니에 든 풍성한 정액을 심어 대는데, 그 남자는 바로 그 숫염소만큼이나 억제심이 없는 호색한이었다. 사람들 말에 의하면 이 남자 또한 마침내 오조 직위를 탐하여 이데밀리에게 그 말을 고했다. 그녀에게선 아무런 대꾸가 없었다. 그는 가서 의식을 치르고 독수리 깃털과 은와키비라는 직위를 획득한 다음 이데밀리에게로 돌아와 그동안 자신이 행한 일을 말했다. 그녀는 또다시 아무런 대꾸도 하지 않았다. 그래서 그는 관습을 따라 마지막 의식으로 이십팔 일 동안 수많은 아내를 멀리하려고 독신자의 오두막으로 피신했다. 하지만 그 남자는 모든 사람들이 볼 수 있는 낮에는 거기서 지냈지만 한밤중이 되면 달빛 비추는 우회로를 통해 한동안 마음에 품고 있던 어떤 과부의 오두막집으로 남몰래 들어갔다. 그가 좀 더 익살을 떨던 시절에 언제나 그녀를 따라다녔던 터였다. 그녀의 남편이 얼마나 먼 여행을 떠났는지 익히 아는 그 남자가 과부 위에 올라탄 다음 무엇 때문에 집 밖에서 나는 발소리에 귀 기울이겠는가?

어느 날 아침 수탉이 울자 억지로 힘들게 지키던 금욕 생활을 다시 시작하러 가는 길에 그는 누구를 보았을까? 왼쪽 관목 숲에 머리를 감추고 그와 마찬가지로 오른쪽에는 꼬리를 숨긴 채 그가 가는 길을 가로질러 똑바로 뻗어 있던 게 누구였을까? 그건 바로 신의 딸의 전령사인 비단뱀 에케-이데밀리로, 입에는 독 한 방울 없지만 가장 끔찍한 뱀들보다도 한층 더 경외감을 불러일으키는 바로 그 비단뱀이었다!

독신자의 오두막으로 가던 그는 우회로가 이렇게 막히자 주인의 의지와는 달리 어떤 힘에 굴복하였는지 화살처럼 똑바르고 정확하게 그를 자신의 장례식장으로 인도했고, 마을 사람들은 경악할 수밖에 없었다.

비어트리스 은와니이부이페는 자기 고향 사람들의 이런 전통이나 전설을 알지 못했는데 그건 그녀의 성장 과정에 그것들이 별 역할을 하지 못했기 때문이다. 여태껏 우리가 보았듯이 그녀는 동떨어진 세상에 태어나 유아 세례를 받았으며 영국인, 유대인, 힌두교도, 그리고 실질적으로 다른 모든 사람들은 중히 여기면서도 고향 사람들과 함께 진화해 온 신들이나 그녀의 선조에 대해서는 거의 한마디도 말해 주지 않는 학교들로 보내졌다. 그래서 그녀는 자신이 어떤 사람인지 간신히 알게 되었다. '간신히'라고 말하는 건 그녀가 어떤 중요한 순간에는 다른 사람들보다 더 예리하게 자신이 둘로 분열되었다는 생각을 막연하게나마 했기 때문이다. 비어트리스의 아버지는 나무에서 떨어진 병사 같은 여자애라며 개탄했다. 크리스는 그녀에게서 돌이킬 수 없을 정도로 깊은 곳으로 빨아들이는 회오리바람처럼 아주 강력한 열정을 속에 숨긴 잔잔한 수면을 떠올리게 하는 조용하고 얌전한 처녀를 보았다. 여차하면 신기가 올라 불 위에 올려놓은 국 냄비도 나 몰라라 하고서 예언하겠지만 신이 떠나가면 또다시 부엌일로 돌아오거나 아니면 후추, 말린 생선, 녹색 채소를 앞에 늘어놓고 떨이 물건을 흥정하는 마을 무당의 모습을 아마도 이켐 혼자만이 그녀에게서 살짝 감지했을 것이다. 이켐은 그런 점에 대해 비어트리스 자신보다 그녀를 더 잘 알았다.

하지만 그런 것을 알고 모르는 건 다른 사람들에게 알려지고 심지어 뽑혀서 일하게 되는 것과는 아무런 상관이 없다. 사람들 사이에 새로 만들어진 속담에 의하면 (그들이 쓰는 말에서 '신의 물'이라고 번역되는) 세례는 예언자나 예술가의 변덕스러운 신인 아구한테 홀리는 것을 막아 주는 해독제가 전혀 아니기 때문이다.

은와니이부이페

군법 회의에서 방금 면직당하는 바람에 계급장과 함께 어깨에 붙은 견장들까지 모두 떼어 낸 불명예 제대 군인처럼, 비비는 지금까지 함께 파티에 참석했던 사람들 사이로 걸어 나왔지만 이상할 정도로 정신이 아주 또렷했다. 자동차를 저 밑에 대기시켜 놓았다는 소식을 전해 준 부드러운 목소리 때문이었던 것 같다. 전처럼 조용조용 말했지만 아주 짧은 순간 번득이는 금속 칼날을 내보이던 그 위협적인 목소리에 찔려 그녀의 위기감이 과민성 반응을 일으킨 것이었다. 아하! 바로 이 사람이 항간에 떠돌듯이 라틴 아메리카 군대에서 속성 과정을 마치고 돌아와 예비 심문을 위해 가장 단순한 고문 도구를 생각해 낸 사람이로군. 그건 복잡하거나 번거로운 기계가 아니라 누구라도 문방구에 들어가 호주머니에 집어넣을 수 있는 자그마한 사무실 비품이었는데, 간단히 말해 아마도 샘소나이트 사에서 제작된 호치키스였다. 손바닥이 위로 가건 아래로 가건 상관없이 그저 손을 종이가 들어갈 곳에 넣고 쾅 하고 닫으면 심지어 가장 힘든 사건이더라도 놀랄 정도로 빠르게 진실이 튀어나온다.

이 영상이 확장되더니 비어트리스의 마음속에서 전광석화처럼 아주 완벽한 모습이 지나갔다. 소령의 뒤에 서서 방을 가로질러 걸어가는데 마치 어떤 보이지 않는 레이더가 그녀의 머리 꼭대기에서 빙글빙글 돌아간 것처럼 비어트리스는 그 광경을 하나도 빠짐없이 세세하게 기억해 낼 수 있었다. 각하 당사자만이 유일하게 이 정밀화에서 빠져 있었다. 한 명을 제외하고 모든 사람이 서 있든 앉아 있든 간에 아무 거리낌 없이 그녀를 조용히 응시하는데, 특히 미국 아가씨의 눈알이 광포한 우상의 눈알처럼 튀어나올 것만 같았다. 자리에 앉아 손가락으로 끼적거리는 것 같은 자세를 한 한 사람, 그러니까 캉안-미국 상공회의소 회장인 알하지 마흐무드만이 발아래 카펫에서 눈길을 떼지 않았다. 그는 그날 저녁 비어트리스가 파티 장소로 들어가 첫인사를 나눌 때 열의 없이 안녕하세요라고 말한 것 외에는 방금 끝난 파티에서 유일하게 단 한마디 대화도 나누지 않은 사람이었다.

똑같은 자동차, 똑같은 운전병, 똑같은 호위병이었다. 소령이 그녀를 데리고 내려오자 두 사람은 차에서 얼른 튀어나와 소령에게 경례했다. 소령은 비어트리스를 위해 손수 차 문을 열었고 그녀가 자동차에 올라타자 문을 쾅 닫더니 한마디 말도 없이 걸어가 버렸다.

물론 돌아오는 길에는 아무 말도 나누지 않았고 그것이 비어트리스로서는 완벽할 정도로 편했다. 벨벳처럼 부드러운 소령의 목소리 속에 감춰져 있던 번득이는 금속에 제대로 찔려 구멍이 났는지 날카롭던 신체적 불안감과 함께 그보다 앞서 그녀를 휘감고 있던 철저한 고적감 또한 재빨리 사라졌다. 한밤중에 자동차를 타고 달려오는 동안 그녀의 마음속을 관통하면서 그녀의 감각을 건드린 것들이 무엇이었다고 간단히 이름 붙일 수 없었다. 그건 연달아 더웠다 추웠다를 반복하는 말라리아의 소모열 홍조보다 훨씬 더 복잡했다. 계속 밀려드는 파도가 야트막한 해안선 바닥을 치며 흰 거품으로 폭발한 후 다소 지치고 어느 정도 진정되어 뒤로 물러나듯이 분개, 굴욕, 격분, 슬픔, 연민, 분노, 보복심, 그리고 인식하기 쉽지 않은 수많은 감정이 엄습해 들어와 그녀의 마음속을 이리저리 헤집어 놓았다.

그날 밤은 당연히 잠을 이루기 힘들었을 테지만 비어트리스는 잠을 잤다. 그것도 아주 측량하기 어려울 정도로 깊은 잠이었다. 그녀는 옷 입은 그대로 불면의 벼랑 끝에서 아무런 준비 없이 곧바로 잠 속으로 굴러 떨어졌다. 기상 역시 느닷없었다. 사실상 의식 불명 상태였다가 다음 순간 완전히 잠에서 깨어났는데 시력과 정신이 완벽할 정도로 또렷했다. 평온함이 거의 유지되었다. 어째서일까? 그 원천이 뭐지? 어젯밤은 이제 긴 시간 요동치던 꿈에서 기억해 낸 어떤 일처럼 저 멀리 있는 것 같았다. 어젯밤이라고? 어젯밤이 아니었다. 바로 같은 날 밤이었다. 아직 일요일 아침으로 이어지는 토요일 밤이었다. 게다가 날도 밝지 않았다.

멀리서 수탉이 꼬끼오 하고 우는 소리가 들렸다. 이상했다. 예전엔 이곳 관사 지역에서 수탉 울음소리를 한 번도 들어 본 적이 없었다. 분명 여기에는 보통의 촌사람들처럼 가금을 키우는 일로 전락한 사람은 한 명도 없었다. 아마도 남자 숙소에서 어떤 요리사나 집사나 정원사가 자기 방 밖에다 닭장으로 쓸 불법 구조물을 대충 만들었을 것이다. 영국인들이 이곳에 살 때는 절대로 용납되지 않았을 일이다. 그들은 자신들의 보호 구역에서 가축 사육을 완전히 배제시켰다. 물론 개는 예외였다. 이상한 말 같지만 그런 습관은 계속 유지되었으나 영국인들이 만들어 놓은 이유 때문은 아니었다. 오늘날 흑인이 영국인들처럼 개를 데리고 산책하는 모습은 보기 힘들겠지만 방범창이나 철조망이 달린 대문에 '개 조심'이라는 엄중한 경고문이 붙은 건 발견할 수 있다. 경고문엔 이따금씩 타는 듯이 붉은 혓바닥을 드러낸 독일산 셰퍼드의 머리와 유사한 모습이 들어 있었다. 불행하게도 캉안의 무장 강도들은 개를 발로 차는 정도에 그치지 않고 총으로 쏴 죽였다.

말똥말똥 눈을 뜬 채로 잠자리에 누워 아침 소리에 귀를 기울이는 건 비어트리스로서는 새로운 경험이었다. 희미한 새벽빛이 수줍은 듯 침실의 높다란 채광창과 창문의 블라인드 틈으로 기웃기웃 엿보기 시작할 때 어린 시절 선교단지에서는 그토록 자주 들었는데 그 이후로는 한 번도 듣지 못했던 것 같은 새의 울음소리가 들려오자 갑자기 환희가 엄습했다. 바사에서는 들어 보지 못했던 게 분명하다. 그녀는 곧바로 침대 위에 일어나 앉았다.

이 새는 왕의 제1시종으로 아침마다 금고를 지키는 왕실 근위대에게 왕의 보물이 잘 있는가?…… 왕의 보물이 잘못되지 않았는가?…… 왕의 보물……. 왕의 보물……. 왕의 보물이 잘 있는가? 하고 묻는 거라고 어머니는 말해 주었다.

비어트리스는 자리에서 일어나 거실로 나가 찬장 서랍에서 앞문 열쇠를 집어 들고 안전망과 문에 달린 자물쇠를 따고는 좁다란 발코니로 나갔다. 발코니에 늘어놓은 화분들 사이에 서서 그녀는 호사스러울 정도로 서늘하고 신선한 아침 공기를 가슴 깊이 들이마셨고 동쪽 하늘을 서서히 밝히는 빛줄기를 지켜보았다. 그런데 그 부지런한 시종이 또다시 말했다. 왕의 보물이 잘못되지 않았는가? 이제 그녀는 반사된 빛 덕분에 새를 보았다. 진갈색에 배는 크림색인 자그마한 놈으로 머리 꼭대기에 장식 깃털이 보일 듯 말 듯 나 있었다. 그 새는 아파트로 들어오는 차도에 보초를 선 소나무 두 그루 중 키가 좀 더 큰 쪽에 앉아 있었다.

비어트리스는 지금까지 새에게 조금도 관심을 둔 적이 없었고 독수리나 황로 외에는 이름을 아는 새도 거의 없었다. 지금 그녀는 이 성실한 왕실 관계자에 홀딱 빠져 가능한 한 빨리 그 이름을 알아내야겠다고 마음먹었다. '서아프리카에 흔히 서식하는 새……'라는 이름으로 삽화가 든 책이 있다는 걸 그녀는 알았다. 그가 또다시 물었다. 왕의 보물……. 왕의 보물……. 왕의 보물은 잘 있는가?

새한테 말을 붙이는데 이상하게도 별안간 비어트리스의 두 눈에 눈물이 어른거렸다. "불쌍한 친구야. 아직도 소식 못 들었니? 어젯밤 누군가 왕의 금고를 침범하여 그의 모든 재물, 왕관, 홀 등을 몽땅 훔쳐 갔다는구나."

비어트리스는 빠르게 밝아 오는 햇살 덕에 소나무를 훑어보며 왕의 보물 관리인이 혼자가 아니라는 걸 알 수 있었다. 문자 그대로 수십 마리 다른 새들이 멋을 부리며 이 가지에서 저 가지로 깡충깡충 뛰어다니면서 만족스러운 듯 날카로운 소리를 짧게 내어 서로를 부르거나 아니면 저음의 떨리는 소음을 토해 내고 있었다. 새는 해가 떠오를 때까지 큰 목소리로 이따금씩 질문을 던져 댔고 그러다 갑자기 신호라도 받은 듯 하나둘씩 아니면 더 큰 무리를 지어 멀리멀리 날아가기 시작했다. 곧바로 나무에는 새가 한 마리도 남지 않았다.

이 새들이 오늘 아침 새롭게 나타난 건 아닐 거라는 생각이 들었다. 여태까지 그들은 여기서 항상 잠잤던 게 분명했다. 그런데 어째서 예전엔 새들을 알아차리지 못했을까?

심지어 여자의 운명으로 인해 공포심에 사로잡혀 있던 그녀의 불쌍한 어머니도 태곳적부터의 새소리에서 새로운 세계에 더욱 관심을 기울이는 이 아프리카 새 이야기를 영어로 꾸며 낼 수 있었다. 이제 강력하게 몰아치는 기억이 돌풍처럼 그녀의 마음을 휩쓸었고 그녀는 이 이야기의 정황 하나하나가 완벽하게 생각났다. 아아, 어머니는 단지 말해 주었을 뿐 만들어 낸 건 아니었어. 그 이야기를 만들어 낸 사람은 분명 마을에서 기독교식 장례를 치를 때 조문객들의 눈에서 잠을 쫓아내고 찬송가나 경건한 간증의 무료함을 달래 주기 위해 아코디언을 연주하고 치아로 탁자를 들어 올리는 것 같은 마술 공연을 하던 어느 목수 겸 코미디언임에 틀림없지.

비어트리스는 쓴웃음을 지었다. 그러니까 영어로 최우수 등급을 받을 수 있었던 내 또래들 이전에 두 세대에 걸쳐 영국 지배하에서 간신히 글을 읽고 쓸 줄 알던 목수나 장인들이 내가 가는 길을 곧게 하기 위해 벌써부터 전형적인 정글을 쳐내고 새벽의 전설과 소리를 전복시키고 있었던 것이다.

그렇다면 우리 아버지, 그가 말하곤 했듯이 불가사의가 결코 풀리지 않을 우리 아버지도 이른 아침부터 언어의 정글 속으로 길을 만들어 가던 이 사람들 속에 포함될까? 얼마나 말도 안 되는 생각인가! 그렇지만 아버지는 힘차게 도끼를 휘두르는 사람처럼 그 모든 격언을 얼마나 강력하게 휘둘렀던가. 청결은 신을 공경하는 것 다음으로 중요하다! 시간 엄수는 비즈니스의 영혼이다!(비어트리스는 이 격언이 비 오는 아침 지각한 학생들을 매질하기 위한 서곡이었다는 게 기억나자 미소를 지었다.) 그것들 중 백미이자 실제로 아버지가 가장 많이 사용한 격언은 미루는 버릇은 게으른 자의 변명이다!였다. 이 격언은 잡종으로, 처음에 너무 성급하게 잘못 결합시킨 혼혈이었다. 아니 이켐이라면 선교용 얼치기라고 말했겠지!

비어트리스는 자기 집 앞에 있는 나무에서 살아가며 지저귀던 새를 지금까지 전혀 몰랐던 것처럼 자신의 아버지지만 완전히 타인에 불과했던 이분이 생각나자 뜻밖에도 마음이 재빨리 누그러졌다.

애거서가 허드렛일을 시작하려고 들어왔을 때 비비는 여전히 발코니 난간에 서 있었다. "애거서, 오늘 아침 식사는 준비 안 해도 돼." 그녀는 명랑한 목소리로 외쳤다. "대신 정말로 맛있는 커피 한 잔 부탁해." 비비는 새벽부터 서 있던 바로 그 곳에서 커피를 마셨다.

머리와 꼬리는 빨갛고 몸통은 파란 도마뱀이 수컷의 속성인 양 포장된 차도를 가로질러 칙칙한 잿빛 암컷을 맹렬히 쫓아갔다. 암컷은 목숨이라도 걸린 것처럼 잽싸게 울타리로 돌진했다. 냉정을 잃지 않은 수컷은 아파트 단지 중앙에 눈에 잘 띄는 곳을 차지하고는 끝도 없이 팔 굽혀 펴기를 시작했는데 의심할 여지 없이 수줍은 암컷이 관목 어디에 숨어 있든지 간에 그녀에게 자신의 체력을 과시하고 싶었을 것이다.

마침내 비비는 발코니에서 나와 집 안으로 들어가 찬물로 샤워한 다음 목, 가슴, 소매, 단에 정교한 흰색 무늬를 수놓은 기다랗고 느슨한 푸른색 아디레[35] 드레스로 갈아입었다. 침실 거울에 자신의 모습을 비쳐 본 그녀는 흡족해하며 생각했다.

35) 나이지리아의 전통 의상.

'암컷 도마뱀이나 방문 중인 미국의 여자 언론인들은 안전하게 칙칙한 잿빛 옷이나 입으라지.'

도마뱀의 경우는 어쩌면 충분히 이해할 만하다. 수컷의 엄청난 성욕을 생각할 때 암컷은 분명 보호막으로 칙칙함을 동원할 필요가 있을 것이다.

비비는 자몽을 먹고 커피를 두 잔째 마시면서 하나도 눈에 들어오지 않는 일요일자 신문을 휙휙 넘겼다. 지면 대부분에 심지어 오십 년 전에 돌아가셨는데도 아직도 매순간 기억하는 헌신적인 후손들이 투고한 할아버지들의 사망 기사가 한 면 전체에 걸쳐 사진과 함께 실려 있었다. 그리고 죽어서도 살아 있는 자들에 대한 기억들 사이에 부나 명예 또는 단순히 연령 면에서 '성공을 거둔' 아직도 살아 있는 자들의 똑같이 거창한 사진들이 끼어 있었다. 그리고 이런 죽었거나 살아 있는 유명 인사들 사이에 이따금씩 새롭게 평판이 나빠진 누군가의 권리 포기 각서들이 경찰의 지명 수배자 포스터에 사용되는 질 나쁜 사진과 함께 이전의 고용주나 파트너들에 의해 끼어 있었다.

그녀는 어째서 이런 쓰레기 같은 걸 계속해서 구독해야 하는지 의아해하며 짜증스럽게 신문을 내던졌다. 하기야 이걸 구독하지 않으면 뭔가 아주 중요한 걸 놓칠 수도 있다는 느낌을 피하기 어렵겠지. 슬프게도 우리들 중 그런 잘못된 느낌에 대항할 강한 의지를 지닌 사람은 거의 없었다. 비비는 자리에서 일어나 온예카 온위누의 「하나의 사랑」을 스테레오에 올려놓고 소파로 돌아가 머리를 의자 등받이에 기대고는 두 눈을 감았다.

아침 시간이 흘러갈수록 비비는 점점 더 침착성이 사라지는 것 같았다. 손목시계를 자주 들여다보았다. 한번은 레코드판을 바꾼 후 수화기를 집어 들고 발신음을 들은 후 다시 제자리에 놓았다.

마침내 전화벨이 울렸을 때 그녀는 또다시 시계를 들여다보았다. 정확히 11시였다. 전화벨이 대여섯 차례 울리도록 움직이지 않다가 더 내버려 두면 애거서가 부엌에서 달려올 것만 같아 수화기를 집어 들었다.

그녀의 예상이 맞았다. 크리스였다.

"그러니까 돌아왔군요." 크리스는 농담을 던졌다.

"그래요, 돌아왔어요." 비비가 대답했다.

"무슨 일이라도 있어요?"

"예를 들면요?"

"당신 괜찮아요, 비비?"

"왜요? 물론 괜찮죠. 내 목소리가 괜찮지 않은 것 같아요?"

"네, 그런 것 같은데……. 당신 혼자 있어요?"

"무슨 뜻이죠?"

"이봐요, 내가 갈게요. 곧 봅시다."

이십 분 쯤 지난 후 크리스의 자동차가 바깥에 도착했다. 비어트리스는 먼저 앞문이 아니라 부엌 쪽으로 가서 문을 열고 애거서에게 누가 곧 올 텐데 상관하지 말고 할 일이나 하라고 말했다. 이 말을 들은 애거서가 건방지고도 도발적인 표정을 짓는 걸 보고 비어트리스는 아예 부엌문을 잠가 버렸다. 그런 다음 그녀는 초인종 소리가 들리는 앞문으로 갔다.

정면 돌파하기로 마음먹은 크리스는 집 안으로 들어오자마자 파티의 진행 상황을 물었다.

"파티요? 그건 어젯밤 일이었잖아요."

"맞아요, 어젯밤이었죠. 그리고 난 지금 파티가 어땠는지 묻고 있는 거고요."

"좋았어요."

이제 두 사람 모두 자리를 잡고 앉았다. 비어트리스는 소파에 앉고, 크리스는 둥그런 갈색 카펫 위에 놓인 나지막한 테이블을 사이에 두고 건너편 의자로 가서 앉았다. 두 사람은 앉은 채로 몇 시간은 아니지만 몇 분 동안 서로를 응시했다. 크리스는 어쩔 줄 몰라 쩔쩔맸다. 지금까지 이토록 기분이 상한 비비와 대면했던 적이 한 번도 없었기에 전혀 예상치 못한 상황이었다. 마침내 크리스는 자리에서 일어나 몇 걸음 걸어가 비비 앞에 섰다.

"비비, 부탁인데 내가 어쨌기에 당신 기분이 상했는지 말해 줄 수 있어요?"

"내 기분이 상했다고요? 당신 때문에 내 기분이 상했다고 누가 그래요?"

"그럼 당신 행동이 어째서 이토록 이상하죠?"

"내 행동이 뭐가 이상해요? 이상한 건 당신이에요! 크리스, 정말이지 당신 행동이 아주 이상하거든요. 잠깐요, 크리스, 간단한 질문 하나 하죠. 당신은 나하고 결혼하고 싶다고 했어요. 맞아요? 좋아요, 그런데 어젯밤 난 이상하고도 매우 기이한 상황에 처하게 되었죠. 내가 미리 전화를 걸어서 당신한테 말해 주었죠. 그런데 당신이란 사람은 여기 오더니 기껏 한다는 말이 '걱정 말아요, 괜찮을 거요.'였어요."

"내가 언제 그런 말을 했어요?"

"크리스, 당신은 결혼하고 싶은 여자에게 한밤중에 아비치까지 60킬로미터나 되는 길을 가라고 했단 말이에요……."

"아비치에 갔다고요? 아비치에 간다는 말은 없었잖아요?"

"그게 중요한 게 아니에요. 당신은 결혼하고 싶은 여자에게 모든 선택의 여지가 열린 상황으로 들어가라고 했다고요. 그건 기억나세요? 그런데 유감스럽게도 당신의 충고를 따르지 않았다는 말을 전하게 되었네요."

"그러니까 당신은……."

"제발 내 말을 막지 말아요. 그런 기괴한 파티에 참석하느라 60킬로미터를 달려 갔으니까요."

"비비, 당신은 아비치에 간다는 말을 한 적이 없어요."

"제발, 내 말 좀 끝까지 들어요. 난 그런 이상한 장소로 끌려갔는데 장래 남편이 될 사람은 잠자리에 누워 잠도 잘 자고 아침에 잠에서 깨어나 7시 BBC 뉴스도 듣고 목욕한 다음 아침 식사를 하고 편안히 앉아 신문을 읽는군요. 어쩌면 정원에서 산보도 했는지 모르죠. 그래도 9시밖에 되지 않아 어쩌면 서재로 들어가 집으로 들고 온 일도 처리했겠죠. 그런 다음 정오가 될 무렵 드디어 모든 선택의 여지를 열어 두라고 부탁한 아가씨가 생각났겠죠. 그래서 수화기를 들고 전화를 걸어 '아, 당신 돌아왔군요!'라고 말한 거잖아요."

"혹시 그게 당신의 불평거리라면 말이지, 난 더 일찍 전화 걸고 싶지 않았어요……."

"난 지금 그 어떤 것도 불평하는 게 아니에요. 더 일찍 전화 걸고 싶지 않았단 말이로군요. 맞아요. 그랬겠죠! 왜 걸고 싶지 않았는지 아세요? 내가 아비치에서 당신 상사와 잠자리를 같이 했는지 안 했는지 알고 싶지 않았을 테니까요."

"이런 세상에, 당신 지금 무슨 말을 하는 거요?"

"당신은 내가 한 짓을 들춰내고 싶지 않았겠죠. 왜죠? 당신은 상당히 합리적인 사람이니까, 크리스. 배려심도 많고요. 파리 한 마리도 다치게 할 수 없겠죠. 글쎄요, 당신한테 좋지 않은 소식이 있네요. 제길, 내가 보기에 당신은 지나칠 정도로 합리적이에요. 하지만 난 관심을 기울이는 남자를 원해요……."

"비비, 당신 제정신이 아니로군!"

"난 자기 여자가 어디서 자고 있는지 궁금해할 만큼 관심을 기울이는 남자를 원한단 말이에요. 내가 원하는 건 바로 그런 남자예요."

"그래요, 나도 그래요!"

"그래, 그래요. 맞아요, 그래, 그랬겠지요. 하지만 더 일찍 그랬어야죠."

"이봐요, 비비."(크리스는 좀 더 가까이 다가가 비비 어깨에 손을 얹으려 했다.)

"그 손 치워요." 비비가 소리쳤다.

"비비, 나한테 고함치지 마요."

"고함치는 게 아니에요."

"지금 소리치고 있잖아요. 왜 그러는지 모르겠네요. 마치 천군 천사를 거느린 예언자처럼 나한테 고함을 치다니. 도대체 왜 그래요? 이유나 압시다."

크리스는 그녀 어깨에 손을 얹으려다 퇴짜 맞은 그 자리에 서서 비비를 물끄러미 내려다보았다. 이제 팔짱을 끼고 있던 비비는 마치 조용히 기도라도 드리는 양 고개를 가슴까지 푹 수그렸다. 두 사람 모두 한동안 움직이지도 않고 말도 하지 않았다. 그러던 중 비비의 가슴과 어깨가 가볍게 들썩거리는 걸 눈치챈 크리스는 그녀가 앉은 소파 옆자리로 가서 왼팔을 그녀 어깨에 올려놓고 오른손으로 부드럽게 그녀의 턱을 들어 올렸다. 비비는 울고 있었다. 비비는 이제 자기 쪽으로 끌어당기고 짜디짠 그녀의 눈물을 소중하게 맛보는 크리스를 밀쳐 내지 않았다.

비좁은 소파 위에서 서로의 품 안으로 파고들어가 각자의 고독감을 녹여 내어 떨쳐 버리려는 몸짓이 격렬해지자 비비는 가쁜 숨을 몰아내며 다급하게 속삭였다. "안으로 들어가요. 여긴 너무 불편해요." 그들은 소파에서 허둥지둥 일어나 침실로 들어가 불이라도 붙은 것처럼 옷을 벗어 내던지고는 침대의 널따란 공간으로 몸을 던진 다음 더 이상 구를 여력이 없어져 그녀가 '어서요.'라고 외칠 때까지 이리저리 뒹굴기 시작했다. 크리스의 몸짓이 격렬해지자 비비의 입에서 숨 가쁜 비명이 터져 나왔는데 그건 단순한 비명이 아니라 그녀의 신전으로 들어오라는 명령 내지 암호였다. 그때부터 리드하는 역할을 떠맡은 비비는 조용히 그의 손을 붙잡고 은은한 노란

햇빛으로 얼룩덜룩 들썩대는 숲을 통해 맑고 푸른 시냇물에 닿을 때까지 마른 낙엽들을 발로 밟게 했다. 가파른 둑에서 미끄러지는 크리스를 비비는 이전에는 한 번도 발휘한 적이 없었던 놀라운 힘과 권위로 다시 끌어올렸다. 분명 이건 그녀의 숲이었고 이런 행위는 그녀만이 절대적인 권한을 갖고 있는 독특한 의식이었다. 비비 자신이 무당 또는 여신인가? 아무렴 어떤가. 하지만 크리스는 그럴 만한 자격이 있다고 판명될까? 그는 살아남을까? 웃음과 울음의 교차로에서 맞이하는 이런 끝도 없고 몹시도 고통스러운 희열. 맞다, 그래야 해, 아 그래 난 살아남아야 해, 그래, 아 그래, 그래, 아 그래. 그래야만 해, 그래야만 해, 그래야만 해. 아 성스러운 무당이여, 이제 날 잡아 줘요. 난 미끄러지고 있어요, 미끄러지고 또 미끄러지고 있어요. 이제 그는 단순히 미끄러지는 정도가 아니라 완전히 추락하여 산산이 부서질 지경이었다.

크리스가 자비를 간청하려는 바로 그 순간 비비가 "좋아요!"라고 명령하듯 소리쳤다. 혜성들로 폭발한 크리스는 솜털 같은 흰 구름을 따라 둥실둥실 떠돌다가 천천히 오랫동안 무중력 상태로 떨어지기 시작하여 깊고도 푸른 잠 속으로 빠져들었다.

아기처럼 비비의 품속에 안긴 채 잠에서 깨어난 크리스는 자신을 열심히 지켜보고 있는 비비를 보고는 나른한 목소리로 그녀도 잠을 좀 잤는지 물었다.

"무당은 잠들지 않아요."

그는 그녀의 입술과 젖꼭지에 입을 맞춘 다음 또다시 눈을 감았다.

"당신이 나에게 무당이라고 했잖아요. 아니 예언자라 했던가요. 난 단지 천군 천사 부분만 신경 쓰이는데요. 사실 나도 이따금씩 내가 소설에 나오는 숲과 동굴의 무당이자 예언자인 치엘로 같다는 느낌이 들 때가 있어요."

"잠깐씩 찾아오는 게 아닐까요."

"그래요, 지금 나한테 와 있어요. 그리고 우리 앞에 골칫거리가 들이닥치는 게 보여요. 제일 먼저 이켐한테 오겠는데요. 농담이 아녜요, 크리스. 이켐은 길을 곧게 하는 선각자가 될 거예요. 하지만 그다음은 당신일 거예요. 우리들, 이켐, 당신, 나 그리고 심지어 그 사람까지 모두 다 한 배를 탔어요. 농담이 아니에요. 우리 아버지가 항상 말씀하셨듯이, 한 손에 코담배를 쥐고 출 수 있는 춤이 아니라고요. 당신들 사이에 벌어진 이 터무니없는 상황을 여태껏 누구 한 사람 나한테 속 시원히 설명해 줄 수 없었는데, 이제 당신과 이켐은 하루 속히 수습해야 해요."

"비비, 이켐하고는 더 이상 대화가 안 돼요. 난 지쳤어. 남아 있는 힘이 하나도 없어요."

"그러면 안 돼요, 크리스. 당신한테는 생각보다 훨씬 더 힘이 많아요."

"글쎄, 분명 그렇게 보이겠죠. 당신의 손길이 닿을 때만." 그는 장난스럽게 미소 지으며 그녀에게 입맞춤했다.

"그걸 말하는 게 아니잖아요, 엉터리 같으니."

비어트리스는 크리스를 혼자 남겨 놓고 재빨리 샤워한 다음 다시 돌아와 내던져 둔 곳에서 드레스를 찾아내어 다시 입었다. 그러는 동안 크리스의 두 눈은 흠잡을 데 없는 그녀의 몸에서 떨어질 줄 몰랐고 비어트리스도 그걸 눈치챘다. 그런 다음 그녀는 크리스의 옷들도 찾아내어 침대 발치에 깔끔하게 정돈해 놓았다. 그런 다음 그녀는 점심이 어떻게 되었는지 알아보러 방에서 나갔다. 분노로 부글부글 끓고 있는 애거서는 식탁 의자에 앉아 머리를 식탁에 대고 자는 척하고 있었다. 그래요, 애거서는 식사 준비가 끝났다고 대답하면서 정의에 찬 찡그린 두 눈으로 '마님이 죄에 빠져 허우적대는 동안 다 해 놓았죠.'와 같은 말을 덧붙였다.

비어트리스는 플랜테인 튀김과 갈색 콩, 비프스튜로 차려진 식탁에 덧붙여 야채샐러드를 한 접시 준비했다. 의심할 바 없이 애거서는 여주인의 불평을 듣게 되는 즐거움을 기대했는지 디저트는 만들 생각도 하지 않았다. 비어트리스는 그냥 그녀를 무시하고 재빨리 케이크와 냉장고에 있는 걸 이것저것 조합하여 셰리 트라이플[36]을 만들어 자그마한 그릇 두 개에 담았다. 그런 다음 그녀는 방으로 돌아가 크리스를 깨웠다.

크리스가 식탁에 나타나자 그를 향해 환한 미소를 던지는 걸로 보아 애거서는 도덕적 징계 대상에 크리스를 포함시키지 않은 듯했다. 여자들끼리의 싸움이라! 비어트리스가 혼자 그런 생각을 하며 은밀하게 미소 짓는 걸 알아차린 게 확실한

36) 스펀지케이크에 잼과 크림, 베리, 셰리주를 넣어 만든 영국식 디저트.

애거서는 눈살을 살짝 찌푸렸다. 심지어 크리스까지도 갑자기 변하는 그녀의 표정을 알아차렸다.

"당신 가정부는 뭐 때문에 속이 상한 거죠?" 애거서가 부엌으로 돌아가자마자 크리스가 물었다.

"아무것도 아니에요. 당신을 바라보고 싱글벙글 웃기만 하던데요."

"그렇다면 친밀도가 지나쳐서 경멸감을 낳은 건가요?"

"아니, 그 이상이에요. 애거서는 여호와의 예언자거든요."

"그리고 당신은 바알의 집에 속한 예언자로군."

"맞아요. 아니면 더 나쁘게 미지의 신한테 소속되어 있을지도 모르죠."

점심 식사를 하면서 비어트리스는 크리스에게 어젯밤 아비치에서 있었던 일을 말해 주었다. 아니 말해 줄 수 있을 만큼만 했다. 그녀의 들뜬 목소리에서 뭔가 끔찍한 걸 숨기고 있다는 걸 알아차린 크리스는 상세하게 이야기하는 서론 부분을 유심히 들었다. 마침내 비어트리스가 그 말을 입 밖으로 내놓자 어찌나 격분했던지 크리스는 무심결에 자리에서 벌떡 일어섰다.

"제발 앉아서 식사해요." 크리스는 자리에 앉긴 했지만 더 이상 먹지 않았다. 한 입도 더 먹지 않았다.

"믿을 수가 없군요." 크리스는 계속해서 말했다. 점심 식사를 조금 더 먹게 해 보려는 비어트리스의 노력은 완전히 허사였다. 그는 자신의 그릇을 부드럽게 밀쳤다.

"있잖아요, 크리스. 이 샐러드는 애거서가 만든 게 아니고, 당신을 위해서 내가 특별히 만들었어요."

다소 누그러진 크리스는 야채를 두세 스푼 입에 떠 넣더니 또다시 스푼을 내려놓았다. 마침내 포기한 비어트리스는 자기가 좀 더 지혜로워 크리스가 식사를 마칠 때까지 어리석은 주둥이를 놀리지 말았어야 했다고 말했다. 비어트리스는 애거서를 불러 디저트를 도로 냉장고에 넣어 두고 커피 준비를 하라고 말했다. 애거서는 대답도 하지 않고 식탁을 치우기 시작했다.

"애거서!"

"예, 아씨!"

"식탁은 그냥 놔두고 제발 커피나 가져오라니까. 식탁은 그 다음에 치울 수 있잖아."

"예, 아씨."

"우리는 들어가서 좀 더 편히 앉아요." 그녀는 크리스에게 말했다. "커피와 브랜디를 마실 거예요. 꼭 그럴 거예요. 난 축하하고 싶어요. 이유는 묻지 말아요. 그냥 축하, 그뿐이에요. 이상 끝!"

분위기를 바꿔 보려는 비어트리스의 능숙한 노력으로 크리스의 기분도 천천히 아주 천천히 나아지기 시작했다. 그녀는 웃음을 자아낼 만큼 재미는 있었지만 별로 중요치 않았던 일들을 가능한 한 자세히 설명하고 충격을 줄 만한 건 대수롭지 않은 이야기로 축소시켰다. 하지만 그녀는 상당히 교묘하게 그 사건들을 재현하는 일에 크리스도 적극 가담하게 만들었다.

"알하지라는 사람은 누구예요? 캉안-미국 상공회의소 의장이라는 것 같던데요?" 그녀가 물었다.

"아, 그 친구. 알하지 압둘 마흐무드 말이로군요. 당신 그 사람 몰랐어요? 아는 줄 알았는데. 그러니까 그렇게 은둔자처럼 지내지 말라니까. 당신이 한 달에 한 번만이라도 칵테일파티에 참석하면 세상이 어떻게 돌아가는지 알게 될 텐데요……. 하지만 알하지 마흐무드 역시 조금은 은둔자라고 할 수 있어요. 그는 거의 아무 데도 나타나지 않고 혹시 오더라도 말을 거의 하지 않아요. 소문에 의하면 그가 지난 일 년 동안 캉안의 다른 백만장자들을 모두 다 굴복시켰다더군요. 대양 유람선이 여덟 대, 개인 전용기 두세 대, 전용 부두도 소유하고 있다던걸요. 소문꾼들 말로는 세관원들이 그의 부두 근처엔 얼씬도 안 하는 걸 보면 그가 밀수의 대가라나. 또 뭐가 있더라? 은행을 포함해서 회사를 오십여 개나 소유하고 있고, 정부의 비료 수입을 독점하고 있고, 대략 그 정도예요. 매우 조용하고 표면에 거의 나서지 않지만 철저하게 무자비하다는 소문이 있어요. 그런 게 어쩌면 억만장자들에겐 기본 메뉴일 수도 있고 아닐 수도 있겠죠. 걱정스러운 건 아직도 믿기는 어렵지만 (나지막한 목소리로) 어쩌면 그 사람이 대리인일 수도 있다는 거예요…… 그러니까 당신을 초대한 사람의."

"설마요!"

"이건 내 말이 아니에요. 소문이에요, 소문. 소문이 무성하거든요. 그래도 난 알아야 해요. 결국 난 공보처 장관이니까.

안 그래요? 하지만 유감스럽게도 나 자신도 정보가 거의 없어요……. 그런데 비비, 당신 어쩜 그렇게 고약할 수 있어요? 7시에 BBC 방송을 듣는 것까지 포함해서 황당하게 내 아침 일과를 모조리 꿰면서 나를 원망하다니요! 정말이지 아주 고약하다니까……. 하지만 더 나쁠 수도 있었을 거요. 그 목록이 더 길었을 수도 있었을 테니. 예를 들어 내가 관장하는 부서에서 KBC 방송을 통해 전 국민에게 엉터리 같은 그 모든 소리를 쏟아 내는 동안 난 아침마다 아무도 지켜보지 않을 때 몰래 빠져나가 '적수의 목소리'에 귀를 기울이거든요."

"그럼 내가 아주 연기를 잘했군요?"

"흠잡을 데 없이 아주 완벽했죠. 효과 만점이었고. 당신이 어째서 아직도 희곡을 완성시키지 못하는지 알 수 없군요. 이켐의 코를 아주 납작하게 만들 수 있을 텐데."

"그러려면 노력을 아주 많이 해야 돼요. 여하튼 고마워요."

6시가 조금 지나서 크리스가 마침내 그녀의 아파트를 떠나려 할 때 비어트리스는 이켐과의 관계를 수습해 보겠다는 약속을 받아 내기 위해 다시 한 번 강력하게 간청했다.

"어젯밤에 보고 들은 것 때문에 두려워요. 이켐은 거기서 결석 재판에 유죄 선고를 받았단 말이에요. 당신이 그를 구해 줘야 해요, 크리스. 난 이것저것 모두 다, 그가 정말 까다로운 사람이라는 것까지 알아요. 믿어 줘요, 다 안다니까요. 하지만 당신이 그저 그 모든 걸 헤쳐 나가야 해요. 이켐은 다른 친구가 하나도 없는 데다 위기의식도 전혀 없잖아요. 아니 있긴 하겠지만 어떻게 대처해야 하는지 몰라요. 당신이 모든 방법을 시도했다는 걸 잘 알지만 그냥 다시 한 번 이런저런 방법들을 시도해 보셔야 해요. 그러니까 친구가 좋은 거죠. 크리스, 정말이지 시간이 별로 없어요."

"별로라고요? 어쩌면 남아 있는 시간이 전혀 없을지도 모르죠……. 그래, 뭔가 하긴 해야 해요. 하지만 뭘 하죠? 당신도 알다시피 이켐과 내가 어떤 구체적인 사안을 놓고 다투는 게 아니잖아요. 우리를 갈라놓는 건 내용이 아니라 형식이에요. 절대적으로 연결 방법이 없는. 이상하지 않아요?"

"아주 이상해요."

"하지만…… 생각해 보면…… 그다지 이상할 것도 없어요. 그러니까 당신과 내가 오렌지 한 개를 놓고 다툰다면 오렌지를 반씩 나누든지, 둘 중 한 사람이 그걸 갖든지, 제3자에게 그걸 주든지, 아니면 그걸 그냥 내버리면 문제가 해결되겠죠. 하지만 우리의 싸움이 난 오렌지를 무척이나 좋아하는데 당신은 그걸 몹시 싫어하는 거라면, 그 문제를 당신은 어떻게 해결할 건가요? 당신은 언제나 오렌지를 싫어할 테고 나는 언제나 그걸 좋아할 텐데. 그건 어쩔 수 없는 일이잖아요."

"그렇지만 우리가 좋아하는 것과 싫어하는 걸 가지고 다툰다는 게 얼마나 어리석고 무익한 짓인지 결론 내릴 수 있잖아요. 안 그래요?"

"그렇죠." 크리스는 열심히 대답했다. "우리가 광적으로 집착하지만 않는다면요. 만약 우리 중 한 사람이 열광적인 애호가라면 합의를 이룰 가망성은 전혀 없을 거예요. 살아 있는 한 다투겠지. 그저 그런 미래를 생각만 해도 난 벌써 감정적으로 지쳐서 온몸이 마비될 것 같아요……. 어째서 내가 아직도 이 내각에 소속되어 있을까? 이켐이 우리보고 곡마단이라던데 그의 말이 대체로 옳은 것 같네요. 우리는 각료가 아니에요. 진짜 각료는 당신이 어젯밤 본 바로 그 광대들 중에 있으니까. 그런데 어째서 난 아직도 내각에 속해 있을까요? 각하를 비롯해서 모두들 나에게 사직서를 제출하라고 요구하는데 말이에요. 내가 할 수 있을까요?"

"그럼요, 당신은 할 수 있어요."

"글쎄, 방금 당신한테 말했듯이 나한테는 그럴 에너지가 하나도 없어요."

"말도 안 돼요!"

"그리고 혹시 내가 오늘 혼신의 노력을 끌어 모아 사직서를 제출한다 해도 그다음엔 뭘 하죠? 유럽의 도시들을 떠돌아다니며 망명 생활을 하면서 술이나 잔뜩 마셔 대고 문제가 있는 곳으로부터 아주 멀리 떨어진 세상에서 살아가며 감탄이나 해 대는 청중을 향해 혁명적인 강연을 한 뒤에는 수많은 백인 아가씨들을 껴안고 잠이나 잘까요? 비비, 그런 선택이 있었어요. 그런데 곰곰이 생각해 보니, 그건 여기서 벌이고 있는 이 광대극보다도 훨씬 덜 매력적이라는 생각이 들더군요."

"그래서요?"

"그래서 난 잠자코 있을 거예요. 게다가 다른 요소도 있어요. 그러니까 내가 원한다 해도 아마도 떠나는 게 쉽지 않을 수 있다는 거요. 그의 종신 대통령직을 놓고 그 끔찍한 논의를 할 때 그가 뭐라고 했는지 기억나요? 내가 말해 줬죠? 아주 짧은 순간 그는 위장하고 있던 침착성을 떨쳐 버리고 나를 협박했어요. 누구라도 이 문제로 인해 각료직을 그만둘 수 있다고 생각한다면 그는 큰 실수를 저지르는 것이라고 말이오.”

“저 문을 걸어 나가는 사람은 누구라도 집으로 가는 게 아니라 곧바로 구치소로 향한다고요. 그래요, 기억해요. 그래서요?”

“그런 터무니없는 협박 때문에 내가 그 자리를 지키고 있다는 말은 아니에요. 그 말을 언급하는 건 단지 곤란한 상황이 갑자기 발생할 수도 있다는 걸 말해 주기 위해서죠. 그렇기 때문에 이켐에게 수천 수만 번 그런 말을 했던 거예요. 한동안 잠자코 있으라고. 그러면 점점 심해지는 이 토네이도가 광란을 벌이다가 지붕을 휩쓸고 머리 위로 지나가겠죠. 그러면 아마도…… 아마도…… 우리는 두들겨 맞긴 하겠지만 살아남긴 하겠죠. 하지만 이런 맙소사! 그런 비겁하고 완전히 비열한 태도를 권유했다는 것에 대해 이켐이 얼마나 격분하던지! 당신도 몇 번이나 직접 목격했잖아요. 그런데 지금 당신은 나에게 또다시 찾아가라는 거요? 돈키호테나 다른 소설 속 인물들이 그를 인도해 줄 거라고 생각하는 예술가를 찾아가 무릎 꿇고 간청하란 말이로군요…….”

“아, 그건 공평치 못해요, 크리스. 대단히 부당한 말이네요. 이켐 역시 나름대로 우리 두 사람만큼이나 완전히 땅으로 추락했잖아요. 어쩌면 더 심할지도……. 그저 당신이 비교해 보면 되잖아요. 그가 사귄 일련의 소박한 여자 친구들과 나를요…….”

비어트리스는 그 말이 나온 순간 곧바로 말을 함부로 내뱉은 걸 후회했다. 그런 말을 은근히 언급하고 싶은 유혹을 이겨냈어야 했다. 그 말을 통해 힘이 흘러 나가는 바람에 그녀가 열심히 추구하던 목표는 갑자기 힘을 잃었다……. 두 사람은 종잡을 수 없는 말을 조금 더 나누다가 그 문제는 전혀 진척시키지 못한 채 헤어졌다. 크리스는 떠나기 전에 단지 자신의 입장을 한 번 더 말했다.

"당신은 오래전에 싸우기를 체념한 사람에게 최고의 무기를 갖추고 광적으로 싸우고 있는 투사를 저지하라고 요청하는 거요. 비비, 그러면 애써 노력한 보람도 없이 결국에는 코방아만 찧고 말 거요."

9
투쟁에 대한 여러 관점

그날 오후 햇빛이 쨍쨍 내리쬐는 그 뜨거운 날씨에 이켐이 차를 몰아 달려간 것은 대통령 궁으로 기자를 보내라는 크리스의 지시 때문이 아니었다. 사실 이미 기자 한 사람을 파견한 터라 그가 적절하게 보도했을 게 분명했다. 이켐은 자기 나름대로의 이유 때문에, 그러니까 개인적으로 알고 싶은 게 있어서 그곳에 갔다.

이켐이 궁 영내에 도착했을 때 무리는 해산하는 중이었다. 그래서 그 순간 이켐이 기껏 할 수 있었던 건 아바존 파견단의 턱수염이 하얀 지도자와 관례적인 인사를 주고받은 다음 그들이 투숙한 호텔에서 그를 비롯한 나머지 사람들과의 추후 만남을 주선하는 것이었다.

하모니 호텔은 수도인 이 도시의 북쪽 빈민가에 있는 누추한 시설이었고, 몇 마디 질문을 통해 쉽사리 추정할 수 있었던 건 그 주변이 환락가라는 것이었다. 그 호텔은 매춘부가 상주하고 있는 걸 뽐낼 만한 곳으로, 두세 개 방은 불규칙한 생활에다 직장도 일정치 않아 대체로 낮에 잠을 자는 서너 명의 젊은이들이 차지하고 있고 소매품 재고량을 보충하기 위해 산간벽지에서 주기적으로 바사를 방문하는 소규모 상인들이 대규모로 드나드는 그런 곳이었다. 그 호텔은 특이한 방식으로 복잡하면서도 편안한 곳이다.

대표단 숫자는 이켐이 앞서 들었던 것처럼 오백 명이 아니라 단지 여섯 명에 불과했고 대통령 궁까지 그들과 동행한 대규모 무리는 바사에 거주하는 아바존 토박이들로, 자동차 정비공, 소매업자, 재단사, 타이어 수리공, 자신들의 승합차를 대여해 준 택시 기사나 버스 기사들, 그리고 도시에서 백수로 지내거나 아니면 온갖 잡일을 맡아 하는 사람들이라는 사실을 이켐은 대통령 궁에 갔을 때 이미 알게 되었다. 그야말로 잡다한 무리였다! 이런 사람들이 갑자기 대통령궁 앞에 들이닥쳤다는 소식을 보고받았을 때 각하의 심기가 얼마나 불편했을지, 전혀 이상한 일이 아니었다. 나 역시 그런 상황에 놓인다면 똑같이 반응했을 거라고 이켐은 마음속으로 인정하며 씩 웃었다.

그들은 이제 널따란 호텔 마당에 테이블 대여섯 개를 서로 잇대어 둘러앉아 있었는데 이제는 오백 명이 아니라 이십여 명 정도가 술을 마시면서 대통령 궁을 방문했던 일을 신나게 떠들어 대고 있었다.

철로 된 정문을 통하여 호텔 바깥 도로에서 시멘트를 대충

바른 마당으로 들어오는 이켐의 모습이 보이자마자 바사를 방문한 여섯 명의 원로들을 비롯해 그곳에 있던 사람들 모두가 자리에서 일어나 박수갈채라도 칠 것 같은 태세로 그를 맞이했다. 이켐이 돌아가며 그 자리에 있던 모든 사람들과 악수를 나눈 다음 빈자리를 찾자 사회자로 보이는 사람이 턱수염이 하얀 원로 옆에 비어 있던 상석을 가리켰다. 그런 다음 그가 거드름을 피우며 "웨이터!" 하고 소리치자 지저분한 푸른색 재킷을 입은 웨이터가 꾸부정한 모습으로 나타나 맥주 여섯 병과 통닭 세 마리를 더 가져오라는 주문을 받았다. 그는 "빨리, 빨리."라고 재촉했다.

그런 다음 사회자는 그곳에 둘러앉은 사람들을 훑어보더니 빈 맥주병을 집어 들고 조용히 하라고 맥주병 바닥으로 테이블을 두드렸다.

"모임에 귀빈이 들어오면 그가 자리에 앉을 때까지 대화가 중단되어야 한다는 말이 있지요. 방금 이 자리에 소개할 필요가 전혀 없는 중요 인사가 오셨습니다. 그렇지만 유럽인들이 말하는 의전을 따르는 게 마땅하리라 봅니다. 우리 고장의 훌륭한 아들이자《내셔널 가제트》의 편집자이신 분은 자리에서 일어나시기 바랍니다."

이켐이 두 번째로 큰 박수를 받으며 자리에서 일어났다.

"여러분은 어딜 가든지 이켐 오소디, 이켐 오소디라는 소리를 들으면서 그 사람 머리가 천장에라도 닿을 거라고 생각하실 겁니다. 하지만 그분이 얼마나 소박한지 보십시오. 심지어 나 같은 멍청이도 저분보다 키가 훨씬 더 크잖아요. 사냥꾼의 바구니 속에 언제나 우리가 잘 아는 동물이 들어 있지는 않다는 말이 있지요."

이 시점에 이켐이 끼어들어 이제 그의 실제 키가 알려졌으니 더 많은 사람들로부터 두들겨 맞을 걸 기대해야겠다고 말하자 더 크게 웃음이 터져 나왔다.

하지만 사회자는 먹고 마시며 쾌활한 웃음이 오가는 가운데에도 대단히 유명한 이 아바존의 아들이 그들의 월례 모임이나 다른 친목회에 참석하여 무지로 인해 저지르는 그들의 실수를 폭넓은 지식으로 지도해 주지 못한다는 게 무척이나 실망스럽다는 말을 표명했다. 이켐의 이런 결함을 진행자가 어찌나 길게 계속해서 가차 없이 떠들어 대는지 턱수염을 기른 연로한 원로가 마침내 자리에서 일어났으며 그 바람에 떠들던 사회자는 입을 다물 수밖에 없었다. 원로는 키가 크고 삐쩍 말랐으며 양어깨가 다소 구부정했다.

원로의 목소리에는 사회자가 드러내던 날카로움은 전혀 없었지만 힘 있는 그의 발언은 첫마디부터 모든 사람들을 사로잡았다. 제일 먼저 그는 바사에 거주하는 아바존 사람들이 고향에서 온 대표단을 따뜻하게 맞아 준 것에 대해 감사를 표명했다. 그리고 지금 이 자리에는 단지 몇 명만 참석했지만 대표단과 함께 대통령 궁까지 행진해 주어 바사 사람들에게 아바존을 지지하는 사람들이 있다는 사실을 보여 준 수백 명의 젊은이들에 대해서도 고마움을 표했다. 그런 다음 그는 방금 전 불평을 토로한 진행자의 발언으로 날카롭게 화제를 돌렸다.

"당신이 여기 앉아 있는 오소디에 대해 한 말을 잘 들었소.

이 젊은이의 행적이 사방 천지에 파다하게 알려져서 우리 마음에 자부심을 불어넣고 있습니다. 모임이나 결혼식, 그리고 명명식에 참석하는 것은 좋은 일이지요. 하지만 읍사무소의 홍보 요원이 불러 댈 때마다 빠지지 않고 참석하는 사람은 자기 밭에 옥수수를 심을 시간도 없을 거라는 현자들의 말씀도 우리는 잊지 말아야 합니다. 그래서 제가 여러분께 한마디 충고를 드리죠. 모임이나 결혼식, 그리고 명명식에 여러분은 계속해서 참석하세요. 그건 아주 좋은 일이니까요. 하지만 이 젊은이는 아바존과 캉안 전체를 위해 지금 하고 있는 일을 계속할 수 있도록 그냥 내버려 두세요. 아침에 우는 수탉은 어떤 한 집의 소유물이지만 그 목소리는 동네의 자산입니다. 여러분은 전 마을을 잠에서 깨우는 이 총명한 어린 수탉이 여러분의 고향 출신이라는 사실에 대해 자부심을 느껴야 합니다."

원로의 목소리에 얼마나 강력한 힘과 마력이 들어 있던지 불평을 토로했던 사회자조차 다른 사람들과 마찬가지로 이제는 동의한다는 듯 고개를 끄덕이기 시작했다.

"배 속을 채울 음식을 구하고자 그레이트 강을 건너 저 멀리까지 가야 하는 형제에게 엉덩이를 긁고 냄새 맡는 부랑자들과 함께 집에 죽치고 있으라고 말하면 안 되지요. 오늘 오후 이 청년이 우리를 찾아 우두머리가 사는 구역에 오기까지 난 그를 한 번도 만나 본 적이 없어요. 결단코 예전에 한 번도 본 적이 없답니다. 저 청년이 썼다는 글을 읽어 본 적도 없어요. 난 알파벳도 모르니까요. 하지만 저 청년이 이 땅의 가난한 사람들을 위해 싸운 모든 투쟁에 대한 이야기는 들었답니다. 난

저 청년이 오케케 아들이나 무그바포 딸의 명명식에 참석하기 위해 그런 싸움을 포기했다는 말은 듣고 싶지 않아요.

내가 질문 하나 할까요? 우리가 어디를 갔는데 한 명씩 각 사람의 직함을 부르며 개인적으로 인사를 나누기는 힘들 정도로 사람들이 대규모로 운집한 걸 보면 여러분은 그들을 향해 어떻게 인사하시나요? '각자에게 합당한 은혜가 있기를.' 하고 말하지 않습니까? 우리 선조들이 그런 간단한 말로 얼마나 현명한 관행을 만들어 냈는지 생각해 보신 적이 있나요? 각자에게 합당한 은혜가 있기를! 각 사람에게 각기 선택한 직함을! 손이 아프도록 사백 번씩이나 악수를 해야 하고 유사한 수의 찬사의 이름을 기억해야 하는 고통스러운 상황에서 우리를 구해 줄 그 몇 마디가 얼마나 대단한지 우리 모두가 잘 압니다. 하지만 거기서 끝나는 게 아니에요. 그것은 '모든 사람에게는 나름대로의 몫이 있다. 그의 영역에 들어가면서 그를 무시하면 안 된다…….'라는 말을 하고 있는 겁니다…….

또한 이렇게도 말할 수 있겠지요.(왜냐하면 진실은 여러 다른 옷을 입고 있으니까요.) ……모낼 때나 수확기에 태양이 떠오르기 한참 전에 말이죠, 그때는 꿀보다도 달콤한 잠이 우리를 사로잡잖아요. 그런데 고요하고 서늘한 들판에서 부시파울 새가 갑자기 오오이! 오오이! 오오이! 하고 소리를 지르는 바람에 농부는 깜짝 놀랄 겁니다. 자, 여러분께 묻겠어요. 농부는 무거운 눈을 부비며 단번에 자리에서 벌떡 일어나 들판에 나갈 준비를 할까요? 아니면 부시파울에게 입 다물어! 누가 너한테 시간을 알려 달래? 넌 한평생 살면서 단 한 번도 괭이로 카사바 이

랑을 일군 적도 없고 기장 씨를 심어 본 적도 없잖아 하고 악을 써 댈까요? 아닙니다! 만약 성공하고 싶은 농부라면 그는 부시파울에게 도전하지 않을 거요. 그러니까 부시파울이 소리를 지를 때 따지지 않고 자리에서 일어나 순종할 겁니다.

여러분은 이런 생각을 해 보셨소? 여러분께 말하고 싶은 건 전지전능하신 분께서 이 세상의 일들을 구분해 놓았다는 거요. 사람은 모두 자기 몫이 있지요! 부시파울이라는 새는 그가 할 일이 있고 농부는 자기 일이 있는 겁니다.

이 땅의 주인 되시는 분은 우리들 중 일부에게는 동료들에게 마침내 일어설 시간이 도래했다는 소식을 말해 주는 재능을 배분해 주셨어요. 또 다른 사람들은 그런 외침이 들릴 때 일어나고 싶다는 열망이 생겨서 들끓는 피로 자리에서 일어나 전투복을 차려입고 침투하는 적과 용감하게 싸우기 위해 마을의 경계 지역으로 달려갑니다. 그리고 기다리는 역할을 맡은 사람들도 있는데 그들은 전투가 끝나면 앞장서서 전쟁 이야기를 하는 겁니다.

전쟁할 때 북소리는 아주 중요해요. 치열한 전투 자체도 중요하고 나중에 이야기하는 것도 나름대로 중요합니다. 여러분께 드리고 싶은 말은 이것들 중 어느 것 하나도 없으면 안 된다는 거지요. 하지만 여러분이 그중 어느 것이 독수리 깃털을 얻겠는가 묻는다면 분명히 단언하건대 이야기입니다. 내 말을 알아들으셨소? 자, 젊었을 때에 똑같은 질문을 받았다면 난 지체 없이 전투라고 대답했을 거예요. 하지만 나이가 들면서 보니 오른손에 뭔가가 생기는가 싶으면 왼손에 있던 다른 게 없어지더군요. 폭포수같이 쏟아지던 노인의 오줌 줄기가 예전과 달리 한 발 떨어진 길가의 나무줄기조차 명중시키지 못하고 여자들처럼 자기 발아래로 떨어지기도 해요. 하지만 그 대신 그는 마음의 눈에 날개가 생겨 자기 집 주변의 낯익은 풍경 너머로 멀리까지 날아갈 수 있답니다…….

그러니까 무엇 때문에 이야기가 그의 친구들 중에서 최고라고 말하는 걸까요? 그건 우리 민족이 딸들에게 이따금 '기억이 최고'라는 뜻의 은코리카라는 이름을 지어 주는 것과 똑같은 이유일 겁니다. 어째서냐고? 오로지 이야기만이 전쟁과 용사를 능가하여 지속될 수 있기 때문이지요. 전쟁의 북소리와 용감한 투사들의 위업보다 더 오래 지속되는 게 이야기 아닙니까. 다른 게 아니라 이야기야말로 우리의 자손들이 눈먼 거지들처럼 뾰족한 선인장 담장에 부딪치는 걸 막아 줄 테니까요. 이야기는 우리의 호위병이지요. 그게 없으면 우리는 장님이에요. 장님에게 호위병이 있나요? 없지요. 우리 또한 이야기의 주인이 아닙니다. 그보다는 이야기가 우리의 주인이 되어 우리를 인도하는 거지요. 우리가 소 떼와 다른 건 바로 그것 때문이고, 한 민족을 다른 이웃 민족과 구별시켜 주는 건 바로 얼굴에 생긴 흉터 자국이니까요."

깊은 침묵이 흐르는 가운데 시멘트로 포장된 뜰을 조심스레 걸어 다니는 웨이터들의 발소리가 새롭게 귀에 들려왔다.

"그러니까 아내가 남편 앞에 차려 놓은 푸푸[37] 그릇이라도

37) 아프리카 가나에서 주식으로 먹는, 떡과 비슷한 음식.

되는 것처럼 이야기를 깔고 앉은 오만한 멍청이는 이 세상을 이해하기 어려워요. 이야기는 제일 먼저 그를 굴려 공으로 만들어 수프에 살짝 적셔서 삼킬 겁니다. 그는 뱅글뱅글 돌다가 활활 타오르는 불을 끄겠다고 방귀 뀌는 강아지와 같아요. 그게 가능한 일인가요? 아니죠, 이야기는 영원합니다……. 불처럼 타오르지 않을 때엔 재 밑에서 타고 있든지 아니면 부싯돌을 두는 데서 자거나 쉬고 있지요.

젊고 경험이 없을 때에는 우리 모두 이 땅의 이야기가 쉽고 우리들 중 누구라도 자리에서 일어나 이야기를 할 수 있다고 생각합니다. 하지만 그렇지 않아요. 사실 우리 모두에게는 마음속에서 부글부글 끓고 있는 이야기 조각들이 있지요. 하지만 우리가 하는 이야기는 멍청한 수목 관리인이 나무의 몸통으로 착각하고는 코담배라도 피울 요량으로 자리 잡고 앉은 거대한 보아 뱀의 가운데 부분과도 같아요……. 그래요, 무서운 눈과 활기찬 혀를 놀려 우리는 자그마한 이야기로 빠져듭니다. 그러다가 어느 날 아그우가 나타나 그걸 빼내려고 우리 입을 치면 뻔뻔한 우리 턱은 찌그러지고 이야기는 그가 선택한 사람에게로 넘어갑니다……. 아그우는 앞날을 내다보는 사람, 수맥 찾는 사람, 그리고 예술가를 골라 내기 위해 모임을 소집하지 않아요. 치유의 신 아그우는 광기의 형제이지요! 아그우와 광기는 같은 모태에서 태어났지만 똑같은 치[38]로 만들어진 건 아닙니다. 아그우는 인간이 동료들에게 내미는 오

38) 개인의 신.

른손이고 광기는 금지된 손이에요. 광기는 자기 사람에게 강력한 감정을 촉발시켜 황량한 사바나로 거칠게 몰아넣지요. 아그우도 자기 사람을 단단히 사로잡고 있지만 지역 사회를 위해 봉사하도록 인도합니다. 아그우는 자기 제자를 골라내어 눈을 중심으로 백묵으로 원을 그리고 원하든 원하지 않든 간에 그의 혓바닥을 예언의 술에 담급니다. 그러면 그 사람은 당장 말을 하게 되고 끊어진 우리 이야기의 몸통에다 머리와 꼬리를 다시 붙여 놓게 되지요. 이 기적의 사람 때문에 우리는 놀라겠죠. 그 친구는 어쩌면 우리 모두가 기대하던 용감한 전사도 아니고 심지어 전쟁 때 북을 치는 사람도 아닌 정말이지 별 볼 일 없는 친구일 수도 있으니까요. 하지만 그가 새로 찾아낸 발언을 통해 우리의 투쟁은 우리 앞에 환생하여 서 있을 겁니다. 그는 초가지붕 밑에 앉아 바깥 하늘에 걸려 있는 달을 볼 수 있는 거짓말쟁이지요. 의자에 꼼짝 않고 앉은 채로 머나먼 장터에서 생필품이 어떻게 팔려 나가는지 여러분에게 말해 줄 수 있답니다. 백묵으로 그린 눈은 자신은 한 번도 싸워 본 적 없는 전투에서 오고 가는 모든 타격을 보게 될 겁니다. 이야기에 완전히 사로잡힌 그는 이따금씩, 특히 사방을 둘러보고 그의 주장에 도전할 만한 동년배가 없으면 어린 시절 수두로 생긴 흉터 자국이나 부스럼을 총알 맞은 흉터로 바꾸기도 할 겁니다……. 그래요, 그날에 우리 사내들이 이로코 나무로 만든 무거운 절구 속 야자열매처럼 상대편 사내들을 두들겨 팬 바람에 생겨난 흉터들이죠!"

갑자기 커다란 웃음이 터져 나오며 긴장된 분위기가 깨졌다. 노인 자신도 장난스럽게 상냥한 미소를 지었다.

"아그우한테 홀린 사람들이 만들어 내는 거짓말은 아무한테도 해를 끼치지 않지요. 그것들은 새로 담근 야자주 술병 입구에 생기는 하얀 거품처럼 이야기 위로 떠다닙니다. 진짜 수액은 터져 나오기를 기다리며 안쪽에서 몸을 사리고 있지요…….

오늘밤 어째서 내 혓바닥이 우크와 씨앗이 든 사기 그릇을 불 위에 올려놓은 것처럼 따닥따닥 소리를 내는지 모르겠군요. 어째서 누군가의 도움을 받아 머리에서 아주 무거운 짐을 내려놓은 것 같을까요. (그러더니 그는 다시 한 번 목을 똑바로 펴고는 고개를 흔들어 아픔을 털어 낸다.) 그래요, 여러분, 난 지금 모든 임무를 완수하고 홍겨운 마음으로 집에 돌아가도 되는 사람처럼 기분이 가볍습니다. 하지만 여러분 중 어느 누구라도 세상으로 나가면서 자기가 해야 할 일, 그러니까 세상에 태어나기 전부터 창조주가 그를 위해 마련해 놓은 일로부터 밀려나고 있다는 생각은 하고 싶지 않군요……."

원로는 하던 말을 중단했다. 어찌나 고요한지 그가 이를 가는 소리까지 들릴 지경이었다. 이켐은 다른 사람들, 그러니까 뜰 여기저기에 놓인 테이블에서 맥주를 마시던 하모니 호텔의 단골손님들도 이 노인의 마법에 홀려 눈들이 모두 그에게로 향해 있는 걸 알 수 있었다.

"이 년 전 한 번도 본 적 없던 수많은 낯선 사람이 우리 마을을 들락날락거리며 우두머리가 영원히 통치할 수 있도록 투표해야 한다면서 우리에게 동의하라고 요청했지요. 그때 난 고향 사람들에게 말했소. '바사에 오소디라는 사람이 있는데,

만약에 그가 고향에 와서 우리에게 그렇게 답하라고 하면 우리는 동의하겠습니다. 오소디는 우리의 눈과 귀가 되어 그곳에 있기 때문이지요.' 난 또 말했소. '만약에 이 낯선 사람들이 우리에게 하는 말이 사실이라면 오소디는 직접 오거나 아니면 신문에 쓸 겁니다. 그러면 우리의 아들들이 그걸 읽고 그게 사실인지 알겠지요.' 하지만 그는 오지도 않았고 신문에도 그러한 글을 싣지 않았기에 우리는 그 말에 간계가 들어 있다는 걸 알았어요.

그 말에 속임수가 있다는 걸 알게 해 준 또 다른 일이 있었죠. 우리 마을을 들락날락하며 우리에게 동의하라고 강요하던 사람들이 어느 날 오더니 우두머리 자신은 영원히 통치하기를 원하지 않는데 그렇게 하도록 강요당하고 있다고 말하더군요. 누가 우두머리에게 강요합니까? 내가 물었지요. 국민들이라고 답하더군요. 국민이라면 우리를 뜻하나요? 하고 내가 물었더니 그들이 눈을 이쪽저쪽 굴리더군요. 그래서 난 마침내 그 문제에 간계가 들어갔다는 걸 알았습니다. 그래서 난 그들에게 감사를 표했고 그들은 떠나갔어요. 난 우리 고향 사람들을 불러놓고 이렇게 말했지요. '우두머리는 양식 있는 사람이라 영원히 지배하기를 원하지 않소. 심지어 남자가 여자와 결혼할 때에도 영원히 결혼하는 건 아닙니다. 언젠가 둘 중 한 명이 죽을 것이고 그러면 결혼 관계는 끝나지요. 그래서 우리 마을 사람들과 난 동의하지 않겠다고 답했습니다."

아바존 사람들이 앉아 있던 테이블뿐만 아니라 다른 테이블에서도 커다란 박수갈채가 터져 나왔다.

"하지만 그게 끝이 아니었어요. 눈을 이리저리 굴리는 사람들이 더 많이 오더니 '당신들이 동의하지 않는다는 말을 듣고 우두머리가 몹시 화가 나서 당신들이 사는 지역에서 지금 시추하고 있는 물구멍을 모두 다 메우라고 지시했습니다. 이제 여러분은 태양을 거스르는 게 어떤 건지 알게 될 거요. 어찌나 격심한 고통인지 여러분은 다음에 환생하면 그 문제가 분명하든 안 하든 간에 무조건 동의한다고 답해야 한다는 걸 다른 사람이 말해 줄 필요가 없을 겁니다.'라고 말하더군요."

"신은 동의하지 않을 겁니다." 수많은 목소리가 응답했다.

"그래서 우리는 동의한다고 직접 말하기 위해 바사에 온 겁니다. 어쩌면 물구멍 시추가 재개되고 우리 모두 태양의 분노로 인해 목숨을 잃지 않을 수도 있어요. 예전에는 몰랐지만 이제는 동의한다는 게 문제를 야기하지 않는다는 걸 압니다. 우리는 오늘날의 방식을 충분히 이해하는 건 아니지만 배워 가고 있지요. 우리 마을에 춤추는 가면이 종종 말했어요. '내가 영어를 알아듣지 못하는 건 사실이지만 저 사람 잡아라라는 말이 떨어지는 순간 누가 말해 주지 않아도 난 가능한 한 재빨리 도망갑니다.'라고요."

또 여기저기서 커다란 웃음소리가 터져 나왔고 몇몇 사람은 그 농담을 마음속으로 되뇌거나 옆에 있는 사람에게 다시 한 번 말하면서 곱씹고는 또다시 깔깔대고 웃었다.

"그러니까 우리는 새로운 걸 배우고 오래된 쓸모없는 방식은 고쳐 나갈 준비가 되어 있습니다. 만약에 아내와 결혼하기 위해 그레이트 강을 건너갈 거면 밤에 카누를 타고 여행할 위험을 무릅써야 해요……. 우리가 만나러 온 사람들이 물을 요구하는 우리의 외침에 귀를 기울일지 안 기울일지 모릅니다. 얼마 전에 우두머리 자신이 우리 마을을 방문하여 우리의 고통을 시찰할 계획을 세웠다는 말을 들었지요. 그러다가 이 년 전에 우리가 그에게 싫다고 말한 게 기억나서 오지 않기로 방침을 바꿨다는 말을 또다시 들은 겁니다. 그래서 우리는 '만약에 그가 오지 않겠다면 우리가 대신 그분이 사는 곳으로 가서 만나자.'라고 한 거죠. 거지가 왕을 방문하는 게 마땅하니까요. 부자가 아프면 거지가 그를 찾아가 유감이라고 말하겠지요. 그렇지만 거지가 아프면 그는 낫기를 기다렸다가 부자를 찾아가 그동안 아팠다고 말합니다. 약과 칼이 있는 부자를 찾아가는 게 가난한 사람이 할 일이지요."

"참으로 그게 세상 이치죠." 듣는 사람들이 대답했다.

"우리가 우두머리가 사는 곳으로 온 게 무슨 도움이 될지 안 될지는 알 수 없어요. 다른 나라에서 온 또 다른 우두머리와 회담 중이라 그분을 직접 만나지 못했거든요. 하지만 이제는 고향으로 돌아가 우리가 젖 먹던 힘까지 모두 동원하여 그들을 위해 투쟁했다고 말할 수 있답니다……. 옛날에 오랜 기간 거북이를 잡으려고 노력하던 표범이 마침내 한적한 길에서 거북이와 우연히 마주쳤지요. 표범이 아하, 마침내 외나무다리에서 만났군! 이제 죽을 각오나 하시지 하고 말했어요. 그러자 거북이가 날 죽이기 전에 한 가지 청을 들어주실래요? 하고 애원했답니다. 표범은 부탁을 들어줘도 될 것 같아 그러라고 했지요. 마음을 가다듬게 몇 분만 기다려 주세요 하고 거북이가 말했어요. 표범은 또다시 별문제 아니라고 생각하고는 허락했어요. 하지만 표범이 예상했던 것과는 달리 거북이는 길에 가만히 서 있는 대신 이상한 행동을 하기 시작하는데 글쎄 미친 듯이 두 손 두 발로 땅을 긁어 대며 모래를 사방으로 뿌려 댔답니다. 어째서 그런 짓을 하는 거지? 당황한 표범이 물었죠. 거북이는 내가 죽은 후라도 여길 지나가는 누군가가 '그래, 어떤 친구가 여기서 상대편과 격렬한 투쟁을 벌였구나.'라고 말해 주기를 바라서요 하고 답했답니다.

나의 친구들이여, 우리는 지금 바로 그런 행동을 하고 있는 겁니다. 투쟁 말이에요. 어쩌면 부질없는 짓일지도 모릅니다. 하지만 우리의 다음 세대가 맞아, 비록 우리 선조들은 패했지만 노력은 했어 하고 말할 수 있겠지요."

이켐이 하모니 호텔이라는 네온사인이 환히 빛나는 철로 만든 커다란 아치 모양 입구를 지나 바깥에 세워 둔 자동차로 와 보니 너무나도 분명하게 차가 나가는 걸 막으려는 의도로 커다란 경찰 오토바이가 세워져 있었다. 이켐이 깜짝 놀라 주위를 둘러보자 어둠 속에서 순경 한 명이 나타나면서 그에게 물었다.

"당신이 이 차 주인이쇼?"

"네, 무슨 문제라도 있습니까?"

"왜 주차등을 안 켰죠?"

주차등이라. 그건 처음 들어 보는 말이었다. 지금까지 바사에서 살면서 주차등에 대한 질문을 받은 적이 한 번도 없었다.

하지만 신경 쓸 게 뭐람.

"글쎄요, 그럴 필요성을 못 느꼈는데요. 주변이 이렇게 환하니까요."

이켐은 손으로 하모니 호텔 외벽에서 환하게 빛을 발하는 수많은 형광등을 가리켰다.

"그러니까 누군가의 담벼락에 전깃불이 있으면 당신은 주차등을 켜 놓지 않는다 이 말이오? 그건 교통법 어떤 항목이죠?"

"그건 상식적인 문제 아닐까요."

"상식이라! 그러니까 나로 말할 것 같으면 상식이 없다 이거군. 당신이 그렇게 말했소. 좋아요, 상식 따지는 양반아, 당신 서류 좀 봅시다."

시비가 붙는 걸 구경하려고 몇 사람이 호텔 부지에서 나왔고 길 가던 사람들도 몇 명 합세했다. 아직 그곳에 남아 있던 아바존 사람들 역시 곧바로 나왔는데 사회를 보던 사람이 앞으로 나서서《내셔널 가제트》편집장을 모르냐고 순경에게 물었다.

"난 그런 사람 모르오! 내가 내 일 하는데 어느 편집장 나부랭이가 감히 날 욕한단 말이오? 자기 사무실에서나 편집장이지 길에서도 편집장인가?"

"저분은 당신에게 욕 안 했어요. 내가 여기 쭉 있었는데." 한 구경꾼이 말했다.

"그 냄새 나는 입 다무쇼, 변호사 양반. 당신 나하고 파출소로 가서 직접 설명하고 싶소? 저 사람이 나한테 상식이 없다고 말한 것 못 들었소? 당신 나라에선 그게 욕이 아닌가 보군? 이봐요, 당신 서류 좀 봅시다. 법을 만드는 사람도 당신들이고 그걸 위반하는 사람도 당신들이란 말이요."

한마디도 더 하지 않고 이켐은 서류를 꺼내어 순경에게 넘겨주었다.

"보험증은?"

"당신이 지금 보고 있잖습니까."

순경은 수첩을 펼치더니 자동차 보닛 위에 그걸 올려놓고 이따금씩 이켐의 서류를 들여다보며 뭔가를 적기 시작했다. 자동차를 둘러싸고 점점 더 많은 구경꾼이 둥그렇게 말없이 서 있었고, 주인공인 순경은 거드름을 피우면서 읽고 쓰는 능력이 모자란지라 고통스러운 듯 느릿느릿 누군가의 운명을 기록하는 역할을 수행하고 있었다……. 시간이 한참 흐른 후 그는 마침내 종이 한 장을 떼어 내어 사형 선고서인 양 이켐에게 건네주었다.

"월요일 아침 정각 8시에 교통 관리소로 나오시오. 만약 오지 않거나 늦게 나타나면 법원으로 출두해야 될 거요. 이상 끝."

"내 서류를 돌려주시죠?"

경찰은 이 똑똑하고도 멍청한 사람을 향해 관대한 웃음을 보냈다.

"내가 방금 당신에게 건네준 그 종이쪽지가 월요일까지 당신을 지켜줄 거요. 만약에 다른 순경이 서류를 보여 달라면 그 종이쪽지를 보여 주고 월요일에 올 때 그걸 갖고 오시오."

그는 이켐의 서류를 접어 자기 수첩과 함께 가슴팍 호주머니에 집어넣더니 판사의 법봉이라도 휘두르듯 야단스럽게 덮개 단추를 채웠다.

사회자가 화가 나서 다시 한 번 항의하려 들었지만 이켐이 꼭 다문 입술에다 손가락을 가져다 대었다가 법 집행관의 권총집이라도 암시하는 것처럼 그 손가락을 잽싸게 휘두르며 그를 향해 가만히 있으라는 신호를 보냈다.

"임무 수행하는 사람을 자극하지 마세요. 경찰한테는 소위 말하는 오발이라는 게 있으니까요."

"여보쇼, 당신을 죽이는 건 내가 아닐 거요."

이런 반박을 그는 이켐한테 대놓고 했다. 얼굴에 조롱과 증오가 뒤섞인 이상한 표정을 담고서 순경은 묵직한 오토바이에 올라타더니 부르릉거리며 사라졌다. 사회자가 이켐에게 물었다.

"오토바이 번호 보셨어요?"

"그건 꿈에도 생각 못 했네요. 여하튼 상관없어요."

"여기 있습니다."

그러면서 그는 이켐에게 볼펜으로 번호를 적어 놓은 왼쪽 손바닥을 내밀었고 이켐은 그것을 소환장 뒤쪽에 적었다.

월요일 아침 교통 관리소. 이켐은 거의 하지 않던 짓, 그러니까 약간의 영향력을 행사해야겠다고 마음먹었다. 주차 요원과 주먹다짐을 하느니 차라리 그 시간을 좀 더 유익하게 활용할 일들이 있었다. 그래서 그는 사무실에서 교통 국장에게 전화를 걸어 9시 30분에 만나자고 했다.

내근 경사 방에서 이켐을 기다리던 수석 경위가 그를 곧바로 교통 국장 사무실로 인도했다.

"선생님을 이렇게 직접 뵙는 건 이번이 처음입니다." 교통 국장이 육중한 나무 책상 뒤에서 벌떡 일어나며 말했다. 그는 "만나 뵙게 되어 매우 기쁩니다, 선생님……. 이처럼 덩치가 아주 크실 거라고 생각했는데요." 라고 말하며 그는 옆으로 위로 손짓해 보였다.

"아니, 난 아주 작아요. 사실 누구라도 맘만 먹으면 날 아주 쉽게 때려눕힐 수 있을 겁니다."

"아, 아닙니다. 펜이 칼보다 더 강하지 않습니까. 선생님은 날카로운 펜으로 쓰신 한 문장만 가지고도 누구든지 무너뜨릴 수 있습니다. 하하하하하. 전 선생님의 펜을 존경하지요……. 그런데 여기는 웬일이십니까? 선생님은 무척 바쁘신 분이라고 알고 있는데 시간을 낭비하시면 안 되지요."

이켐은 자신의 이야기를 털어놓으면서 상대방의 얼굴에 안도감 같은 게 퍼져 나가는 걸 본 것 같았다.

"그게 전부입니까? 그것 때문이라면 굳이 여기까지 그 먼 길을 오지 않으셔도 되었을 텐데요. 저한테 전화로 말씀하시지 그러셨어요. 그러면 그 멍청한 친구에게 선생님 서류를 직접 들고 갖다드린 다음 되돌아오기 전에 선생님의 자동차를 말끔히 세차해 놓고 오라고 지시했을 텐데요. 요즘 사람들은 전혀 상식이 없습니다."

"글쎄요, 그 친구는 단지 자기 임무를 수행하고 있었던 거겠죠."

"그런 게 무슨 터무니없는 임무인가요? 중요한 분을 방해하는 그런 짓이나 하고 돌아다니는데."

국장이 활짝 편 손바닥으로 어찌나 격렬하게 버저를 눌렀던지 바깥 사무실에서 날쌔게 뛰어 들어온 당직 경사는 매우 당황한 듯 모자를 똑바로 쓰고 느슨했던 벨트를 잡아당기면서 동시에 경례를 시도했다.

"어서 가서 지체 없이 토요일 밤에 도로 현장 근무했던 사람들을 모두 불러들여."

"죄송합니다. 금요일 밤입니다." 이켐이 말했다.

"죄송합니다. 금요일 근무자! 여기로 당장 집합시켜. 담당 구역 순찰 중인 자들만 제외하고…… 다시 한 번 오소디 씨, 이런 곤란한 상황을 일으킨 데 대해 사과드립니다."

"아니, 괜찮습니다, 국장님." 이켐은 그 순경의 잘못을 경감시켜 줄 말을 한마디 더 할까도 생각했지만 무척이나 형편없던 그의 태도가 떠올라 입을 다물었다.

그 시점에 순경 여덟 명이 불안한 얼굴로 걸어 들어왔다. 이켐은 단번에 그 친구를 찾아냈지만 심지어 그와 눈을 마주치는 것조차 우정의 표시일 수 있다고 생각했다. 그들은 경례를 하더니 꼼짝하지 않고 서 있었다. 그들의 걱정스러운 눈만이 나름대로의 생명체인 것처럼 이리저리 돌아가고 있었다.

이번에는 국장이 한마디도 하지 않고 그들을 빤히 쳐다보았다. 그의 규칙대로라면 이 단계에서는 그들 모두가 죄인이었다.

"자네들은 이 신사분을 아는가?"

그들 모두가 고개를 가로저었다.

"자네들이 어떻게 알겠어? 멍청한 무식쟁이들. 누가 금요일 밤에 이분을 검문했지? …… 오소디 씨, 그 일이 어디서 발생했다고 했지요?"

"노스웨스트 거리에 있는 하모니 호텔 바깥에서요."

이 말이 나오자 놀라선지 아니면 충격 때문인지 아주 짧은 순간 침묵이 흐르더니 다행스럽게도 그 순경이 스스로 앞으로 나섰다.

"접니다, 국장님."

"자네였어! 자네 이 신사분이 누구신지 모르나? 어떻게 알겠어? 신문도 전혀 읽지 않는데. 자네 중학교는 나왔어?"

"예, 국장님."

"거짓말! 학비 안 내는 초등학교나 나왔겠지. 이 분은《내셔널 가제트》지의 편집장이신 오소디 씨다. 자네만 빼고 이 나라 국민이라면 누구든 이분을 알지. 그러니까 자넨 멍청이 같이 허튼 수작이나 하면서 이토록 훌륭한 분한테 딱지 떼는 짓이나 한 거지. 내일이라도 이분이 펜을 집어 들고 경찰을 호되게 비난하면 너희들 모두 엄마 잃은 원숭이처럼 투덜대기나 하겠지……. 어서 가서 이분 서류를 당장 가져와, 바보 멍청이 같으니."

그 불쌍한 친구는 방에서 후다닥 뛰어나갔다.

"자, 모두들 잘 들어. 자네들 여기 계신 이분을 잘 보고 이분의 얼굴을 잘 기억해 두기 바란다. 만약에 자네들 중 어느 누구라도 나중에 밖에 나가 이 분의 자동차 근처에서 얼쩡거리기라도 하면 내가 그냥 놔두지 않을 테니까. 알겠나?"

"예, 국장님."

"엉터리 같은 것들. 이런 식으로 저분이 국장한테 연락하도록 만든다고 생각하나 보군. 내일은 도로로 나가 대통령 각하가 위반했다고 잡아들이시지. 그리고 누가 물어보기라도 하면 이전에 그분을 본 적이 없다고 말하지들그래. 말썽만 피우는 놈들. 해산!"

이켐은 도시 반대쪽 끝에 있는 경찰청 교통 관리소를 들르느라 매일 열리는 편집 회의에 두 시간 늦게 참석해야 했다. 이켐은 사과하는 과정에서 자연스럽게 최근 벌어진 경찰과의 충돌을 상세히 설명했고, 그 이야기는 판에 박힌 회의 진행 과정에 상당한 즐거움을 보태 주었다. 그 이야기를 들으면서 유일하게 즐겁다는 표정을 전혀 나타내지 않은 사람은 이켐 바로 밑에 있는 편집 차장이었다. 그는 성실하고 아첨을 잘하는 친구였는데, 놀랍게도 지난 몇 달 동안 갑작스레 냉담한 태도를 취하면서 이켐이 하는 말마다 드러내 놓고 반대 입장을 취하는 경향을 보였다.

위세 당당한 속기사가 조금 전 이켐에게 메시지를 두 개 전해 주었는데, 하나는 매드 메디코인 존 켄트가 전화해 달라는 것이었고 다른 하나는 엘레와가 다시 전화하겠다는 것이었다.

MM은 첫 번째 벨소리에 수화기를 집어 들더니 곧바로 용건을 말했다. 그날 오후에 자기 집에 잠깐 들러서 술 한잔 가볍게 하며 영국에서 온 시인이자 편집자인 자신의 친구를 이켐이 만나 줄 수 있는지 궁금해 했다. 이켐은 대환영이라고 말했다.

“물론 가야죠! 본 지도 한참 된 것 같군요. 요즘엔 어떻게 지내십니까? 그리고 살아 있는 시인이자 편집자를 만날 수 있다니 정말 행운이로군요. 내 여자 친구와 함께 가도 될까요?”

“물론. 그런데 어느 여자였지? 아니 됐소. 당신이 좋아하는 사람인데 누구면 어떤가……. 5시 정도요. 그럼 이따 봅시다. 이만 끊겠소!”

이켐은 MM의 일 처리가 얼마나 간단하고 사무적인지 놀라웠다. 일단 병원 관리자로 출근하여 그 업무를 수행할 때면 그의 광기는 아무리 눈을 씻고 보아도 흔적 하나 없었다. 단 한 차례 거의 치명적으로 악화되었던 상황, 그러니까 이켐이 한 유명한 사설에서 ‘기이한 낙서 사건’이라고 이름 붙인 경우를 제외하고 말이다.

10

성급한 아들

아프리카여 내게 말해 주소서 아프리카여
이게 당신입니까 구부러진 이 등이
굴욕의 무게로 부서진 이 등
붉은 흉터 가득한 이 등 부들부들 떨리네
한낮의 태양 아래서 채찍에 맞아 '네'라고 답하네
하지만 한 엄숙한 음성이 내게 답하네
성급한 아들아, 저기에 어리고 단단한 저 나무
창백하게 시든 꽃들로 에워싸여 찬란한 고독을 누리는
저기 저 나무
저게 아프리카다 너의 아프리카
끈기 있게 완강하게 또다시 자라나고
그 열매에 쓰디쓴 자유의 맛이

점차 배어드네.

— 데이비드 디오프[39], 「아프리카」(1956)

그들이 MM의 집에 가려고 아파트를 막 나서려던 참에 초인종이 울렸고 층계참에 낯선 사람 두 명이 입이 귀에 걸리도록 싱글벙글 웃으며 서 있었다. 이켐은 당연히 불안한 마음으로 출입구에 꼼짝 않고 서 있었는데 저토록 활짝 웃는 걸 보니 한숨 돌려도 좋을 것 같았다.

"어쩐 일이시죠?"

"선생님께 인사드리러 왔습니다."

"저한테요? 실례지만 누구시죠? 기억이 잘 안 나는데."

"저희는 택시 기사입니다."

"그러시군요."

이제 엘레와도 문 앞으로 나와 이켐 곁에 섰다. 이토록 차갑게 대하는데도 방문객들은 여전히 씩씩하게 웃고 있었다. 엘레와가 눈앞에 나타난 순간 방문객 중 한 명이 말했다.

"아, 마담, 여기 계셨군요."

"아, 당신은 그날 밤 절 여기서부터 우리 집까지 데려다 준 분 아닌가요?"

"접니다, 마담. 절 기억하시는군요. 참 기쁘네요. 마담이 절 기억하리라고는 생각지도 못했는데요."

"그런데 어쩐 일로 여기에 또 오셨어요? 혹시 제가 돈을 잘

---

39) 1927~1960. 세네갈 출신의 시인.

못 냈나요? 아니면 돈이 가짜였나요?"

"아니요, 마담. 우린 그저 이분께 인사드리러 왔습니다."

이 지경에 이르자 무장 강도가 득시글거리게 되면서 그동안 바사에서 완전히 사라져 버린 통상적인 관례를 더 이상 무시할 수가 없었다. 이켐과 엘레와는 다시 방으로 들어왔고 방문객들도 그 뒤를 따라 들어왔다.

"아, 마담, 마담을 여기서 보게 되리라고는 전혀 생각지 못했어요."

"어째서 절 여기서 보지 못하나요? 이분이 당신 누이의 남편이라도 되나요?"

"아니요, 마담. 그런 뜻이 아닙니다."

"염려 놓으세요. 농담한 거니까요. 여러분, 편히 앉으세요. 방금 나가려던 참이었지만 잠깐은 앉으셔도 돼요."

이때쯤 이켐도 두 방문객 중 한 명이 누군지, 그러니까 대략 일주일 전 어느 날 저녁 늦은 시간에 엘레와를 집까지 태워다 준 택시 기사라는 걸 알게 되었다. 하지만 어째서 그가 이 시간에 탑승권을 쟁취한 캉안 항공 승객처럼 환하게 미소 지으며 또 한 사람을 데리고 다시 나타나야 하는지는 여전히 미스터리였다. 엘레와는 그걸 다소 다른 식으로 표현했다.

"당신이 복권에라도 당첨된 사람처럼 싱글벙글 웃는 걸 보고는 '이 사람을 어디서 보았더라?' 했어요. 그러다가 머릿속에서 번쩍하고 기억이 나더군요……. 그런데 같이 오신 분은 누구시죠?"

"이 친구도 저처럼 택시를 몰고 있고 택시 기사 조합 중앙

위원회에 소속되어 있어요."

"반가워요."

"감사합니다, 마담. 감사합니다, 선생님."

"그날 이 친구가 선생님이 《가제트》의 편집인이라는 걸 저한테 알려 준걸요. 훌륭하십니다! 전 그걸 몰랐거든요."

"어떻게 아셨어요? 신문을 읽으시나요?"

"아, 마담, 조금씩 읽으려고 노력합니다. 선생님이 쓰시는 글은 정말 대단하거든요. 저희는 선생님을 아주 좋아해요."

"당신이 읽은 것 하나만 말해 주세요."

"아, 어떤 걸 말하죠. 선생님이 쓰신 게 얼마나 많은데. 하지만 쓰시는 글마다 우리같이 별 볼 일 없는 사람들을 위한 거잖아요. 전 아는 건 별로 없지만 이분이 자기 자신이 아니라 저희를 위해 싸운다는 건 압니다. 대단하신 분이에요. 이분을 욕할 수 있는 사람은 정말이지 한 명도 없어요. 그러니까 저희 같은 사람은 깨끗이 잊고 멋있는 집에 좋은 음식에 시원한 맥주에 에어컨에 다 누리고 사실 수 있을 텐데 그런 걸 좋아하지 않으시잖아요. 그래서 인사드리러 온 겁니다."

"대단히 감사합니다." 이켐이 깊이 감동하여 말했다. "뭐라도 마실 걸 드릴까요?"

"괜찮습니다, 선생님." 그들이 말했다. 이켐이 나가려던 참이란 걸 그들은 알았으므로 너무 오랫동안 지체하면 안 되었다. 그제야 비로소 그들이 방문한 진짜 이유가 나왔다. 일주일 전 이 운전기사는 단순히 그날 밤 엘레와를 여기서 집까지 태워다 준 것만이 아니었다. 이상한 우연이지만 그는 바로 끔찍히 정체된 도로에서 조그만 도로 공간을 놓고 이켐과 기괴한 경합을 한 그 기사였다. 그런데 이제 와서 그 택시 기사가 사과를 하겠다고 친구 한 명을 데리고 나타난 것이다!

"이런 세상에. 저한테 사과할 필요 없습니다. 절대로요. 기사님, 오히려 제가 당신한테 사과해야지요."

이켐이 악수를 하려고 그에게로 다가가자 그는 존경의 표시로 한 손이 아니라 양손을 내밀었다. 노동조합원도 똑같이 했다.

여하튼 이켐은 어색하면서도 또 이상하게도 신이 났다. 교육받은 자로서 완전히 우스꽝스러운 택시 기사와의 싸움에 그토록 쉽사리 휘말렸다는 걸 생각하니 마음이 아주 불편했다. 그래도 신이 났던 건 아마도 증오를 느낄 이유가 충분한 이 두 사람이 증오 대신 따스한 마음으로 찾아와 아주 드물게 신분과 계급을 가로질러 이런 인간적인 교류를 나누게 되었기 때문이다. 이들은 독선에 빠지지 않고 자기보다 더 나은 사람들이 그토록 자주 설교하면서도 거의 실천하지 못하는 걸 마음에서 우러나서 실행으로 옮겼던 것이다.

말할 필요도 없이 혼잡한 도로에서 이켐 뒤에 있던 택시의 뒤 차에 있던 사람이 바로 이 노동조합원이었고 이켐이 대통령 궁으로 꺾어 들 때 바로 그 조합원이 이켐을 알아보고는 재빨리 택시 기사에게 말해 주었던 것이다. 그래서 이 두 사람은 바로 사과 방문을 하자고 약속했다. 하지만 이켐의 주소를 알아내기까지 시간이 걸렸고, 찾아와 보니 그들 중 한 사람이 아주 최근에 왔던 곳이었다. 이 모든 게 신의 조화지요.

택시 기사는 이런 일련의 우연의 일치를 이렇게 요약해서 말했다.

여태까지 친구의 보조 역할만 하고 있던 노동조합원이 이제야 나서서 말했다.

"마담께서 제 친구한테《가제트》에서 읽은 것 하나를 말해 보라고 했던 질문에 제가 답하고 싶은데요. 저로서는 백 가지라도 말할 수 있지만 시간이 없으니 모든 택시 기사가 아주 잘 아는 것 한 가지만 말하겠습니다. 예전에는 도살장 길을 가기 위해 중앙 택시 공원에 들어서면 냄새가 장난이 아니었어요. 우리 할아버지가 태어난 시절부터 죽음을 앞둔 소들이 거기다 마지막 똥을 쌌거든요. 그런데 여기 이분이 펜을 꺼내어 아주 오랜 기간 쓰고 쓰고 또 쓰시니까 잠을 자던 시의회가 깨어나 불도저를 가져다가 쓰레기를 몽땅 치우고 그 장소를 아주 깨끗하게 만들었어요. 그래서 택시를 거기에 주차해 놓더라도 예전처럼 배도 아파 오지 않고 헝겊으로 코를 막을 필요도 없게 되었답니다. 이제는 심지어 그곳이 어찌나 깨끗해졌는지 콩 케이크를 먹다가 길에 떨어뜨리면 그걸 다시 집어서 입에 집어넣을 정도랍니다. 여기 말없이 앉아 계신 이분이 그 일을 하셨어요. 그래서 전 그런 분께 인사를 드리러 친구를 따라온 거지요. 마담, 부탁드립니다. 선생님께 아주 잘해 드리세요. 이 나라를 위해 아주 중요한 분이니까요."

"그 점에 대해선 걱정하지 말게." 그의 친구가 말했다. "마담이 아주 잘 돌봐 주시니까. 그날 제가 부인을 여기서 태우고 가던 날엔 두 분 사이에 약간의 말다툼이 있었던 것 같긴 하지만…….”

“잠깐만요. 우리 사이에 말다툼이 있었다고 누가 당신한테 말해 줬나요?”

“마담, 남자와 여자가 다퉜는지는 누가 말해 줄 필요가 없지요. 여자의 눈이 앰뷸런스처럼 번득이기 시작하면 단번에 안단 말입니다. 하지만 그날 선생님이 제 눈에 불빛을 비춰서 제가 당황해 하니까 불만이 가득하던 바로 그 부인께서 선생님은 말은 날카롭게 하지만 매우 친절한 분이니까 걱정하지 말라고 하더군요. 밤에 차를 타고 가면서 마담이 저한테 그렇게 말하셨잖아요?”

엘레와는 고개를 끄덕였다.

“그런데 어째서 마담은 저에게 그분이 《가제트》의 편집자라는 걸 말해 주지 않았죠?”

“왜 그런 말을 당신한테 해요? 그리고 만약에 제가 말했다면 당신이 저 사람과 어쩌실 건데요? 문맹자들이 나라를 위해 신문을 읽나요?”

“훌륭하십니다! 하지만 마담이 말해 주지 않아서 제가 또 다시 커다란 실수를 저질렀잖아요. 만약에 내 앞에서 그토록 천천히 가는 사람이 그토록 훌륭한 분인 걸 알았다면 제가 그 분한테 그런 말썽을 부렸겠어요? 제가 미쳤나요? 하지만 제가 그토록 혼란스러웠던 건 저분이 그런 낡은 자동차를 몰고 나오셨기 때문이에요. 그런 건 생전 처음 본다니까요! 첫째, 너무나 낡은 자동차였고 둘째로는 거기다 자동차를 손수 모셨어요. 훌륭하세요! 그러니까 제 앞에 가는 분이 그토록 훌륭한 인물인지 어떻게 알 수 있었겠어요? 전 그저 직접 자동차를 몰고 가는 걸 보고는 운전 기사를 고용할 형편도 안 되고 다른 사람들의 길이나 가로막는 그런 마구잡이 운전자라고 생각했죠. 신께 맹세하건대 정말로 그렇게 생각했어요."

"괜찮습니다." 이켐이 말했다. "저희와 친구가 되기 위해 이렇게 집까지 찾아오셨으니 도로에서 있었던 소동이 그렇게 나쁜 것만은 아니었네요."

"그 말이 맞습니다, 선생님. 훌륭하십니다!"

그날 오후 매드 메디코의 집으로 자동차를 몰고 가면서 이켐은 친구와 함께 나타난 택시 기사의 방문이 보여 준 한 특정 측면을 여러 차례 되풀이해서 곰곰이 생각해 보았다. 이켐처럼 존경받는 '인물'을 알아보지 못한 걸 설명하는 일이 어째서 그 사람한테 그토록 중요하게 여겨졌을까. 그런데 그 기사는 이런 실수에 대한 책임을 어쩌면 그토록 교묘하게 바로 그 똑같은 존경의 대상에게 돌린단 말인가. 메르세데스 대신 낡은 닷슨 자동차를 몰았고 운전 기사가 모는 자동차의 뒷자리 상석에 앉는 대신 자기 손으로 직접 자동차를 몰았기 때문이라고 말이다. 그러니까 그 두 사람은 이켐에게 지나칠 정도로 완벽하게 그 모든 진심 어린 찬사를 보내면서 그와 동시에 아주 용케도 두세 차례 심각한 타격을 기습적으로 가했다.

이켐은 전속 운전사 같은 부차적인 장식물 없이 단순하게 살아가겠다는 개인적인 선택으로 인해 품위를 갖춘 모범 시민이 아니라 거리를 방황하는 수천 수만 명의 실직한 운전기사들의 생계를 거부하는 인색한 자린고비로 낙인찍힐 수 있다는 역설의 근본을 충분히 이해할 수 있었다. 이런 역설은 거기에 함축된 의미들이 어찌나 왜곡되었는지 그런 생각이 자라나서 만연하게 되는 그런 기괴한 세상의 완전한 해체를 요구하는 게 정당화될 정도이다.

하지만 심지어 그런 세상이더라도 탄압받는 운전기사들이 안타깝게도 자신들처럼 낡고 털털거리는 자동차가 아니라 자신들과는 달리 메르세데스 자동차를 멋지게 몰고 가고 한걸음 더 나아가 그들처럼 짓밟힌 사람을 전속기사로 고용하는 지도자를 선호할 수 있는 것인지, 어떻게 그런 현상을 설명한단 말인가? 어쩌면 뿌리까지 바꾸고자 하는 철저한 공격이 그런 병적인 관용 역시 치료해 줄 것이다. 그러니까 모래 벼룩이 득시글거리는 발가락으로 어기적대며 걸어가는 피압박자가 메르세데스 벤츠 자동차를 몰고, 전용 비행기로 하늘을 날며 호화 요트를 타고 순항하는 압제자에 대해 갖고 있는 존경에 가까운 관용 말이다. 탄압이 아주 멋지게 실행되어야 한다는 피압박자들의 주장! 그런 것이 어떤 어중간한 조처로 치유되리라고 희망할 수 있겠는가? 아니다, 그건 넘쳐나도록 짓눌러대는 완전한 조처여야 했다! 뿌리가 캐내지고 가지가 잘려 나간 프롤레타리아 독재 국가에서 천만뜻밖에도 격조 있는 시골 저택이나 고급 상점이나 혁명적인 엘리트 계층에 대한 인간 본래의 관용이 지속되는 것 같은 그런 경우는 있지만 말이다. 그러므로 이 모든 것에 있어서 문제가 되는 것은 결국 시스템이 아니라 인간의 근본적인 약점이다! 그리고 그런 약점이 완화되려면 오로지 전반적으로 정치 경험이 널리 확산되어야 하고 아프리카에서 그토록 극적으로 수많은 독립 민족 국가들이 발생한 그 경이로운 해에 이르기 직전에 데이비드 디오프가 원시적인 사막 가장자리에 심은 어린 나무와도 같이 느린 성장과 완강한 인내가 필요할 것이다.

이켐이 마침내 그 점에 대한 엘레와의 생각을 알고 싶은 속마음을 드러내자 그녀의 반응은 예리하고도 단호하게 인간 본성과 택시 기사들의 편이었다.

"지금까지 당신한테 이런 말을 한 적이 한 번도 없었지만, 당신이 타고 다니는 이런 자동차는 망신거리죠. 오늘은 배터리가 나가고 내일은 타이어가 터지고 말이에요. 그래요, 더 나은 자동차를 사겠다고 돈을 벌 생각은 없다고 쳐요. 하지만 어째서 당신은 다른 사람들처럼 사무실에서 제공하는 좋은 푸조 자동차를 받지 않는 거죠? 게다가 운전수를 고용해 당신 대신 운전하라고 하면 좋잖아요. 당신이 하는 일은 다른 사람들과 달라요? 똑같이 정부 일 하는 거 아네요? 난 도저히 이해가 안 가요."

11

택시 기사들의 방문을 받은 후 이켐의 들뜬 마음은 오후 내내 그리고 밤이 깊도록 사라질 줄 몰랐다. 그날 밤 엘레와는 불꽃처럼 타오르는 이런 신기한 활기에 전염되었는지 그녀 자신이 생각해도 이상할 정도로 이켐을 향해 새로운 애정의 저장고를 활짝 열어 보였다. 그녀를 자동차로 집까지 데려다 주고 돌아온 이켐은 진한 블랙커피 한 잔을 내렸다. 동요되어 민감해진 마음의 영역으로 인해 생겨나는 육체적 나른함을 막아 내면서 느긋하게 앉아 생각에 잠겨 보고 싶었기 때문이었다. 그런 상황 속으로 수많은 생각이 강력하고도 심지어는 과장된 영상으로 밀려들었다.

이켐은 자신이 험난한 탐험 여행에서 방금 일단의 장애물을 통과한 것 같았다. 비록 그가 추구하는 최종 목적지는 아직도 더 많은 모험과 위험 너머에 숨어 있긴 해도 방금 해결된

수수께끼들을 볼 때 결과적으로는 필연적인 성공을 거둘 것 같은 확신이 들었는데, 그런 확신에는 어쩌면 논리보다 직관이 더 많은 작용을 하고 있을 것이다.

아마도 운전 기사들의 방문은 이런 스릴과 기대의 원인이라기보다는 단지 계기였을 것이다. 이 일은 지난 금요일에 있었던 사건들을 기점으로 해서 그 후 여러 연관된 사건들의 정점 같았다. 아니면 그건 단지 잠재의식 속으로 깊숙이 들어가 건기에 땅속에서 잠자고 있는 씨앗처럼 식물 재배의 재능을 갖춘 마법사인 첫 번째 단비를 기다리는 어떤 의식을 유발시켰는지도 몰랐다.

여하튼 이켐은 항상 흙이나 흙과 더불어 살아가는 사람들과 자신의 본질을 연결시킬 필연성을 막연하긴 했지만 꾸준히 느꼈으며, 아주 분명하게 말하진 않았어도 언제나 그렇게 하고 싶은 열망이 간절했다. 이켐에게 있어 이 사안은 해야 할지 말아야 할지가 아니라 그걸 어떻게 성실하게 해낼 것인가의 문제였다.

어떤 시점에 이켐은 아주 순진하게도 소위 말하는 공무가 그에게 필요한 기회를 제공해 줄지도 모른다고 추정했던 적이 있었다. 허나 이런 공적 업무에 직접 참여해 보니 그에게 돌아온 것은 환멸뿐이었고 궁극적으로 그런 업무에 적용되는 '공공'이라는 용어 자체가 부적합하다는 것을 깨닫게 되었다. 그런 일들은 사실 비현실이라는 안개 속에 가려져 있고 인구의 99퍼센트에 해당되는 사람들의 삶이나 관심사와는 완전히 동떨어진 것이다. 공무! 공적 업무라는 것은 단지 군인 출신 정치가들이 사업을 하거나 관직에 있는 그들의 패거리들과 벌이는 비밀스러운 거래에 불과하다. 제한적이었지만 그의 참여 또한 치명적인 결함이 전혀 없었다는 걸 이제는 보증할 수조차 없었다. 예를 들어 공개 처형이라는 인간의 유혈 스포츠에 대한 비난처럼 그가 쓴 아주 신랄한 사설들, 정부 정책에 대한 그의 전반적인 불만, 크리스와의 다툼과 논쟁, 이 모든 것이 이제는 실체가 없는 애매한 신기루의 형태를 취하기 시작했다.

물론 무슨 일을 하든 간에 우리는 언제나 국민이라는 이름을 불러내는 예방 조치를 취한다는 사실을 이켐은 비통하게 인정했다. 허나 그러면서도 우리는 동시에 국민의 부재를 확인하지 않는가? 그들이 직접 나타나야 한다면 우리의 경건한 소환에 맞서는 그들의 허수아비 존재로 인해 우리가 내뱉는 말들이 우리처럼 견고한 감수성을 지닌 사람들이 듣기에도 너무나 역겨운 것이 될 것임을 잘 알기 때문일 것이다.

이켐에게는 이 정권의 근본적인 실패가 한층 더 분명한 의미를 드러내기 시작했다. 실패의 규모나 그 실패가 널리 만연되어 있다는 점은 정말이지 참기 힘들지만 그렇다고 총체적 부패라고 말할 수도 없다. 굴욕적이긴 해도 외세의 조작에 종속된 것도 아니다. 심지어 우스꽝스럽고 실패할 수밖에 없는 값싼 이류 자본주의도 아니다. 그렇다고 그게 데모하는 학생들과 파업 중인 철도 노동자들을 향한 지긋지긋한 총격, 그 후에 이어지는 독립 노조와 협동 조합의 파멸과 금지도 아니다. 이 정권의 주된 실패는 우리 지도자들이 바로 국가라는 존재의 심장부에서 마음의 상처를 입은 채 고통스럽게 떨고 있는 이 나라의 빈곤층이나 경제적 파산자와 긴요한 연결 고리를 확고하게 재확립하지 못했다는 점이다.

순진한 공상가들은 심장부에 위치한 이 사람들이 완벽한 건강 상태를 유지하고 있다고 말할 것이다. 하지만 어떻게 그렇게 말할 수 있단 말인가? 일부는 알고 있겠지만 실질적으로 아주 많은 기본적인 것들에 대해서 무지한 이 민중들은 기생충 같은 정권에 의해 생기를 빼앗기고, 무엇보다 당당하게 행해지는 억압에 대한 이런 괴팍한 관용으로 인해 불구가 되었는데 말이다! 어떻게 그들의 마음이 완벽한 건강 상태를 유지할 수 있겠는가? 불가능하다! 하지만 수많은 결함에도 불구하고 그런 마음을 지닌 사람들은 진정 꾸밈이 없는 고결함을 소유하고 있다고 말할 수 있다. 다시 말해서 그들에게는 완강한 공동체 의식이 있기에 엘레와는 이켐의 영향에서 벗어나 그토록 자연스럽게 운전 기사와 시시덕거리며 다정한 대화를 주고받을 수 있는 것이다.

그렇다면 이켐 자신은 어떻게 하면 이런 안정성과 사회적 의미의 수원을 공급받을 수 있을까? 그는 곰곰이 생각해 보았다. 가난한 사람인 것처럼 가장한다고 될 수 있는 일이 아니다.(아마도 몽상가들은 그에게 그렇게 해 보라고 권할 테지만 말이다.) 넝마 옷을 걸친 그들을 흉내 내어 헝겊 조각을 덧댄 특별히 값비싼 낡은 청바지를 입으면 된다고? 물론 아니다. 어째서 그들이 이미 견디고 있는 모욕을 한층 더 추가시킨단 말인가? 그렇다면 어떻게 하면 될까?

내가 가진 경험, 욕구, 지식을 포기하면 어떨까? 하지만 그게 가능할까? 그리고 꼭 그래야만 하나? 아마도 욕구는 포기할 수 있을 것 같은데, 경험이나 지식은 어떻게 한담? 속임수가 아니고서야 내가 가난한 사람처럼 될 수 있는 방법은 전혀 없는 것 같다. 내가 아는 것, 좋든 나쁘든 내가 아는 것들인데. 그러니까 좋든 나쁘든 난 계속해서 나 자신으로 남을 것이다. 하지만 이제는 정말로 진지하게 기꺼이 돕고자 하고 또 도움을 받고자 하는 마음을 지녀야겠다. 생화학 교과서에 나오는 복잡하고 다면적 가치를 지닌 그런 원자들과 마찬가지로 나에게는 사방팔방 뻗을 수 있는 두 팔, 즉 도움의 손길, 도움을 달라고 신호를 보내는 손길이 있다. 한 손으로는 땅을 만지고 다른 한 손은 하늘을 향해 흔들기 위해 자유롭게 내버려 둬야지.

아하! 그러고 보니 압박당하는 사람들이 압제자가 자신의 외관을 위장하거나 빈자들의 의상을 훔쳐 입고 가난한 사람인 척 가장하여 그들을 혼동시키면 안 된다고 주장하는 게 이해될 것도 같다. 어쩌면 원시적으로 고결한 흙의 요구일지도 모른다……. 어쩌면 그건 덜 순수한 것일 수도 있다.(흙에는 농부들의 교활한 구석이 들어 있으니까.) 그러니까 특권의 배지를 가슴에서, 채색 옷을 등에서 절대로 떼어 놓으면 안 된다고 주장하는구나……. 그러면…… 최후의 심판 날에…… 공작만큼이나 눈에 잘 뜨일 테니까!

각하는 등 뒤로 오른쪽 주먹을 왼쪽 손바닥으로 움켜쥐어 두 손을 꼭 잡고는 책상과 저쪽 벽 사이의 제한된 공간에서 우리에 갇힌 호랑이처럼 초조한 모습으로 서성대고 있었다. 크리스에게는 앉으라는 신호를 하고 자신은 일 분이 다 가도록 계속 서성대더니 마침내 입을 열었다.

"기어이! 하지만 맹세컨대 이런 사태를 초래한 건 내가 아니라 자네들일세. 나의 오랜 친구인 자네와 이켐이 자네들만 알 법한 이유로 결전을 강요하지 않았나. '그렇다면 좋다…….'라는 말 외에 내가 무슨 말을 더 할 수 있겠나. 이켐과 아바존 선동가들의 관계에 대한 조사가 이루어지고 있는데 어떻게 이켐이 《내셔널 가제트》를 편집하도록 놔둘 수 있겠는가 말일세. 하지만 아무리 도발을 해 온다 해도 나는 여전히 이번 사태를 적법하게 처리해야겠지. 그래서 자네를 오라고 한 걸세. 자네가 공보처 장관으로서 그를 즉각 정직시키는 공식 서한을 발송해 주게나."

"그만하시죠, 각하. 무슨 말을 하는지 도통 모르겠군요. 그 친구가 정확히 무슨 일을 했다는 겁니까?"

"진심인가? 자넨 정말로 모른단 말이야?"

"죄송하지만 정말로 모르겠습니다."

"글쎄, 이제 와서 누가 뭘 아는지 따지느라 시간 낭비하지 마세……. 기밀 보고서에 의하면, 최근 발생한 사건, 그러니까 아바존에서 왔다고 주장하는 선동가들의 대통령궁 가두시위 계획에 그 친구가 연루되어 있네. 자세히 조사해 보니 실제로 그들은 대부분 바사 바로 이 지역에서 활동하는 주차장 암표상, 마약 거래자, 그밖에 다른 범법자들이었다는 게 밝혀졌단 말일세."

"죄송하지만 저는 그 말을 못 믿겠습니다."

"이 일에 있어서는 말이지, 크리스, 믿음은 나의 주 관심사가 아닐세. 난 주교가 아니니까. 내 관심사는 이 나라의 안보일세. 공보처 장관이 그 정도는 알고 있어야 하지 않는가? 여하튼 내가 확인해 줄 수 있는 사실은 이켐이 바로 이 지역에서 활동하고 있는 이 친구들과 연결되어 있고 나중에 그들과 비밀 회동을 갖기 위해 북부 바사에 있는 한 호텔로 자동차를 몰고 갔다는 이론의 여지가 없는 증거가 발견되었단 말이지. 어떤가? 그러니까, 자넨 아직도 의심스럽다는 표정이로군. 그렇다면 그를 미행하던 보안 요원들이 이켐이 호텔을 떠나려던 찰나에 호텔 바깥에서 가벼운 교통 법규 위반으로 실제로 그를 체포했었다는 사실을 말해 주면 자넨 뭐라고 답변할 건가? 절대로 알리바이를 만들어 내지 못하도록 그랬던 거지……. 이 나라의 일부 정부 조직이 여전히 효과적인 업무 수행을 하고 있다는 사실을 알게 되니 기분 좋지 않은가?"

"그 친구와 이야기 좀 해 볼 수 있을까요?"

"그게 무슨 말이지? 그동안 그 친구와 대화를 나눈 적이 없단 말인가? 아, 자네가 무슨 말을 하는지 알 것 같군. 그가 아직 감금되거나 그런 일은 없다네. 아직은 아냐. 그러니까 내 생각에도 자네가 그를 꼭 만나 보는 게 좋겠어. 하지만 무엇보다 그 친구를 정직 처분시켜서 《가제트》 근처에는 얼씬도 못하게 하게. 알겠나?"

"아니요, 잘 모르겠군요. 각하, 미안하지만 저로서는, 단지 일부 열성적인 공안 경찰이 허황된 이야기를 지어냈다는 이유로《내셔널 가제트》편집자를 정직시키는 편지를 쓸 수는 없네요…….”

“내가 헛수고했군…….”

“만약에 그 친구의 유죄를 입증할 증거가 있다면 그들이 직접 그에게 질문서를 보내든지 아니면 그런 요식적인 절차를 진행할 만큼 인내심이 전혀 없다면 그들에게 그를 정직시키라고 하시죠. 어째서 제가 이 일에 관여해야 하는지 모르겠군요.”

“이보게, 이 일에 대한 내 생각은 폭력배들과 공모하여 대통령 궁으로 침입한 것이 단순한 정직으로 끝날 것 같지 않다는 걸세. 이건 단지 아주 자그마한 빙산의 일각일지도 몰라. 이켐이 이 년 전에 있었던 대통령직 국민 투표의 방해 공작을 위해 이번에 만난 바로 그 사람들과 공모했을 수도 있다는 징후가 나타났단 말일세. 거리낌 없이 말해 주는 건데 그때의 대실패에 자네가 맡았던 역할도 만족스럽게 해명된 적이 한 번도 없으니 한층 더 조사할 거리가 발생할 수도 있을 걸세.”

“무슨 말씀이시죠……?”

“그러니까 내가 진정 바라는 건, 그리고 기도하고 있는 건 자네도 자신의 입장을…… 알잖나…… 이 단계에서 더 힘들게 만들지 않는 걸세. 분명히 말하건대 아주 현명치 못한 처사일 테니까. 만약 내가 자네 입장이라면 얼른 가서 지시받은 대로 편지를 발송하고 사태 추이를 지켜보겠네.”

“만약 제가 거부한다면요?”

“나라면 절대로 그렇게 하지 않겠지.”

“그러면, 각하, 이번만은 각하의 명령을 거부하겠습니다.

이 지시에 응하지 않을 것이고 이로써 저는 사직서를 제출합니다."

"사직서! 하하하하하. 자네가 지금 있는 곳이 어디라고 생각하는 건가? 영국의 웨스트민스터 아니면 미국의 워싱턴 DC인가? 이봐! 여긴 캉안이라고 하는 서아프리카의 낙후된 나라로 군사 정권이 지배하고 있어……."

"우리나라가 그런 식으로 되게끔 하지 않았더라면 이렇게 낙후되지는 않을……."

"언젠가 자네가 보스가 되는 날 그 모든 걸 바꿀 수 있는 기회가 생기겠지. 지금 당장은 여기 있는 이 보스가 사직서를 받지 않을 걸세. 내가 직접 사직서를 제출하라고 요구할 때까지는 말일세. 알겠나? 지금까진 여기 있는 이 보스가 자네나 다른 사람들이 보스 노릇하는 걸 허용해 주었기에 이 말이 자네한테 이상하게 들릴 수도 있겠지만 더 이상은 안 되네, 크리스. 앞으로는 내가 보스 노릇을 할 거야. 그리고 내 임기가 끝나기 전에 명령을 많이 내릴 생각이네. 이제 분명해졌나? 오늘 업무 시간이 끝날 때까지는 그 편지가 이켐의 손안에 반드시 들어갔으면 좋겠네. 이제 가 보게나."

크리스는 두말하지 않고 그 자리를 물러났지만 반대 의견에는 변함이 없었다. 그는 당장에 개인적인 서류와 잡동사니를 집으로 가져갈 생각으로 사무실로 향했다. 그다음에는 그 집에서도 나와야겠지만 말이다. 하지만 그가 사무실로 들어서는 순간 허둥대는 비서에게서 수화기를 건네받았다. 각하의 전화였다.

"맞아, 크리스. 이 문제를 재고해 보았지. 자네가 직접 이켐의 정직 편지를 쓰고 싶지 않다는 말은 일리가 있어. 자네가 여전히 자네 부서를 책임지고 있는 것처럼 보이게끔 자네 면목을 세워 주고 싶었던 걸세. 하지만 신경 쓰지 말아. 그 일은 여기서 처리할 테니까. 그렇지만 이켐이 국민 투표를 엉망진창으로 만들어 놓은 거라든지 다른 문제에 대해 알아낸 몇 가지 단서를 놓고 국무 연구 위원회 대표가 자네와 대화를 나누게 될 거야. 제발 그에게 최대한도로 협조 좀 하게나."

각하는 나의 이 모든 도발에도 불구하고 합법적으로 일을 처리하겠다는 협박을 충실히 이행했다. 그날 오후 경찰 전령병의 손을 통해 이켐의 아파트로 직접 전달된 편지에는《내셔널 가제트》출판인들로 구성된 캉안 신문협회의 어떤 이사장 사인이 들어 있었다. 어떤 이사장이라고 표현한 건 이미 삼 년 넘게 문제의 신문협회 이사회는 소멸 직전 상태였기 때문이다. 이켐은 편집장 직무를 맡은 후 한 차례도 그 이사장을 만난 적이 없었고 그가 사인한 편지도 단 한 통 받아 본 적이 없었다. 믿을 수 없는 일이다!

이켐은 급히 만나고 싶다는 크리스의 메시지를 받고는 트로피라도 되는 양 그 편지를 들고 크리스의 집으로 갔다. 그가 도착했을 때에는 비어트리스도 벌써 와 있었다. 그를 맞이하는 비비의 얼굴에 어쩐지 의아해하는 표정이 감돌았다. 어쩌면 그녀는 이켐이 이렇게 이상할 정도로 침착하고, 심지어는 평화롭기까지 한 모습이 아니라 투지에 불타서 성을 내며 들어오리라고 기대했는지도 몰랐다. 이켐의 그런 모습은 곧 닥칠 희미한 시련 너머 저 멀리에 또렷이 나타난 영광의 왕관을 바라보도록 영혼의 시선이 성공적으로 훈련된 장래 순교자의 표정이었을까? 비비는 이 새로운 모습으로 인해 크리스가 벌써 영향을 받고 있다는 걸 알아챘지만 아무 말도 하지 않았다. 그건 이 두 남자가 조용히 자리에 앉더니 마치 기분 좋은 상처들을 회상하는 두 명의 심기증 환자들처럼 각자 겪은 곤경이나 상호 연관된 곤경을 상세하게 나누기 시작하는 모양이 정말이지 너무나 특이했기 때문이었다.

비어트리스는 자신도 모르는 사이에 그녀 특유의 무심한 자세를 취했는데, 가슴 앞에 두 팔을 단단히 팔짱 낀 채 다소 직립 부동 자세로 앉아 있었다. 하지만 비비는 그런 무심한 자세가 완벽하도록 차분히 가운데 부분의 허공을 응시하는 대신 두 남자가 놀라운 듀엣 곡을 부르는 동안 계속해서 이 얼굴에서 저 얼굴로 시선을 돌려 가며 질긴 호기심을 드러냈다. 마침내 크리스는 무겁게 장전된 그녀의 침묵에 주목했다.

"비비, 당신은 아무 말도 하지 않는군요."

"내가 무슨 말을 하면 좋을까요?"

"유용하다 싶을 때면 필요한 말은 모두 다 했잖아요."

"하지만 우리끼리 서로 견제하며 싸우느라 정신이 온통 팔려 있었잖아요."

"우리한테 너무 심하게 대하지는 마요. 우리만 그러는 건 아니니까. 지금까지 이 나라에서 벌어진 싸움은 예전이나 지금이나 모두 다 주의를 다른 데로 돌리기 위한 술수였어요. 그러니 우리가 온전한 정신 상태를 유지하려면 이따금씩 별 소용 없는 싸움이라도 지속적으로 벌려야 했단 말이오. 내 주장이 의심스러운가 보군요? 좋아요, 그럼 한 가지만 말해 봐요. 우리가…… 이 정권이…… 지난 삼 년 동안 우리 모두가 그랬지……. 아니 그 점에 대해서 말하자면 지난 구 년의 민간 정권 시절은 전적으로 견제적인 것만은 아니었군요."

"글쎄요, 이제 견제는 끝났네요." 비어트리스가 말했다.

"그런가요? 난 확신할 수 없는걸. 여기 이 편지라든지 샘이 날 제거하고 크리스를 겁주기 위해 지금 새롭게 꾸미고 있는 이 모든 부조리 연극은 도대체 무슨 소용이 있을까요? 순전히 주의를 다른 데로 돌리기 위한 단순한 수작이라니까요. 연극이 정도에서 벗어나는 지금 이 순간 내 앞에 가로놓인 위험이 캉안 인구의 99퍼센트에 해당되는 시민들의 관심사나 실생활과 도대체 무슨 관계가 있죠? 전혀 없잖아요."

"글쎄, 제 생각에는 당신이나 크리스가 진즉에 내 말에 귀를 기울여 당신들이 말하는 그 지속적인 싸움을 중단했다면 샘은 지금 당신을 망신 주려고 애쓰지 않을 것 같은데요."

"망신이라고? 비비, 놀랍네요. 당신은 어떻게 그토록 믿기 어려울 정도로 낙관적이죠? 망신? 그 친구는 우릴 죽이려는 거예요! 다시 한 번 말하건대 그는 미쳤단 말이오. 그의 미친 행동이 마침내 그의 뇌리 속에 자리 잡게 되었다고요."

"글쎄, 내 생각으론 비비가 더 표적에 근접한 것 같은데. 보통 때처럼 말이지. 그 친구가 완전히 착각에 빠져 있어 매우 위험할 수 있다는 점에는 동의하네. 하지만 이 시점에서 그의 관심은 살해가 아니라 우리를 아주 초라해 보이도록 만드는 거라니까. 그가 오늘 아침 나한테 전화로 한 말이 아주 의미심장했다네. 아직은 공보처 장관으로 여겨질 기회를 주는 거라더군."

"그런 말을 했어요? 그게 무슨 뜻이죠?"

"글쎄, 그 친구한테는 겉으로 드러나는 것이 아주 중요하지요. 물론 보이지 않는 건 최악의 수치고요. 그의 마음속에서는 이 모든 게 종신 대통령을 위한 총선거 실패와 연관되어 있어요. 그 고통이 아직도 가슴에 사무칠 테니까. 그때 당시 내가 당신들에게 이런 말을 해 주지 않았나 보군요. 하지만 그 친구는 총선거에서 실패한 후 오콩 교수에게 극도의 불평을 터뜨렸는데, 나는 성공적인 투표 결과를 보장할 수 있도록 공보처 장관으로서의 역할을 제대로 하지 않았고 자네는 그 중요한 순간에 주필직을 내동댕이치고 연례 휴가를 얻었다는 거야."

"자네한테 오콩 교수가 말해 주던가?"

"그랬지. 하지만 그때 난 그 친구에게 맞섰어. 그는 처음에는 그걸 아주 가볍게 농담으로 받아들이는 것처럼 행동했지만 내가 가만있지 않았더니 그의 비통한 마음이 마침내 드러나더군. 절친한 친구라고 여겼던 우리들이 자신에 대한 지지를 포기하고 자기가 불명예를 안고 실각당하는 꼴을 가만히 지켜볼 수도 있다는 걸 알고 무척이나 괴로웠다는 거야. 지금 이 말은 그의 입에서 직접 나온 걸세."

"정말로 그렇게 말했어?"

"그래서 내가 그 친구에게 사실 종신 대통령을 바란 적은 한 번도 없지 않았냐고 상기시켜 주었지. 그 말을 듣더니 그는 정말로 분노한 것 같더군. 그가 뭐라고 말했는지 아나. 안 했지. 자네도 알다시피 그런 적은 없었네. 하지만 그래도 그 일이 결정된 순간 자네나 이켐으로서는 그걸 성공시켜야 하는 분명한 책임이 있잖나. 그런데 자네들은 그 반대를 선택했어. 그전에는 그 친구 목소리에 그런 비통한 감정이 그토록 많이 들어가 있는 걸 한 번도 본 적이 없었다네."

"그런데 당신은 이 말을 이켐에게 하지 않았단 말이죠? 나한테 말하지 않은 건 괜찮지만, 이켐한테도 안 했어요? 크리스, 당신은 정말이지 날 계속 놀라게 하네요. 도대체 무슨 수로 당신의 심장을 뛰게 만들죠!"

"그건 이 년도 더 전에 일어난 일이었어요. 당시에는 그게 그토록 중요한 일인지 생각지 못했지. 당신이 방금 망신이라는 단어를 사용하기까지 사실 난 그 일을 이런 관점에서 생각해 본 적이 없었으니까."

"그러니까 내가 항상 말했던 것처럼 바로 이런 이유로 자네의 분석 능력이나 안목이 대단치 않은 걸세."

"제발, 이켐, 제발이요, 또다시 일상적인 다툼으로 빠져들지 말아요. 하지만……."

"아니요, 비비. 난 지금 심각해요. 크리스가 만약 그때 이 말을 해 줬더라면 그때 당장 우리 두 사람 모두 사표를 내자고 고집했을 거예요. 그럼 오늘날 이런 곤경에 빠져 있지 않을 텐데. 무슨 뜻인지 알겠어요?"

"어쩌면요. 하지만 우리는 이미 그 기회를 놓쳤어요. 난 지금 이 순간 크리스의 제안이 뭔지 그리고 당신에게는 어떻게 하라고 권면하는지 그게 알고 싶어요."

"간단해요. 난 오늘밤 사직서를 작성하여 내일 아침 그 친구 손에 전달되도록 할 거요. 이켐에게는 당분간 침묵의 시기를 가지라고 강력하게, 아주 강력하게 촉구할 거고……."

"헛소리하지 말게, 크리스, 말도 안 돼! 정직당한 편집자에게 최악의 처방은 바로 침묵이야. 그게 바로 자네 주인이 원하는 거라니까. 그는 종이를 제공해 준 대가로 내 목소리를 소유했다고 믿고 있지. 그러니까 자기가 원할 때 종이를 빼앗아서 내가 자기 도움이 없다면 얼마나 조용할 수 있는지 보여 주고 싶은 거라네. 그러니까 자넨 그 친구가 승리하도록 내버려 둬서는 안 된단 말이야."

"그렇다면 자넨 신문을 새로 만들기라도 하겠다는 거야?"

"터무니없는 소리 좀 하지 마. 글을 쓸 수 없다면 자리에서 일어나 이야기는 할 수 있잖나. 목소리를 잃은 건 아니니까."

"어디서 이야기하는데? 겔레겔레 시장 모퉁이에 서서?"

"오, 크리스!"

"괜찮아요. 내 말은 그저 조심하란 말이니까! 그게 전부야. 아니면 이상 끝. 하기야 최근에는 그가 그 말을 사용하는 것도 들어 보지 못했군."

"그 말이 흘러 내려가 자동차 수리공들한테까지 왔으니 이제 안 쓰는 거겠죠." 비어트리스가 말했다.

"맞아."

"이켐, 크리스 말이 맞는 것 같아요. 앞으로 몇 주 동안은 조용히 계셔야 해요. 그러는 동안 적절한 조처를 계획할 수 있잖아요. 위험에 대해서는 당신 생각이 표적에 더 근접한 것 같지만 이 점에 대해선 크리스의 말이 옳아요."

"글쎄, 크리스가 아무리 넌지시 암시하더라도 난 겔레겔레에다 하이드파크 코너를 만들 생각은 없어요. 하지만 사람들이 나한테 질문을 던질 순 있겠죠. 그러면 난 반드시 답변할 거예요. 난 구멍 속으로 기어 들어가지는 않을 테니까……."

택시 한 대가 보초병과 문제가 생긴 것 같았다. 앉은 자리에서 대문을 볼 수 있었던 크리스가 자리에서 일어나 출입문 쪽으로 가서는 보초의 관심을 끌기 위해 손뼉을 치고서 누구건 간에 들여보내라고 신호를 보냈다. 하지만 택시 기사는 벌써 인내심을 잃었는지 화를 내며 바로 그 자리에서 손님을 내려놓고 있었다.

손님은 다름 아닌 엘레와였다. 크리스가 서 있는 곳에서도 분명히 알아챌 수 있을 정도로 그녀는 안절부절못하고 허둥대면서 돈을 지불하고 잔돈을 받아들더니 상당히 불안한 모습으로 헐떡거리며 서둘러 집 안으로 들어왔다. 사람들의 인사도 받는 둥 마는 둥 그녀는 이켐에게로 달려들었다.

"내 귀에 들어온 말이 뭐죠, 이켐? 그들이 당신을 쫓아냈다는데 그게 사실이에요?"

이켐은 그녀를 꽉 껴안으며 고개를 끄덕였다. 엘레와는 눈물을 터뜨리더니 격하게 엉엉 울어 댔다. 그 짧은 순간 방 안 분위기는 완전히 바뀌었다. 기분을 거스르는 이런 감정 폭발에 세 사람 모두 당황하여 어쩔 줄 몰랐지만 특히 남자들은 더

했다. 그녀를 달래 주려고 각자 서투르게 한두 마디 건네자 그런대로 본래의 차분한 분위기를 되찾게 되었다.

"에이, 그게 아니에요, 엘레와. 난 단지 정직당했을 뿐이지 쫓겨난 게 아니에요……. 그런데 누가 당신에게 그런 말을 해줬죠?"

그 말이 효력을 발휘하여 엘레와는 울기 시작했을 때와 마찬가지로 아주 극적으로 눈물을 딱 그쳤다. 하지만 그녀는 말을 제대로 잇지 못했고 목소리에는 근심이 가득했다.

"우리 마당에 와서 모두들 그러던데요. 심지어 아파 누워 있던 우리 어머니도 옆집 라디오에서 나오는 6시 뉴스에서 언뜻 그 말을 들었대요. 하지만 난 어머니 약을 사러 약국에 갔었어요."

"괜찮아요, 엘레와. 내가 아직도 이렇게 당신 눈앞에 건강하게 살아 있잖아요."

"그 점에 대해선 하느님께 감사해요."

"오늘 어머니 상태는 어떠시죠?"

"조금 나아지셨어요……. 당신이 아까 그들이 내쫓은 건 아니라고 말할 때…… 뭐라고 하셨지요?"

"그들이 날 정직시켰다고요."

"정직이 뭐예요? ……비비, 정직이 뭐예요?"

"엘레와, 전혀 걱정하지 말아요. 우리 모두 살아 있으니까 다 잘된 거예요……. 그런데 어머니가 편찮으신지 정말이지 몰랐네요. 미안해요. 어머니를 병원에는 모시고 갔어요?"

"병원이요? 돈이 어디 있어서 병원엘 가요? 그리고 돈이 있다 해도 골치 아프게 누가 그런 델 가요……. 비어트리스, 우리 같은 사람들이 가는 덴 약국이에요."

조금 떨어진 곳에서 들려오는 라디오 뉴스 신호를 포착한 건 다름 아닌 엘레와의 예리한 귀였다. 아마 이웃에 있는 남자 숙소에서 라디오 볼륨을 과도할 정도로 크게 틀어 놓은 것 같았다. 엘레와가 "뉴스예요!"라고 소리치는 바람에 크리스는 자리에서 벌떡 일어나 텔레비전 앞으로 달려가더니 스위치를 트는 동시에 손목시계를 살펴보았다. 엘레와가 옳았다. 8시 국내 뉴스가 막 시작되려는 찰나였다. 그들은 모두 자리로 되돌아가 엄숙한 얼굴로 말없이 텔레비전을 지켜보았다.

이켐의 정직 발표가 첫 번째 주요 뉴스였다. 그의 모습이 화면에 나타난 그 짧은 순간 이켐의 얼굴에 뭔가 재미있다는 표정이 슬그머니 나타났다. 뉴스는 부연 설명 같은 것이 전혀 없는 간단한 발표였다. 그런데 이켐이 갑자기 전갈에라도 물린 사람처럼 비명을 지르며 벌떡 일어섰다.

"어쩜 저럴 수가!" 이켐이 소리쳤다. "어떻게 저런 짓을 할 수 있지! 크리스, 자네도 들었나? 그런데도 자네는 나보고 죽은 척 엎드려 있어야 한다고 말하는군. 이 식인종 같은 놈들이 그 더러운 손으로 이 땅의 고결한 사람의 몸에 상처를 입히는데도 가만히 엎드려 있으라고. 저 빌어먹을 것 어서 꺼 버리게!" 크리스가 침착하라고 하면서 이 텔레비전은 그의 것이 아니고 이 집도 그의 집이 아니라고 말하는데 이켐은 벌써 텔레비전 앞으로 다가가고 있었다. 자리로 되돌아가 의자에 주저앉는 이켐의 입에는 왼쪽 엄지손톱이 물려 있었다. 그러더니 이켐은 자리에서 다시 일어나 말했다.

"엘레와, 갑시다!"

이켐이 이토록 흥분한 건 자신에 대한 뉴스 뒤에 잇달아 나온 부차적인 보도 내용 때문이었다. 이 뉴스는 상대적으로 중요하지 않았으므로 첫말이 "한편……"이라는 공식적인 말로 시작되고 있었다.

그랬다. 국가의 고통스러운 문제들을 조심스럽게 밀리그램까지 측정하여 전달하는 이 말쑥한 뉴스 캐스터에 의하면, 한편으로 법령이 요구하는 경찰 허가 없이 최근에 이루어진 대통령 궁으로의 불법 데모 행진과 연루되어 아바존의 지도자 여섯 명이 체포되었다. 그리고 (바로 이 사태에 관해) 국가 연구위원회 의장실에서 KTV의 범죄 전문 기자가 보도한 바에 따르면 이 사람들은 현재 충분한 진술을 마친 후 바사 최고 보안 교도소에 수용되어 있었다.

12

지난 두 번에 걸쳐 이켐이 바사 대학에서 연설했을 때에도 청중이 무척이나 많았지만 이번 행사의 규모에 비하면 아무것도 아니었다. 이천 명을 수용할 수 있는 대강당 좌석이 하나도 빠짐없이 꽉 찼고 좌석에 앉지 못한 수많은 사람이 통로에 앉거나 섰으며 또 강당 길이만큼 뻗은 양측 복도에서 문이나 창문을 통해 들여다보았다. 이켐이 《내셔널 가제트》 편집장 자리에서 잘렸다는 사실이 이미 상당히 높다고 할 수 있는 그의 인기를 맨 꼭대기까지 밀어 올린 것 같았다. 군중의 규모보다 훨씬 더 주목할 만한 것은 그들의 인내심이었다. 강연은 예정보다 사십 분 이상 늦어졌는데 그동안 학생회 간부들은 땀을 뻘뻘 흘리면서 강당 안팎으로 급하게 뛰어다니며 이따금씩 기능을 발휘하지 못하는 마이크에 대고 "테스팅! 테스팅! 테스팅!" 하고 소리쳐 댔다. 하지만 이 청중들은 기분이 어찌나 들떠 있었던지 마침내 기계 장치가 제대로 작동하자 우레와 같은 박수갈채를 보냈다.

주최자들이 몇 차례 막판 협의를 끝낸 후 드디어 강연이 시작되는 듯했다. 그런데 그게 아니었다. 우선 소개가 이어졌다. 나이 어린 학생회 간부가 마이크를 잡고 사회자를 소개하자 흰색 신사복에 조끼까지 갖춰 입은 키 크고 잘생긴 친구가 나오더니 이번에는 장황하게 학생회장을 소개했다. 그러자 학생회장이 나타나 이 강연을 마련한 주임 교수를 아주 번지르르하게 소개했고, 주임 교수가 나와서 마침내 이켐 오소디를 소개했다. 그 모든 게 옛날 옛적 비잔틴 시대 정치가들의 정견 발표 회장 스타일을 연상시켰다. 이제 쥐구멍처럼 옹색한 자리에서 나와 조심스럽게 지표면 바로 아래에 자리 잡는다면 아마도 그들은 수염을 잡아당기면서 즐거운 추억에 잠겨 반짝이는 두 눈으로 지켜볼 것이다.

이켐의 강연 제목은 '거북이와 표범 — 부득이한 투쟁에 관한 정치적 명상'이었다. 이 제목을 발표하자 사람들은 떠들썩한 박수로 환영했다. 의심할 여지없이 제목에서부터 혁명적인 느낌이 적절하게 전해졌는데, 이켐은 사실 그 무엇보다도 청중을 향해 투쟁에 대한 판에 박힌 개념들을 놓고 자신이 감행할 눈앞에 닥친 쿠데타를 생각하며 마음속으로 미소 지었다.

"주임 교수님……." 이켐은 짐짓 경의를 표하는 척 교수를 향해 고개 숙이며 말했다. 그 교수에 대해 학생회장은 방금 명쾌한 마르크스주의적 성향 덕에 모두로부터 존경을 받는 인기 많은 교수님이라고 찬사를 늘어놓았다. 그는 캉안에서 가장 젊은 교수로 정치학의 방향을 레지널드 오콩 교수하의 부르주아적 경향에서 과학적 유물론이라는 새로운 고지로 훌륭하게 바꾸어 놓았다고 했다…….

"저는 이 명상을 시작하기에 앞서 여러분들께 양해를 구하는 바입니다. 그러니까 이건 강연이 아니에요. 오늘 저는 강연할 정도로 용감하지는 못한 터라 명상을 하려고 합니다. 우선 짧은 이야기부터 시작할까요."

그런 다음 이켐은 임종을 맞은 거북이의 감동적인 이야기를 놀랄 만큼 극적으로 늘어놓았다.

"이 거북이 이야기는 한 노인이 해 준 건데, 제가 여러분 앞에 선 이 순간 저한테 믿을 수 없는 이야기를 해 준 그 노인은 바사 최고 보안 교도소 독방에 감금되어 있습니다."

설마! 어째서요! 반대요! 말도 안 됩니다! 이밖에도 놀라움과 분노를 표하는 여러 소리가 불꽃처럼 날아다녔고 강당 분위기를 사로잡았다.

"어째서 갇혔냐고요? 그걸 듣고 싶으신 거죠. 좋습니다……. 그 이유는 바로 이겁니다……. 그러니까 이야기꾼은 위험을 초래하기 때문이지요. 그들은 모든 통제의 달인들에게 위협이 되고, 국가, 교회나 회교 사원, 정당 회의, 대학 또는 그 어디에서든지 인간 정신의 자유권을 빼앗는 사람들의 간담을 서늘하게 만들지요. 바로 그게 이유입니다."

강연은 짤막하여 이십 분 내지 이십오 분 정도에 불과했다. 하지만 이 강연은 상당히 교묘하게 꾸며진 데다 어찌나 강력했던지 그 특징과 규모가 영웅적인 산문시와 비견될 정도였다. 진지했지만 근엄하지 않았고 허물없는 농담으로 빠지지 않으면서도 이따금씩 재치가 넘쳐났다.

청중은 앉거나 선 채 넋을 잃고 조용히 들었다. 강연이 갑작스럽게 끝나자 청중은 큰 타격이라도 받은 듯 소리 높여 불만을 터뜨렸다. 이켐이 자리에 앉자 곧바로 계속! 계속! 조금 더! 조금 더! 그리고 심지어 안 돼요! 하고 외치는 소리들이 박자 맞춘 구호로 바뀌었다.

주임 교수가 이켐에게로 몸을 돌리더니 "청중이 말씀을 계속해 주시기를 원하네요!"라고 말했다.

"그래요! 더! 더! 더요!"

"경의를 표해 주시니 감사합니다, 여러분. 하지만 누군가가 말했듯이, 수로에 남아 있는 게 하나도 없네요!"

"안 돼! 안 돼요! 반대합니다!"

"여하튼 지금까지 제 말을 참을성 있게 들어 주셔서 감사합니다. 이제 저는 여러분의 생각이 듣고 싶군요. 대화가 독백보다 훨씬 더 흥미로운 법이니까요. 그러니 질문이든 논평이든 던져 주십시오. 그럼 우리 주먹을 몇 차례 휘둘러 볼까요. 지금까지는 여러분이 받는 쪽이었지만 성경 말씀에도 있듯이 받는 것보다 주는 게 좋습니다. 그러니까 여러분이 먼저 주먹을 몇 대 날려 보시죠. 전 오늘 그러려고 여기에 왔으니까요."

그리하여 이켐은 정말로 질문 시간에 그가 그토록 좋아하는 접전을 맛볼 수 있었다. 천성적으로 그는 절대로 청중 편에서는 적이 없었다. 청중의 성향이 어떻든지 간에 그는 같은 편이 되지 않으려고 노력한다. 만약에 청중이 급진적이라고 자부한다면 이켐은 보수적이라고 자부한다. 만약 청중이 우익의 신조를 내놓으면, 그는 혁명을 부추긴다! 이켐은 지금까지 자리에 가만히 앉아 그것을 논리적으로 추론하고 미리 계획했던 적이 없었다. 그냥 그런 식으로 흘러가도록 내버려 둔다. 하지만 이켐은 잘 알고 있다 — 이 강연회가 끝난 다음 어떻게 해야 하는지, 그리고 만약에 설명해 달라는 요청이 있으면 설명 비슷한 걸 내놓을 수도 있다. 말하자면 누구든지 간에 현재의 모습은 결코 충분치 못하다. 그러니까 좀 더 완전해지고 정의나 극단주의라는 대죄에서 벗어나려면 상대편이 아무리 사소한 걸 지적하더라도 그걸 수용할 방법을 찾아야 한다.

두어 달 전 이켐은 평상시의 성향과는 달리 매주 열리는 바사 로터리 클럽 오찬 모임에서 강연하게 되었다. 특별히 그날은 로터리 클럽이 식수 운반 트럭을 한 대 구입하여 극빈 지역에 속하는 북부 바사의 한 진료소에 기증한 직후였기에 보통 때보다 더 자축할 이유가 충분했다. 그곳은 여태껏 전기라든지 수도관에서 나오는 물의 혜택을 한 번도 경험하지 못한 지역이었다. 식사 후 이켐을 초대한 로터리 클럽 회원들은 자선 행위, 시가 연기 그리고 술에 취해 몽롱한 상태에서 오늘 초대한 이 저명인사가 무슨 말을 들려줄지 기대하며 느긋하게 의자에 기대어 앉았다……. 그런데 평상시처럼 이켐은 그들에게 들려줘야 할 말은 제쳐 놓고 아주 예상치 못했던 길로 들어섰다. 자선 행위는 특권층의 아편이라고 그는 큰 소리로 외쳤다. 주머니에서 굴러다니는 잔돈 10코보를 슈퍼마켓 바깥에 앉아 있는 나병 환자의 그릇 위로 허리도 굽히지 않은 채 떨어뜨리는 선량한 시민에서부터 여러분처럼 물을 기부하는 선량한 시민 단체에 이르기까지 그렇습니다. 그래서 빈민굴에 사는 나사로 같은 일부 비렁뱅이들은 다른 거지들과 달리 깨끗하게 소독한 주사기로 마약 투여를 할 수도 있고 좀 더 위생적으로 종기 치료를 할 수도 있겠지요. 또한 에티오피아에서 크리스마스 날 밤의 컴컴한 하늘을 아주 극적으로 밝혀 준 밴드에이드 스타도 마찬가집니다. 우리는 자선 행위를 하는 동안에도 진정한 해결책은 자선이 불필요하게 될 세상에 있다는 사실을 결코 잊으면 안 됩니다.

상냥한 마음으로 그를 초대한 로터리 모임의 훈훈한 분위기는 곧바로 산산조각 났고 둥실둥실하던 모습들이 끝이 뾰족한 공격적 형태로 일그러졌다.

당신이 말하는 그런 세상은 천국에나 있을 거요, 한 신사가 코웃음 치며 말했다. 또 다른 신사가 말했다. 하늘나라에도 연공서열은 있지요. 대천사가 보통 천사의 상관이니까.

이켐은 되도록 일찍이 클럽 임원 두 명의 호위를 받으며 방에서 나왔다. 그건 사실 통상적인 관행이었지만 이날은 어찌나 냉대하는 것처럼 정중하게 행하든지 겉보기에 버릇없는 만찬 손님을 무례를 범한 테이블로부터 문으로 곧바로 내모는 그런 형국이었다.

하지만 이번 강연 대상은 로터리 클럽 회원들이 아니었기에 이들을 대하는 게 어떤 점에서는 더 쉬울 수도 있겠지만 달리 보면 더 어려울 수도 있었다.

첫 번째 질문자는 학생이 아니라 젊은 교수인 게 분명했다.

그는 질문에 앞서서 전반적으로 제3세계, 구체적으로는 캉안의 근본적인 문제를 대처하는 데 있어서 부르주아 개혁론이 명백히 실패했다고 짤막하게 강의식으로 말했다. 위와 같은 관점에서 볼 때, 이 나라가 이제는 프롤레타리아 계급의 민주적 독재하에 있을 필요성에 대하여 오소디 씨는 생각해 보신 적이 있습니까?

"아니, 없습니다. 심지어 천사들과 대천사들이 지배한다 해도 저는 민주적 독재하에서 살고 싶지 않군요. 프롤레타리아 계급이라고 하셨는데, 캉안의 경우 어떤 사람들이 그 그룹에 속하는지 잘 모르겠군요."

"노동자와 농부이지요." 도움을 주기 위해 주임 교수가 거들었다.

"노동자와 농부라고요. 방금 그렇게 말씀하신 것 맞지요." 이켐이 마이크에 대고 그 말을 반복했다.

"학생도요." 청중들 중에서 한 사람이 외치자 모두들 큰 소리로 웃었다.

"알았습니다." 이켐이 말했다. "자비는 내 집부터 시작해야지요." 더 많은 웃음이 터져 나왔다. "또 다른 제안은 없으신가요? 농부, 노동자, 학생……. 좋습니다! 이 자리에 농부가 있으시면 일어나 주실까요."

그러자 강당을 통틀어 한 사람도 빠짐없이 들떠서 낄낄대고 웃어 댔고, 특히나 조끼까지 정장으로 차려입은 또 다른 신사가 자리에서 일어나 자신이 농부라고 말하자 모두들 아주 즐거워했다.

"이봐요, 아니에요. 당신은 농부가 아닙니다. 앉으세요. 전 진짜 농부를 말하는 겁니다……. 그러니까 신사 숙녀 여러분, 오늘 밤 이 자리에 농부는 한 분도 안 계신 것 같군요. 어쩌면 그분들은 이런 모임이 있다는 것조차 모를 수도 있습니다……. 그건 그렇고 해마다 열리는 주주 총회에 참석하는 사람들로부터 제가 들은 바로는 자신이 직접 참석할 수 없을 때에는 대리인을 지정해서 위임장을 들려 보낸다고 하더군요. 혹시 이 자리에 농부들을 대신해서 그런 위임장을 가지고 오신 분이 있습니까? 주임 교수님, 교수님께 전달된 위임장이 있나요?"

박식한 이 교수는 진지해야 하는 무거운 짐을 지고 있었지만 이제는 어쩔 수 없이 이러한 장난스러운 분위기에 다소 어정쩡하게 합세할 수밖에 없었다. 그래서 그는 아주 힘차진 않았지만 미묘할 정도로 익살맞은 군중들의 박수를 받을 수 있을 만큼 머리를 확실하게 가로저었다.

"좋습니다. 그렇다면 우리의 논의에서 농부는 제외시켜야 할 것 같군요. 그들은 이 자리에 참석도 하지 않았고 그들을 대신할 사람들을 한 명도 보내지 않았습니다……. 이제 우리에게는 노동자와 학생이 남았군요……."

"장터에서 일하는 아낙네들도 있습니다." 청중석에서 고음의 여자 목소리가 끼어들었고 또다시 유쾌한 웃음을 불러일으켰다.

"아가씨, 장터에서 일하는 아낙네는 농부와 똑같은 범주에 속합니다. 그분들도 이 자리에 참석하지 않았으니까요…….

지금까지 아무에게도 말한 적 없는 비밀 하나를 여러분께 알려드리죠. 장차 저의 장모님이 되실 분도 시장에서 일하십니다.” 또다시 웃음소리!

“현금 마담이겠죠.” 누군가가 말했다.

“아니요, 현금 마담이 아닙니다. 그저 장터에서 일하시는 분입니다……. 지금 한 말은 농담이 아니고 진지하게 한 말입니다. 제 미래의 장모님은 겔레겔레 시장에서 홀치기염색을 한 옷감을 팔고 계십니다. 방금 말했듯이 현금 마담이 아니에요. 그녀는 팔 물건을 모두 다 머리에 이고 다니시기도 하지요. 그러니까 그분은 농부들처럼 프롤레타리아 계급에 속할 자격이 충분하십니다. 하지만 그분은 미래의 사위인 저에게 이 주주 총회에서 그녀의 대리인 노릇을 할 권한을 주지 않았어요……. 그러니까 어서 다음으로 넘어가 우리가 대변할 자격이 있는 사람들, 그러니까 우리 자신에 대해 논의해 보죠. 노동자와 학생 말입니다. 우선 노동자부터 살펴보지요. 노동자란 누구를 말합니까? 자동차 선금이나 세금 공제액 같은 시대에 뒤떨어지고 터무니없는 식민지 시대의 특권들이 위협을 당할 때에 파업에 돌입하는 바로 그 노동자들 말입니다. 노동자 대표들은 매달 노동자들로부터 조합비 명목으로 강제로 수금하는 수백만 나이라[40]에 대해 만족스러운 설명을 내놓지 못합니다. 그들은 노동자 대회 때에 계획적 결근이나 유령 노동자, 수치스러울 만큼 낮은 국가 생산성에 대해 절대로 공격

40) 나이지리아의 화폐 단위.

하지 않지요. 무엇보다 지난해에 개최된 전(全) 아프리카 노동자 대회에서 우리나라의 노동자 대표는 그에게 배당된 관용차인 푸조504를 메르세데스로 바꿔 주기 전에는 호텔 방에서 나올 수 없다고 고집을 부렸어요. 그분이 내놓은 이유를 여러분은 기억하십니까? 그가 한 말을 그대로 옮기면 노동자 대표는 평범한 하층민이 아니라는 겁니다. 그 말이 재미있으세요? 글쎄요, 전 그렇지 않은데요. 제 생각에 그 말은 비극적이면서도 사실입니다. 노동자 대표는 정말로 특별한 하층민이지요. 지난 몇 년 동안 저와 공무원 노조 사이에 싸움이 자주 있었는데, 여러분도 잘 아시죠?" 예, 압니다, 청중이 큰 소리로 웃으며 소리쳤다. "우리가 서로 다투게 된 이유는 그들이 철저하게 기생충 같은 존재라는 생각을 내가 숨기지 않았기 때문입니다." 더 많은 웃음이 터져 나왔다. "여러분 가운데 우리 투쟁을 지켜보신 분들은 어쩌면 기억할 수도 있을 텐데요. 작년 그들의 연차 대회가 열리기 전날 밤 제가 신랄한 사설을 썼을 때 우리 투쟁은 최고조에 달했지요." 몇몇 얼굴에 그렇다고 인정하는 미소가 떠올랐고, 다른 몇몇 사람들은 고개를 끄덕였으며, 나머지 사람들은 드문드문 웃음을 터뜨렸다. "노동자 대회 말미에 발표한 성명서에서 그들은 제국주의의 추종자 이상도 이하도 아닌 엘리트주의적인 일부 부르주아 삼류 작가들을 언급했습니다!" 커다란 웃음소리. "그들이 넌지시 암시한 사람이 누구였는지 아마도 여러분은 알지 못했겠지만 그런 식으로 그들은 제 사설에 응답한 겁니다. 그들의 대응 방식은 정말로 독특하지요. 지렁이는 춤을 추는 게 아니라, 그건 단지 그들의 걷는 방식일 뿐이라는 말이 우리 속담에 있지요." 웃음소리.

"엘리트주의라는 비난을 들을 때마다 정말이지 기가 막힙니다. 그렇게 비난하는 바로 그 사람들이 또한 그들의 혁명 브랜드를 대중에게 지시하지 않는다고 비난할 테니까요. 작가는 질문을 하고 싶어 합니다. 그런데 이 기막힌 친구들은 작가가 답변을 내놓기를 바라지요. 그렇다면 말해 보십시오. 맙소사, 아직 제기된 적도 없는 질문에 감히 답변을 내놓는 사람보다 더 엘리트주의적인 게, 그러니까 더 무례하게 엘리트주의적인 게 가능합니까? 우리에게 답변을 내놓으세요! 답변을 달란 말입니다! 그건 예수 그리스도가 갈릴리나 거라사나 또 다른 곳에서 나태하고 우둔하며 빵을 원하는 추종자들로부터 늘 듣던 외침이었잖아요?" 엄청난 환호성이 터져 나왔다. "우리에게 기적을 보여 주세요! 기적을 보여 주시면 당신을 믿겠어요. 비유는 생략하고 요점을 말해 주세요. 시간은 짧아요! 우리는 결과를 원합니다! 어서요, 어서!" 엉뚱하게도 이토록 느닷없이 성경을 이용하자 또다시 웃음과 더 많은 환호성이 터져 나왔다. "아니, 난 여러분이 큰 소리로 요구하는 답변을 줄 수가 없습니다. 어서 집에 가서 생각해 보세요! 난 여러분이 좋아하는 교과서적인 혁명을 선포할 수 없습니다. 그 대신 난 모든 사람들이 어떻게든 자신의 생활 환경을 검토해 봄으로써 전반적인 범위에서 계몽되기를 바랍니다. 왜냐하면 속담에 있듯이 검토되지 않은 삶은 살아갈 가치가 없으니까요……. 난 작가로서 그런 자기 검토의 범주가 확대되기를 바랄 뿐입니다. 변덕스럽고 불완전한 통설로 인해 그런 범주가 방해받는 걸 원하지 않아요. 나를 비판하는 사람들은 당신이 생각하는 아름다운 교육 프로그램을 진행할 시간이 전혀 없으며, 일반 대중은 준비가 되어 있어서 투쟁 과정에서 계몽될 거라고 말하지요. 그리고 그들은 혁명을 배반하는 죄에 대해 파농의 말을 인용합니다. 아무 일도 하지 않는 것도 큰 문제지만 그에 못지않게 어리석음, 무능함, 성급함과 경솔한 행동 때문에 혁명이 배반당한다는 사실을 그들은 인식하지 못합니다." 착잡한 듯 조심스러운 박수갈채. 이제 어떻게 할까 생각하는 듯 그는 잠시 말을 멈추었다.

"이번 토론회를 통해 우리가 수용했으면 하는 새로운 극단론을 제안해도 좋을 것 같군요." 기대에 찬 박수갈채. "무엇보다 이 극단론은 우리의 모든 문제의 책임을 자본주의와 제국주의에 돌리는 현재의 인기 발언을 넘어서서 볼 수 있을 정도로 통찰력이 있어야 합니다……. 제발 내 말을 오해하지 마세요. 외적인 요소들이 아직도 우리가 갖고 있는 수많은 문제의 원인이라는 사실을 부정하는 게 아닙니다. 하지만 설사 외적인 요소들이 모든 문제의 원인이라고 할지라도 내 생각으로는 역사 교사들이 말해 주었듯 실제적인 목적을 위하여 직접적인 원인과 간접적인 원인을 구분해야 할 겁니다." 인정의 미소. "우리 선조들, 그건 그렇고 여러분은 절대로 그분들을 얕보면 안 됩니다. 죄송합니다만 몇몇 분은 그렇게 하실 태세인 것 같은데요. 그러니까, 우리 선조들은 직간접 원인에 대해 아주 멋진 속담을 만들어 놓았지요. 만약에 살인 사건의 진상을 규명해 보고 싶으면 날이 넓은 칼을 만든 대장장이를 찾아내야 한다고 그들은 말했지요." 떠들썩한 웃음소리. "아주 멋진 속담 아닙니까? 하지만 그 의도는 단지 우리의 사고 범주를 확대하고 싶었던 것이지 실제 범죄 행위를 조사하는 경찰들에게 권유한 건 아닙니다." 웃음소리.

"살찐 공무원이나 도시에서 근무하는 공사(公社) 직원들이 노동절에 터무니없이 작은 티셔츠와 학생 모자를 걸치고 행진할 때." — 웃음소리 — "그래요, 그리고 그들이 다른 민족의 역사와 투쟁으로부터 나온 상투적인 말을 술술 인용하는 걸 보면, 오늘날 아프리카의 현 상황에서 그들은 자신들이 억압당하는 자가 아니라 억압하는 자에 속한다는 사실을 거의 깨닫지 못하는 겁니다." 박수갈채. "그들은 바로 태만과 기만적 언행으로 국가의 사보타주를 관장하는 동지들이니까요. 그리고 그런 방식 때문에 시골 마을에서 살아가는 진정한 착취의 피해자들은 현대 생활의 혜택을 누릴 날이 오리라는 꿈을 꿀 수가 없는 겁니다." 찬반이 뒤섞인 소음.

"몇몇 분이 반대요! 하고 외치는 소리가 들리는군요. 좋습니다! 그럼 제가 지금부터 입증해 보지요. 난 입증도 없이 비난만 하는 짓은 절대로 하지 않으니까요." 몇몇 사람들이 계속이요! 하고 외친다.

"그래요, 계속하겠습니다! 그럼 다른 것도 많지만 캉안의 전기회사를 예로 들어 보겠어요. 뭐가 보이세요? 대규모 사기 행위를 감추기 위해 교묘하게 행해지는 혼란스러운 계산서 발행 과정, 간부들이 직접 수행하거나 묵인하는 불법 거래, 계량기 절도 행위나 다른 사소하거나 중대한 다수의 범죄 행위, 그중에는 이런 세상에, 조사 확인이 제기될 경우를 대비하여 하루를 마감하면서 전 회계 감사 부서를 전소시킬 태세까지 되어 있다더군요…….” 커다란 웃음소리. “여러분, 이건 웃을 일이 아닙니다…….” 신경 쓰지 마세요! 앞줄에서 목소리가 커다란 한 청년이 옆에 앉아 툭툭 건드리는 사람들을 향해 심각하게 눈살을 찌푸리며 말했다. “유행을 따르는 우리의 과격론자들이 바라는 대로 이 모든 일에 대해 제국주의나 전 세계적인 자본주의를 비난하는 것은 내 견해로는 순전한 위선이자 사기입니다……. 그건 마치 도끼에 맞아 사람이 죽어 나갈 때마다 마을의 대장장이를 체포하러 가는 것과 똑같지요.” 커다란 웃음소리와 박수갈채가 쏟아져 나오고 심지어 앞줄의 심각한 청년도 경계를 게을리했다. “계속할까요? 아닙니다! 저는 그냥 아무리 상상의 나래를 펴도 이들은 노동자가 아니라고 말하겠습니다. 분명히 말하지만 그들은 기생충이에요. 그리고 나는 내 업무를 기생충들의 민주적 독재에 넘겨주는 데에 동의하지 않겠습니다. 절대로요! ……자, 학생들은 어떤가요? 난 정말이지 오늘밤 안전하게 집으로 돌아가고 싶으니까 이 주제에 대해서는 아주 조심해야겠네요.” 폭발적인 웃음소리. “그렇지만 진실은 반드시 드러납니다! 유감스럽게도 학생들은 나의 우견으로는 알짜배기 기생충이지요.” 배가된 웃음소리. “며칠 전 의무 병역 중인 학생들이 농민들이 새로 세워 놓은 산과 병동을 완전히 파괴하지 않았나요? 왜 그랬죠? 그들은 전기와 수도가 없는 외딴 시골 부대에 배치된 것에 대해

이의를 제기한 겁니다. 그것에 관한 기사를 못 보셨나요?" 웃음소리가 갑자기 사라졌다. "누구라도 좋습니다. 이 나라에서 학생들이 하나의 계급으로 낮은, 아주 낮은 국가적 수준에서 벗어났다는 사안을 알고 계시다면 저한테 단 하나만이라도 알려 주십시오. 종족 중심주의? 종교 극단주의? 심지어 선거 상품화도 있지요. 여러분은 과거에 정치가들이 그랬듯이 투표권을 사고팔고, 상대편을 협박하거나 납치하지 않습니까?" 훨씬 약하기는 했지만 이제 박수갈채가 다시 살아나기 시작했다. "반드시 그래야 하는데 말이죠, 여러분은 여러분만큼 운이 좋지 못한 다른 동포들보다 더 유능하세요? 빈약한 우리의 교육 자원이 여러분한테 마구 뿌려지고 있잖아요. 오늘 강연을 시작하는 데 마이크를 찾지 못해 한 시간이나 걸렸습니다……. 제가 이 강단으로 올라오는 내내 발밑에서 땅콩 껍질이 터지더군요. 그래요, 우리가 무슨 이야기를 하고 있지요? 여러분은 다른 어느 나라 학생에 필적하거나 그들보다 탁월해지기 위해 노력하는 대신 더 낮은 입학 요건을 확보하기 위해 부족의 압력 단체를 형성하고 있지는 않나요? 그래요, 여러분은 벽 뒤에 숨어 보통 정도에서 얼쩡거릴 수 있는 학문적인 관세 장벽을 선호합니다. 그러면서 제 인생을 보통 사람들의 민주적 독재에 넘겨주는 일에 동의하라고 요청하십니까? 천만에요! ……자, 오해하지 마시기 바랍니다. 궁극적으로 이 나라를 구원의 길로 올려놓게 될 여러분의 역할을 과소평가하고 싶은 마음은 전혀 없으니까요. 하지만 여러분이 먼저 정화하기를 시작하고 여러분의 행동거지를 바로 하지 않는다면 그런 일은 불가능합니다. 여러분은 제일 먼저 학생 대표들이 책임 있는 행동을 수행하도록 붙잡아 주는 법을 배워야 합니다. 여러분이 그렇게 할 때 비로소 국가 지도자들을 비판할 수 있는 도덕적 권위가 생기게 됩니다. 여러분은 주술사나 교수가 들려주는 모든 미신을 그냥 삼킬 것이 아니라 습관적으로 회의적인 태도를 견지해야 합니다. 앵무새처럼 따라하거나 반쯤 소화된 과격한 미사여구를 마구 토해 내는 걸 너무나 많이 봅니다……. 이런 것을 모두 제거하고 나면 여러분이 이 나라를 돕고 관리할 수 있는 가능성은 네 배로 증가할 겁니다."

엄청난 박수갈채가 터져 나왔다. 놀랍게도?

변함없이 질문이 계속해서 이어졌다. 결국 주임 교수가 자리에서 일어나 "이제 됐습니다!"라고 말해야 했다. 시간이 벌써 자정에 가까웠다. 그는 이켐 오소디에게 매우 고무적인 강연을 해 주고 또 청중의 질문에 흥미진진한 답변을 해 주어서 무척 고맙다고 말했다. 저널리즘과 문학의 범주에서 이 나라의 문화적 정치적 성장을 위해 오늘의 연사인 오소디 씨가 크나큰 기여를 했다고 칭찬한 후 주임 교수는 이켐 오소디 씨가 어떤 오해로 인해 정직을 당했는지 모르겠지만 그 문제가 곧바로 해결되기를 바란다고 말했다. 박수갈채. 하지만 주임 교수에게는 아주 짤막하게나마 언급하고 싶은 문제가 두 가지 있었다. 청중석에서 가볍긴 했지만 고집스럽게 항의하는 소리가 들리자 주임 교수는 아주 간략하게 말하겠다고 약속을 하더니 사회학자로서 작가의 이념적인 발전과 명료성의 맥락에서 다음과 같은 문제를 제기했다. 먼저 그는 솔직히 말해서 투쟁에 대한 오소디 씨의 개념이 지나칠 정도로 개인적이고 모험적인 것 같다고 평했다. 약간의 박수 소리가 들렸다. 다음으로 전반적으로 말해서 제3세계 상황에 처한 작가들은 단순히 사회 문제들을 기록하는 단계에 머무를 것이 아니라 처방책을 내놓는 더 높은 책임의 단계로 나아가야 한다는 익히 알려진 주임 교수 자신의 주장을 다시 한 번 펼쳤다. 박수 소리.

"작가들은 처방책을 내놓지 않아요. 두통거리만 내놓죠!" 이켐이 소리쳤다.

강당이 떠나가라 웃음소리가 터져 나왔다.

"그렇군요. 그런 점에서 오늘 아주 유쾌한 저녁을 보내게 해 주신 오소디 씨에게 감사하다는 말씀을 드립니다."

13

강연이 진행되는 동안 이켐이 짧게 혹은 제법 상세하게 답변해야 했던 수많은 질문 중 하나는 캉안 중앙은행이 대통령의 조상을 통용 화폐에 넣으려는 계획이 확정 단계에 있다는 좀처럼 사라지지 않는 소문과 관련된 것이었다. 그 말이 사실인가? 만일 사실이라면 고명하신 강사 선생님은 그런 사태에 대해 어떻게 생각하는가?

"그래요, 저도 여러분과 마찬가지로 그런 소문을 들었습니다. 그런 계획이 있는지 없는지 전 모릅니다. 제가 말씀드릴 수 있는 건 그런 소문이 사실무근이기를 바란다는 거예요. 특히 저는 이제 《가제트》의 편집장이라는 걸 염려할 필요가 없으므로 제 입장은 아주 분명합니다. 이 세상에 자기 얼굴을 동전에 새겨 넣을 정도로 어리석은 현직 대통령이 있다면 국민들에게 그 동전 속 얼굴을, 그러니까 머리를 잘라 내라고 선동하는 거나 다름없다고 생각합니다."

바로 그다음 날 아침《내셔널 가제트》는 가능한 한 가장 굵다란 활자로 전 편집장, 대통령 시해를 옹호하다! 하는 헤드라인을 뽑아 냈고, 강당에서 대대적으로 박수갈채를 받은 이 발언은 전국적으로 큰 반향을 일으키게 되었다.

요즈음의 캉안 역사에서 언급되는 여러 가정 중 하나는 만일 이켐이 대학에서의 연설 약속을 지키지 않았다면 그의 운명이 어떻게 되었을 것인가이다. 그 강연이 결정적이었다고 생각하는 사람들은 아마도 국무 연구 위원회 대표인 육군 소령 존슨 (샘소나이트) 오사이가 더없이 포기할 줄 모르는 성격의 소유자임을 과소평가하는지도 모른다. 왜냐하면 그는 재빨리 움직이며 수많은 대체 가능한 전선을 가차 없이 밀어붙이고 있었기 때문이다. 가장 위협적인 전선은 바사 종합 병원의 총무 부장으로 일하면서 심각한 물의를 일으킨 외국인, 일반적으로 매드 메디코라고 불리는 존 켄트 쪽이었다. 명석한 소령은 선견지명이 있었는지 켄트 씨를 일 년 이상 아주 가까이서 그러면서도 아주 신중하게 감시해 왔다. 그리고 이런 특별한 감시를 통해 그동안 소령이 축적해 놓은 것이 얼마나 결정적으로 중요했던지 이켐이 강연을 하지 않았더라도 그것만으로 충분했을 터였다. 이 말은 결단코 강연으로 생겨난 새로운 기회를 과소평가하려는 건 아니다. 왜냐하면 그런 감시를 통해 극적인 협공 작전이 이루어졌으며 신속한 공격이 아주 용이하고 불가피하게 되었기 때문이다.

켄트는 취조를 받기 위해 쥐도 새도 모르게 조용히 끌려가

외부와 연락이 끊긴 채로 바사 최고 보안 교도소에 나흘 동안 갇혀 있다가 엄중 경계 속에 석방된 후 48시간이 지나기도 전에 강제 추방당했다. 켄트를 태운 비행기가 이륙하자 국무 연구 위원회는 라디오와 텔레비전을 통하여 아주 간단하게 그가 국가 안보에 해로운 활동으로 추방되었다고 발표했는데, 그것은 갑작스러운 이번 사건에 대하여 캉안이 처음이자 마지막으로 표명한 공식 통보였다. 비록 두 가지 발표가 거의 잇달아 나왔음에도 불구하고 처음에는 켄트의 추방을 먼저 발표된《내셔널 가제트》편집자의 정직과 확정적으로 연관시킬 수 있었던 사람은 거의 없었다. 다만 그런 발표를 들은 많은 사람들의 마음에 지난 12개월에 걸친 불안정한 소강 상태가 마침내 끝을 향해 빠르게 달려가고 있는 것 같다는 생각이 깊게 자리 잡았다.

그러고 나서 몇 시간 뒤 또 다른 특별 담화가 있었다. 이번에는 (여러 해 동안 그 어떤 담화도 발표한 적이 없었던) 육군 최고 회의라는 기관의 이름으로 방송되었는데, 육군 최고 회의는 임시 회의를 열어 국무 연구 위원회 대표인 존슨 오사이 소령을 대령으로 진급시켰음을 국민들에게 알려드린다고 간단히 선포했다. 특별 담화 끝.

이 마지막 단신을 들으며 크리스는 각하가 합헌적으로 직무를 수행하겠다던 약속을 충실히 이행하고 있다고 생각했다.

비어트리스가 그에게 아침마다 정례적인 정보 단절을 겪고 있다고 놀려 대도 아무렇지도 않았다. 여태껏 — 어떻게 기다려야 하는지 항상 알고 있는 — 바깥 세상이 아니라 바로 이곳 캉안에서 현재 진행되는 상황을 알기 위한 더 나은 방법을 그에게 알려 주는 사람은 한 명도 없었다. 그래서 다음 날 아침 크리스는 보통 때처럼 BBC 7시 뉴스를 듣는 대신 조금 일찍 일어나 6시 뉴스를 청취했다. 세부 상황에 대해서는 극도로 빈약했지만, 분명 캉안이라는 서아프리카 국가에서 켄트가 추방된 사실은 벌써 국제 뉴스가 되어 있었다!

크리스는 자그마한 트랜지스터라디오에 한쪽 귀를 바짝 댄 채 이켐의 전화번호를 돌렸다. 어젯밤 MM에 대한 소식이 처음으로 발표되었을 때 이켐과는 연락이 닿지 않았다. 전화를 받은 하인은 쌀쌀맞은 말투로 오후에 그 아가씨와 함께 외출한 후 귀가하지 않았다고 말했다……. 그리고 이제는 전화벨이 울려도 받는 사람이 없었다. 이켐은 잠자리에서 늦게 일어나는 사람으로 잘 알려져 있었고 이른 아침에 방해받는 것을 아주 싫어했다. 하지만 현 상황에서는 이켐이 적어도 수화기는 집어들 것 같은 생각이 들었다……. 안 받는군. 그럼 좋다.

다음으로는 비어트리스에게 전화를 시도했다. 처음에는 졸린 목소리로 전화를 받았지만 누가 무슨 일로 전화했는지 깨달은 순간 그녀는 곧바로 초롱초롱해졌다.

"어서 BBC를 틀어 봐요. 국제 뉴스 다음 아프리카 뉴스 시간에 좀 더 심층적인 보도를 할 것 같아요."

"어떻게 BBC를 틀어요? 지금까지 한 번도 그 채널을 찾지 못했다는 걸 당신도 잘 알면서. 내가 듣는 거라곤 기껏해야 미국의 소리, 특별 영어 프로그램에서 나오는 속 터지는 소리뿐인데. 내 라디오는 미국 CIA에서 특별 제작한 게 틀림없다니까요……."

잠시 후 비어트리스가 다시 전화를 걸더니 완전히 낙담한 목소리로 여전히 채널을 못 찾았다고 말했다.

"괜찮아요, 비어트리스. 당장 이리로 와요. 다행히 MM에 관해 방송된 부분을 녹음할 수 있었어요. 그동안 난 이켐과 연락해 볼게요. 어떻게 폭풍우가 쳐도 깨어나지 않고 잠을 잘 수 있는지 은근히 짜증 나는걸……. 곧 봅시다."

비어트리스가 7시 45분경 도착하니 크리스는 초긴장 상태에서 바사 전 지역으로 사방팔방 미친 듯이 전화를 걸어 봤지만 어디에서도 이켐을 찾을 수 없다고 했다. 그녀의 자동차가 도착하자마자 크리스가 집에서 달려 나왔다. "어젯밤 자기 아파트에서 잠자러 들어간 이켐이 온데간데없이 사라졌어요……."

"아침 일찍 어딘가 갔겠죠."

"그의 자동차가 주차장에 있대요……. 우리가 직접 가서 알아봅시다. 당신이 운전할 수 있겠어요?"

"물론이죠." 비어트리스는 크리스가 부들부들 떨고 있는 걸 눈치챘다.

앞문이 잠겨 있었으므로 그들은 뒤로 돌아가 하인이 가진 여분의 열쇠로 부엌 문을 통해 들어갔다. 집 안은 아수라장이었다. 책과 서류 그리고 옷가지가 거실과 침실 사방에 흩어져 있었다. 알람 시계가 침대 옆 깨진 유리 조각 사이로 보였다.

하인이 조금 전 전화로 크리스에게 이미 말한 것들을 반복해서 말하는데 문에서 똑똑 소리가 들리더니 한 여자가 머뭇

거리며 들어오고 뒤따라서 한 남자가 들어왔다. 그들은 이켐의 옆집에 사는 이웃이었다. 공무원인 그 남자는 공보처 장관을 단번에 알아보았다.

"안녕하십니까, 장관님." 남자가 말했다. 장관이 그 자리에 있는 걸 본 그 사람은 안심이 되면서 들어올 때의 음울한 소심증이 어느 정도 사라진 것 같았다. "아그네스, 이분은 공보처 장관님인 오리코 씨셔. 장관님, 여기는 제 아내입니다."

"안녕하세요, 장관님." 아내인 아그네스 역시 좀 더 밝아진 모습으로 말했다.

"고맙습니다. 이 집에서 무슨 일이 있었는지 조금이라도 아는 게 있으신가요? 지난밤 이후로요."

그 남자는 미심쩍다는 듯이 비어트리스를 쳐다보더니 그다음에는 방과 열린 문들을 둘러보았다.

"이 집에 다른 사람은 한 명도 없습니다. 제가 누군지는 아시잖습니까. 이분은 비어트리스 오코 씨로, 재정부 수석 비서관입니다. 우리는 경찰이나 보안 기관에서 나온 게 아니라 오소디 씨의 친구일 뿐입니다. 뭔가 보신 게 있나요?"

"오코 비서관님, 만나서 반갑습니다……. 어젯밤 깊은 잠에 빠져들려는 참인데 아내가 날 깨우더니 바깥에 지프차 두 대가 서 있다는 거예요……."

"군대 차량이요?"

"그래서 창가로 다가가 내다보니 아내 말이 맞더군요. 마당에 지프차가 두 대 서 있었고 벌써 사람들이 옆집 앞문을 두드리고 있었어요. 그런 다음 시간이 얼마 흐른 후 문이 열리는 소리가 들렸어요."

"신분을 밝히던가요? 그들이 누구라는 걸 말입니다."

"국무 연구 위원회에서 나왔다고 말했던 것 같아요."

"맞아요, 그렇게 말했어요. 그리고 이켐 씨가 문을 열기 전에 잠깐만 기다리라고 말씀하시는 걸 들었어요."

"그랬습니까?"

"그 사람들이 군인이었는지는 확실치 않아요. 무장 강도들도 이따금씩 자기네가 군인이라고 말할 수 있잖아요. 그래서 우리는 밖으로 나가는 게 두려웠지요."

"당연하죠. 이 일이 정확히 언제 일어난 겁니까?"

"그들이 여기 온 게 정확히 1시 15분경이었고 떠난 시간은 대략 2시 30분 정도였어요. 바로 그때 그들이 이켐 씨를 집에서 데리고 나오더군요."

"몇 명이나 왔었어요?"

"아주 많았어요. 몇 명은 집 안으로 들어가고 몇 명은 바깥에 남아 있었죠. 남편 말로는 족히 열 명은 될 것 같다던데 전 세어 보지 않았어요."

"자동차 번호라도 적어 두셨나요?"

"그러려고 했죠. 하지만 자동차를 가로수 아래에 주차해 놓아서 번호판을 알아볼 만큼 가로등 불빛이 환하지 않았어요."

"그를 거칠게 다루던가요? 저기요, 두려워하지 말고 말씀하셔도 됩니다."

"집 안에서는요. 하지만 바깥에서는 모든 걸 조용히 처리하던데요."

"그러니까 몸부림치거나 밀거나 뭐 그런 일은 전혀 없었다는 겁니까……. 바깥에서는요?"

"없었어요. 그런 모습은 못 봤어요."

"하지만 이미 안에서 그분 손에다 수갑을 채웠던데요." 아내가 말했다. "그리고 얼굴이……."

"자세히 볼 수는 없었어요, 장관님. 벌써 말씀드렸듯이 캄캄해서……."

"얼굴이요?" 크리스가 아내 쪽으로 몸을 완전히 돌리며 물었다.

"얼굴이 퉁퉁 부어오른 건지 아닌지 자세한 건 알 수 없었어요. 너무 캄캄했거든요. 어두워서 그렇게 보인 건지 아니면 실제로 그의 얼굴이 부어오른 건지는 확실치 않아요."

"대단히 감사합니다. 처음으로 확실한 정보를 얻었습니다. 걱정하실 필요는 전혀 없어요. 어떤 방식으로도 당신들을 언급하진 않을 테니까요."

"감사합니다, 장관님. 감사합니다, 오코 비서관님. 우리나라는 정말이지 대단한 곳이에요. 인간을 구원하는 건 오직 하느님뿐이죠."

그 전날 오후 6시 친구와의 전화 통화로 MM의 추방 소식을 처음 들은 크리스는 이켐에게 그 소식을 전하려고 했지만 그 친구는 엘레와와 함께 외출 중이었던 게 분명했다. 그러니까 그들이 마지막으로 이야기를 나눈 건 대통령 시해 이야기가 나온 날 아침이었다. 짜증을 가능한 한 나타내지 않으려고 애쓰며 크리스는 이켐이 강연할 때 정확하게 무슨 말을 했는지 알고자 했다. 그는 자신의 질문에 답변하면서 상대방이 분노를 폭발시킬 것이라고 예상했다. 그런데 기쁘게도 이켐은 자신이 한 말이 모두 끔찍하게 왜곡되었다는 사실에 대해 상당히 속상해하는 것 같았다. 그러면서 그는 편집자에게 심지어 법적인 책임을 물을 가능성까지 언급한 항의 편지를 작성하는 중이었다.

크리스는 이제 엉망진창인 아파트에 무기력하게 선 채 이쪽에 닫힌 문에서 저쪽에 닫힌 문에 이르기까지 아무런 움직임도 없는 황량한 복도에 갇히기라도 한 듯 가슴이 두근거리고 두려움에 휩싸여 있었다.

"이켐이 실제로 편지를 보냈는지 모르겠군요."

"무슨 편지요?"

"《가제트》 편집자에게 쓴 편지요. 괴소문을 부인한 이켐의 편지가 실리는 게 아주 중요해요."

"과연 그들이 당신 생각대로 그 편지를 실어 줄까요? 그 혐오스러운 친구가 군침을 흘리고 있는데요. 여하튼 그 사람에게 전화를 걸어서 어째서 그 편지가 실리지 않았는지 물어보세요. 한때는 당신의 아첨꾼이었잖아요……."

"엘레와와 연락을 취해 봐야 할 것 같아요. 어제 일찍부터 어떤 낌새가 있었을지도 모르니까."

"어떻게요?"

"사실 나도 모르겠어요. 하지만 엘레와가 6시까지는 여기에 있었잖아요."

“그들이 새벽 1시에 왔잖아요. 여하튼 엘레와에게 말은 해줘야 할 것 같네요. 혹시 그녀가 어디 사는지 아세요? 몰라요? 나도 모르는데. 아마 하인은 알지도 모르겠네요.”

“좋은 생각이에요.”

하인은 엘레와가 사는 곳도 일하는 곳도 알지 못했다.

“그래요, 엘레와가 나한테 인디언 아니 레바논 가게라고 했던 것 같아요. 여하튼 그녀는 옷감을 파는 판매원이라고 말했던 것 같아요. 그런데 어느 가게람……. 전화번호부에 나와 있는 상점들은 몽땅 전화 걸어 봐야겠어요……. 하지만 엘레와의 성이 뭐죠? 그것도 모르겠네요. 아 그래, 어쩔 수 없군요. 엘레와는 이런저런 방식으로 이 소식을 듣게 되면 여기로 다시 올 거예요.”

비어트리스가 출근할 수 있도록 두 사람은 아파트에서 나왔다. 크리스는 이 문제에 대한 모든 걸 자신에게 맡기고 사무실에서는 아무것도 알아보지 말라고 그녀에게 충고했다.

크리스는 오전 내내 전화통에 매달려 지냈다. 이켐의 아파트에서 느낀 절망감으로 인해 생겨난 정신적인 붕괴 상태는 이제 완전히 사라졌고 이제는 전화를 걸면서 어떻게 해야 하는지 정신이 한층 더 명료해졌다. 오사이 소령은 그와 통화할 여유가 없었고 위원회에 소속된 어느 누구도 그가 요구하는 정보에 대해 도움을 줄 수가 없었다.

대통령 비서실장은 전화를 연결해 줄 마음이 전혀 없으면서도 각하가 한가해지면 곧바로 그에게 전화를 걸게 해 주겠다고 약속했다. 각하와 말씀하실 내용이 어떤 거죠? 아, 그 문제는 대통령 소관이 아니에요. 국무 연구 위원회 의장과 연락해 보시는 게 좋겠는데요.

그런 다음 크리스는 검찰 총장에게 전화를 걸었지만 그는 그 일에 대해 아무것도 모른다고 말했다.

"당신이 알아야 할 문제 아닙니까?"

"글쎄요, 그렇기도 하고 그렇지 않을 수도 있지요. 만약 그게 순전히 국가 안전에 관한 문제라면 까다로울 수 있잖아요……. 물론 결과적으로는 나도 알게 되겠지만 말이죠……."

오콩 교수는 전혀 들은 바가 없었고 국무총리는 방금 전에 검찰 총장의 보고를 받았다.

아 그래, 어쩔 수 없지! 죽은 자들 가운데서 살아 있는 자를 계속 찾아봐야 무슨 소용이 있나! 그래서 크리스는 방침을 바꾸었다. 샘소나이트 오사이 소령과 그의 상관은 조용한 노선을 택하기로 결정한 게 분명했다. 그러니까 이 납치 사건을 대대적으로 알리는 일에 착수해야 한다. 크리스는 바사에 있는 외국 방송사, 언론사, 그리고 라디오 프로그램의 몇몇 대표들에게 의존할 수 있을 거라 생각했다. 국내 전선에는 그가 기댈 수 있을 정도의 필적할 만한 자원이 전혀 없었지만, 고위직에 있는 수상한 거래자들과 체념한 독재자들, 그리고 루머의 소리라는 별명이 붙은 그 거대한 통신망이 갖고 있는 엄청난 잠재력이 있었다. 저녁이 되기 전에 납치당한 이켐에 대한 소문이 외국과 국내 양쪽 체계를 통하여 부산스럽게 떠돌기 시작한 듯했다.

그런 다음 저녁 6시에 또 다른 특별 담화가 국무 연구 위원회 대표 이름으로 발표되었다.

국가의 법을 준수하는 모든 캉안 시민의 자유와 안전을 도모하는 임무를 수행하는 과정에서 국무 연구 위원회는 일부 캉안의 비애국적 무리가 외국의 몇몇 모험가와 협력하여 이 나라의 합법적인 정권을 위태롭게 만들고자 획책하는 음모를 적발했다.

이 비열한 음모의 주모자는 최근까지 정부 소유인《내셔널 가제트》의 편집자로 일한 이켐 오소디다.

국무 연구 위원회 소속 고위 보안 장교들의 조사 결과 오소디는 이 음모와 아래의 세 가지 측면에서 연루되어 있음이 밝혀졌다.

(1) 오소디는 캉안의 음모자들과 외국 협력자들 사이의 주요 연결 고리였다.

(2) 오소디는 바사의 음모자들과 아바존 지역의 비애국적 불만 세력의 주요 인물들을 연결시킨 핵심 인물이었다.

(3) 오소디는 9월 26일 바사 대학에서 공개 강연을 빙자하여 대학생들에게 정부, 대통령 각하의 생명 그리고 국가의 평화와 안보에 대한 반감과 반항심을 고무시킴으로써 음모자들의 목적을 발전시켰다.

오늘 아침 일찍 오소디는 일단의 보안 장교들에 의해 관사 지역인 킹스웨이 로드 202번지에 위치한 그의 공관 아파트에서 체포되어 국무 연구 위원회 본부에서 심문받기 위해 군용차로 이송되던 중 한 호위 대원의 총을 움켜쥐었다. 뒤이어 오소디는 이동 중인 자동차 안에서 보안 요원들과 실랑이를 벌였는데 그 과정에서 발사된 탄환에 맞아 치명상을 입었다.

각하는 이 사고에 대해 보고받은 후 참모 총장인 아메드 랑고 소장 책임하에 즉각적으로 강도 높은 조사를 하여 수사 결과를 이 주 이내에 보고하라는 지시를 내렸다.

이번 수사를 통해 이 음모의 모든 측면을 샅샅이 밝혀낼 것이다. 사랑하는 우리의 위대한 조국이 선택한 질서 정연한 전진의 길에서 벗어나 유혈 사태를 도모하여 무정부 상태로 이끌고자 하는 이 반역적 음모에 연루된 사람이 있다면 지위 고하를 막론하고 문책하는 방향으로 진행될 예정이다. 대통령 각하 만세! 캉안 공화국 만세!

존슨 오사이 대령

국무 연구 위원회 대표

이것이 이 특별 담화의 끝이었다. 이 담화는 7시에 또다시 방송될 예정이었다.

크리스는 초조한 심정으로 비어트리스가 도착하기를 기다리면서 여행 가방에 몇 가지 물건을 집어넣었다. 그녀가 자동차를 몰고 도착하자마자 크리스는 가방을 들고 집을 나섰고 앞문을 걸어 잠근 다음 집을 떠났는데, 결과적으로 영원히 돌아올 수 없는 길을 나선 것이었다.

처음에는 집을 떠나는 결정과 안전에 대한 두려움은 거의 관계가 없었는데 하루하루 시간이 흐르면서 두려움이 점점 더 커졌다. 라디오에서 특별 담화가 발표되는 순간에도 구체화하고는 있었지만 지금 당장 그의 마음을 압도적으로 사로잡고 있는 사안은 이 끔찍한 거짓말을 어떤 방식으로 반박할 것인가였다. 내일이면 너무 늦는다. 지금 당장이어야 한다!

첫 번째 은신처에 도착하자마자 크리스는 전화기를 집어 들고 외신기자 두 명에게 그날 밤 8시에 만나기를 요청했다. 그런 다음 크리스는 자신이 기거할 캠프용 침대와 필기용 테이블이 갖춰진 밀실로 들어가 성명서를 작성하기 시작했다. 그의 마음은 이상할 정도로 능률적이고 명료했다. 세세한 것까지 모두 기억나는 것 같았다. 일에 착수한 크리스는 몇 분이 흐른 후 집주인과 비어트리스가 전화를 걸고 있는 거실로 다시 나와 이켐이 그저 부상당한 게 아니라 사망했다는 사실을 사람들에게 확실히 전달해야 한다고 말했다. 정부 발표문 작성자들은 이 소식이 가져올 충격을 분산하기 위해 내용 전체를 부분적으로 드러내면서 전반적으로 오해의 소지가 있는 문구를 신중하게 선택한 것이라고 그는 확신했다. 비어트리스는 다소 기발한 이론이라고 생각했지만 그걸 가지고 논쟁하진 않았다.

그날 밤 11시가 조금 지난 후 집으로 돌아온 비어트리스는 하루 종일 행방을 찾지 못했던 엘레와가 완전히 제정신이 아닌 상태로 기다리고 있는 걸 보았다. 그리고 크리스가 말했던 것처럼 그녀는 정부 발표를 완전히 오해한 상태였다! 아주 잠깐이긴 했지만 아침까지 엘레와가 아무것도 모르게 그냥 내버려 둘까 생각해 보았다. 하지만 만일 그렇게 한다면 그건 자신이 엘레와를 배려해서가 아니라 그 끔찍한 일을 자기 혼자 감당해야 한다는 소심한 공포심 때문이라는 걸 비어트리스는 곧바로 깨달았다. 그런 생각이 들자 그녀는 마음을 정했다. 그들 앞에 그토록 무자비하게 펼쳐지고 있는 미래를 엘레와나 자신과 같은 사람들이 감당하려면 이제부터는 예민함이 아니라 지독한 용기가 필요할 것이었다.

그리고 강한 감정에 휩쓸릴 때에 기이하게도 두 사람 중에서 엘레와가 더 강하다는 것이 증명되었다! 전사한 병사에게 경의를 표하기 위해 쏘아올린 소총탄처럼 비어트리스의 머릿속에서 계속 울려 대는 귀청을 찢을 것만 같은 비명 소리가 나더니 엘레와는 말없이 털썩 주저앉았다. 그 순간 마음을 진정시킬 눈물을 터뜨린 사람은 크리스의 비밀 전투 지휘소에서 미친 듯이 전화를 걸어 대느라 저녁 내내 모든 감정을 자제해야 했던 비어트리스 자신이었다.

다음 날 오후 느지막이 국무 연구 위원회에서 크리스를 찾기 시작했다는 게 분명해졌다. 선견지명이 있었던 크리스가 취한 단계 중 하나는 비어트리스에게 아파트로 돌아가 아침에 평상시처럼 출근하고 연락을 취할 때까지 물리적인 접촉을 시도하지 말라는 것이었다. 근무 시간이 끝나기 직전에 그녀의 비서가 국무 연구 위원회 대표에게서 걸려 온 전화를 받으라고 했다. 목소리와 태도의 평정을 되찾을 시간을 벌기 위해 그녀는 일부러 늦장을 부리며 수화기를 집어 들었다. 그녀의 말투는 차갑고 냉정했지만 적대적이지는 않았다.

"존슨 오사이 대령입니다."

"네, 그러세요. 제가 뭐 도와드릴 일이라도 있습니까, 대령님?"

"그러니까, 네……. 오리코 장관님께 전하라는 아주 중요한 각하의 메시지가 있어서……. 공보처로 여러 번 전화 연락을 시도해 보았는데 연락이 안 돼서요. 장관님의 집으로도 연락해 보았지만 전화 받는 사람이 없군요. 혹시…… 음…… 알고 계신가 해서요……. 음…… 그의 행방 말입니다. 그게……."

"저는 모르는데요."

"그러시군요. 죄송합니다……."

"괜찮습니다, 대령님. 안녕히 계세요."

한편으로 크리스는 아주 유용하게 해외 특파원은 물론이고 다른 여론 주도자들과도 연락을 취했다. 특히 그는 바사 대학 학생회장과의 만남으로 무척이나 고무되었다. 보안 문제 때문에 두 사람은 크리스의 은신처가 아니라 또 다른 관사 지역에서 만났는데 결과적으로 이런 예방책은 불필요한 것임을 알게 되었다. 학생회는《내셔널 가제트》에 발표된 이 상스러운 대통령 시해 이야기로 인해 어찌나 격분했던지 학생들은 이제 정기적으로 캠퍼스에 있는 가판대에서 그 신문을 모두 수거해 자유의 광장 한복판에서 공공연히 태워 없애고 있었다. 또한 분노한 학생회는 학생들과 초청 강사를 모욕한 것에 대해 사과를 요구하는 장문의 편지를 편집자에게 보냈다.

크리스는 자신이 준비한 성명서 사본을 학생회장에게 건네주고는 그가 읽는 동안 그를 지켜보았다. 곧바로 그의 손에 들린 종이가 부들부들 떨리기 시작했다. 성명서를 돌려주면서 학생회장은 두 눈을 가로질러 손등으로 눈을 쓱 닦았다. 뭔가를 말하려고 했지만 목젖이 격렬하게 움직이는 바람에 아무 말도 나오지 못했다.

"저도 이걸 한 부 갖고 싶은데요." 마침내 그의 입에서 나온 말이었다. "제가 복사하고 돌려드려도 될까요?"

"이건 자네 걸세." 크리스가 그걸 되돌려 주면서 말했다. "필요하다면 말이지."

"고맙습니다, 장관님. 오늘 밤에 2000부 복사해서 내일 아침 모든 학생들의 손에 제일 먼저 들리게 하겠습니다. 이 정권이 이제 자살 행위를 감행했군요."

"글쎄, 젊은이." 크리스는 자리에서 일어나 작별의 신호로 손을 내밀면서 말했다. "자네 말이 옳기를 바라네. 분명 나도 그러기를 희망하지. 하지만 사악함이 그토록 손쉽게 우리를 도와줄 거라고 과신하면 안 되네……. 이렇게 이야기를 나눌 기회가 생겨 아주 기쁘군."

"감사합니다, 장관님. 저희를 믿으셔도 됩니다."

"이 나라가 자네들을 믿고 있네. 이제부터는 아주 조심하게나."

그날 밤 크리스가 마지막으로 만난 사람들은 택시 기사 두 명이었다. 그들 중 한 명을 찾아내어 똑같은 장소에서 크리스와의 만남을 주선하느라 엘레와는 그날 아침 내내 그리고 오후 반나절을 소모했다.

세 번째 아침을 맞았을 때 이미 이켐이 죽었다는 소식을 내보낸 BBC 방송사가 바사 통신원이 크리스와 가진 인터뷰를 보도했다. 크리스는 캉안 정부의 주요 멤버로, 상당한 존경을 받았고 재능이 출중한 시인인 이켐 오소디의 친구로 소개되었다. 경찰서 구류 중에 죽었다고 알려진 이켐의 사건은 문제 많은 이 서아프리카 국가의 군사 정권을 깊은 위기로 몰아넣었다. 크리스는 감정이 북받쳤지만 날카롭지 않은 한결같은 목소리로 이켐의 죽음에 대한 공식적인 발표가 "명백한 거짓"이라고 말했다. 어떻게 그토록 확신하는가? 아파트에서 끌려 나갈 때 이켐의 두 손에는 이미 수갑이 채워져 있었는데 어떻게 그를 잡아가는 사람들에게서 총을 잡아 뺄 수 있었겠는가. 그러니까 당신은 이켐 씨가 살해당한 거라는 취지로 말씀하시는 겁니까? 저는 지금 이켐 오소디가 이 정권의 보위장교들에 의해 냉혹하게 살해당했다는 사실에 대해 추호의 의심도 없다는 걸 말하는 겁니다.

BBC 통신원은 다음 날 추방되었다. 하지만 이제 이 이야기를 알게 된 바사 대학 학생회가 사법부의 조사, 그리고 오사이 대령의 즉각적인 해고와 살해에 대한 처벌을 요구하고 나섰다.

다수의 기동 경찰대 대원들이 지프차 두 대에 나눠 타고 학생회장과 총무를 체포하기 위해 들이닥쳤지만 실수투성이였다. 두 청년이 그들을 속이고 달아났던 것이다. 다른 학생들은 마치 하나도 위험한 상황이 아닌 것처럼 경찰대원들을 모자란 바보 천치라고 놀리기 시작했다. 이제 캉안의 기동 경찰대를 조롱하는 행위는 배고픈 셰퍼드에게 도전하는 것보다 더 심각한 행위였고, 당연히 그들은 광포해졌다. 하지만 여하튼 아무도 설명할 수 없는 이유로 인해 그들은 총을 뽑아 들지는 않았다. 어쩌면 이 년 전 이와 유사한 침입 시에 피로 더렵혀진 결과가 그 영향을 미쳤던 게 분명했다……. 아마도 수천 년에 걸친 신을 닮은 인내심 속에서 심지어 이 무심한 바위조차 지붕에서 규칙적으로 떨어져 내리는 물로 인해 파일 것이다! 그들은 채찍과 곤봉을 들고 도망가는 희생자들에게 달려들었는데 교실, 도서관, 예배당 그리고 기숙사까지 쫓아갔다. 걷잡을 수 없을 정도로 맹렬히 추적하던 중 일부 공격자들이 초반에 점거한 여자 기숙사에 모두 집결했고 곧이어 무시무시한 광란의 복수극을 벌이게 되었는데, 그 안에는 해묵은 남녀 간의 반목과 오늘날의 계층 간 전쟁이 혼합되어 있었다.

얼마 후 구급차들이 날카로운 소리를 울려 대며 달려와 부상자를 병원으로 이송하는 동안 라디오에서는 대학을 무기한 폐쇄시킬 것이고 모든 학생은 그날 저녁 6시까지 캠퍼스에서 나갈 것을 명한다는 발표문이 흘러나왔다.

바사에 주재하는 영국인 고등 판무관은 영국인 두 명이 추방된 것에 대해 항의하려고 외교부로 갔지만 항의는커녕 보위부가 가로챘다는 편지에 대한 설명만 들은 채 공관으로 돌아가 외교부의 소환을 기다리라는 충고만 듣고 나왔다.

파란색 항공 우편용 봉함엽서를 이용한 그 편지의 수신인은 존 켄트였고 보낸 사람의 이름은 딕이었다. 여백을 따라 빨간 선으로 강조 표시를 한 부분은 다음과 같은 내용이었다.

일간 관보지를 편집하신다고 한 시인 친구를 만날 수 있어서 특별히 기뻤습니다. 대단한 친구더군요. 아프리카 독재 정권에 대한 이미지를 고려할 때 우리가 함께 둘러앉아 그토록 가볍게 반역을 말하고 현 독재자를 웃기는 바보라고 일축해 버리는 말을 듣다니 정말이지 놀라웠습니다. 더군다나 정권의 주요 멤버의 입에서 그런 말이 나오다니요. 《타임스》나 《가디언》의 편집자들이 바사에서 휴가를 보낼 수 있다면 얼마나 좋을까요! 전 지금 《텔레그래프》에 실릴 글을 짤막하게 작성하는 중입니다.

크리스는 더 이상 한 은신처에서 또 다른 은신처로 자유롭게 이동할 수 없었다. 군경 합동 검문소가 도시 전체에 다수 세워진 탓이었다. 정찰을 위해 텅 빈 크리스의 관저 앞으로 자동차를 타고 지나가던 비어트리스는 앞마당에 지프차 한 대가 정차해 있고 주변에 경찰 기동대원 몇 명이 서 있는 것을 보았다. 그녀는 차를 계속 몰아 시티 센터로 가서 천주교 성당 맞은편 주차장에다 자동차를 세워 놓은 다음 다시 길을 건너가 공중전화에서 전화를 걸었다.

비어트리스는 그날 밤 일찌감치 잠자리에 들었지만 토막잠을 자는 둥 마는 둥 했다. 서너 번째인가 잠에서 깨어났을 때 다른 침실 쪽에서 무슨 소리가 들리는 것만 같았다. 자리에서 일어난 그녀는 그쪽을 향해 발끝으로 살금살금 걸어갔다. 바깥에 있는 보안등에서 스며들어 오는 희미한 불빛으로 출입구에서도 그녀가 잠자리에 앉아 있다는 것을 단번에 알 수 있었다.

"엘레와!" 비어트리스는 천정에 달린 불을 켜면서 동시에 말했다. "잠도 안 자고 계속 이러면 안 돼요."

엘레와를 며칠간 보살펴 주기로 마음먹은 비어트리스는 책상을 벽으로 밀어붙이고 그녀가 잘 잠자리를 마련해 주었다. 그날 저녁 잠자리에 들기 전에 그녀는 엘레와에게 차근차근 길게 말해 준 다음 발륨[41]을 5밀리그램 주고 그녀가 잠든 것을 보고 나왔다. 그런데 이제 엘레와는 절망의 거울 같은 얼굴로 잠자리에 앉아 있었다. 제정신이 아닌 것 같은 그녀의 모습을 보니 비어트리스는 무서운 생각이 들었다. 그건 단순한 슬픔이 아니었다. 그 이상이었다. 겁을 잔뜩 집어먹은 어린아이의 모습 — 당혹감, 불안감, 공포심 — 이 역력했다.

"잠도 안 자고 계속 이러면 안 된다니까요. 당신 몸을 아끼고 싶지 않다면 그럼 배 속에서 자라는 아기를 살릴 생각을 해요. 내 말 들려요? 지금은 울 때가 아니라고 내가 말했잖아요. 이미 지나간 일은 지나갔으니까 어쩔 수 없고, 이제 우리가 해야 할 일은 강해지는 것뿐이에요. 그래야 정말로 싸워야 할 때 제대로 싸울 수 있잖아요. 어서 눈물 닦아요. 아무 걱정 하지 말라니까. 하느님이 계시잖아요."

폭발한 엘레와는 이제 큰 소리로 울기 시작했다. 비어트리스는 그녀 옆으로 다가가 한 손으로는 그녀의 머리를 끌어다 자기 가슴에 기대어 놓고 다른 한 손으로 박자에 맞춰 그녀의 어깨를 다독거리기 시작했다. 그녀는 엘레와가 잠잠해지자

41) 신경 안정제.

껴안았던 손을 천천히 풀고 그녀의 머리를 베개 위에 가볍게 올려놓았다. 그녀는 벽으로 가서 불을 끈 다음 잠자리로 돌아가 앉았다.

"당신도 누우세요." 엘레와가 눈물로 깨끗하게 씻어 낸 목소리로 말했다. 비어트리스는 시키는 대로 아무 말 없이 엘레와 옆에 등을 바닥에 대고 누웠다. 잠시 후 그녀는 천천히 옆으로 돌아누운 다음 팔꿈치 부분에다 엘레와의 머리를 부드럽게 얹어 놓고 또다시 그녀의 어깨를 규칙적인 리듬에 맞추어 다독거리기 시작했다. 기억의 문이 열리더니 어린 시절 자신이 유일하게 소유했던 인형을 다독이던 자신의 모습이 눈앞에 떠올랐다. 그건 두 손을 만들다 만 듯한 나무 인형이었는데, 몸통은 뻣뻣하고 반듯했으며 가면 쓴 아가씨의 양식화된 얼굴을 하고 있었다. 놀라울 정도로 균형 잡힌 엘레와의 가슴은 울음의 여파로 어린아이처럼 때때로 들썩거렸다. 심호흡하는 걸 보고 비어트리스는 엘레와가 마침내 잠에 빠져들었고, 다행히 잠에서 완전히 깨어나지는 않지만 이따금씩 악몽으로 인해 흠칫흠칫 놀란다는 걸 알 수 있었다. 불쌍한 여자, 그녀에겐 잠이 필요했다. 비어트리스도 곧바로 잠속에 빠져들었다.

모호하고 불확실하며 형체가 분명치 않은 꿈속에서 제일 먼저 자동차 불빛이 감지되고 그런 다음에는 자갈이 깔린 진입로로 드르륵 듣기 싫은 타이어 소리가 들렸다. 비어트리스가 잠자리에서 벌떡 일어나 유리로 된 미늘창으로 밖을 내다보니 사악하고 좁으며 모들뜨기 같은 전조등을 볼 때 밤에도 몰라볼 수가 없는 지프차 세 대가 서 있었다. 심장이 쿵쿵대는 가운데 그녀는 침실로 달려가 옷장에서 빳빳한 청바지를 얼른 낚아채어 입은 다음 지퍼를 올리고 벨트를 맸다. 그런 다음 그녀는 또 하나를 찾아 꺼냈다. 그녀 옆에 엘레와가 서 있었다.

"어서 이걸 입어요!"

그런 다음 그녀는 실내복을 두 개 꺼냈다…….

대문을 두드리는 둔탁한 소리가 여러 차례 들렸다…….

"오코 양, 보위부에서 나왔습니다. 당장 문 여세요!"

비어트리스는 실내복을 입은 다음 엘레와가 옷 입는 것도 도와 주고는 그녀에게 손짓과 머릿짓으로 다시 다른 침실에 들어가 있으라고 했다.

"오코 양. 마지막 경고입니다. 문 여세요. 보위부입니다."

"네, 나가요."

"글쎄, 어서 서두르십시오!"

비어트리스는 찬장에서 열쇠 꾸러미를 꺼내어 쇠로 된 방범 창문을 열기 시작했다. 두 손이 어찌나 세게 떨리는지 열쇠 구멍에 열쇠를 넣을 수가 없었다. 엘레와가 그녀에게서 꾸러미를 낚아채더니 맹꽁이자물쇠를 돌려 묵직한 방범 창의 사슬을 풀었다. 그러자 이런 동작으로 인해 깜짝 놀라 고요해진 비어트리스는 열쇠를 다시 빼고는 엘레와에게 "어서 안으로 들어가요!"라고 속삭였다. 그렇지만 엘레와는 그녀의 말을 무시한 채 강철과 유리로 된 문의 자물쇠를 돌렸다. 문이 그녀의 손아귀에서 벗어나면서 밖으로 열렸다. 그러자 덩치가 커다란 군인이 두 여자를 옆으로 밀어제치며 돌진해 들어왔는데,

개구리 헤엄치는 동작으로 자신의 오른쪽 왼쪽을 어찌나 세게 쳐 댔던지 갈대처럼 가냘픈 엘레와는 마룻바닥에 엉덩방아를 찧고 말았다.

"적당히 해, 경사!" 이 말이 군인 뒤에서 다소 뒤쳐져 들어오던 장교의 입에서 터져 나왔다. 장교 다음에 세 명이 더 들어오고 나머지는 문 앞에 서 있었다.

"오코 양?"

"네."

"이런 시간에 당신을 귀찮게 해서 죄송합니다. 하지만 당신의 아파트를 수색하라는 지시를 받았습니다. 진행해도 되겠습니까?"

"특별히 찾으시는 거라도 있나요?"

"무슨 그런 말도 안 되는 질문을."

"됐네, 경사. 이야기는 내가 할 테니까 자네는 조용히 있게! 그러니까 오코 양, 맞습니다. 우리는 찾는 게 있습니다. 하지만 그걸 먼저 말해 주는 게 관행은 아닙니다. 그건 그렇고, 지금 이 집에 있는 분들은 지금 당장 한 사람도 빠짐없이 나오는 게 좋을 겁니다. 출구는 모두 다 지키고 있고 도망가는 사람은 총에 맞을 겁니다. 알겠습니까? 자, 이제 진행하겠습니다." 장교는 야전 사령관처럼 요원들을 조용히 손짓으로 아파트 곳곳에 배치시킨 다음 작업을 감독하기 위해 이곳저곳을 돌아다녔다. 비어트리스는 적당히 거리를 두고 그의 뒤를 따라다녔다.

비어트리스의 침실을 책임 맡은 눈이 시뻘건 경사는 맡은 일을 맹렬히 수행했다. 그는 침대에서 시트를 잡아 빼낸 다음 마룻바닥에 내동댕이치고는 미친 듯이 이 물건에서 저 물건으로 옮겨 가며 마구 밟고 다녔다. 비어트리스가 여행 가방이건 다른 물건이건 잠그는 법을 배우지 못한 게 천만다행이었다. 그래서 격노한 경사가 비틀어 열 건 하나도 없었다. 그는 단지 옷들을 사방에 흩뜨려 놓았다. 장교가 들어와 너무 과도하게 하지 말라고 다시 말하더니 자기가 직접 시트를 집어서 침대 위로 던졌다. 장교가 등을 돌렸을 때 비어트리스는 경사의 번득이는 눈에서 극도로 깊은 멸시와 증오를 느꼈다.

"오코 양, 이런 질문을 드려서 죄송합니다만, 이 젊은 아가씨는 누굽니까?"

"그녀는 엘레와……. 제 여자 친구예요."

"당신의 여자 친구? 흥미롭군요. 저 아가씨는 무슨 일을 하죠?"

"그게 무슨 뜻이죠?"

"그러니까 제 말은 직업이 있느냐는 겁니다."

"그럼, 있죠. 레바논 상점에서 판매원으로 일하고 있어요."

"보통 때도 당신과 함께 삽니까?"

"아니요, 방문차 온 거예요."

"그렇군요."

시장에 데려온 가련한 짐승을 파는 판매원과 구매 예정자처럼 두 사람이 자신에 대한 이야기를 나누자 엘레와의 눈길이 이쪽저쪽으로 돌아갔다. 이제 그녀를 둘러싸고 벌어지고 있는 이 이상한 사건들로 인해 그녀의 커다란 슬픔은 잠시 물러나 있었다. 특대 바지에 실내복을 걸친 엘레와의 모습은 우스꽝스러울 지경이었다. 그녀는 비어트리스와 장교의 뒤를 따라 여기저기 돌아다니지는 않았지만 거실에 딸린 방에 있는 식탁 의자에 자리 잡고 앉아 있었다.

엘레와가 넘어졌던 게 걱정스러운 비어트리스는 거실을 지나갈 때마다 매번 그녀의 상태를 물었고 그녀는 괜찮다고 대답했다. 엘레와가 평소와 달리 차분한 것은 발륨을 먹었기 때문인 듯했다.

비어트리스가 장교의 뒤를 쫓아 엘레와가 자던 방으로 다시 들어오니 특별 임무를 부여받은 경사가 탁자 위에 있는 서류와 책을 뒤지고 있었다.

"당신들은 책도 뒤지시나요?"

"이것저것이요." 경사를 대신해서 장교가 대답했다. "우리 아버지가 종종 인용하시던 속담이 있는데, 말을 잃어버린 사람은 온 사방을 뒤지다 심지어 지붕 속까지 살펴본답니다."

그는 잃어버린 말을 찾기 위해 거의 한 시간을 샅샅이 조사하더니 비어트리스의 수면을 방해한 것에 대해 사과한 뒤 인사를 하고 떠났다. 이건 도대체 무슨 수수께끼람? 보위부, 아니 전 캉안 군대나 경찰에 정말이지 제대로 된 젊은이가 한 명이라도 있을까. 아니면 이건 근본적인 악, 그러니까 수수께끼 같은 수도승의 습관처럼 미소 짓는 악당 메피스토펠레스의 얼굴이었나? 최악의 것을 믿는 게 훨씬 더 안전하다.

14

비어트리스가 졸린 사람처럼 맥이 빠진 채 일하러 나갈 채비를 하고 있는데 침대 옆에서 전화벨이 울렸다. 그녀는 깜짝 놀라 전화벨이 두 번째로 울릴 때 수화기를 움켜쥐었다. 수화기에서 흘러나온 목소리가 "오코 양입니까?"하고 물었다.

"네, 그런데요. 누구신가요?" 비어트리스의 심장은 쿵쿵댔고 부들부들 떨리는 손에 들린 수화기도 귓가에서 까닥까닥 아래위로 움직였다. 상대편은 침묵했다. 전화를 끊었나? 바로 그 순간이었다.

"누군지는 신경 쓰지 마세요. 난 말이 있는 곳을 알지만 찾고 싶지 않습니다. 말을 이동시키세요. 오늘 밤이 오기 전에요." 그는 전화를 끊었다.

끊긴 건가? 비어트리스는 손에서 부들부들 흔들리는 수화기를 여전히 귀에 댄 채 꼼짝도 하지 않고 서 있었다. 상대방 목소리가 다시 들리기를 바라는 것인가? 그들의 대화가 누군가에 의해 도청당했나? 그녀는 천천히 수화기를 내려놓고 몸이 납처럼 무겁게만 느껴져 아직 정돈되지 않은 침대에 주저앉았다.

그를 이동시키라고? 함정이었나? 군인들이 우글거리는 거리로 그를 유인하려는 것인가? 전화를 걸어 온 이 사람은 정확히 누굴까? 진심으로 하는 말일까? 도대체 누구한테 물어보면 될까? 외로움의 눈물이 그녀의 눈에 고이기 시작했다. 그녀는 자리에서 일어나 눈물을 닦고 코를 풀고는 엘레와의 방을 향해 발끝으로 살금살금 걸어갔다. 나쁜 소식은 아직 전해지지도 않았고 여기서 발생한 일이 아직 일어나지도 않은 어떤 꿈 속에 빠져든 어린아이처럼 엘레와는 아름답게 잠을 자고 있었다. 엘레와가 꿈을 통해 잠깐이나마 고통에서 벗어나 가능한 한 많은 힘을 모을 수 있도록 그녀를 내버려 둔 채 비어트리스는 다시 발끝으로 걸어 나왔다. 그녀는 핸드백을 집어 들고 안전한 전화기를 찾아 혼자서 집을 나섰다.

사무실로 출근한 비어트리스는 다른 곳으로 이동하던 중 발생할 수 있는 수많은 사고 중 어떤 일이 벌써 일어난 건 아닌지, 그렇다면 어떤 사고일지 걱정스러워 안절부절못했다. 단 하나만 발생하면 끝이었다. 총알 한 발이면 끝난다는 말처럼……. 자기 자리에 무기력하게 앉아 어리석은 편지들에다 사인이나 하면서 무슨 일이 벌어지고 있는지 전혀 모르는 지금 상황이 정말이지 견디기 힘들었다. 위험을 무릅쓰고 다른 사무실로 가서 재빨리 전화를 걸어 봐야 하나? 심지어 단 한

마디도 하지 않더라도 그냥 알아보기 위해서 말이다. 그녀가 메시지를 전달했을 때 크리스를 돌보던 집주인은 이미 일하러 나가고 없었는데 그가 연락을 받고 다시 돌아와 이동 조치를 마련했을까? 그리고 그 장교는 진심으로 말한 걸까? 이토록 상어가 우글거리는 해역에서 진심으로 말해 주는 사람이 있을 수 있나? 그렇다면 그의 의도는 뭘까? 아, 신이시여! 그녀는 어째서 그저 복도를 따라 즐비한 사무실 중 아무 데나 살짝 들어가 전화번호를 돌리고 누가 전화를 받는지 알아볼 수 없었을까? 그렇지만 크리스는 화를 낼 것이다. 그동안에도 그가 어찌나 완강하던지 그녀는 할 수가 없었다……. 그리고 만약에 전화를 그냥 걸고서 아무 말도 하지 않는다면, 상대방은 공포에 휩싸여 실수를 저지를지도 모른다……. 아, 정말이지 어찌한단 말인가!

비어트리스는 새장에서 풀려난 새처럼 3시 30분 정각에 사무실을 빠져나왔다.(크리스는 또한 자기 때문에 퇴근 시간 전에 사무실에서 나오면 안 된다고 주장했다. 그렇게 하면 그녀의 움직임이 관심을 끌 거라는 것이 이유였다. 젠장, 효율적인 크리스!) 그녀는 곧바로 집으로 향하지 않고 형식적으로 쇼핑하러 갔다. 그러나 복잡한 주차장을 빠져나온 다음 그녀는 상점이 아닌 다른 곳으로 향했다.

주차장으로 되돌아오는 비어트리스의 활기찬 걸음걸이가 그녀에 대한 모든 것을 말해 주고 있었다. 그녀는 블루그래스 향수를 사기로 마음먹고 상점으로 들어갔다. 그녀는 엘레와의 것까지 두 병 샀다. 그런 다음 빵 한 덩어리와 식료품 한두

가지를 집어 들고 기분 좋게 상점을 나왔다. 자동차가 주차된 곳에 이르러 그녀는 구입한 물건이 든 가방을 자동차 보닛에 올려놓고 열쇠를 찾으려고 핸드백 지퍼를 열었다. 핸드백의 이쪽 칸을 살펴보고 또 다른 칸도 찾아보았다. 혹사당한 그녀의 심장이 또다시 고동치기 시작했다. 마음속으로 당황하지 말고 심호흡을 한 다음 다시 한 번 가방을 샅샅이 찾아보라고 자신을 타일렀다. 그녀는 그렇게 하면서 심지어 가방 속에 든 물건을 몽땅 보닛 위에 쏟아 놓기까지 했다. 하지만 작은 열쇠 꾸러미는 보이지 않았다. 그녀는 100여 미터 떨어져 있는 공중전화기까지 뛰다시피 갔다. 한 남자가 전화를 걸고 있었다. 그녀가 유리문을 노크하며 문을 열려 하자 그는 통화를 멈추고 왜 그러느냐고 항의했다.

"죄송한데요, 혹시 제 자동차 열쇠가 여기 있나 해서요."

"여기에 자동차 열쇠 같은 건 없어요." 그 남자는 화가 난 듯 그녀의 손에서 문을 잡아채며 말했다. 그는 문을 단단히 닫고는 사람들이 일반적으로 내는 것보다 더 오랫동안 쉬잇 소리를 낸 다음 통화를 계속했다. 발걸음을 되짚어 가서 상점 안에서 걸음을 멈췄던 곳을 모두 살펴보고 핸드백에서 손지갑을 꺼내 돈을 지불했던 곳을 모두 들르면서 그녀의 절망감은 쌓여만 갔다. 특히 향수 가게 아가씨들은 모두 다 그녀를 기억했지만 그 열쇠 꾸러미는 보지 못했다. 낙담한 그녀는 자동차로 되돌아왔다.

비어트리스는 피곤했다. 엄청날 정도로 지쳐 있었다. 어쩌면 그녀가 방금 천상에서 명령한 나른함 대신에 신경성 활력을 드러낸 데 대해 보복하기 위함인지 보통 때의 가혹했던 태양은 갑작스럽게 특별한 징벌적 행위로 돌변해 있었다. 그녀가 서 있는 주차장 사방에서 자신보다 훨씬 더 현명하게도 현실에 순응하며 번영하는 수백 명의 사람들이 느릿느릿 움직이는 게 그녀의 시야로 희미하게 들어왔다.

비어트리스는 우연히 몸을 돌려 자동차 안을 들여다보았고, 거기 열쇠 구멍에 대롱대롱 매달려 있는 열쇠들을 발견했다. 기뻐서 어쩔 줄 몰랐다! 이제는 집에 갈 수 있었다. 그리고 — 어떻게 조치할까 생각하면서 그녀에게 엄습한 가장 큰 두려움이었던 — 보조 열쇠를 찾아내지 못하는 경우라도, 그녀는 기술자, 심지어 자동차 절도범이라도 데려다가 강제로 자동차 문을 따거나 아니면 유리를 어떻게 해서 자동차를 움직일 수는 있었다.

그녀는 미소를 머금고 택시를 잡으러 갔다. 열쇠로 인한 기쁨이었을까 아니면 더 심각한 것, 그러니까 그녀와 친구들이 휘말려 든 위기로 인해 얻게 된 반응 때문이었을까? 그게 어떤 것이든 간에 그녀는 택시 기사와 대화를 나누기 시작했고 곧바로 그녀가 알지 못했던 사실들, 그러니까 이켐의 죽음에 대해, 행방불명인 공보처 장관에 대해, 그리고 내일 이켐의 죽음이라는 '이 어처구니없는 사건에 대해 그들의 의사를 표명하기 위해' 택시 기사들의 노조 모임이 계획되어 있다는 사실을 알게 되었다.

"혹시 어디 가실 데 있으면 오늘 가세요. 내일은 운행하는 택시가 없을 겁니다."

아파트에 도착했을 무렵 비어트리스는 택시 기사와 마음이 어찌나 잘 통했던지 보조 열쇠를 찾느라 시간이 좀 지체되었는데도 그는 조금도 싫은 내색을 보이지 않았다. 기다리는 시간을 좀 더 쾌적하게 보낼 수 있도록 비어트리스가 맥주 한 병을 주자 기사는 휴식 시간에 마시겠다고 대시보드에 집어넣었다. 그는 내일 노조 모임에 가는 길에 빈 병을 가져다주겠다고 약속했다.

"병은 신경 쓰지 않으셔도 돼요." 비어트리스가 말했다.

"어째서 신경을 안 씁니까? 사람들 말대로 원숭이도 아닌데 물 준 사람에게 컵을 돌려주는 일이 그토록 힘든가요?"

비어트리스는 주차장으로 다시 가기 위해 택시에 올라타면서 웃음을 터뜨렸다. 그러자 익살스럽게 말한 운전기사 역시 자신이 말한 농담에 대해 웃을 수밖에 없었다.

크리스가 마지막으로 숨어 있던 집은 전화로 말한 것처럼 한밤중에 급습을 당했다. 비어트리스는 아주 일찍부터 준비하고 있었지만 그 집에 전화를 걸기 위해 과감히 집을 나서기까지는 도로에 차들이 제법 다닐 때까지 기다려야 했다. 고유명사는 전혀 언급하지 않은 채 통화는 짤막했고 상세한 말도 없었다.

"방문객은요?"

"네, 12시에 왔어요."

"무슨 문제 있어요?"

"지금까지는 괜찮아요."

"지금까지는?"

"글쎄, 정말로 없어요. 전혀 없어요."

"아, 다행이에요."

딸깍!

비어트리스는 때때로 그러듯이 부엌문을 통해 조용히 아파트로 들어갔다. 엘레와는 식탁에 앉아 마른 빵을 머그잔에 든 오발틴 음료에 적시고 있었고 애거서는 부엌과 그 옆에 붙은 조그만 식당 사이의 출입문에 기대어 서서 엘레와를 지켜보고 있었다.

"어째서 그녀를 지켜보고 서 있지? 그리고 아침식사는 왜 이 모양이야? 달걀도 없고……. 마가린도 없고……."

"저분이 저한테 달걀이나 마가린을 달라고 안 했어요."

"달라고 안 했다고?"

"신경 쓰지 마세요, 비비. 이걸로도 충분해요."

"애거서, 너 정말 아주 멍청하고 못됐구나……. 저리 비켜!"

비어트리스는 애거서를 밀치고 부엌으로 들어가 오믈렛을 만들기 위해 달걀 세 개를 깨트려 휘저었다. 오믈렛이 부글부글 익어 가는 동안 그녀는 아침 식사를 위해 냉장고에서 마가린, 마멀레이드 잼, 꿀, 오렌지주스, 우유를 꺼내어 식탁에 올려놓았다. 그런 다음 그녀는 자리에 앉아 엘레와에게 달걀을 먹고 신선한 오렌지주스를 마시라고 했다. 비어트리스는 말 그대로 엘레와의 시중을 들었는데 그것은 단지 그녀가 슬픈 일을 당해서가 아니라 자신의 배려가 애거서에게 단호한 질책으로 전달되기를 원했기 때문이었다. 그러나 경멸이 깃든

눈이라든가 삐쭉거리는 입을 볼 때 애거서는 분명 자기처럼 하녀에 불과한 듯한 사람을 시중들어야 하는 분개심을 숨기려는 기색조차 없었다.

맨 처음 불끈 솟구쳤던 분노가 가라앉자 비어트리스는 난생처음 이 불쌍하고 비뚤어지고 생기도 없으며 경건한 체하는 소녀를 향해 지금까지 단 한 번도 펼쳐 볼 생각이 없었던 어떤 연민의 감정이 일어나는 것을 느낄 수 있었다. 그녀는 마음속으로 생각했다. 그래, 우리 애거서도 불쌍하게 여겨야 마땅하지. 매주 토요일이면 새벽부터 저녁까지 춤을 추며 미친 듯이 구원을 부르짖는 이 아가씨는 무료 전단지를 돌렸다.(언젠가 애거서는 비어트리스가 방에서 나가자 크리스에게 살금살금 다가가 전단지 한 장을 건넨 적도 있었다.) 맞아, 이 애거서는 예수의 구원의 피가 뚝뚝 떨어지는 전단지는 아주 너그럽게 나누어 줄 수 있지만 그녀 자신의 허약한 피 속에는 자비로운 핏방울이 단 한 방울도 없었어.

비어트리스는 단지 곁에 있어 주면서 지금 상태에 필요한 뭔가 영양가 있는 것을 엘레와에게 조금이라도 먹이고 싶어 커피를 마시고 빵과 오믈렛을 씹어 먹으며 어째서 애거서가 엘레와에게 이토록 야비하게 굴려고 하는지 곰곰이 생각해 보았다.

물론 가정부 노릇이 재미있을 수는 없다. 비어트리스는 그런 사실을 잘 알았다. 그녀는 한 번도 그런 문제를 과소평가한 적도 없었고 맹세코 어떤 아가씨가 하녀라고 해서 그녀를 의식적으로 업신여긴 적도 없었다. 왜냐하면 비어트리스는 그런 걸 이해할 수 있을 정도로 충분히 섬세했고 영리했을 뿐만 아니라, 문학 수업을 통해 눈앞에서 펼쳐지는 증거를 인식하는 능력이 강화될 수밖에 없었기 때문이다. 예를 들어 식민지 독립 후 아프리카 사회의 운명이 어처구니없는 복권 추첨식으로 배분되자 심지어 아침에 일란성 쌍둥이로 출발한 두 사람이 저녁이 되자 너무나도 쉽게 한 명은 사람들 머리에다 똥이나 싸 대는 대통령이 되고 다른 하나는 사람들이 싸 놓은 똥이 담긴 양동이를 머리 위에 얹어 나르는 야간 분뇨 수거원이 될 수도 있었다. 그러니 똑똑하고 인정도 많은 비어트리스 같은 여자가 그런 상황을 잘 알면서 어떻게 자기보다 운 나쁜 다른 사람을 멸시하거나 그 이상의 조치를 취할 수 있단 말인가? 우연히 이루어진 운명인데.

하지만 그 이상의 사연도 있었다. 그래야만 했다. 엘레와를 보라. 이 거창하고도 변덕스러운 복권 추첨에서 엘레와는 애거서만큼이나 불운하지 않았던가? 어느 정도 글을 읽고 쓸 수 있는 엘레와는 인도인 소유의 상점에서 판매원으로 일하며 바사의 슬럼가 한복판에서 소매상을 하는 어머니와 함께 단칸방에서 살고 있었다. 엘레와는 어째서 심술궂은 사람이 되지 않았을까? 어째서 그녀는 이토록 다정함과 매력과 자존감과 자신감을 발산하는 걸까? 애거서와는 달리 엘레와를 가정부 숙소가 아니라 여분의 침실에서 지내도록 하는 게 어찌하여 이토록 자연스럽게 여겨질 수 있었을까? 그렇다, 엘레와는 이켐의 여자 친구였다. 하지만 그것뿐이었나? 그리고 무엇보다 먼저 이켐은 어떻게 운 나쁜 수많은 여자들 중에서 엘레와를 골라 자기 여자로 삼을 수 있었을까? 엘레와에게는 심지어 추첨 운이 좋지 못한 상황에서도 제거될 수 없었던 뭔가가 있었다. 바로 그런 매력이 이켐을 그녀에게로 끌어당겼던 것이다. 그러니까 그녀에게 그런 매력이 있다는 걸 분명 인정해야 했다.

이켐! 아, 그래, 이켐. 도발적이고, 격분을 잘하며, 사람들의 마음을 끌어당기는 이켐! 그가 이런 이례적인 생각의 기저에 있었고 또 있어야만 했다! 비어트리스는 이켐이 이 아파트를 마지막으로 방문했던 때를 떠올렸다. 물론 그 후로도 두세 차례 그를 만날 기회가 더 있었다. 하지만 단 며칠 전 크리스의 집에서 마지막으로 만났을 때 모두 함께 그의 직위 해제 뉴스를 시청했던 일이라든지, 이켐이 마지막으로 이 아파트를 찾아왔던 일이 그의 죽음과 함께 되살아나 그녀의 의식을 온통 차지하였으므로 초기 기억이라든지 심지어는 후기의 기억들조차 확실하게 뒷전으로 물러나 있었다.

엘레와가 발산한다고 여겨지는 이 새로운 광채는 어쩌면 불시에 나타난 비어트리스의 그런 의식이 불러낸 강렬하고도 영적인 빛이었는지도 몰랐다. 결국 엘레와 안에 이켐의 살아 있는 작은 조각이 들어 있지 않은가. 이 빛은 단순히 아무 때나 캉안의 어느 곳을 가더라도 발견할 수 있는 그런 통상적인 슬픔을 반사하는 게 아니었다. 그 속에는 비록 성격 좋고 매력적일지언정 여하튼 부분적으로만 글을 읽고 쓸 수 있는 한 아가씨를 숭배의 대상으로 변형시킬 수 있는 거의 신에게나 어울릴 법한 독특한 흔적이 담겨 있었다.

하지만 한층 더 두드러진 현상은 이런 의식으로 인해 괄시받던 애거서를 향해 뿜어져 나오던 분노가 이제 비어트리스의 마음속에서 썰물처럼 빠져 나갔다는 점이었다. 애거서는 지금까지 무미건조하고 경건한 척하고 신념이 굳은 척 행동하였으므로 의도적으로 비어트리스의 동정의 범주에서 벗어나 있었다. 그랬다, 이런 의식이 밀려들자 비어트리스는 모든 사람들 중에서 애거서에 대한 생각을 바꾸어 그녀의 새로운 이미지를 마음의 화면에 투사하게 되었다. 그리고 화면 배경으로 어떤 일을 해야 하는지 우리에게 말해 주는 건 이제 당신네 여자들의 몫입니다. 그리고 애거서도 분명 당신들 중 한 명입니다 하고 열변을 토하는 내레이터의 목소리가 낭랑하게 울려 퍼졌다.

그리고 이를 아는가? 어쩌면 너무나 분명하게 또 아주 기분 나쁠 정도로 철저하게 자신의 불행한 운명에 순응하여 회유당하기를 완강히 거부하는 애거서가 온순한 엘레와보다 대의를 위하여 훨씬 더 가치 있는 봉사를 하는 거라고 말할 수 있을지도 모른다. 그러니까 애거서는 끊임없이 윤을 내고 빈틈없이 준비하면서 압제에 대한 기억을 온전히 지켜 내는 일을 하고 있는 셈이었다. 이 생각이 맘에 드는가?

비어트리스가 싫은 소리를 할 때마다 애거서는 습관적으로 몇 시간이고 울어 댔고 그럴 때에 비어트리스는 아무것도 모르는 척 그녀를 완전히 묵살했다. 하지만 오늘 비어트리스는 사용한 접시들을 싱크대로 가져다 놓은 다음 애거서가 식탁에서 얼굴을 두 손으로 감싸고 앉아 있는 쪽으로 몸을 돌리고 들썩거리는 어깨에 손을 얹었다. 그러자 애거서는 곧바로 얼굴을 쳐들고 믿지 못하겠다는 눈길로 주인의 얼굴을 뚫어져라 쳐다보았다.

"미안해, 애거서."

불신이 처음에는 충격으로 바뀌었고 그런 다음에는 눈물 안개를 뚫고 해가 떠오르는 것처럼 애거서의 얼굴에 미소가 배시시 떠올랐다.

전화 목소리가 활달해지더니 이제는 심지어 방만하기까지 했다. 하루에 두 번이나 전화를 하다니! 아침 전화에서는 말을 옮긴 것에 대해 비어트리스를 칭찬해 주었다. 그렇지만 만약에 말이 아직도 바사에 남아 있다면 이 도시는 그에게 안전한 환경이 아니라는 사실을 명심하라고 했다. 그러니까 비어트리스는 빠른 시일 안에 시골로 옮겨 가는 문제를 생각해야 했다.

"당신이 걱정할 사람은 내가 아닙니다. 난 절대로 말을 찾지 않겠다고 약속할 수 있으니까. 하지만 말을 찾는 문제에 있어서 나보다 훨씬 더 유능한 사람들이 있어요."

별난 취향과 치명적인 말이 묘하게 뒤섞인 이 전화 통화가 끝나 갈 무렵 완전히 어리벙벙해진 비어트리스는 자신도 모르는 사이에 이런 질문을 던졌다. "당신 진심이세요?" 이 말은 그런 질문을 하게 만든 대화만큼이나 그녀의 귀에 아주 낯설게 울려 퍼졌다. 상대방은 아무런 대답도 하지 않았다. 어쩌면 그 사람은 수화기를 내려놓는 중이어서 그녀의 질문을 듣지 못했는지도 몰랐다. 아니면 듣긴 들었지만 자신의 진실성이 의심당하는 불리한 입장에 놓이고 싶지 않았는지도 몰랐다. 만약 그렇더라도 괜찮았다. 남의 호의를 트집 잡으면 안 된다. 그 사람은 그녀가 사설 탐정 노릇을 해 달라고 고용한 사람이 아니었다. 그러니까 기꺼이 자진해서 주는 도움에 대한 조건은 그 사람이 정하는 게 당연했다.

도움이라? 그녀가 그렇게 말했나? 그러니까 그녀는 벌써 그 사람이 자기 편이고 의문의 여지가 없다고 가정하고 있었다. 그토록 이른 시간에. 비어트리스, 이제 조심 좀 하시지. 조심하라니까. 사람들은 그걸 어떻게 표현했더라? 아직도 한 시간의 빛이 수중에 남은 낮을 얕보지 마라.

그날 저녁 그는 비어트리스의 질문에 답하기 위해 또다시 전화를 걸어 왔다.

"나에게 진심이냐고 물으셨죠? 만약 그 질문이 내가 말을 타거나 폴로 경기를 하는 사람이냐고 묻는 거라면 답변은 절대적으로 '노'입니다. 하지만 만약 나에게 말을 좋아하는지 묻는 거라면 내 대답은 '예스'입니다. 나는 말 애호가니까요." 딸깍!

그러니까 그 사람은 내 질문을 들었던 것이다. 그는 단지 재치 있는 답변을 생각해 낼 시간이 필요했던 것이다. 하루 온종일이라는 시간이. 아, 아무렴 어떤가. 비어트리스는 사실 불평할 수가 없었다……. 물론 그녀는 그의 태도에 스며들어 있는 장난기 어린 어조가 다소 걱정스럽긴 했다. 하지만 또다시 어째서 그러면 안 되는가? 심각함에 대해 그녀 나름대로 갖고 있는 진지한 의식 때문에 어째서 이 파격적인 후원자가 비난당해야 하는가? 그 사람이 어느 때에는 그녀에게 몹시 친절할 수도 있지만 여하튼 그가 여전히 교수형 집행인이라는 사실을 비어트리스는 잊고 있었단 말인가? 그렇다면 그런 일을 하는 사람이 다소 인습적이지 않은 유머 감각, 말하자면 사실상 교수대 앞에서나 통할 법한 유머 감각을 갖고 있다는 게 얼마나 자연스러운 일이겠는가!

그날 일어난 다른 두 가지 일로 비어트리스의 불안감은 가중되었다. 아침에 배포된《내셔널 가제트》에 이상한 기사가 실렸는데, 즉 공보처 장관인 크리스토퍼 오리코 씨의 행방이 묘연하여 지난 일주일 동안 사무실이나 거주지에서 그의 모습을 볼 수가 없었으며, 확인되지 않은 소문에 의하면 그가 가짜 턱수염을 달고 주교로 위장한 채 런던행 외국 비행기를 타고 이 나라를 떠났다는 내용이었다.

이제 무슨 꿍꿍이를 꾀하는 걸까? 두 번째 희생자는 첫 번째보다 덜 번잡스럽게 제거하고 싶어 이런 연막을 친 것인가?

그런데 경찰은 6시에 또 다른 발표를 통해 최근의 쿠데타 음모와 연관하여 공안 경찰관들이 공보처 장관인 크리스토퍼 오리코의 행적을 좇고 있으며 그의 행방을 아는 사람은 지체없이 가까운 경찰서로 제보해 줄 것을 요청했다. 그들은 또한 쿠데타 음모자에 관한 정보를 은폐하는 행위는 쿠데타 음모를 보고하지 않거나 쿠데타 음모에 참여하는 것으로 간주하여 사형이라는 중형에 처해질 것이라고 시민들에게 경고했다.

이런 발표를 듣고도 비어트리스는 크게 놀라지 않았다. 그렇지만 텔레비전 화면에 정면을 빤히 노려보는 크리스의 얼굴 사진을 내보내며 이런 멍청한 비난을 해 대는 걸 듣고 있자니 독을 넣은 주사기는 아니더라도 바늘에 찔려 혈관으로 차가운 액체가 주입된 것처럼 등줄기가 오싹했다. 어디서 찾아냈는지도 모르는 그런 호의적이지 않은 사진을 그들은 잘도 골랐다.

비어트리스와 엘레와는 그런 발표가 나온 후 아무 말 없이 생각에 잠겨 앉아 있었다. 부엌에 있던 애거서도 경찰 발표를 들었는지 잠자코 문으로 다가와 출입구에 기대섰다. 그 순간 극적인 침묵을 깨뜨리는 신호라도 되는 것처럼 전화벨이 울렸다. 깜짝 놀란 엘레와는 허리를 세우고 곧추앉더니 위험을 감지한 사슴처럼 머리를 높이 쳐들고 귀를 쫑긋 세우고 바스락거리는 소리를 확인하기 위해 기다렸다. 하지만 은밀한 소리 하나 없고 스쳐 지나가는 움직임 역시 전혀 없자 다시 편하게 앉았다. 비어트리스의 안색의 변화, 그녀가 대꾸할 때의 어조나 단어로 인해 방금 전 전화벨 소리가 가져온 공포 분위기는 불식되었다. 실제로 통화 내용은 경찰 발표와 연관된 것이었지만 비어트리스가 통화하는 사람이 누구건 간에 그는 단지 친구로서의 관심을 표명하는 것 같았다. 그녀가 수화기를 내려놓을 때까지 엘레와와 애거서는 그 문제에 관한 그들 나름대로의 의견을 소곤소곤 나누었다.

"마님, 조금도 걱정하지 마세요." 애거서가 말했다. "제아무리 여기서 여리고까지 살펴본다 해도 그들은 그분을 찾지 못해요. 주님이 보호하시니까요."

"아멘." 엘레와가 화답한다. "우리끼리 그렇게 말했어요."

15

한편 크리스는 제한된 도피 구역 안에서 무모한 활동의 둥지를 엮어 가고 있었다. 크리스가 소중한 사냥감이라는 새로운 직분으로 급속히 바뀌어 버린 지난 며칠 동안 비어트리스는 크리스와의 직접적인 접촉이 좀 더 많았더라면 아마도 크리스의 뒤를 쫓는 사냥꾼의 그 기이한 행동 때문에 깜짝깜짝 놀라며 가슴 졸이는 일은 훨씬 덜했을 것이다. 급하게 도주해야 하는 힘든 상황 속에서도 크리스는 여전히 추적의 드라마를 고조시킬 여지를 남겨 놓았기 때문이다. 이렇게 명백할 정도로 호사스러운 처사를 놓고 볼 때 그는 자신이 처한 위험한 상황을 상당히 즐기고 있는 게 분명했다. 그뿐 아니라 어떤 때는 자신이 쫓기는 사람이 아니라 쫓는 사람이 된 것 같은 환상에 빠진 것 같았다. 치명적인 상황에 이르도록 눈치채지 못하게 좁아진 그럴싸한 자유의 궤도를 따라 빙글빙글 도는 불운한 파리가 아니라 복잡한 함정의 그물망을 지키는 거미라도 된 것처럼 그는 행동했다. 이게 맹렬한 추적의 심리학에서 꼭 필요한 부분이었나? 그러면 훗날 희생자의 곤경을 이야기하기보다 오히려 이 추적에 대해 자유롭고 재미있고 공명정대한 시합이 목적이었다고 기만하게 될까?

크리스의 새로운 조직망은 안 쓰는 방이나 남자 기숙사, 그리고 심지어 한 차례 극적인 상황에서는 느슨한 패널 틈을 통해 들어가는 김이 자욱하고 컴컴한 천장 속까지, 그를 숨겨 준 친구들의 도움에 달려 있었다. 이 일에 연관된 사람들은 이런 숨바꼭질을 통해 의심할 여지없이 위험하긴 하지만 그래도 결코 위협적이지는 않은 일에 참여하고 있다는 기분 좋은 공모의 느낌을 갖고 있었다. 그렇지만 경찰이 이런 식의 게임을 포함한 모든 행위에 대해 사형 조치를 내리겠다는 성명서를 발표한 후 크리스는 현재 그를 숨겨 주고 있는 주인과 진지하게 대화를 나눴다. 여태껏 이 일에 참여했던 사람들 중 한두 명이 이런 상황 변화로 말미암아 겁을 집어먹고 자신의 평안을 위해 몰래 크리스를 고발하는 사태가 발생할 가능성을 완전히 배제할 수 없었다. 그래서 크리스가 긴급하게 바사에서 완전히 벗어나야 할 필요성이 갑작스럽게 대두되었다. 하지만 그건 상당히 까다로운 일이었고, 그에게 남은 짧은 시간에 그 일을 단번에 이루어 낼 수 있는 방법은 전혀 없었다. 그래서 크리스와 그의 보좌 격인 이매뉴얼은 먼저 관사 지역에서 빠져나와 택시 기사인 브라이모의 보호하에 북부 빈민 지역으로 옮겨 가기로 결정했다.

몇 차례 찾아오던 학생회장 이매뉴얼 오베테는 어느 날 오후 가방을 들고 나타나더니 돌아가지 않고 그냥 주저앉았다.

"자네는 어째서 나한테 온 거지?" 크리스는 첫째 날도 둘째 날도 아닌 셋째 날 아침 집주인과 함께 플랜테인 튀김과 옥수수 죽을 서둘러 먹으면서 이매뉴얼에게 물었다.

"보호 차원에서요." 이매뉴얼이 유머러스한 자신의 새로운 면모를 드러내 보이며 말했다. 크리스와 집주인은 서로를 바라보며 껄껄대고 웃었다.

"자네들 속담 중에 뭔가를 찾는 어떤 사람의 가방 속에 들어가 뭔가를 찾는 사람에 대한 말이 있지 않나?"

이번에는 이매뉴얼이 깔깔대고 웃으면서 그런 속담은 없다고 대답했다……. 아니, 잠깐만요……. 사실 그와 유사한 속담이 있긴 했다. 그러니까 예전에 파 놓은 구멍을 메울 모래를 얻기 위해 구멍을 새로 판다는 말이 있다.

"저 친구 대단하군." 크리스가 친구에게 말했다. 그러고는 두 번 다시 그가 온 이유를 가지고 젊은이를 괴롭히지 않았다.

이매뉴얼 역시 경찰이 추적 중인 도피자였다. 하지만 경찰의 판단으로 중요도가 중간 정도였기에 그는 텔레비전에 즉석 사진을 내보내는 순위에서 귀빈 대우는 받지 못했다. 골칫덩어리 학생회 간부는 캉안 경찰에게는 새로울 게 전혀 없는 존재라 이매뉴얼에 대해 야단법석을 떨 생각은 전혀 없었다.

"이제 제가 장관님께 온 진짜 이유를 말씀드리고 싶은데요." 오후 늦게 이매뉴얼이 말했다.

"그러게." 크리스가 대답했다. "사실 오늘 아침 자네가 말한 이유만으로도 나로서는 충분해. 그건 그렇고 이번에는 뭔가?"

"그러니까요, 보안 요원들은 무척이나 어리석기 때문에 나를 잡겠다고 장관님이 있는 곳을 제외하고 사방팔방 모든 곳을 찾아다닐 게 분명하거든요."

"자네 또 국가의 첩보 조직을 과소평가하는군. 아주 위험한 생각이라는 걸 자네도 알 텐데. 적을 과소평가하기보다 과대평가하는 게 보다 나은 태도일세. 좋아, 그럼 치명상이라는 표현을 생각해 낸 이번 문제를 살펴 보게나. 그런 짓을 생각해 낼 수 있는 사람이라면 절대로 바보 천치일 리가 없지."

"장관님, 전 그 친구들이 그런 짓을 생각해 냈다고는 생각지 않아요. 순전히 우발적인 사고였어요. 그뿐이에요."

이매뉴얼은 군부와 경찰 못지않게 캉안의 언론인들 역시 아주 형편없다고 평가했는데, 사실 두 그룹 중에서는 보안 요원들이 다소 우월하다고 생각했다. 그리고 그가 운 좋게도 크리스의 런던 도피 이야기를 믿기 힘들 정도로 아주 쉽게《내셔널 가제트》에 끼워 넣을 수 있었던 사실이 논의의 여지가 없는 증거가 되었다. 신문에 그 소식이 실렸을 때 이매뉴얼은 크리스와 그들을 숨겨 준 집주인과 함께 얼마나 웃었는지 모른다. 그리고 크리스는《가제트》의 전임 편집자로서 부끄럽긴 했지만 이런 상황 앞에서 캉안의 기자라는 직업이 정말이지 아주 열등하다는 사실을 인정할 수밖에 없었다.

"물론 장관님이나 이켐 씨가 편집자였다면 이런 일은 발생하지 않았겠지요." 이매뉴얼은 어느 정도 장난기가 들어간 애매모호한 말투에서 완전히 벗어나지 않은 어조로 말했다.

“고맙네, 이매뉴얼. 그토록 친절하게 말해 줘서.”

“아니에요, 진심입니다, 장관님.” 그리고 이번에는 그의 말에 진심이 들어 있는 것 같았다.

하지만 크리스로서는 이 문제를 마음에서 완전히 털어 내는 것이 아직 힘들었다. 놀랄 정도로 성공적인 이매뉴얼의 업적을 놓고 웃고 떠들던 마음도 진정된 지 오래되었건만 크리스는 계속해서 마음속으로 되뇌고 있었다. “어쩜 전화 한 통으로! 명백한 이유로 인해 자신의 정체를 밝히려 들지 않을 고위급 세관원이 전화했다고! 도저히 믿을 수가 없어!”

첫 번째 도주를 위해 크리스가 시도한 변장은 이매뉴얼이 차려입은 성직자의 복장만큼 기발하지 못했다. 그는 브라이모의 옷을 빌려 입고 그에 어울릴 만한 모자를 썼다. 그리고 자동차 부품 소매상인으로 가장한 직업이나 새로 차려입은 옷에 어울리지 않게 지나칠 정도로 밝은 피부 색조를 바꾸기 위해 얼굴, 목 그리고 양팔을 냄비 검댕으로 몇 군데 얼룩덜룩 문질렀다. 만일의 경우에 대비하여 한 주간 기른 턱수염은 별로인 것 같아 포기해 버렸다. 특히 그를 숨겨 준 집주인은 좀 더 그럴듯하게 변신한 이매뉴얼 신부의 턱수염 때문에 앞으로 며칠간은 경찰들의 관심이 본능적으로 사람들의 턱으로 쏠릴 것 같다고 꽤 진지한 말투로 말했다.

도시 북부 지역을 향한 위태로운 여행길을 떠나기 위해 브라이모가 크리스를 태우러 도착했을 때 낡은 택시 뒷좌석에는 벌써 승객 두 명이 타고 있었다. 그의 예상으로는 통과해야 할 보안 검문소가 족히 여덟아홉 정도는 되었다. 크리스는 뒤에 앉은 두 명의 낯선 승객을 향해 인사한 다음 운전기사 옆 조수석에 앉았다. 출발하기 전 브라이모는 잡동사니로 어지러운 자동차의 글러브 박스 속으로 손을 집어넣더니 콜라 열매 세 개를 끄집어내어 크리스에게 건넸다.

"가시다가 심심하면 씹으세요. 장관님이 그러는 걸 보더라도 사람들은 그저 저 사람이 아침식사를 전혀 못했구나 생각할 겁니다."

뒤에 앉은 두 사람이 이 말을 듣고는 한참 동안 큰 소리로 웃어 댔으므로 크리스는 이 사람들이 평소에도 많이 웃는 사람들인지 아니면 웃음 뒤에 악의를 숨기고 있는 건지 확실치 않아 선물을 향해 손을 뻗으면서 브라이모를 향해 의문의 눈길을 던졌다.

"저 두 사람은 제 친구들이에요. 걱정 붙들어 매세요."

크리스는 브라이모가 내민 콜라 열매를 받아들며 고맙다고 말했다. 그런 다음 그는 화해의 뜻으로 하나를 뒤에 있는 두 사람에게 주고 나머지 두 개는 호주머니에 집어넣었다. 이 콜라 열매를 어디서 꺼내는지 보았으므로 먹기 전에 반드시 씻어야 할 것이다.

이매뉴얼은 작별 인사를 하려고 쏜살같이 나타났다가 본집 뒤에 있는 남자 기숙사로 다시 사라졌다. 그는 따로 이동하다가 나중에 크리스와 합류하기로 약속되어 있었다.

처음 나타난 검문소 세 개는 아무 문제 없이 통과했다. 지친 표정의 군인과 경찰 들이 자동차를 향해 통과하라고 건성으로 손짓하고 있었다. 경찰의 감시 태도가 이토록 방심한 데는 이매뉴얼이《가제트》에 흘린 이야기가 어느 정도 주효했기 때문이라고 크리스는 거의 확신할 수 있었다. 이 이매뉴얼이라는 청년은 정녕 인물이었다. 어째서 우리는 저런 젊은이들을 진작 양성해 내지 못했을까? 이런, 사실을 말한다면 우리는 이런 젊은이들이 존재하고 있다는 것조차 몰랐던 게 아니던가! 우리라고? 우리가 누구지? 비비가 언젠가 냉정하게 말했듯이 캉안을 자신들이 소유하고 있다고 생각한 그 세 사람? 세 명의 풋내기. 하나는 뜻하지 않게 죽었고, 또 하나는 공격을 받아 쓰러지고 있다. 비틀비틀, 꽈당! 그런데 우리는 내가 되고 또 위풍당당하게 우리가 되는군.

스리 카우리 다리에 도착하기 직전 급커브 길에서 차량 속도가 점차 느려지기 시작했다. 분명 또 다른 검문소일 것이다. 어리석기 짝이 없는 경찰 같으니. 교통 차단을 위해 다리로 통하는 길들을 선택하다니! 마침내 브라이모는 모퉁이를 통과했는데, 이런 세상에, 완전히 정면으로 부닥치고 말았다! 이건 통상적인 검문소가 아니라 군경 합동으로 이루어지는 대대적인 검문이었다. 도로변에 군용 지프차 두 대가 있었고 경찰 순찰차 세 대가 점멸등을 깜빡거리고 있었다. 앞쪽에서는 승객들이 경찰의 명령을 따라 하차하고 있었다.

브라이모는 겁에 질려 성급하게 유턴을 시도했는데, 번쩍거리며 추격할 준비가 되어 있는 순찰차를 생각할 때 그건 심각한 실수였다! 크리스 뒤에 앉아 있던 사람이 브라이모에게 다시 제자리로 들어서라고 소리쳤고 그는 민첩하게 시키는 대로 했다. 하지만 무분별한 그의 시도가 벌써 그들의 눈에 포착된 것 같았다.

"선생님, 얼른 내리세요! 우리 다리 좀 써 보죠."

크리스는 총알처럼 재빠르게 자동차에서 내렸고 이 말을 한 사람도 차에서 내렸다. 다행스럽게 두 사람이 내린 쪽은 도로변이었다.

"어서 걸어갑시다!"

그들이 자동차에서 내려 스리 카우리 다리를 향해 재빠르게 걸어갈 때 브라이모의 수상한 움직임을 포착한 듯 군인이 그들을 향해 활기차게 다가왔다. 서로 가까워질 때까지 크리스는 곁눈질로 그 군인을 계속해서 지켜보았다. 군인이 발걸음을 멈췄다.

"어이, 거기 서!" 군인이 소리쳤다. 크리스와 함께 걸어가던 친구는 보도에서 발걸음을 멈추고 길에 서 있는 군인을 향해 몸을 돌렸다. 양쪽 얼굴에 깊은 흉터 자국이 세 개나 있는 군인은 명령을 하며 어깨에서 자동 권총을 내렸다. 크리스와 그의 동지는 군인으로부터 자동차 넓이만큼 떨어져 있었다.

"당신들 어디 가는 거지?"

"스리 카우리 시장에 가는뎁쇼."

"그 가방 안에 있는 게 뭐지? 이리로 가져와." 크리스의 동지는 자동차 사이로 걸어 내려가 군인이 살펴볼 수 있도록 그의 더러운 쇼핑백을 열었다.

"거기 당신, 이리로 내려와. 당신 이름이 뭐야?"

"서배스천입니다." 크리스는 순간적으로 머리에 떠오른 자기 급사의 이름을 말했다.

"서배스천 누구?"

크리스는 급사의 성을 몰랐지만 다행스럽게도 그건 별로 중요하지 않다는 사실을 재빨리 알아차렸다.

"서배스천 오조입니다."

"하는 일이 뭐야?"

"저 친구는 자동차 부품을 팝니다."

"내가 당신한테 물었어? 아니면 당신이 저 사람 입이야?"

"전 자동차 부품을 팝니다." 크리스가 말했다.

"자동차 부품을 파는 사람이 어떻게 걸어오는 거지?"

"저 친구 자동차 엔진이 나갔거든요."

"입 다물어! 말 많은 자식. 당신한테 묻는 게 아니잖아."

하지만 군인에게서 아주 뜨겁게 타오르던 불길이 이미 크리스로부터는 방향 전환을 이룬 터라 무릎에 힘이 빠지면서 슬슬 떨리기 시작하던 크리스는 어느 정도 한숨을 돌릴 수 있었다. 아무것도 든 것 없어 멍청하니 옆구리에 늘어져 있던 그의 오른손이 갑자기 활기를 찾은 듯 바지 주머니 속으로 쑥 들어가더니 콜라 열매 하나를 찾아 끄집어냈다. 그걸 포착한 군인의 눈길이 반짝거렸다. 크리스는 열매를 쪼개어 큰 쪽을 군인에게 주고 다른 반쪽을 자기 입안에 넣었다. 군인은 크리스가 내민 걸 후딱 받아들더니 게걸스럽게 큰 소리를 내며 깨물어 먹었다.

"형씨 고맙소." 군인은 크리스에게 시선을 고정시키고 뭔가 기억해 내려는 것처럼 곁눈질을 해 가며 말했다. "그러니까 당신을 형씨라고 부른 불쌍한 인간은 아침부터 입에 넣고

씹은 게 하나도 없단 말이오. 불쌍한 인간을 뙤약볕으로 내몬 거물들은 그런 건 생각도 못 하지. 왜냐고? 그들의 배때기는 콘플레이크와 우유와 오믈렛으로 그득하거든.” 군인은 크리스를 또다시 곁눈질로 바라보더니 자기 이마를 톡톡 두드렸다. “그런데 당신을 예전에 본 것 같은데.”

“언젠가 당신이 기계를 고치려고 저 친구 가게에서 뭔가 아주 작은 부품을 산 적이 있었던 것 아닌가요?” 크리스의 동지가 말했다.

“무슨 기계? 나한테 기계가 있다고 당신한테 말한 적 있나?”

“아무렴 어때요. 어떤 상황도 영원하진 않으니까요. 지금이라도 하나 살 수 있잖아요. 저도 말은 이렇게 하지만, 저한테 기계가 있는 것 같아요? 전 그 흔한 자전거조차 가져 본 적 없는걸요. 하지만 언젠가 자전거에 올라타든지 기계에 올라타든지 아니면 자동차 안에 앉을 날이 오리라고 굳게 마음먹고 있거든요! 그리고 누군가가 절 위해 문을 열어 주며 ‘예, 선생님.’ 하고 말할지 누가 알아요! 그리고 예쁜 여자 얻어서 아기도 낳고 상점 주인이 되어 더 이상 콜라 열매를 씹지 않고 담배를 입에 물고는 운전 기사에게 어서 가시게! 하고 말하는 거죠. 그런 날이 꼭 올 거라고 전 굳게 믿는걸요. 선생님도 그런 강한 믿음을 가져 보세요. 모든 게 잘될 겁니다.”

이제는 군인의 잔혹한 얼굴에 이상할 정도로 탐내는 듯한 미소가 자리 잡고 있었다.

브라이모와 뒷자리에 혼자 남은 친구가 그들이 겪어야 하는 시련을 통과하기를 기다리면서 두 사람은 한가롭게 걸어서 다리를 건넜다. 어느 정도 활기를 되찾은 크리스의 걸음걸이에서 쾌활함이 엿보였다. 심지어 크리스는 같이 걷는 동지에게 앞으로는 검문소를 걸어서 통과하는 게 상책일 수도 있겠다고 말할 정도였다.

"앞으로는 두 번 다시 장관님이 하는 일을 잊지 않겠죠?" 그 친구가 짓궂게 물었다. "조금 전 제대로 답변하지 못할 때 가슴이 얼마나 떨렸는지 아세요? 이분이 제발 자신이 공보처 장관이라고 말하지 않게 해 달라고 기도까지 했다니까요!"

"내가 장관이라고? 음, 절대로 그럴 리 없지요. 내가 파는 건 아주아주 작은 자동차 부품이랍니다. 오리지널 대만제죠."

"그렇죠! 앞으론 꼭 그렇게 말하세요. 절대로 입술을 부들부들 떨지 말구요. 하지만 이제는 아셨을 거예요. 대단한 사람이 되는 건 절대 힘들지 않지만 불쌍한 사람이 되는 건 쉬운 일이 아니란 걸요. 무척이나 힘든 일이에요. 안 그런가요?"

"정말로 그렇네. 이전에는 전혀 몰랐는데 보통 사람으로 살아가려면 특수 학교를 다녀야 한다는 걸 이제는 알았어."

크리스와 함께 걷던 동지는 그 말이 마음에 들었는지 한참을 큰 소리로 웃어 댔다. "장관님 말씀이 딱 맞습니다. 특수 학교. 불쌍한 사람이 되는 기본 자격증!"

두 사람은 방금 전 성공적으로 통과한 상황을 신나게 소곤소곤 이야기하면서 함께 걸었다. 우선 그 군인이 어째서 그들을 세웠는지 크리스는 너무나 궁금했다. 그들이 택시에서 내릴 때 무슨 눈치라도 챘던가?

"그게 아니에요!" 크리스의 동지가 말했다. "그 친구가 어째서 우리를 세웠는지 말해 줄까요? 그건 말이죠, 장관님이 길에 있는 개미라도 밟아 죽일까 두려워하는 사람처럼 걸었기 때문이에요. 게다가 장관님은 걸어가면서 그 사람을 곁눈질로 힐끗힐끗 쳐다보더군요. 다음에는 마치 장관님의 아버지가 그 길의 주인이라도 되는 것처럼 태연한 자세로 당당하게 걸어가는 겁니다."

"고맙네. 그 점을 반드시 명심해야겠어……. 보통 사람으로 살아간다는 게 결코 쉬운 일이 아니군." 크리스가 말했다.

16

북쪽으로의 여행은 닷새 후에 시작되었다. 피난처로 아바존을 선택한 건 아주 자연스러운 일이었다. 순전히 감상적인 수준에서 보면 그곳은 이켐의 고향이었다. 최근에는 이켐이 그곳에서 시간을 보낸 적이 거의 없었다. 그렇지만 그곳은 상당히 기이하게 역설적인 방식으로 이켐이 계속해서 모든 최상의 영감을 유지할 수 있도록 멀리서 뒷받침해 주던 곳이었다. 그래서 그가 죽고 없는 이때에 그곳에 간다는 것은 크리스와 이매뉴얼에게는 일종의 순례였다.

게다가 그 지역은 구체적으로 드러나지만 않았지 이 정권에 대해 전반적으로 불만을 품고 있는 곳이었다. 사실 그곳은 특유의 게릴라 지역이라고 부를 수 있었다. 물론 아직은 터무니없을 정도로 무리한 무장 투쟁 계획을 떠올리게 하는 그런 문자적인 의미에서가 아니라 한 행정 기관 포스터의 슬로건을 빌린다면, 어떤 장소에 대해 비밀을 비밀로 유지할 수 있을 만한 장소로 기대할 수 있다는 그런 제한적이지만 주목할 만한 의미에서였다.

그리고 마지막으로 그곳을 선택한 건 브라이모의 아내인 아이나가 알고 보니 남부 아바존 토박이였기에 브라이모가 이 유명한 피난민을 직접 모시고 가서 그곳에 사는 처갓집 식구들에게 그를 안전하게 보호해 달라고 부탁하겠다고 나섰기 때문이다.

아바존을 피난처로 삼은 데에는 이 모든 요소가 작용했지만 특히 이켐이 죽은 후에는 이곳이 현 정권이 심지어 잠잘 때에도 방심하지 않을 요주의 장소라는 상당히 불리한 상황 또한 고려해야 했다. 게다가 이켐의 고향 사람들이 매장을 위해 그의 시신을 넘겨달라고 요구하자 정부는 그의 죽음을 둘러싼 정황에 대한 조사가 아직도 진행 중이라는 도발적인 구실을 내세우며 거부하는 바람에 험악하게도 새로운 위기가 폭발한 것이다!

여행을 떠나기 전날 밤은 특별히 이례적이었다. 비어트리스가 어찌나 고집을 부렸던지 브라이모는 크리스와 작별 인사를 나눌 수 있도록 그녀를 한 친구의 택시에 태워 우회 도로를 통해 데려왔다. 그녀는 여기에 오기 위해 구세군 수집가에게 주려고 잡동사니를 모아 두던 커다란 빨간색 캔버스 천 가방에서 오래전에 내버렸던 옷을 다시 꺼내 입었다. 그녀와 함께 엘레와도 왔다. 이 방문은 아주 짧게 이루어질 터였고 그후 밤늦은 시간에 관사 지역에 있는 비어트리스의 아파트로 돌아갈 경우 혹시라도 불필요한 관심을 끌지 모르므로 두 젊은 여자는 또 다른 택시를 타고 2, 3킬로미터 정도 거리에 있는 엘레와의 엄마 집으로 가서 그날 밤을 보낼 예정이었다.

하지만 크리스와의 이런 안타까운 만남이 이루어지는 순간, 그동안 혼자서 그토록 용맹스럽게 밤낮으로 견뎌야 했던 압박감이라든가 혼란스러운 사건들이 갑자기 몰려들어 비어트리스의 어깨를 참을 수 없을 정도로 무겁게 내리누른 것만 같았다. 어째서 그녀는 감상적인 삼류 영화에나 나올 법한 이 불행한 연인의 역할을 받아들여야만 하는가? 급행열차의 창가에서 반대편 철로를 따라 다른 컴컴한 터널을 향해 멀어져 가는 또 다른 기차 창가에 서 있는 연인을 향해 미친 듯이 손을 흔들어 대는 그런 역할을. 그래서 비어트리스는 단호한 결심을 내리고는 오늘 밤 크리스와 자신은 중대한 갈림길에 도달했으며 그걸 넘어서면 예측할 수도 없고 선례도 없는 그런 새로운 날이 열릴 것 같은 강한 예감이 든다면서 반란을 일으켰다. 새벽이 다가올 때 그녀 머리에 얹힌 기다란 바구니 속에다 두 사람이 차곡차곡 집어넣은 시장 물건들은 맨 마지막 순간까지 비밀로 남을 것이다.

그래서 비어트리스는 이번만은 주저주저하며 이 낯익은 마지막 밤, 명주실과도 같은 한 시간 한 시간 일 분 일 분을 무한정으로 뽑아내기 위해 지금까지 알고 있던 날들에 실 한 오라기로 매달려 보기로 마음먹었다.

"전 아침까지 여기에 있겠어요." 브라이모가 택시에 대한 지시를 받기 위해 두 번째로 문틈을 들여다보던 바로 그 순간 비어트리스는 바위처럼 굳센 결심으로 선포했다. 눈길이 이리저리 오고 갔지만 누구 한 사람 감히 반대의 소리를 내놓지 못했다. 반대는커녕 비어트리스가 이제 초연한 자세로 신전의 여신처럼 꼼짝도 하지 않고 팔짱을 낀 채 중간 정도 되는 곳을 빤히 응시하고 있는 동안 여러 방안들이 논의를 거쳐 결론지어졌고 새로운 조처들이 재빨리 취해졌다.

그녀는 멀리서 논의되는 내용과 결론을 들었다. 엘레와는 이매뉴얼과 함께 택시로 엄마 집으로 갈 것이고, 브라이모는 다섯 명의 아이들을 모두 다 옆집으로 데려가 자게 할 것이다…….

"아, 아니. 안 돼요. 그건 안 됩니다!" 크리스가 갑자기 몽상에서 깨어난 듯 리놀륨이 깔린 마룻바닥을 발로 쿵쿵 치며 소리쳤다. 눈들이 모두 다 그에게로 향했지만 그는 단지 한참 동안 계속해서 고개를 흔들더니 마침내 아주 단호하게 아이들을 옆집으로 보내서는 안 된다고 말했다. 이런 예민한 반응을 보인 건 아마도 이런 생각을 했기 때문인 것 같았다. '내가 이곳으로 온 다음 브라이모와 그의 아내 아이나가 나한테 부부 침대를 내주고 밤마다 어딘지도 모르는 곳에서 잠을 자게 했는데 이제 비어트리스 때문에 그들의 다섯 아이들까지 이곳에서 쫓아내다니, 어떻게 그럴 수 있단 말인가.'

흥분했던 크리스는 마음을 가라앉히고는 비어트리스 쪽으로 몸을 기울이고 이런 생각을 조곤조곤 설명해 주었다. 그녀는 즉각 반응했다. 방금 전엔 누구 목소리인지도 모를 괴성을 지른 크리스가 본래의 모습으로 돌아온 것에 마음과 생각 모두를 집중시킨 비어트리스는 침대든 마룻바닥이든 누가 어떤 희생을 치르든 어느 것 하나 고려할 마음의 여유가 전혀 없었다. 그러나 이제는 그녀도 크리스만큼이나 확고하게 아이들을 보내면 안 된다고 말했다. 그뿐 아니라 진심으로 속죄하는 심정으로 그녀 자신은 밤새 앉아 있을 의자 하나면 충분하다고 말했다.

나중에 비어트리스는 크리스가 수차례 자기 옆으로 오라고 부른 후에야 의자에서 일어나 머릿수건을 벽에 박힌 못에다 걸어 놓고 잠자는 아이들을 넘어서 침대로 다가왔다. 그녀는 자신의 경솔했던 처사에 대해 여전히 부끄러워 하고 있었다. 하지만 그저 내일이면 미지의 땅으로 머나먼 여행길을 떠나는 크리스 옆에서 이 하룻밤을 보내고 싶은 충동에 굴복하는 것이 이 가난한 가족을 밖으로 몰아내는 이기적인 처사였다는 걸 그녀가 어떻게 알 수 있었겠는가? 어째서 한 사람도 그녀에게 말해 주지 않았지? 아니면 주변 사람들이 늘 말하듯이 그녀는 그저 손가락 냄새만으로도 알아차려야 했단 말인가? 그렇다면 누가 말해 줘야 했을까? 브라이모? 이봐요, 아가씨, 우리 부부는 이웃집 마룻바닥에서 하룻밤을 보내야 하고 우리 자식 다섯 명은 여기 이 마룻바닥에서 자야 해요. 그러니 당신은 여기에 머물 수 없어요. 아니면 크리스가 말해 줘야 했을까? 그렇다, 공보처 장관인 크리스가 나중이 아니라 미리 알려 주었어야 했다. 하지만 심지어 크리스의 경우 비어트리스의 마음속에서 부글부글 끓어오르다가 갑자기 선포한 그런 충동을 어떻게 알 수 있었겠는가? 그렇다면 잘못은 그녀에게 있었다. 비어트리스는 비록 의식적으로 생각했던 건 아니지만, 무심한 어떤 마음의 영역에서 공기가 탁한 이 통나무집의 몸통 부분을 따라 만든 길고 냄새 나는 복도에 붙은 저 문들 중 한두 개는 브라이모와 그의 가족이 사용하는 다른 방들로 연결될 것으로 여겼던 게 틀림없었다. 어째서 그렇게 여긴 걸까? 대가족인 도시 빈민들은 창문도 없는 단칸방에서 산다는 소리를 분명 모든 사람이 들었던 터였다. 그렇다면 그녀는 그런 정보가 풍문이라고 생각했단 말인가? 그녀는 현실 속에서 그런 상황을 마주한다거나 단 하룻밤이라도 그 빈약한 자원을 함께 나눠야 하는 상황을 결코 만나지 않을 운명을 타고 났단 말인가?

이쪽 벽에서 저쪽 벽에 이르기까지 매달아 놓은 줄에 달려 있는 커다란 싸구려 면 커튼 두 장으로 가려 놓은 침대에서 크리스는 다시 한 번 그녀를 불렀다. 커튼의 가운데 부분이 축 늘어져 있어서 누구라도 자리에서 일어나 줄을 잡아당겨 못에다 더 팽팽하게 감아 놓고 싶은 마음이 들었을 것이다.

비어트리스는 마룻바닥에 깔아 놓은 짚으로 만든 돗자리 위에서 뒤엉켜 자는 어린아이들의 몸을 조심스럽게 넘어서 침대로 갔다. 그녀는 피크닉 가방에 잠옷을 넣어 가지고 왔지만 가방은 열지도 않은 채 의자 옆에 놓아두었다. 이제 그녀는 침대 끄트머리에 앉아 블라우스를 벗어 축 늘어진 커튼 줄에 걸쳐 놓았다. 그런 다음 허리에 둘렀던 라파[42]를 풀어 가슴 위에서 그것을 다시 묶은 다음 크리스 옆에 누웠다.

---

42) 허리에 묶어 입는 스카프처럼 생긴 아프리카 전통 의상.

그날 밤 두 사람의 사랑 행위는 주의가 산만해서 제대로 이루어지지 못했다. 적어도 면 커튼 너머로 마룻바닥에 누워 자는 아이들 중 두 명, 즉 남자아이 한 명과 여자아이 한 명은 아마도 어떤 일이 벌어지고 있다는 것을, 그리고 그게 무엇이라는 것을 알 정도로 거리에 떠도는 이야기들을 충분히 들었을 나이였다. 게다가 조금만 자세를 바꿔도 침대에서 다양한 음조로 끽끽대는 소리가 났다.

그들이 자는 방에는 문이 하나 있었다. 방문은 긴 가운데 복도로 통했고 안에서 빗장을 질러 잠겨져 있었다. 이 방에는 또한 아무런 무늬도 없는 판자로 된 자그마한 창문이 있었는데 그 창문은 바로 침대와 면해 있었고 창문 밖에는 꽉 막혀 물이 흐르지 못하는 커다란 배수관이 있었다. 그래서 냄새와 모기가 들어오지 못하도록 창문은 항상 닫아 두어야 했다.

하지만 냄새도 모기도 여전히 들어올 만큼 들어왔다. 그 방에 매달린 외로운 백열전구를 끄자마자 모기에게 물어뜯기는 것보다 더 끔찍한 상황, 즉 귓가에서 모기들의 윙윙 소리가 들리기 시작했다. 관사 지역에서 온 이 미끈한 피부의 침입자들한테는 모기에 뒤이어 곧바로 밤새도록 공격해 올 빈대와 비교할 때 모기가 훨씬 더 힘들다는 말이 있다. 크리스가 그토록 초췌하고 지친 사람처럼 보이는 게 전혀 놀랄 일이 아니라고 비어트리스는 생각했다.

이런 구체적인 방해 요소들이 기나긴 드라마로 엮어 갈 이 마지막 밤의 의식을 엉망진창으로 만들어 놓은 게 분명했다. 이 드라마는 사랑과 우정, 배신과 죽음을 상연하면서 이 두 생존자보다 더 많은 것을 한꺼번에 끌어들였던 것이다. 하지만 열기와 벌레의 괴롭힘보다 더 심각하게 주인공의 어깨를 짓누르는 손이 있었다.

크리스는 그날 저녁 비어트리스가 방 안으로 걸어 들어오는 바로 그 순간부터 자신이 항상 농담 삼아 대단한 여신 같다고 묘사한 바로 그런 분위기가 그녀에게서 강하게 뿜어 나온다는 걸 알아챘다. 그리고 잠자리에 누워 침대로 오라고 그녀를 부른 다음 크리스는 캄캄한 가운데 마침내 의자에서 일어나는 그녀의 희미한 모습을 지켜보며 이그보 족의 높다란 머리 장식을 한 처녀 혼령 마스크가 춤의 황홀경에 빠지기 전에 오만한 자세로 곧추서서 무대를 향해 걸어오는 것 같은 비어트리스의 위엄 있고도 양식적인 동작에 매료되었다.

비어트리스는 크리스를 퇴짜 놓지도 않았지만 그렇다고 해서 의식 절차의 의무적인 요구 사항 이상을 제공하지도 않았다. 그는 완벽하게 이해했기에 두 사람의 마음을 곧바로 어린 시절 추억으로 전환시키려고 애썼다. 크리스는 윙윙대는 모기를 잡기 위해 잠자리로 가져온 낡은 셔츠를 계속 휘둘러 보았지만 성공하지 못했으며, 모기는 자신의 구애가 한 차례 거부당했다는 모욕감에 복수라도 하려는 듯 계속해서 귀를 공격했다.

"먼저 노래도 부르지 않고 물어 대는 빈대는 어떤 변명을 내놓을까요?" 비어트리스가 물었다.

"빈대 엄마가 내놓을 핑곗거리는 사람이 먼저 뜨거운 주전자 물을 쏟아부어 자신과 새로 까 놓은 새끼들을 없애려고 했다는 거겠죠. 어린 새끼들은 투쟁하기를 포기하려고 했겠지만 엄마 빈대가 새끼들에게 '포기하지 마라. 지금은 뜨겁지만 곧 차가워질 거야.'라고 말하지 않았을까요."

"그래서 그놈들이 살아남아 오늘 밤 우리를 물어뜯는군요."

"바로 그거예요."

"그럼 에어로솔 살충제를 잔뜩 뿌려 놓는다면 엄마 빈대가 새끼들에게 뭐라고 말할까요?" 이 말을 하고 나서 비어트리스는 어째서 여기로 온 다음 살충제인 플리트를 살 생각을 하지 않았는지 크리스에게 물었다.

"사실 첫날 밤에는 그럴 생각이었는데 아침에 그 생각이 싹 가셨어요."

"왜요?"

"이매뉴얼이 날 설득했거든요. 에어로솔 살충제가 집주인한테는 구입할 여력이 없는 구제책일 텐데, 그걸 사 오면 그가 모욕감을 느끼지 않겠느냐고요. 그러니까 안 그러는 게 나을 거라고. 그 말을 듣고 얼마나 놀랐는지. 그러더니 이매뉴얼은 내가 주유소에 가서 한 통 사 오라고 준 돈을 도로 돌려주더군요."

비어트리스는 한동안 잠자코 있더니 "대단한 친구네요. 이매뉴얼이라는 젊은이요! 어쨌든 이 집에서 닷새 밤을 보내지 않아도 되니 천만다행이에요."

낮은 어조로 나누던 그들의 대화가 별안간 마룻바닥에서 일어난 커다란 소동으로 중단되었다. 분명 한 아이가 형한테 대고 오줌을 싼 것 같았다. 처음에는 졸린 목소리로 시작된 항의가 재빨리 명민한 비난으로 날카로워지더니 전체적으로 소요를 가져왔고 곧이어 누군가가 엄마를 부르며 울기 시작했다. 딸깍! 스위치가 켜지자 천장 한가운데에 단 하나 달린 덮개 없는 전구에서 불빛이 쏟아졌다. 크리스와 비어트리스는 자신들의 은신처에서 멀리 떨어진 곳에서 갑자기 방해를 받은 한 쌍의 쥐가 잡동사니로 가득찬 방에 있는 그릇들 뒤로 피신한 것처럼 아무 말 없이 잠자코 누워 있었다.

"쉿!" 세 남자아이 중 맏형 아니면 두 여자아이 중 맏딸이 조용히 하라는 명령을 내린 게 분명했다. 그 후로는 더 이상 아무런 소리도 들리지 않았다. 아마도 의심의 여지없이 침대를 차지하고 있는 귀한 손님들을 가리키며 그들 사이에 신호나 눈짓이 오갔을 것이다. 또다시 전기 스위치를 끄는 소리가 딸깍하고 났고 조심스러운 속삭임으로 잠시 깨졌던 어둠이 다시 찾아들었다. 그런 다음 침묵이 흘렀다.

크리스가 길동무 둘과 함께 브라이모의 택시 대신 버스를 타고 북쪽으로 여행길을 떠나기로 한 것은 탁월한 결정이었다. 왜냐하면 브라이모가 모는 택시가 아무리 낡았다 해도 버스가 택시보다는 사람들의 주목을 덜 끌 것이기 때문이었다.

그들이 선택한 버스는 심지어 못 배운 사람들에게도 럭셔리로 알려진 것으로, 새로운 세대의 교통수단 중 하나였다. 그런 이름이 붙은 건 버스가 공장에서 만들어지는 데다 좌석마다 장식이 되어 있었기 때문이다. 크리스는 이전에는 이런 럭셔리 버스를 한 번도 타 본 적이 없었다. 사실 그가 마지막으로 캉안 버스를 탔던 건 아주 옛날 공부하기 위해 영국으로 떠나기 전이었다. 그 시절 버스는 독창적이고 대담한 판금 기술자나 용접공들이 손에 들어온 얇은 금속판을 두들겨 이동 컨테이너로 만든 다음 거기에다 간판장이에게 화려한 문체로 여기저기 버스라는 단어를 쓰게 한 조야한 수공품이었다.

크리스는 럭셔리 버스에 올라타기 전에 구입할 마음이 있는 구매자처럼 버스를 한 바퀴 돌면서 살펴보았다. 버스가 본래의 모습을 완전히 저버리지 않은 채 이렇게 변형된 것에 대해 기묘한 자부심이 느껴졌다. 실제로 버스 표면에 쓰인 화려한 문체는 번영을 누리면서도 아무런 변화 없이 그대로 남아 있었다. 어쩌면 그가 젊었을 시절에 일했던 바로 그 간판장이가 아직도 일하고 있거나 아니면 그 간판장이가 자신의 독특한 서법을 세대에 걸쳐 견습생들에게 전수시켰을 것이다. 그러고 보니 처음으로 조잡한 버스를 만들어 낸 상상력이 풍부한 바로 그 용접공이 어쩌면 럭셔리 버스 전 차량을 소유한 운송회사의 사장이 되었을지 누가 알겠는가! 상층부에서는 국정의 발전이 전혀 이루어지지 못했다 하더라도 분명 밑바닥 근처에서는 어느 정도의 발전이 있었던 것이다. 비록 제대로 지도받지 못하여 단지 반 정도만 실현되었다 하더라도 말이다.

간판장이들은 오랜 기간에 걸쳐 버스 같은 짤막한 단어를 베끼던 단순 작업에서 좀 더 화려한 메시지를 꾸며 내는 것으로 그들의 업무를 확장시켰는데, 그건 촛불을 앞에 놓고 주기도문을 진지하게 써 내려가던 미지의 수도사 전통을 얼마간 따른 것이었다. 분명 이전에도 수십 차례 주기도문을 써 내려간 게 분명했지만 수도승은 어느 날 갑자기 전례가 없을 정도로 숭배의 충동에 사로잡혀 주기도문의 끝 구절인 나라와 권세와 영광이 아버지께 영원히 있사옵나이다, 아멘! 하는 글을 기상천외한 장식 서체로 새롭게 썼던 것이다.

캉안의 간판장이들이 일하는 작업장은 성스러운 수도원처럼 격리된 어두침침한 장소가 아니라 이글거리는 태양의 눈길 아래의 치열한 장터였다. 하지만 그들은 수도승들과 별반 다를 바 없이 미래를 창조할 뿐만 아니라 과거도 붙잡기 위해 열심히 노력했다. 럭셔리 버스의 푸른색 몸체에는 빨간색, 노란색, 흰색으로 세 개의 다른 문구가 새겨져 있었는데, 하나는 버스 뒤쪽, 또 다른 하나는 옆구리, 마지막 세 번째는 어쩌면 가장 중요한 문구로 버스 전면 유리 꼭대기 부분에 있었다.

이제 크리스는 캉안의 방식을 휘둥그레진 눈으로 새롭게 바라보는 신참의 입장에 충분히 적응한 터라 이 문구들을 마음에 새겨 두었다.

버스 뒤편에 바사의 토착 언어로 써넣은 문구는 아주 간결했는데 그래서 그런지 불가능하다고 말할 수는 없지만 번역하기가 상당히 힘들었다. 간단히 말해서 인간이 어떤 일을 저지르든이라는 뜻이었다. 양옆에는 영어로 모든 성자들의 버스라는 문구가 쓰여 있었고, 앞에 있는 문구도 영어였는데 최종적으로(아니면 아마도 처음으로!) 자비로운 천사임을 선포하고 있었다.

크리스는 버스 가운데 부분의 창가 좌석을 선택했다. 브라이모는 벌써 앞쪽 운전수 바로 뒷좌석을 확보해 둔 반면 이매뉴얼은 뒤편 복도 쪽 좌석을 차지하고서 상당히 매력적인 아가씨와 담소를 나누고 있었다. 이목구비가 뚜렷한 그 아가씨는 조금 전 매표소 앞에서 크리스한테도 무시할 수 없는 인상을 남긴 터였다.

그 세 문구는 이제 크리스의 마음을 괴롭히기 시작하더니 성가시게도 떠나지를 않았다. 어쩌면 그것들은 불안한 마음에 대한 해독제로 유익할 수도 있었다. 크리스는 스리 카우리 다리에서 끔찍한 일을 당할 뻔했던 때로부터 어쩌면 자신의 얼굴은 스트레스를 받는 순간 거울처럼 너무나도 솔직하게 속마음을 드러낼 거라는 생각을 하게 되었다. 그래서 그는 앞으로 태평한 얼굴로 통할 수 있어서 좀 더 신중한 결과를 가져올 수 있을 법한 방법들을 찾아내기 시작했다.

하지만 심호흡 운동이나 다른 형태의 이완 운동을 거울 앞에서 연습하는 것과 예를 들어 일단의 거친 경호원들이 버스에 올라타는 경우 실제로 태평한 표정을 지을 수 있는가 하는 것은 완전히 별개의 문제였다. 최근에 들은 현명한 충언을 활용하여 알기 쉽게 말하자면, 그런 돌발 상황이 발생하는 경우 이토록 초조한 마음으로 앉아 있는 이 이례적인 버스가 사실은 내 아버지의 소유물이라는 인상을 이 세상 사람들에게 주면 어떨까 하는 것이었다.

역설적일지 모르지만 내놓을 게 하나도 없는 브라이모가 좌석에 앉아 있는 자세를 보면 자비로운 천사, 일명 모든 성자들, 일명 인간이 어떤 일을 저지르든을 소유한 자의 진짜 아들로 보였다.

버스 뒤편을 힐끗 돌아보니 적어도 지금 당장은 브라이모와 마찬가지로 아무것도 소유한 게 없는 이매뉴얼 역시 아주 느긋하게 앉아 있었다. 물론 브라이모만큼은 아니었지만 캉안 자체를 움직이는(쳇!) 세 소유주 중 하나인 자신보다 훨씬 더 편안해 보였다! 크리스는 아주 씁쓸한 미소를 지었다. 당신의 여자 친구 비어트리스를 잘 지켜봐야 할 거요!

책이라도 한 권 있다면 아마도 책에 빠져 아무런 생각도 못하고 숨길 수 없는 심정이 얼굴에 드러나는 걸 피할 수 있을 것이다. 하지만 캉안 버스에서 남의 주목을 피하기 위해 책을 읽는다면 그 사람은 분명 제정신이 아닐 것이다. 그리고 그의 가방 속에 유일하게 든 읽을거리는 이켐의 집에 흩어져 있던 서류에서 건져 낸 것들로 사인도 없어 아무런 해가 없을 몇 편의 시뿐이었다.

자연스레 럭셔리 버스 몸체의 장식물과 특징이 크리스의 마음을 사로잡았다. 기독교적이거나 사이비 기독교적인 문구는 전혀 문제되지 않았고 아무런 두려움도 주지 못했다. 하지만 인간이 어떤 일을 저지르든이라는 문구는 달랐다. 그 말은 확정적이지 않아 모호했고 상당히 위협적이었다. 인간이 살아가면서 저지르는 잘못……. 그게 그를 따라다니나? 큰 타격을 주기 위해 되돌아오는가? 그게 전부일까? 아니, 그건 단지 일부에 불과하고, 사실 가장 해가 없는 부분이라고 크리스는 생각했다. 수수께끼 같은 그 문구의 진정한 무게가 사건의 방향을 완전히 바꾸어 놓을 것만 같았다. 인간을 따라다니는 게 어떤 것이든, 원한을 풀기 위해 어떤 재난이 찾아오든 이생이 아니라면 그건 단지 전생에 그 사람이 이렇게 저렇게 저지른 행동일 가능성이 크다. 바로 그거였다! 그러니까 고어로 휘감아

버스 뒤편에 숨겨 놓은 그 문구는 결국 원시적으로 아주 끔찍한 고통을 제시하는 전형적인 이교도 합창곡의 시작 부분인 것이다. 죄인은 고통을 당한다. 고통을 당하는 자는 죄를 범했다. 성실하게 살아가는 의로운 사람들(의심할 여지없이 럭셔리 버스의 소유주도 포함하여)의 경우, 그들은 항상 번창할 것이다!

마음속으로 한숨을 내쉬고 나니 자신이 가면을 벗겨 낸 터무니없는 신학 이론이 아니라 실리적이고 빈틈이 없는 럭셔리 버스 주인의 처사에 대해 또다시 웃음이 나왔다. 이 버스 주인은 자신이 아는 모든 종교로부터 동원한 방어적인 보험을 앞세워 사방팔방 자신의 귀중한 자산을 소리 높이 외칠 수 있는 아주 냉정한 사람이었다. 그러니까 혹시 이번에는 점화되지 못하는 불길이라 해도 다음번에는 촉발될 가능성이 있을 것이었다. 그는 바지가 흘러내리지 않도록 멜빵은 물론이고 벨트도 착용하는 비관적인 사람보다 한 걸음 더 나아가 가죽으로 감싼 자그마한 부적들이 풍성하게 달린 거들까지 착용했던 것이다!

17
그레이트 노스 로드

칵테일파티에서 가만가만 옆으로 다가와 바사는 캉안이 아니라고 알려 주던 지방 유지나 외국의 외교관 같은 사람들이야말로 마치 바사가 캉안인 것처럼 행동하던 사람들이다. 왜일까? 그들은 다른 풍족한 사람들과 마찬가지로 버스를 타고 바사를 떠나 그레이트 노스 로드를 달려 본 적이 한 번도 없었기 때문이다. 만약 단 한번이라도 그런 경험을 해 보았다면 확실한 믿음이 생겨 더는 그런 말을 주절대지 않았을 것이다! 허나 그들한테는 언제나 너무 위험하다, 너무나 땀나는 일이다, 그리고 특히 바쁜 사람들이 가기에는 너무 긴 여행길이다 같은 핑곗거리가 있다.

첫 단비가 내린 후 무리 지어 날아다니는 곤충들이 가로등을 공격하는 것처럼 이제 이렇게 단순하고도 언제나 함부로 들먹여지는 현실의 압도적인 힘이 크리스의 오감 아니 육감

하나하나에 부딪쳐 왔다. 이런저런 사실들이 그의 땀구멍 하나하나를 통해 뼛속까지 깊이 스며들었고 이미 진행 중이던 그의 존재 자체의 변화가 계속해서 진행되었다.

만약 운명의 수레바퀴가 또 한 바퀴 돌아 그를 바로 이전의 삶의 환경으로, 똑같은 칵테일 행사장, 그러니까 공정하게 말해서 무미건조함 때문에, 아니 그보다 어쩌면 그런 행사들로 야기되던 신체적 고통 때문에 그가 항상 혐오하던 그 공허한 행사장으로 되돌려 놓는다면 이제는 어떤 일이 일어날까? 수많은 대화가 윙윙거리는 소리로 누적되면서 청력이 약한 크리스는 어쩔 수 없이 청각이 마비돼 실제로 아무 말도 들을 수 없었기에 그는 바보 같은 미소를 얼굴에 띠고서 주견머리 없이 움직거리는 한 입술에서 또 다른 입술로 이리저리 방황할 수밖에 없었다. 만약에, 아 신이시여 동의하지 마소서, 그런 고문실에 또다시 있게 된다면 어떻게 할 것인가? 주절대는 각각의 입술과 치아를 향해 "그래요, 하지만 당신이 아무리 그렇게 말해도 그게 사실이라는 건 아십니까?"라고 말할 용기를 달라고 그는 기도할 것이다. 그러면 크리스는 들을 수 없기 때문에 어쩌면 그런 용기로 인해 얼빠진 멍청이들이 완전히 혼미한 상태에 빠져 몇 초 동안 나불대던 주둥아리를 다물고 어쩔 줄 몰라 쩔쩔매는 꼴을 보게 되는 진귀한 기쁨을 누릴지도 모른다. 왜냐하면 그런 멍청이들의 피스톤 같은 입술에서는 "어떻게 그런 말을?" 외에 다른 말은 나올 리가 없기 때문이다. 물론 칵테일파티에 절대로 가는 법이 없는 비어트리스의 태도가 전적으로 옳다고 볼 수 있지만, 그녀는 결코 공보처 장관으로 일하는 불운을 겪은 적이 없었다. 아니, 바사는 분명 캉안이 아니었다. 럭셔리 버스의 위압적인 창가에 앉아 크리스는 이제 그런 사실을 보증할 수 있었다!

심지어 주요 고속도로조차도 단순한 게임 트랙처럼 꿈틀꿈틀 통과해야 하는 뚫고 지나가기 힘든 남쪽 우림 지역이 처음에는 마지못해 길을 내주기 시작했지만 시간이 흐르면서 조금은 기꺼운 마음으로 성장이 덜 이루어진 지역으로 길을 인도했다. 그리고 200킬로미터 정도 더 북쪽으로 나아가자 놀랍게도 풀과 왜소한 나무들로 이루어진 광활한 초원 지대가 펼쳐졌다. 머나먼 수평선까지 쭉 뻗은 광활한 공간의 파노라마를 자유롭게 배회하며 한눈에 빨아들일 수 있는 자극적인 광경을 눈앞에 펼쳐 놓은 이 축소된 숲을 바라보며 그의 마음속에서 여행자 특유의 사기가 솟아올랐다. 저 멀리 보이는 언덕 위에 청명한 하늘을 배경으로 자그마한 나무들이 소규모 일본 정원의 형태를 이루고 있었다.

심지어 럭셔리 버스가 북쪽을 향해 빠른 속도로 달려가는 아스팔트조차 자기 나름대로 두 나라 이야기를 들려주고 있었다. 처음에는 두텁게 포장되어 푹신하던 길이 점차 붉은 흙 위에 빈약할 정도로 얄팍하게 검정 페인트를 발라 놓은 듯한 길로 바뀌더니만 여행이 계속될수록 갈라지기 시작하면서 갈색 밑바닥이 점점 더 드러나기 시작했다. 그래서 아무리 우아하고 아름다운 럭셔리 버스라 해도 어쩔 수 없이 깊게 파인 바퀴 자국과 구덩이를 피하느라 이리저리 비틀대며 달려갈 수밖에 없었다. 크리스는 이런 실망스러운 불편마저 좋았다. 고객들의 안전을 별것 아니라 생각하며 고속도로에서의 운행 권리란 단지 크기의 문제인 양 자기보다 작은 차를 만날 때마다 어서 비키라고 위협하면서 마치 골목대장이라도 된 것처럼 함부로 운행하던 럭셔리 버스의 난폭한 운전기사가 좀 더 얌전해져서 오히려 다행이라는 생각이 들었다. 크리스는 망가진 길을 덜컹대며 달려가는 것도 나름대로 쓸모가 있다고 생각했다.

시각적으로나 지적으로 온갖 상상력을 마음껏 발휘할 수 있도록 크리스의 사기가 진작된 것은 중요하면서도 행복한 한 가지 사실 때문이었다. 일단 럭셔리 버스가 바사라는 대도시를 벗어나 궁극적으로 광활한 땅으로 인도하는 숲의 터널을 향해 달려가기 시작하자 보안 검문이 현격하게 바뀌었다. 한동안 일정한 거리를 간격으로 검문검색이 계속 이루어졌으며 대략 비슷한 병력이 배치되었다. 하지만 그들의 검문 목표는 달라져서, 이제는 승객에 대해서는 거의 주목하지 않았고 단지 버스 기사들에게 사례비를 요구하여 받아 내는 일에만 관심이 집중되어 있었다. 한번은 특별히 험상궂게 생긴 경찰이 승객 모두를 버스에서 내리라고 지시했는데, 그 역시 결국 기사로부터 더 큰 대가를 받아 내기 위한 교묘한 책략에 불과했다. 실제로 경찰은 버스에서 내린 브라이모를 포함한 몇몇 승객들에게 그들 자리로 되돌아가라고 지시하면서도 빙글거렸다. 그러니까 시골 풍경이 나름대로 자기 역할을 충분히 해내긴 했다. 하지만 얼마간 너무나도 갑갑했던 크리스의 마음이 평원과 계곡과 언덕으로 이루어져 있고 상상할 수 있는 온갖 모양과 녹색의 온갖 색조를 지닌 그림책에나 나올 법한 자그마한 나무들이 자라고 풀로 뒤덮인 광활한 풍경 위로 마음껏 떠돌 수 있었던 건 단지 시골 지역이 펼치고 있는 마술 때문만은 아니었다. 이러한 위험으로부터의 도주가 피크닉의 색조와 모습을 띠게 되다니 놀라웠다!

다우(多雨) 지대를 벗어나 서서히 극심한 가뭄 지역으로 진입하게 되면서 그레이트 노스 로드를 따라 나타나는 도시들과 마을들의 구조물은 전반적으로 규모가 자연스럽게 작아졌다. 해안 지대를 따라 신흥 부자들이 지어 놓은 대규모 건물들이 사라지고 웅장함은 다소 떨어졌지만 그래도 처음에는 철제 지붕과 시멘트 담장의 집들이 나타났는데 그것은 이로코 나무, 마호가니 나무 그리고 다른 거대한 경목들이 연지나무 같은 꽃나무들로 바뀌는 것과 거의 똑같았다.

씻겨 내려가 가장자리가 날카로워진 아스팔트 길을 피하기 위해 버스가 도로 이쪽에서 저쪽으로 휘청댈 때 크리스는 시멘트로 덧바른 토담 어깨 부분 위에 똑같은 철제 지붕들이 점점 더 많이 얹혀 있는 걸 볼 수 있었다. 하지만 어느 정도 지나자 이런 가식적인 풍광은 완전히 사라졌고 담장이 그저 불그스름한 토담이라는 게 여지없이 드러났다. 평범한 시민군을 닮은 둥그런 초가집들이 크리스가 앉은 관람석 앞으로 천천히 지나가기 시작할 때까지 주택 퍼레이드는 하향 체계를 지속했다.

경찰 검문소와 군대 검문소는 법 규칙적으로 나타났고 그들은 이제 앞문에서 버스 안을 들여다보는 척도 하지 않았다. 이제 그들은 그럴싸한 농담을 버스 기사와 주고받으며 드러내놓고 기사들이 건네는 돈을 받았다. 하지만 운전기사와 그의 동료는 곧바로 투덜대면서 그들을 매번 저주했다.

"네 엄마 머리에 불이나 붙어라." 한번은 검문 초반에 약간의 마찰이 벌어진 후 경찰에게서 벗어나 버스를 출발시키자마자 기사는 저주의 말을 토해 냈다.

먼지가 자욱하고 사람들로 북적대는 아주 유명한 장터 마을 아그바타에 정차했을 때 버스는 다섯 시간 이상 달려온 터였다. 이곳은 그 지역에서 제법 크고 활기 있는 마을이었고 그레이트 노스 로드에서 노련한 여행객들이 즐겨 찾는 주요 급수장이었다. 승객들은 한참 동안 갇혀 있던 버스 안의 침체된 열기에서 벗어나 건조한 야외의 열기 속으로 탈출하자 기분이 좋아졌다. 버스에서 내리자마자 승객들은 발을 굴러 쥐가 난 다리를 풀었고 용변을 보기 위해 모래땅에서 가장 은밀한 곳을 찾았다. 간이 식당과 다른 판잣집 주인들은 새로 내린 일단의 승객들과 끊임없이 정기적으로 싸움을 벌였다. 특히 '소변 금지'라는 글자가 여기저기 선명하게 쓰여 있는 자기 집 뒤뜰을 유심히 지켜보는 여자들이 그들의 싸움 대상이었다. 자주 여행을 하는 데다 인습적으로 대담한 대부분의 남자들은 알을 낳을 자리를 찾아다니는 암탉처럼 이리저리 돌아다니지 않았고 주차된 대형 트럭을 골라 가까이 다가가서는 타이어에 대고 간단히 소변을 보았다.

그다음 관심사인 음식은 훨씬 쉽게 구할 수 있었다. 수십 채의 자그마한 오두막집이 거창한 이름을 달고 여행객 유치를 위해 경쟁을 벌이고 있었다. 염소 고기 팝니다! 맛있는 에구시 수프! 특별한 야생 동물 고기! 오셔서 맛난 식사 하세요! 특별히 곱게 빻아 찰지고 맛있는 얌! 같은 광고 문구가 쓰인 형형색색의 간판이 보였다.

대부분의 간판에는 철자도 다양하게 '괜찮다'라는 문구가 들어 있었다. 크리스와 그의 일행은 별다른 이유 없이 다소 깨끗하고 노란색 덧문이 달린 매우 괜찮은 식당으로 들어가 자리를 잡았다. 버스에서 세 사람은 완전히 모르는 사람들처럼 아주 신중하게 행동했지만, 마지막 150킬로미터 정도를 달려오는 동안에는 그럴 정도로 조심할 필요가 없었다. 그래서 이제 그들은 대담하게 한 테이블에 같이 앉아 크리스는 쌀 요리, 이매뉴얼은 튀긴 얌과 염소 고기 스튜, 브라이모는 가리와 야생 동물 스튜를 주문했다.

그렇긴 해도 그들은 여전히 대화를 많이 나누지 않았으므로 어쩌면 가볍게 아는 사이거나 여행하는 동안 안면을 트게 된 여행객으로 쉽사리 통할 수 있었을 것이다.

여자 종업원이 손을 씻을 수 있도록 플라스틱 물그릇과 고체 비누가 든 그릇을 내왔다. 한동안 물을 갈지 않은 듯 번드르르한 야자기름 선이 탁한 물 바로 위에서 빙빙 돌았다.

제일 먼저 크리스에게 물그릇을 내밀자 그는 본능적으로 자기 손바닥을 보고 물을 보더니 고개를 가로저었다. 이매뉴얼 또한 거절했다. 세 사람 중 가장 대담한 브라이모가 어린 여자 종업원에게 물을 갈아 달라고 요청하자 멀리서 식당을 관리하던 주인 여자가 미소 띤 눈으로 바로 끼어들었다.

“물을 갈아 달라고요?” 주인여자는 깔깔대고 웃었다. “당신들은 남부에서 오셨군요! 우리가 지금 물 한 통에 얼마를 지불하는지 아세요? 1마닐라 50코보를 주어야 해요.”

“게다가 오늘은 급수차도 안 왔어요.” 아직도 더러운 물이 담긴 그릇을 들고 서 있던 종업원이 끼어들었다.

“그래요, 급수차가 안 왔어요.” 여주인이 말했다. “저기 저 사람들은 어제 산 물을 2마닐라에 팔고 있어요.” 그녀는 창문을 통해 양 끝에 16리터들이 물통을 매단 단단한 막대기를 시소처럼 어깨에다 건 남자를 가리켰다. 그 남자처럼 무겁고 까다로운 짐을 무리 사이로 능숙하게 나르는 사람이 두세 명 더 있었다.

아그바타에서 북쪽으로 몇 킬로미터 떨어진 곳에 완전히 말라붙은 강바닥 위로 제법 기다란 다리 하나가 놓여 있었으며 그 다리 너머로 남부 아바존에 오신 것을 환영합니다 하고 쓰인 커다란 간판이 보였다. 오십여 년 전 영국인들이 너무나 자의적으로 그어 놓은 도 경계선이 어떤 경우 어쩌면 이렇게 현실과 아주 완벽하게 일치할 수 있는지 크리스는 참으로 놀랍다고 생각했다. 바싹 마른 강을 지나도 바뀔 것 같은 기미는 거의 보이지 않았으며 이 년 동안 비가 내리지 않아 실제로 사막으로 바뀌어 버린 관목지로 곧장 진입했다.

버스 안으로 불어드는 기류는 용광로에서 배출된 것 같았다. 이제 아무리 사방을 둘러봐도 녹색이라고는 몇 채 모여 있는 삭막한 오두막집 주변을 보호하는 무서울 정도로 뾰족뾰족한 선인장밖에 없었으며 먼지투성이 들판에는 밑동이 두툼한 바오밥나무가 너무나도 기이한 형태로 드문드문 서 있었다. 이 나무를 보고 있으면 코끼리가 여전히 이 지역을 배회하던 시절 그들이 물을 찾다가 상아 이빨로 바오밥나무의 딱딱한 껍질을 뚫고 우기에 엄청난 나무줄기 안에 축적해 놓은 수액을 빨아 먹었을 거라는 이야기를 쉽사리 믿을 수밖에 없었다.

도 경계선에 이르렀을 때 바사를 떠나온 이래로 그들이 대면한 그 어느 것보다 더 큰 규모로 배치된 경찰과 군대가 눈앞에 갑작스럽게 나타나는 바람에 크리스는 또다시 예리한 통증을 느꼈다. 하지만 그들은 승객에 대해서는 전혀 관심이 없었을 뿐만 아니라 버스에서 내려 그들 중 한 사람을 만나려고 길을 가로질러 간 운전기사를 장시간 지체시키지도 않았다. 버스 기사는 자기 자리에 착석한 후 아주 다정하게 작별 인사라도 하듯이 그들을 향해 손을 흔들었다. 그러나 운전기사는 그들이 세워 놓은 도로 차단봉을 벗어나자마자 아무 거리낌 없이 그들의 탐욕에 대해 큰 소리로 불평을 털어놓았고 마지막에는 그들 엄마의 음모가 불에 타 붙으라는 저주까지 내뱉었다.

경계 부대라! 그들은 누구를 또는 무엇을 보호하고 있었을까? 그들이 그곳에 배치된 건 아마도 허기진 사막이 안전한 남부의 경계 안에 있는 동냥 그릇을 삼키는 것을 막기 위함인지도 몰랐다.

버스가 타는 듯이 뜨거운 황량한 지역으로 더 깊숙이 진입했을 때 크리스는 가방 속에서 이켐이 이름 없이 써 놓은 글인

「불기둥: 태양 찬가」를 끄집어냈다. 읽고 쓰기를 가르치는 계몽 수업에서 경탄하는 학생처럼 단어들을 입으로 중얼거리며 그는 그 글을 새로운 눈으로 천천히 읽기 시작했다. 예전에는 한 번도 경험한 적이 없었던 걸 상세하게 밝힐 수 있었던 건 어쩌면 검게 그을린 자연 경관에서 개미 언덕을 보았기 때문인지도 몰랐다. 그러니까 혹독할 정도로 정확한 시인의 눈은 환상이 아니라 사실에 근거하고 있었던 것이다. 그리고 여기는 아직도 진정한 아바존이 아니었다는 걸 생각해 보라. 재앙의 진정한 진원지까지는 적어도 또 하루를 가야만 했다! 먼지는 잿빛으로 변해 있었다. 버스는 당나귀를 타고 가는 사람을 추월했는데 그 사람의 얼굴은 하르마탄[43]이 부는 기간에 죽은 시체의 모습과 너무나 흡사했다.

……그리고 이제 그 시기가 이야기 나라에서 또다시 돌아온 겁니다. 어쩌면 아직은 첫 번째만큼 그토록 나쁘지 않을지도 몰라요. 하지만 필시 더 나쁘게 끝날 수도 있겠죠. 어째서냐고요? 요즘엔 별빛에 의지하여 자리에서 일어나 불구가 된 친족을 황량한 사바나에 버려 둔 채 남쪽으로 행진하여 가다가 살그머니 자그마한 마을에 도착한 다음 주민들을 공격하여 죽이고 그들의 땅을 차지하고는 '내 눈 속에 죽음의 칼날이 번득였기에 이런 짓을 했다.'라고 말할 수 있는 사람이 단 한 명도 없기 때문이지요.

43) 12월부터 2월에 걸쳐 아프리카 내륙에서 서해안으로 부는 건조한 열풍.

그래서 그들은 그 대신 도움을 구하기 위해 오늘날 약을 소유하고 칼을 쥔 정부에 원로 사절단을 보낸 겁니다.

아그바타를 지나자 버스에는 빈자리가 많아졌다. 브라이모가 일어나더니 크리스 바로 앞자리로 옮겨 앉았다. 이매뉴얼은 벌써부터 대화를 나누던 아가씨가 동료 간호 실습생과 함께 앉기 위해 그의 옆을 떠난 후 크리스의 옆 좌석으로 와 있었다.

"젊은이들이 예전과는 많이 달라졌어." 크리스가 말했다. "자넨 버스 여행을 하면서 저런 아가씨를 놓쳤단 말인가?"

"최선을 다했는데 걸려들지 않던걸요. 그런데 선생님은 이렇게 누더기를 걸친 저에 대한 저 아가씨의 시선을 탓하시는 건가요?" 이매뉴얼은 멸시라도 하는 것처럼 온통 몸에 안 맞는 낡은 옷들로 치장한 자기 자신을 왼손으로 움켜쥐는 것 같은 제스처를 해 보였다. "이런 부랑자 같으니! 무엇보다 선생님은 제가 써야만 했던 피진어를 들어 보셨어야 해요."

"불쌍한 친구." 크리스가 두 눈을 반짝이며 말했다. "이런 불편을 주어 정말로 미안하네."

"솔직하게 말하자면 한순간 어찌나 당황했던지 아가씨에게 혹시라도 어느 학생회장이 도피 중에 있다는 소리를 들은 적이 있느냐고 물을 뻔했다니까요."

"설마!"

"안 했죠. 하지만 거의 그럴 뻔했어요. 저런 아가씨를 놓치려니 아깝잖아요."

"신분을 속이고 말이지!"

"생각 좀 해 보세요!"

"유감인걸."

"사실 저 아가씨는 지금까지 만나 본 사람들 중에서 수줍음이 가장 많았어요. 단순히 옷 때문만은 아닌 것 같아요."

"나도 그렇게 생각하면 안 되겠지. 아무리 누더기를 걸쳤어도 자네의 진가는 빛을 발할 테니까."

"감사합니다! 진짜 어려운 건 저 아가씨 입을 열게 하는 거였어요. 한 시간당 한 단어 꼴로 말하던걸요. 그것도 네, 아니요 중에서요."

"그녀가 간호 실습생인 건 어떻게 알아냈지?"

"적당히 줄다리기를 한 거죠."

"이름은 뭐지?"

"아담마예요. 그녀의 아버지가 최북단에서 세관원으로 일하신대요."

"네, 아니요에서 아주 많은 걸 알아냈군."

그들은 큰 소리로 웃다가 무슨 신호라도 받은 것처럼 입을 다물었다. 그들은 각기 독자적으로 여태까지는 모든 게 제법 순탄하게 진행되긴 했지만 운을 너무 믿고 너무 많은 이야기를 나누거나 웃어서는 안 된다는 결론에 똑같이 도달했던 것이다. 그런 다음 텅 빈 자연 풍경을 가만히 내다보며 몽상에 잠겨 있던 크리스는 개미 언덕을 인식하게 되었다.

산문시를 꼼꼼히 읽으며 마지막 한두 단락을 또다시 읽던 크리스는 이매뉴얼에게 "자네도 이걸 한번 읽어 보게나."라고 조용히 말하면서 시가 적힌 종이를 건네주었다.

그들의 관심을 제일 먼저 500미터 정도 앞쪽에 모여 있는 큰 무리에게로 돌린 사람은 브라이모였다. 평평하고 나무 하나 없는 이 지역에서 버스에 있던 사람들 모두가 거의 동시에 너무나도 특이하고 너무나도 또렷하게 눈에 들어오는 광경을 인식했던 것 같다. 수많은 승객들이 이 기이한 광경을 더 잘 보기 위해 각자의 자리에서 반 정도 선 자세로 몸을 일으켰다. 도대체 저게 뭘까? 검문소인가? 버스 기사는 경계라도 하는 듯 속도를 늦췄다. 현장에 더 가까워지자 제복을 입은 몇몇 사람들이 먼지 자욱한 안개 속에서 나타나기 시작했다. 무리 한쪽 편에 몇 대의 자동차와 트럭이 서 있었고 남쪽을 향해 달리던 버스가 한 대 있었으며 어쩌면 그 너머에 있는 다른 차량들 역시 모습을 서서히 드러낼 것이었다.

제복을 입은 사람보다 평상복을 입은 사람들의 숫자가 훨씬 많았는데, 추정컨대 그들은 여행길을 방해받은 승객들이거나 아니면 곳곳에 산재한 둥그런 오두막집으로 이루어진 몇몇 자그마한 촌락에서 무미건조한 삶을 살다가 몰려나온 누더기 차림의 농부들일 것이었다.

버스는 이 신기한 현장을 향해 계속 나아갔지만 그저 조심스럽게 엉금엉금 기어가는 수준이었다. 교통사고인가? 그건 아니다! 활보하는 걸음걸이에서 슬픔이나 분노가 아니라 이상하게 떠들썩한 어떤 기류가 식별되었다. 이제 더 이상 의심의 여지가 없었다. 거의 모든 사람이 맥주병을 손에 쥐고 춤추는 — 이런 동작에 더 나은 명칭이 없을 것 같다 — 게 보였는데 그들은 끊임없이 고개를 뒤로 젖히고 맥주병이 입술에 닿을 새도 없이 술병에 든 걸 곧장 식도로 들이부었다.

버스가 한편에 멈춰 섰다. 술 마시는 환영 파티인 양 일부 무리가 버스를 향해 달려왔다. 하지만 버스가 멈춰 서자 갑작스럽게 무리에게서 날아든 수류탄처럼 버스 안에서 쿠데타! 하는 말이 터져 나오더니 차곡차곡 쌓였다. 불붙은 선박이라도 된 양 모두들 버스에서 대피했다. 운전기사는 착하고 의연한 선장과는 달리 제일 먼저 땅에 내리려는 사람들을 옆으로 밀쳤다.

크리스는 조리정연하게 말해 줄 만한 사람을 찾아서 무리 속으로 들어갔다. 간신히 경사를 발견한 그는 숨 막힐 듯 간절한 마음으로 다소 퉁명스럽게 그를 불러냈다. 그 친구는 오른손에 맥주병, 왼손에 마크4호 라이플 총을 들고 기쁘게 따라왔다.

"저기 있는 저 라디오에서 들었소."라고 경사는 말하기 시작했다. 저기는 검문소 직원들이 이따금 태양의 맹공에서 벗어나 기분 전환도 하고 어쩌면 운전자들로부터 뇌물을 받아내기 위해 힘든 협상을 벌일 수 있는 은밀한 공간을 위해 판지와 금속으로 서둘러 만든 보기 흉한 판잣집이었다. 거기에 놓아둔 라디오에서 그 소식이 흘러나온 게 분명했다.

"게다가 맥주를 가득 실은 이 대형 트럭이 여기를 지나간다는 소식도 들었지요. 그래서 그건 신이 보내 주는 거라고 우리끼리 말했답니다. 운전기사도 맥주가 자기 것이 아니라 나라 것이라고 말하던걸요. 그래서 우리는 아주 잘되었다고 했죠.

이제 정권이 무너졌는데 그 맥주를 누가 마시겠어요? 그러니까 여기 마실 물 하나 없이 뙤약볕에 서 있던 우리들에게 칵테일파티라도 하라고 신이 맥주를 보내 준 거죠."

그의 웃음소리는 정말이지 상당한 전염성이 있었으므로 이야기꾼 주위로 재빨리 몰려든 작은 무리는 고개를 끄덕였고 맥주를 중간중간 벌컥벌컥 들이켜면서 그와 함께 껄껄 웃어 댔다. 심지어 크리스도 웃어야 했는데, 사실 그건 좀 더 많은 정보를 얻어 내기 위한 뇌물의 성격이었지 진짜로 기뻐서 웃은 건 아니었다.

"라디오가 어디 있소?" 크리스는 그들이 분명 군가를 내보내면서 다른 소식들도 발표할 거라는 생각이 들었다.

"누군가 훔쳐갔어요. 우리가 길에 나와 맥주 마실 준비를 하는 동안 도둑놈이 들어가 라디오를 들고 튄 거죠. 요새 이 나라엔 도둑들이 너무 많다니까. 나 아니면 도둑이죠. 내가 누군지 모르나 본데 오늘 차량이란 차량은 여기를 떠나기 전에 내가 아주 샅샅이 뒤질 거니 두고 보라지. 내 라디오를 들고 간 멍청한 강도 놈을 대통령과 함께 고이 잠들게 해 줄 테니까."

"대통령에 관한 소식이 있었소?"

경사가 의심스러운 눈으로 크리스를 쳐다보았다. "어째서 이렇게 심문이라도 하는 것처럼 말하는 거요? 당신처럼 별 볼 일 없는 사람이 대통령에 대해 무슨 관심이 있는 거지, 응? 그러니까 독수리한테 이발사가 무슨 관심이 있느냐고?" 경사는 사람들이 보이는 관심을 즐기는 게 분명했다. "여하튼 대통령이 사라졌는데, 절대로 다시 찾지 못할 거랍니다. 알 수 없는 사람들이 대통령 궁으로 쳐들어 와 납치해 갔대요. 그러니까 이 검문소에서도 사람들을 모두 잘 지켜봐야 한다니까." 경사는 열심히 경청하는 사람들의 마음을 사로잡으며 또다시 폭소를 터뜨렸다. "정말이지 우리나라는 대단해! 전에는 이와 비슷한 것도 들어 본 적이 없는데 말이지. 대통령이 통째로 사라지다니, 마을을 돌아다니며 자기 염소가 사라졌다고 떠들고 다니는 늙은 여자 같잖아! 정말이지 아프리카는 대단해."

"아니, 그가 출세하도록 백인이 도와주었다더니?" 무리 중 누군가가 물었다. "뭐요, 이제 백인은 떠나가고 대통령에게 넘겨줬잖소. 이제 오지 안에서 길을 잃고 말았으니 그럼 어떻게 하나?"

"또 다른 대통령을 만들면 되죠. 강하지 않은 사람으로 말이오." 제3자가 말했다.

"뭐요, 강하지 않은 사람? 내일모레 새로운 대통령이 야자나무에 올라갔는데 다시 내려올 힘이 없다고 하면 어쩌라고." 두 번째 사람은 이렇게 말하며 크게 웃음을 터뜨렸다. 그는 분명 놀라울 정도의 재담가였고 자기 자신도 그런 사실을 잘 알고 있었다.

"그럼 이젠 어떻게 하지?"

"남자, 여자, 어린아이, 그리고 심지어 아직 태어나지도 않은 아이들까지 모두 다 20마닐라씩 만들어 나한테 가져오쇼. 그럼 내가 그걸 들고 영국으로 가서 백인이 다시 캉안으로 돌아오도록 IMF와 협상해 보겠소."

크리스는 이매뉴얼을 찾기 위해 이 특이한 무리들로부터

떨어져 나왔다.

"도대체 이게 무슨 말인지 알겠나?" 이매뉴얼을 찾아낸 크리스가 물었다.

"아직은 모르겠는데요. 아마도 어젯밤에 각하가 납치당한 것 같은데, 참모 총장이 그를 반드시 찾아내겠다고 약속은 했지만 한편으로 정권을 인수한 것 같아요."

"어서 바사로 되돌아가야겠어. 지금 당장. 브라이모는 어디 있지? 버스에서 우리 짐을 내려오게나." 크리스가 강박적인 태도로 진지하게 말하는 건 무기력하게 비꼬는 듯 말한 이매뉴얼에 대한 힐책이었다. 어느 정도 잘못을 깨달은 그는 부여받은 임무를 수행하기 위해 그 자리를 떠났다.

크리스는 술을 마시고 떠들어 대면서 빠르게 아수라장으로 변해 가는 또 다른 무리 속으로 들어갔다. 텅 빈 술병이나 채 마시지도 않은 술병이 도로 위에 박살나 있어서 신발을 신지 않은 적잖은 사람들의 발에서 벌써부터 피가 흐르고 있었다. 정보를 제공해 줄 것 같아 접근했던 사람들은 이미 만취 상태였고 게다가 크리스가 부담스러울 정도로 진지하게 질문하자 욕을 해 댔다.

"가서 술이나 마시란 말이오." 어떤 사람이 마치 현 상황이 벌어지기 전에도 권위를 행사하는 데 익숙했던 사람처럼 크리스에게 명령조로 말했다.

"난 벌써 마셨소. 여러 잔을." 그럴 의도는 전혀 없었는데 크리스는 다소 거만한 목소리로 말했다.

"만약에 당신이 술을 마셨다면……. 내가 마신 것처럼 말이오……. 어째서 당신은 그렇게 똑바로 서 있단 말이요? 아니면 내 눈이 이상한가." 그 친구의 피부는 흑단나무처럼 윤기가 흐르는 검은색이었는데도 머리는 백피증 환자처럼 좌우로 흔들거렸다.

"난 지금 똑바로 서 있지 못해요." 놀라울 정도로 발음이 명료한 술주정뱅이로 인해 괜히 넋이 나간 크리스가 말했다.

"아니, 내 눈이 이상한 게 아냐……. 당신은 안 서 있……. 아니, 그러니까 당신은 깃대처럼 똑바로 서 있단 말이오. 내 말 알아들었소? 그렇다면 문제는 말이지, 당신이 말하는 것처럼 당신이 나만큼이나 맥주를 많이 마셨다면 어째서 당신은 똑바로 서 있느냔 말이야? 아니 다시 말하리다. 우리 두 사람이 똑같이 야자기름 고기를 먹었는데 어떻게 우리 중 한 사람 그러니까 당신은 검은 똥을 싸느냐 이거요? 여보쇼, 내가 알고 싶은 건 바로 그거라니까. 두 사람이 야자기름 수프를 먹었는데……."

"좋소, 그 문제는 나중에 얘기합시다."

"나중에? 뭐 때문에? 뒤로 미루는 건 게으름뱅이들의 변명일 뿐이야." 딸꾹! "우리 교장이 그렇게 말하곤 했지." 딸꾹! "교장은 문자 쓰기를 좋아했어. 그리고 또 다른 것도 좋아했는데, 그건 말이지……. 바로 회초리였어……."

"고맙소! 나중에 또 봅시다." 크리스가 그 자리에서 간신히 빠져나오며 말했다.

소녀의 절박한 비명 소리가 길에 모인 사람들로부터 마구 터져 나오는 지독한 소음 위로 드높이 솟아올랐다. 경사가 길에서 그다지 멀지 않은 곳에 소규모로 무리 지어 있는 오두막집 쪽으로 그 소녀를 질질 끌고 가고 있었는데, 이 지역에서 흔히 볼 수 있듯이 오두막집 주위를 흉물스럽게 뾰족한 선인장들이 둘러싸고 있었다. 경사는 소녀의 양 손목을 끌어당기고 있었고, 그의 어깨에는 총이 걸쳐져 있었다. 몇몇 다른 승객들, 대체로 여자들이 애원을 하며 조심스럽게 항의하고 있었다. 하지만 대부분의 남자들은 그 광경을 바라보며 아주 재미있어 했다.

소녀는 필사적으로 엉덩이를 땅에 대고 드러눕다시피 했다. 하지만 경사는 그만둘 마음이 전혀 없었다. 그는 누렇게 시든 잡초 더미와 깨진 유리들이 나뒹구는 위험한 길을 따라 한때 산뜻했을 소녀의 푸른색 드레스의 엉덩이 부분이 땅에 닿도록 버티는 그녀를 질질 끌고 갔다.

크리스는 앞으로 달려 나가 그 남자의 손을 잡고 소녀를 당장 놓아주라고 명령했다. 그것만 가지고는 충분치 않다는 듯 크리스는 "이 일에 대해 경무관에게 보고하겠소."라고 말했다.

"날 어디에 보고한다고? 당신 단단히 미쳤군! 방금 전에 대통령에 대해 물어보던 놈 아냐? 미친놈, 당장 내 앞에서 꺼지지 않으면 대갈통을 날려서 저 세상으로 보내 버린다."

"미친 건 당신이야." 크리스가 말했다. "경찰이 맥주를 트럭 가득 훔쳐 내고 또 여학생을 납치하다니! 당신은 경찰 조직을 망신거리로 만들고 있단 말이야."

경사는 더 이상 아무 말도 하지 않았다. 어떤 사람은 크리스에게 어서 도망가라고 하고 또 다른 사람들은 경찰에게 총을 치우라고 하는 등 사방에서 알아듣기 힘든 소리들이 터져 나오는 동안 경사는 총을 어깨에서 내려 총의 공이치기를 잡아 당기더니 눈살을 찌푸렸다. 크리스는 꿈쩍도 않고 서서 쏠 테면 쏘라는 듯이 그 남자의 얼굴을 똑바로 쳐다보았다. 그러자 그 남자는 아주 가까이에 자신을 향해 선 크리스의 가슴으로 총을 발사했다.

"이봐, 방금 당신이 총을 쏜 사람이 공보처 장관이라는 걸 알기나 해?" 한 남자가 밝은 햇살에 나온 백피증 환자처럼 뒤뚱대는 발걸음에 고개를 좌우로 흔들어 대며 말했다.

땅바닥에 등을 대고 반듯하게 눕기 전 크리스는 먼저 탄원하는 듯한 기괴한 자세로 무릎을 꿇더니 그다음 옆으로 쓰러졌다. 그 순간 이매뉴얼과 브라이모가 버스에서 찾아낸 가방을 들고 사고 현장에 도착했다. 이매뉴얼이 재빨리 크리스 옆에 무릎을 꿇고 앉았고 그 소녀도 반대편에 무릎을 꿇고 앉아 발작적으로 피가 콸콸 쏟아져 나오는 커다란 구멍을 막기 위해 부상자의 셔츠 앞부분을 더듬거렸다.

"장관님, 제발, 이렇게 가시면 안돼요!" 이매뉴얼이 얼굴 위로 눈물이 마구 흘러내리는 가운데 소리쳤다. 크리스는 고개를 가로젓더니 뒤틀어진 얼굴에서 극도의 고통을 쫓아내고 불가사의한 미소를 짓기 위해 온 힘을 그러모으는 것 같았다. 미소 사이로 그는 "마지막 미소……."라는 말을 웅얼거렸다. 기침이 심하게 나오는 바람에 더 이상 말할 수 없었다. 크리스는 온몸을 부들부들 떨더니 잠잠해졌다.

경사는 총을 내버리고 거친 관목지로 도망갔다. 브라이모는 무리 지어 모인 오두막집들을 지나 100미터 정도 그 남자를 뒤쫓아 갔고 맞붙어 싸워서 그를 넘어뜨렸다. 두 사람은 먼지를 흩날리며 데굴데굴 굴렀다. 하지만 브라이모는 몸집이나 힘이나 필사적인 노력 면에서 결코 경사의 경쟁 상대가 되지 못했다. 길에 모인 군중들이 보니 경사는 자리에서 다시 일어나 계속해서 도망갔는데, 이번에는 따라붙는 사람도 없는데 시뻘건 저녁놀을 향해 계속해서 달려갔다.

18

비어트리스는 어느 날 갑자기 머릿속에 떠오른 생각을 실천에 옮겨 자신의 아파트에서 엘레와의 갓난아기 딸을 위한 명명식을 열기로 마음먹었다. 전통적인 의식을 거행할 생각은 없었다. 사실 이름을 지어 주는 것 외에 그 어떤 의식도 올릴 생각이 없었다. 상황이 돌아가는 걸 볼 때 앞으로 아주 오래도록 의식이라고 할 수 있는 어떤 것을 치르게 될 가능성은 거의 없어 보였다.

하지만 아기는 이름이 있어야 했기에 몇몇 친구들이 모인 자리에서 아기에게 이름을 지어 주거나 아니면 전통적으로 따르던 날인 일곱 번째 장날에 그런 모임을 가진다고 해서 특별히 잘못일 건 없을 것 같았다. 물론 아이들 대부분이 그렇기는 하지만, 이 아기는 여하튼 상실 속에 태어났기 때문에 다른 상세한 의식은 모두 다 잠정적으로 유보될 것이다. 허나 대부분의 아이들과는 달리 이 아기는 심지어 구제할 수 없을 만큼 낙천적인 명명자의 축복조차 받지 못했는데, 그는 그저 명명의 날에 아기를 높이 들어 올리고 유복한 곳으로 걸어온 아이 또는 먹을 복이 있는 아이 같은 말로 덕담을 한 다음 태평하게 엄마 품으로 다시 안겨 주는 사람이다. 아기에게 해 준 축복의 말을 풍자라도 하듯 그 아이는 발걸음도 무겁게 비참한 인생길을 터덜터덜 걸어가기 시작한다. 아니, 이 아기는 날마다 흙바닥을 기어 다니며 침을 쏘는 자그마한 개미 떼로부터도 안전하게 보호받지 못한 채 누워 있을 것이다. 실제로 이 아기는 극빈자들도 당연하게 여길 정말로 필요한 한 사람, 그러니까 이 세상에 태어나서 28일째 되는 날에 자신을 품에 안고 이름을 선포해줄 아버지(심지어 허깨비 아버지라도 충분했을 것이다.) 도 없이 인생길을 꾸려 나가야만 했다.

비어트리스는 참패한 군대의 낙오자들처럼 그녀 주위에서 함께 지켜 준 몇 안 되는 바로 그 친구들을 불러 모았다. 그녀가 아직도 이 사람들과의 관계를 유지하는 것은 아주 최근에 일어난 극단적인 사건을 경험하기 전부터 그녀에게 일어나기 시작한 어느 정도의 변화였다. 이런 관계는 사실상 침묵 속에서 이루어졌는데 그건 실패로 끝난 운동이 유효하다는 걸 웅변적으로 찬양하는 것이었다.

예전 같았으면 비어트리스는 크리스의 죽음이라는 사태 앞에서 죽기 전 종종 어둡고 고독한 숲의 한 모퉁이로 숨어드는 맹수처럼 친구들의 위로를 믿지 못하고 완벽하게 고립된 생활로 숨어들었을 터였다. 하지만 11월에 발생한 잔학한 사건들의 전조 같았던 불길한 징후를 몇 주에 걸쳐 보면서 그녀는 벌써부터 방어라도 하듯 거의 낯선 사람이나 다름없는 소수의 무리와 어울리게 되었고, 그런 모임이 혈연관계나 단순한 우정보다 더 강력하다는 게 증명되었다. 오래된 혈족 관계와 마찬가지로 이것 또한 피로 맹세한 관계였다. 하지만 그것은 혈관을 따라 침해되지 않고 안전하게 흐르는 피가 아니라 즉석에서 흘러나오게 하여 세속적 의식을 치른 피였다.

비어트리스는 강인하긴 했지만 사별의 충격을 처음 받았을 때 실제로 엘레와보다 훨씬 더 힘들어 했다. 완전히 피폐해진 그녀는 몇 주 동안 아예 드러누워 지냈다. 그러던 어느 날 아침 그녀는 말하자면 자리에서 벌떡 일어나 자신의 모든 생각을 완전히 밀어냈는데, 그건 바로 엘레와가 유산할 위험에 직면했기 때문이었다. 그녀는 그날부터 출산하는 날까지 엘레와의 건강을 위해 전념했다. 그 기간 동안 비어트리스는 마음속에 숨어 있을 고독감과 다시 한 번 대면하고자 첫 번째 시도를 감행했을 때 이미 자신의 두 다리는 강건해지고 머리는 한층 더 맑아진 걸 발견하고 깜짝 놀랐다.

이제는 점차 소심함을 떨쳐 내고 그때로 되돌아가 악몽과도 같았던 상황들을 회상해 보고 심지어는 당시 자신의 반응, 감정, 생각까지 재평가할 수 있게 되었다. 예를 들어 새 대통령이 크리스를 위해 마련한 국장(國葬)에 참석하라는 특별 초대를 거절했던 게 올바른 결정이었나? 크리스의 적들을 향한 불신을 드러내어 크리스에 대한 기억의 의무를 지켜 내는 대신 그들과의 관계를 멀리하여 그런 기억의 의무를 손상시킨 것은 아닐까? 크리스에 관한 소식을 접하기 전, 쿠데타가 일어나고 24시간이 흐른 후 갑자기 전면에 등장한 아흐메드 랑고 소장이 눈물을 글썽이며 '이 가증스러운 범죄 행위를 저지른 사람들을 신속하게 처벌할 것임을 국민들 앞에서 서약'하는 모습을 그녀는 혐오감에 사로잡혀 지켜보았다. 정권이 바뀔 때마다 거리에서 춤을 추는 것으로 유명한 속기 잘하는 캉안 사람들조차 최고 사령관이 대통령 궁에서 '미상의 인물들'에 의해 납치된 후 고문을 당하고 머리에 총상을 입은 채 관목숲 30센티미터 아래 땅 밑에 파묻힌 처음 이십사 시간 동안 도대체 이 충성스러운 장교는 어디에 숨어 있었는지 물었다. 하지만 캉안에서 이런 질문들이 터져 나올 무렵 비어트리스는 크리스의 살해 소식을 접했고 다른 모든 것과의 관계는 끊어졌다.

크리스의 소식은 압둘 메다니 대위가 가져다주었다. 대위는 사복 차림으로 택시를 타고 왔다. 대위가 비밀 목소리 역할을 수행하던 그 몇 주 동안 비어트리스의 마음속에 그의 얼굴이 어찌나 깊숙이 각인되었던지 그의 복장이나 검은 안경에도 불구하고 그녀는 자기 아파트 수색을 지휘했던 대위를 곧바로 알아보았다. 비어트리스는 대위가 입을 열기도 전에 그의 얼굴에서 끔찍한 재난이 일어났다는 걸 알아챘다. 대위는 그녀가 이 소식을 방송을 통해 듣지 않기를 원했을 뿐이라고 말하고는 바로 떠났다. 한 시간 후 그 소식은 라디오를 통해 전국으로 방송되었다. 그날 저녁 늦게 이매뉴얼과 브라이모가 돌아왔다.

그 후 몇 주, 몇 달에 걸쳐 비어트리스의 아파트는 사실상 이매뉴얼, 브라이모 그리고 그들이 버스에서 만난 처녀 아담마의 집이나 마찬가지였다. 대위 또한 빈번하게 드나들었다. 이따금 특히 주말에 그들은 모두 함께 모여 한층 더 심각해지고 있는 이 나라의 위기 상황을 논의했다. 처음에는 그녀를 둘러싸고 앉아 떠들어 대는 목소리나 입씨름이 마치 닫힌 문 뒤에 있는 옆방에서 나는 소리처럼 비어트리스의 귀로 들어왔다. 하지만 분명치 않은 소리들 가운데 이런저런 단어들이 점차 식별되기 시작했고, 그다음으로 단편적인 문장들, 마침내는 이따금씩 던져지는 농담까지 귀에 들어오자 자신도 모르게 서서히 풀려 가는 그녀의 얼굴에 경련처럼 희미한 미소가 나타나기에 이르렀다.

천천히 문이 열렸고 단어와 단편적인 문장이 합쳐지면서 활기찬 대화로, 대체로 이매뉴얼과 압둘 대위 사이에 벌어지는 논쟁으로 이어졌다. 그러나 비어트리스는 그곳에서 진행되는 이야기를 듣고는 있는 듯했지만 여전히 대화에는 참여하지 않았다. 그녀는 여전히 그들 주위에서 가능한 한 아주 조심스럽게 자신의 생각을 조정했다. 그럼에도 불구하고 충돌이 발생할 때가 있었으므로 이따금씩 아주 조금이긴 하지만 말없이 행하는 그녀의 움직임의 속도와 방향이 바뀔 수밖에 없었다.

"……그러니까 내가 당신에게서 알고 싶은 건 최근에 벌어진 이 유혈 사태가 당신이 말하는 그 역사적인 데모 행진을 통해 캉안에 어떤 도움을 주었는가 하는 거예요. 죽은 각하의 피와 그의 희생자들의 피, 만약에 그들이 정말로 그의 희생자였다면 말이죠……."

만약에 그들이 정말로 그의 희생자였다면, 비어트리스는 마음속으로 이 말을 되뇌었다. 그렇긴 해도 이미 그녀를 찾아왔던 바로 그 생각이 다른 옷을 입고 있구나! 이켐과 크리스의 비극을 사소한 인간적 추정이나 개인적인 사고의 관점으로 설명했는데 이제 두근대는 그녀의 마음속에서 대체로 좀 더 끔찍하지만 좀 더 그럴듯한 고의성 이론으로 바뀌고 있었다. 그레이트 노스 로드에서 우연히 살해된 또 하나의 이방인으로서의 크리스의 영상이나 세력이 점차 확장되고 있는 경찰 국가의 초기 희생자로서의 이켐의 영상은 더 이상 만족스럽지 못했다. 실제로 그 두 사람은 처음부터 끝까지 소외된 역사에 의해 벌써부터 조심스럽게 예정되어 있었던 여행길을 걸어간 미행당한 여행객들이 아니었던가? 만약 그렇다면, 얼마나 더 많은 불운한 여행자들이 그 길을 벌써 통과하고 있거나 아니면 자신들 앞에 면세점 방문과 행복한 착륙이 있을 거라는 환상을 품고 생기발랄한 얼굴로 방금 출발했을까?

바로 그날 비어트리스는 오랜 침묵을 깨고 두 청년에게 물었다. "쓰라린 역사를 진정시키려면 사람들은 어떤 일을 해야 할까요?"

방 안에 있던 사람들, 특히 지칠 줄 모르고 계속해 온 논쟁을 곧바로 중단한 두 젊은이의 얼굴을 환하게 밝힌 미소는 그 심각한 질문이나 한없이 깊은 슬픔의 구덩이에서 꼬리를 물고 이어져 나오는 반향에 초점이 맞춰진 게 아니었다. 그보다 그 얼굴들이 인정한 건 망명 생활의 종결이었고, 주제넘게도 전능자의 무한한 힘을 제한하려 했기에 잠시 동안 말문이 막혔던 회의적인 사제에게 되돌아온 발언이었다.

그 이전에 비어트리스가 한마디 말도 안 했던 건 아니다. 그녀는 인사를 했고 어떤 날은 환대한다는 뜻도 나타냈다. 크리스를 땅에 묻고 나서 일주일이 지난 후 그녀는 변함없이 사무실에 나가기 시작했고 집에서는 엘레와와 애거서와 함께 가사도 수행했다. 하지만 이 모든 일을 하면서 그녀는 자신의 생각들로 숨어들어 갔고 그것들을 불경스러운 야외로 끌어낼 위험이 없는 단어만 사용했다. 그러니까 단지 조그마한 공동체 안에서 대체로 이런저런 사소한 위기를 만나 완만하게 부추김을 받는 단계에서만 그녀와의 접촉이 가능했다.

압둘 대위는 자신에게 비어트리스와 친구들을 지켜보라는 책임이 부과되었다고(아니면 스스로 떠맡았는지 별로 명확하지 않았다.) 그녀에게 털어놓았다. 그러자 그녀는 미소 짓더니 "행운을 빌어요!"라고 말했다. 몇 주가 흐른 후 그녀는 공평하게 이매뉴얼에게도 이 사실을 알려줘야겠다고 생각했다. 그는 격분했다.

"그 친구, 앞잡이였군요. 우린 어쩜 이토록 순진했던 거죠?"

"우리요? 이매뉴얼, 당신은 대단한 신사예요. 몇 주에 걸쳐 크리스와 함께 꼼짝 않고 골방에 처박혀 계책을 세웠던 경험이 당신에게 영향을 미친 것 같아요. 하지만 아니에요, 난 순진하지 않아요. 그 친구는 정말이지 진심이에요."

"어떻게요?"

"여자의 직관이라고 말해 두죠."

"언제부터요?"

"언제부터라니, 그게 무슨 말이죠? 내가 언제부터 여자가 되었느냐고 묻는 거예요?…… 내가 방금 당신을 신사라고 말했는데."

그 후 한참 동안 이매뉴얼은 압둘이 주변에 있을 때면 보라는 듯이 입을 꼭 다물고 아무 말도 하지 않음으로서 자신이 화가 났다는 걸 드러냈다. 비어트리스는 더 이상 끼어들지 않고 두 사람을 지켜보았다. 결국 이매뉴얼은 호기심 때문에 침묵을 유지할 수가 없었다. 그건 모두 존슨 오사이 대령을 둘러싼 소문 때문이었다.

"그 사람이 행방불명되었다는 게 사실인가요?" 이매뉴얼의 입에서 무심코 이 말이 튀어나왔다. 압둘은 자신의 입을 열려고도 하지 않고 그저 고개만 끄덕였다. 그는 이매뉴얼의 의심을 알아차렸으므로 이매뉴얼의 태도를 그냥 무시해 버리기로 마음먹었던 것이다. 그런 압둘의 태도는 비어트리스가 보기에는 상당히 세련된 대응 방식이었다.

"하지만 어떻게 한 나라의 안보 책임자가 그냥 사라질 수 있나요? 그렇게 순식간에!"

"내가 알기로 이 나라의 우두머리가 행방불명되었을 때 자넨 이미 바사를 떠난 후가 아니었던가." 그런 다음 압둘은 비어트리스와 다른 사람들을 향해 말하는 것 같은 태도를 취했다. "지금까지 드러난 사실을 몇 가지 알려 드리겠습니다. 사람들이 오사이 대령을 마지막으로 본 건 그가 대통령을 만나러 들어갔을 때였고 그 후로 그를 보았다는 사람이 한 명도 없어요. 이디 아민을 기억하시죠? 글쎄, 확인되지 않은 소식통에 의하면 그는 연적의 목을 졸라 죽이고 잘라 낸 다음 일종의 전리품으로 냉장고에 넣어 두었답니다. 그러니까 오사이 대령도 어딘가 냉장고에 들어 있을지도 모르죠."

"당신은 당신 상관에 대해 조금도 걱정하지 않나 봐요." 비어트리스가 말했다. "정말이지 끔찍해요."

"만약에 내가 알고 있는 오사이에 대한 얘기를 반 정도만 해줘도 당신 역시 그 사람에 대해 조금도 걱정하지 않을 겁니다."

"정말이지, 살 맛 안 나네요!" 이매뉴얼이 말했다.

"여하튼 군인 생활은 감상적인 직업이 아닙니다. 우리가 제일 먼저 배우는 건 군인은 왔다가 사라진다는 거니까요."

하지만 그동안 흘러간 그 많은 주와 달, 오늘의 예식이 있기까지 천천히 준비하며 몇 주와 몇 달이 흘러갔다.

엘레와가 비어트리스에게로 다가오더니 그녀의 귀에 대고 자기 어머니가 그 자리에 나타나지 않은 그럴듯한 이유라며 방금 생각해 낸 말을 속삭였다. 여하튼 비어트리스는 지금 당장 자신이 직접 명명식을 거행하기로 마음먹었다. 비어트리스는 자리에 참석한 많지 않은 사람들에게 조용히 해 달라고 말한 다음 즉석에서 의식을 거행하기 시작했다.

비어트리스는 아기 침대에서 갓난아이를 들어 올린 다음 엘레와를 향하여 몸을 돌리고 말했다. "이 아이의 이름을 말해 줘요."

"당신이 그 아이의 이름을 지어 줘야죠."

"좋아요. 실수할 뻔했어요. 알려 줘서 고마워요. 다시 시작할게요……. 구약에 자기 아들의 이름을 남은 자는 돌아올 것이다 하는 뜻의 스알야숩이라고 지은 선지자가 있었어요. 그들은 요즘 같은 시대에 살았던 게 분명해요. 하지만 우리에게는 다른 비유가 있어요. 그러니까 우리에겐 우리 나름대로 영원한 것을 제시하는 희망의 말이 있잖아요. 그래서 이 아이의 이름을 길은 결코 닫히지 않을 것이다 하는 뜻의 아마에치나, 짧게 아마라고 정하겠어요."

"그건 사내아이 이름인데요."

"그럼 어때요."

"여자애한테도 어울려요."

"아름다운 이름입니다. 이켐의 길."

"맞아요. 절대로 막히지 않고 절대로 잡초가 무성하지 않았으면 좋겠어요."

"그래요!"

"언제나 환히 빛나면 좋겠어요! 빛나는 이켐의 길."

"그것 참 멋진 이름이네요."

"멋있어요."

비어트리스가 다시 시작했다. "전통적으로 우리나라에서는 아버지가 아이의 이름을 지어 주었어요. 하지만 오늘 그 일을 해야 할 사람이 이 자리에 없으니까…… 엘레와, 제발 그만 좀 훌쩍거려요! 그 사람은 지금 이 자리에는 없지만 특유의 아이 같은 미소를 짓고서 우리 주변을 떠돌며 지켜보고 있는 게 확실해요. 예전에 난 그 사람을 놀리곤 했는데 지금도 한번 놀려 보죠. 남자들은 자신이 이름을 지어 줘야 하는 아이에 대해 도대체 뭘 알까요……?"

"아내가 당신이 아이 아버지라고 말해 준 것 외에는 아는 게 하나도 없죠." 압둘이 이렇게 말하자 사방에서 웃음이 터져 나왔다.

"맞아 맞아, 여보게." 브라이모가 말했다. "여자가 남편에게 와서 그의 자식이 태어날 거라고 말해 주죠. 그러면 남자는 이니양가[44]를 구하기 시작하고 아버지로서의 책임을 지는 거죠. 아무 쓸데 없는 아버지들이라니까요, 우리는."

"바로 그래요. 그래서 난 우리 전통이 그런 점에서 잘못되었다고 생각해요. 그녀의 아가가 어떤지, 어떤 의미가 있는지, 어떤 이름을 지어 주면 좋겠는지 엄마한테 물어보는 게 정말로 안전하지요. 그러니까 사실은 엘레와가 아마를 안고서 우리에게 이 아가가 어떤 아이인지 말해 줘야 해요. 그 아름다운 사람 이켐의 사랑을 받는다는 게 어땠는지요. 하지만 엘레와가 너무 수줍어 하네요. 저걸 좀 봐요!"

"난 하나도 수줍지 않아요." 엘레와가 가냘프게 내리는 보슬비 사이로 햇살이 밝게 비추는 것처럼 나오려는 눈물을 참으며 두 눈에 미소를 가득 담고 대꾸했다. "수줍어서 그런 게 아니라 글을 몰라서 그래요."

"이건 글을 모르는 것과는 전혀 상관없어요, 아가씨."

"글은 몰라도 책에서 배울 수 없는 걸 많이 알잖아요, 귀염

---

44) 나이지리아어로 '자연 치유사'를 뜻하는 말로, 산파 역할도 맡아 한다.

둥이 아가씨."

"맞아요." 이매뉴얼이 말했다.

"동의합니다." 압둘 메다니 대위가 말했다.

"그거야말로 진정 맞는 말이지." 브라이모가 말했다.

"제 말이요!" 브라이모의 아내 아이나가 말했다.

"우리 모두는 나아쁜 시기를 지나왔어요. 하지만 엘레와, 당신이야말로 이처럼 훌륭한 아가를 이 세상으로 데려와 계속해서 어려움을 겪은 그 불쌍한 남자에게 선물한 거예요. 살아서 발로 차는 이 훌륭한 아가를." 비어트리스가 말했다.

"맞습니다. 정말로 맞아요." 대위가 말했다.

"하지만 살아 있는 생각들……." 이매뉴얼이 더듬거리며 말하기 시작했다.

"생각은 사람을 벗어나서 살아남을 수가 없어요." 비어트리스가 그의 말을 중간에서 가로막으며 다소 단호한 말투로 말했다. 이매뉴얼은 잠시 굴복하는 듯 머리를 긁적이더니 곧바로 반항하듯이 불쑥 말했다.

"전 그 말을 받아들일 수 없어요. 이켐이 한 강연에서 말한 이념들 덕분에 앵무새 같던 제 인생이 온전한 사람으로 완전히 바뀐걸요."

"정말이에요?"

"그래요, 정말이에요. 그리고 제 몇몇 친구들도 마찬가지예요. 절 변화시킨 건 이켐이라는 사람이 아니었어요. 난 그분이 어떤 사람인지 몰랐거든요. 종이에 적어 놓은 그분의 생각이었죠. 특히, 우리는 우리 행동에 가해지는 제약을 받아들일 수는 있지만 결코 어떤 상황에서도 우리의 사고에 가해지는 제약을 받아들여서는 안 된다는 생각이요."

"좋아요." 비어트리스는 막을 수 없을 정도로 이 뛰어난 열정에 굴복하여 말했다. "난 물론 그의 인간성도 잘 알지만, 당신이 어떤 말을 하는 건지 마음속 깊이 깨달았어요. 당신이 이겼어요! 그럼 사람과 생각으로 하죠. 우리 그 둘 모두를 위해 건배해요."

애거서가 음료수를 쟁반에 담아 들고 들어오며 갑자기 자기 종파의 노래를 부르기 시작했다. 지금까지 그녀가 이런 노래로 이 집을 축복한 적은 한 번도 없었다. 그러자 이매뉴얼이 그녀에게서 쟁반을 받아 중앙 테이블에 올려놓았다. 아담마가 유리잔을 가져오자 그들은 잔을 돌리기 시작했다. 두 손이 자유로워진 애거서는 더 잘 맞는 일을 찾아낸 듯 자기 노래의 반주를 위해 박수를 치고 느린 춤을 추면서 허리를 흔들었다.

어느 누구도 여호와를 속일 수 없네.
위대하신 여호와 흔들 자 아무도 없네.
복 주시기를 원하는 여호와 앞에서
그 누가 감히 저주를 내릴까.
여호와 이레, 그의 이름 소리 높여 찬양하세!

아이나가 자리에서 몸을 일으키더니 허리에 두른 라파의 끈을 다시 매만지고는 거룩하면서도 매혹적인 춤을 추는 애거서와 함께 춤을 추기 시작했다.

"아이나는 이슬람교도 아닌가요?" 비어트리스가 엘레와에게 소곤소곤 귓속말로 물었다.

"독실한 이슬람교도죠." 엘레와가 질문의 요점이 무엇인지 모르겠다는 듯 당황한 눈초리로 답변했다. 그러다가 그녀는 갑자기 질문자의 생각을 알아챈 것 같았다. "기독교도가 노래할 때 이슬람교도가 춤을 추면 안 된대요?"

"아니, 그런 뜻에서 물었던 건 아니고요." 비어트리스가 다소 힘주어 말했다. 하지만 그녀는 마음속으로 생각했다. '그래, 알라의 딸이 거룩한 춤을 추고 있는 라이벌의 딸과 함께 춤출 수 있다면, 미지의 신을 모시는 여사제가 몸을 좀 흔든다고 해서 뭐가 문제 되겠어.' 비어트리스는 혼자서 빙긋 웃었다. 아마를 잠재우려고 여전히 흔들고 있던 손 대신에 그녀는 벌써 머리를 좌우로 흔들어 대고 있었다.

외우기 쉬운 짧은 노래에 들어 있는 똑같은 단어를 대여섯 차례 반복한 후 브라이모가 "힙! 힙! 힙!" 하고 외치자 생기 넘치게 "야호, 만세!" 하는 환호 소리가 터져 나왔고 초교파적인 친밀한 교제는 웃음으로 산뜻하게 마무리되었다.

바로 이 시점에 집 밖에 택시 한 대가 멈추더니 엘레와의 어머니와 삼촌이 택시에서 내렸다. 비어트리스와 엘레와가 자연스럽게 서로를 바라보며 한 사람은 "당신 말이 맞았네요." 다른 한 명은 "내가 저럴 거라 그랬죠!"라고 동시에 말했다.

불미스러운 소문이 자자한 엘레와의 삼촌은 이제는 아주 대놓고 그 명성에 걸맞게 살기로 마음먹은 사람 같았다. 제대로 자리에 앉기도 전에 그의 시선은 쟁반에 있는 술에 꽂혔고 그의 목젖은 벽돌공이 사용하는 기포수준기의 밀폐된 기포처럼 그칠 사이 없이 춤춰 댔다.

"엘레와, 어머니와 삼촌께 마실 것을 권해 주지그래요?"

엘레와의 어머니는 탄산수 한 병을 받았지만 삼촌은 맥주를 권하자 그건 싫다고 거절하면서 대신 '진'을 달라고 했다. 이 집에는 진이 없다는 말을 듣자 그는 간단히 "으응?"이라고 응수했는데, 그건 명명식을 한다면서 진도 없이 하느냐는 불만의 감정을 압축적으로 생생하게 표현하는 말이었다.

비어트리스가 자리에서 일어나 아기를 침대에 내려놓고 찬장으로 가더니 곧바로 화이트호스 위스키 병을 들고 돌아왔다. 엘레와의 삼촌은 그 대체물을 아주 흔쾌히 받아들더니 재빨리 연이어 아주 조금씩 술을 따라 고개를 약간 뒤로 젖히고 벌컥 들이켰는데 삼키기 전에 한 쌍의 자그마한 풀무처럼 양볼을 팔딱거렸다. 그는 조그만 잔을 내려놓더니 이제는 맥주병을 청했다.

죽은 남편의 이복동생을 곁눈질로 쳐다보며 엘레와의 어머니가 말했다. "우리가 여기 와서 해야 할 일부터 먼저 하는 게 낫겠어요. 누구라도 우리 손녀딸을 떨어뜨리면 안 되니까."

"아무도 떨어뜨리지 않을 테니 걱정 마쇼." 살짝 떨리는 손으로 맥주잔을 입가로 들어 올리며 삼촌이 대꾸했다……. "남자는 술을 마신다고 해서 손힘이 느슨해지지 않아요. 강해지면 강해졌지." 노인은 술을 반잔 벌컥 들이켠 다음 덧붙여 말했다……. "하지만 여기 있는 이 아낙네가 불안해 하니까 그녀가 말하는 대로 하는 게 좋겠소. 아낙네가 시키는 대로 하는 현명한 남자는 훈제 생선 덩어리가 들어간 국을 얻어먹는 법이거든. 얼간이나 아낙네가 하는 말에 토를 달아 코코얌 덩어리나 얻어먹지."

압둘은 자신이 알아들을 수 있도록 노인의 말을 통역하고 있는 이매뉴얼 쪽으로 고개를 살짝 기울이고 있었다. 이제 모든 사람의 눈이 비어트리스를 향했다. 그녀는 아기를 다시 들어 올렸지만 아기를 받으려고 또다시 술잔을 내려놓은 노인에게 아기를 건네주는 대신 이렇게 말했다.

"이 아가는 벌써 이름을 받았어요. 아기 이름은 아마에치나예요."

두 노인은 한눈에 보기에도 느껴질 정도로 깜짝 놀랐다. 먼저 노인이 정신을 차리고서 질문을 던졌다. "누가 아기에게 이름을 주었단 말이오?"

"여기 모인 우리 모두가요." 비어트리스가 말했다.

"여기 모인 당신들 모두라." 노인이 비어트리스의 말을 되풀이했다. "당신들 모두가 이 아기의 아버지란 말이오?"

"네, 그리고 엄마도 되고요."

노인이 갑작스럽게 웃음을 터뜨리는 바람에 모두들 깜짝 놀랐지만 뜻밖에 터져 나온 즐거운 분위기 속으로 그들 모두가 끌려 들어갔다. 엘레와의 어머니만 예외였다.

"당신들 젊은이들 잘 들으쇼." 노인이 말했다. "앞으로 당신들이 만들어 갈 이 세상에서는 임신도 하고 또 아기에게 젖도 먹여 가며 키우겠지……. 저 독한 술을 조금 더 따라 주쇼."

엘레와가 급하게 위스키 병과 조그만 잔을 그에게 다시 넘겨주었다.

"유쾌한 노인네군요." 압둘이 말했다.

"당신이 저 노인을 어떻게 알아요? 조금만 기다려 봐요."

불쌍한 엘레와의 어머니는 관습이 무시된 걸 보고 화가 치밀어 올랐는데 어느 한 사람 그것에 관심이 없는 것을 보고 기분이 점점 나빠졌다. 그녀는 그곳 분위기에 전혀 어울리지 못하고 혼자만 밀려났다. 마침내 그녀는 몸을 돌리더니 이 편의 주의적인 노인, 그러니까 지금 악령들이 뒤쫓는 사악한 영들을 몰아내라고 데려온 주술사를 향해 그 분노를 모두 토해 냈다.

"당신은 내 술병이건 닭이건 모두 토해 내야 해요." 엘레와의 어머니가 노인에게 이렇게 말하자 사람들은 모두 다 깜짝 놀랐다. 노인의 얼굴에 아주 잠깐 동안 먹구름이 끼는 것 같더니 순식간에 또다시 밝아졌다.

"그 문제에 대해 말하자면, 가장무도회장에 이미 내온 물건을 다시 집 안으로 끌어들일 수는 없는 법이지. 음식이 가는 길은 외길이거든. 그러니까 아래로만 가는 법이지. 그게 위로 올라가게 되면 그 사람은 큰일 난 거니까." 노인이 말했다.

"당신은 내 술병하고 닭을 내놓고 말걸요." 엘레와의 어머니가 고집스럽게 되풀이해서 말했다.

"이보쇼, 내 말 잘 들어 봐요. 내가 충고 하나 해 주리다. 당신은 지금 성이 잔뜩 났는데 그걸 당신 잘못이라고는 할 수 없겠지. 그렇지만 말이오, 진짜 적은 닭을 삶는 냄비도 아니고 그렇다고 닭을 삶아 내는 불도 아니고 오로지 칼인데, 냄비에 들어갈 닭처럼 당신 목을 나한테 들이밀면 무슨 소용이 있겠소. 당신이 싸워야 할 사람들은 이 젊은이들이요. 당신 딸과 그 친구들한테 당신이 술과 닭을 구입할 때 든 비용을 돌려 달라고 말하시구려. 하지만 가장무도회장에 내놓은 진상품은 무도회가 끝나면 개미 구멍으로 사라지고 만다오." 노인은 또다시 발작적으로 웃음을 터뜨렸는데, 이번에는 매듭이 풀리려는 보따리인 양 양쪽 손바닥으로 짚고 있던 옆구리를 긁어 대고 있었다. 엘레와의 어머니만 제외하고 다른 사람들은 모두 그와 함께 또다시 웃었다. 노인은 별안간 웃음을 그치더니 사람들을 향해 말했다.

"여러분에게 내 몇 마디 하겠소. 여기 있는 이 아낙네가 나한테로 오더니 '우리 딸이 아기를 낳았는데 당신이 가서 이름을 지어 주었으면 좋겠어요.'라고 말하기에 난 속으로 뭔가가 잘못되었구나 하고 생각했지. 야자나무 가지가 부러져 덤불 속으로 떨어지며 쿠쿵 소리가 나기 전에 그 가지가 잘려졌다는 걸 알리는 우지끈 소리를 전혀 듣지 못한 거요. 난 신부 값에 대해 듣지도 못했는데 아기 이름을 지어 달라는 겁니다. 하지만 난 국에 생선이 들어가기를 원하니까 아낙네 말에 반박하지 않았지요. ……어째서 내가 이렇게 웃는지 아쇼? 그러니까 이 세상에 당신네 젊은이들 같은 호적수가 나타나서 웃는 거요. 그래요! 당신들 덕분에 이 세상이 있어야 할 자리로 간 거요……. 여기 있는 이 아낙네는 머리가 깨지도록 콜라 열매, 악어후추[45], 꿀, 베르노니아 같은 것들을 얻기 위해 헤맸지만

45) 서아프리카 원산의 매운 향신료.

말이오…….”

“그리고 술과 농장에서 키우는 닭도요.”

“맞아, 그것들도 원했지. 그리고 아낙네가 힘들여 그것들을 구하는 동안 당신들은 이 백인의 집에 모여 저 아가에게 남자 이름을 붙여 주고……. 이 세상은 바로 그런 식으로 돌아가는 법이니까……. 내가 해야 할 일을 누군가가 대신 했으니까 내가 혹시 싸움이라도 벌이지 않을까 생각하는 사람이 있다면 그 사람은 날 모르는 거요. 나란 사람은 내가 먹을 음식을 다른 사람이 먹을 때에만 싸운다오. 그러니까 난 싸울 생각이 전혀 없소. 오히려 난 고맙다고 말할 거요. ‘푸푸를 누가 먹었건 그 사람에게 국도 들이켜게 하시오.’라고 난 말할 거요. 아이 이름은 벌써 지었잖소. 그러니까 생선이 아니라면 국그릇 바닥에서 뭘 찾겠소? 내가 기도하는 건 아기가 어디서 잠을 자건 간에 아침이 되면 잠에서 깨어나는 거요……. 여보쇼 아낙네, 가져온 콜라 열매는 어디 있소? 여하튼 그건 깨트립시다.”

아마도 노인의 입에서 나온 기도라는 말로 촉발되었는지 이 기이한 노인의 갑작스러운 결정에 대해 모두들 박수갈채를 보냈다. 노인을 지지하는 분위기에 엘레와의 어머니는 더 이상 버티지 못하고 들고 온 가방을 열어 콜라 열매를 노인에게 건네주었다.

“엘레와, 어서 이걸 갖고 가서 물에 씻어 쟁반에 담아 오고 올 때 손 씻을 물도 가져 오시게.”

엘레와와 애거서가 노인이 시킨 대로 하기 위해 부엌으로 들어갔다. 노인은 손을 씻은 다음 거드름을 피우며 냅킨으로 손을 닦았는데, 반짝거리는 냅킨은 예전엔 흰색이었지만 이제는 먼지와 땀으로 더러워진 점퍼와 눈에 거슬릴 정도로 대조를 이루었다. 그런 다음 노인은 성찬식을 거행하는 자세를 취하더니 콜라 열매를 오른손으로 집어서 손바닥을 위로 하고 네 손가락과 엄지손가락 사이에 올려놓고는 전능자를 향해 들어올렸다.

"이 세상의 주인이시여! 수많은 이름을 지닌 분이시여! 교회 사람들은 당신을 삼위일체라고 부르지요. 물론 좋은 이름이긴 합니다만 인색할 정도로 불충분한 찬양인 것 같습니다. 우리 눈에는 사백위일체라고 하는 게 더 합당할 것 같군요. 하지만 우리는 교회 사람들과 다툴 마음이 전혀 없습니다. 물론 이슬람 사람들과도 마찬가지구요. 그들의 의도는 선하고 마음도 올바른 길로 들어섰으니까요. 다만 손이 눈길만큼 똑바르게 따라가지 못하는군요. 내일은 손이 더 강해져 염소를 도살하도록 오늘 우리는 새를 도살하는 사람을 찬양합니다…….

우리가 오늘 이 자리에 모인 건 당신께서 우리에게 아기를 보내 주셨기 때문입니다. 아기가 가는 길이 평탄하게 하소서……."

"이세!" 그 자리에 모인 모든 사람들이 응답했다.

"아기에게 생명을 주시고 또한 아기 어머니에게도 그렇게 하소서."

"이세!"

"아기 아버지에게 일어난 일이 또다시 일어나지 않게 하소서."

"이세!"

"그녀에게 이름을 지어 준 사람이 누구냐고 물었더니 우리 모두 하는 답변이 나왔습니다. 이 아기가 우리 모두의 딸이 되게 하소서."

"이세!"

"우리 모두에게도 생명을 허락하소서!"

"이세!"

"여기 모인 젊은이들이 세상을 위해 계획을 세울 때 이 아기를 잊지 않게 하소서. 그리고 다른 모든 아이도 잊지 않게 하소서."

"이세!"

"그들이 계획을 세울 때 나와 엘레와의 어머니같이 쓸모없는 늙은이들도 잊지 않게 하소서."

"이세!"

"백인이 떠나간 후 캉안에는 너무 많은 문제가 발생했습니다. 계획을 세우는 사람들이 단지 자기 자신과 자기 가족만을 생각했기 때문이지요."

노인의 말을 통역하고 있는 이매뉴얼 쪽으로 가볍게 고개를 기울이고 있던 압둘이 고개를 열심히 끄덕이며 그의 말에 동의한다는 제스처를 취했다.

"캉안에서는 싸우는 일도 너무나 많고 죽이는 일도 너무나 많습니다. 하지만 누군가가 먼저 손가락으로 눈을 찌르지 않는다면 싸움이 시작되지 않겠지요. 누구라도 싸움을 금지시키고 싶다면 무엇보다 손가락으로 눈을 찌르도록 유발하는 행위를 금지해야 합니다."

"이세! 이세!"

콜라 열매 의식에 대해 비교적 생소한 압둘은 흥분한 나머지 모두 함께 지지를 보내는 평소의 범주를 넘어 곧바로 박수를 힘껏 쳐 댔다.

"나는 지금까지 이런 집에 들어와 본 적이 한 번도 없었는데 이번 방문이 나의 마지막 방문이 되지 않게 하소서."

"이세!"

"언제라도 환영이에요." 압둘이 벌써 의식의 경계를 깨트린 터라 비어트리스도 한마디 거들었다.

"만약에 우리를 추적하는 게 있다면 우리에게 피할 길을 열어 주시고 우리가 만약 뭔가를 추구한다면 그걸 획득할 수 있게 하소서."

"이세!"

"우리가 추구하는 게 타인의 것이 아닌 한 그걸 획득하게 하소서."

"이세!"

"모든 사람의 건강을 보호하소서!"

"이세!"

"바사를 살려 주소서!"

"이세!"

"캉안을 살려 주소서!"

"이세!"

엘레와의 어머니와 삼촌이 아이나와 브라이모와 함께 낡은 택시를 타고 떠나간 후에도 파티는 그날 열린 강렬한 명명식의 잔광 속에 조용히 느긋하게 계속되었다. 하지만 이날은 특별한 체력이 응집된 게 증명되었다. 표면적으로는 전반적으로 평온한 기류가 흐르는 것 같았지만 얼마 지나지 않아 열정의 파도가 새롭게 몰려들었다.

처음에는 단순한 추억의 잔물결로 시작되었다. 누가 보아도 이매뉴얼이 스스로에 대해 만족해 한다는 걸 알 수 있었다. 그래서 그런지 그는 사람과 생각 모두에게 축배를 든 진화된 행위에 대해 다른 사람, 그러니까 비어트리스를 축하해 주기로 마음먹은 것 같았다. 대장 노릇을 떠맡은 비어트리스는 그녀와 자리를 함께한 사람들의 특이한 욕구에 대해 예민한 반응을 보이면서 점점 더 세심한 지도력을 발휘했다.

"생각에 대한 당신의 용기 있는 입장이 내 마음에 들었다고 말씀드리고 싶어요."

"또다시 상호 찬양 클럽이 형성되고 있군요." 압둘이 한마디했다.

"질투는 아무짝에도 소용없을걸요." 비어트리스가 응수했다.

"하지만 되돌아보니까, 당신이 사람에 대한 입장을 고수하는 바람에 전 꽤 중요한 걸 배운 것 같아요." 조롱의 미끼를 낚아채며 이매뉴얼이 계속해서 말했다. "크리스 선생님이 저한테 신사가 되는 법을 가르쳐 주었다고 당신이 말한 날을 기억하세요?"

"그건 그냥 농담이었는데."

"농담 반 진담 반이었겠죠." 압둘이 장난꾸러기처럼 끼어들었다.

"그 말이 맞아요……. 그날 그리고 또 오늘 당신은 제가 크리스 선생님한테 큰 빚을 졌다는 걸 깨우쳐 주었어요. 어째서 이전에는 그런 생각을 한 번도 못 했는지 모르겠지만 크리스 선생님이 저에게 가르쳐 준 가장 커다란 건 어떻게 죽어야 하는지 그 방법을 직접 보여 준 거예요."

공기 중에서 맴돌던 농담 분위기가 순식간에 그 날개를 접고 돌처럼 땅으로 떨어져 사라졌고, 애도의 대화도 모두 말라 버렸다.

"전 길바닥에 무릎을 꿇고 크리스 선생님 옆에 앉아 쓸데없이 울고만 있었어요. 그런데 저 아가씨는." 이매뉴얼은 고갯짓으로 아담마 쪽을 가리켰다. "뭔가 유익한 행동을 하려고 애쓰고 있었죠. 그러다가 내가 가지 마세요. 제발 우릴 두고 떠나지 말아요 같은 바보 같은 말을 했어요. 그런데 그런 노력을 어떻게 표현하면 좋을까요. 그 노력이 거의 손에 닿을 것만 같더군요. 얼굴에서 고통을 떨쳐 내고 미소를 불러내더니 농담을 하려고 하시더군요. 그분은 그걸 마지막 미소(The Last Grin)라고 하셨어요."

비어트리스는 자리에 앉은 채로 움찔했다.

"네, 나도 기억나요." 조용하던 아담마가 말했다. "마지막 녹색(The last green)이었어요. 하지만 그분은 그 말을 끝내지 못하셨어요."

비어트리스는 황급히 침실로 들어갔다. 엘레와가 그 뒤를 따라 들어갔다. 두 사람이 자리에 없는 동안 한마디 말도 나오지 않았다. 몇 분이 흐른 뒤 엘레와가 다시 나왔다.

"괜찮으세요?" 압둘이 다른 사람들보다 조금 먼저 물었다.

"전혀 걱정할 일 아니에요. 조금 운다고 나쁠 게 없잖아요. 난 엄마를 잃은 아기처럼 날마다 울기만 했는데 비비는 나하곤 아주 달라요."

"마담은 너무나 강하세요." 애거서가 한마디 거들었다. "여자가 너무 강해 봤자 좋을 게 하나도 없지요."

"여자든 남자든 그건 누구한테나 좋지 못해요, 다 똑같아요." 엘레와가 말했다. "조금 울고 나면 괜찮아질 거예요……. 울음을 그치게 하려고 한참 동안 애쓰다가 그냥 울게 놔두자 하고 생각했어요."

"왜들 캄캄한 데 앉아 계세요?" 비어트리스는 전등불을 켰다. 방으로 들어간 지 거의 삼십 분 정도 지난 후 다시 거실로 나올 때 그녀의 목소리는 상당히 침착했다. 얼굴 화장을 고친 그녀는 다시 자기 자리에 앉으며 미소까지 지으려고 노력했다.

"정말로 미안해요." 그녀가 말했다.

"저, 오늘 같은 날 그런 문제를 꺼내다니 정말로 죄송합니다. 사실 전……."

"아니, 아니에요, 이매뉴얼. 당신이 그 말을 해 줘서 난 정말 기뻐요. 실제로 내가 얼마나 고맙게 여기는지 당신은 모를 거예요. 이제 난 이전보다 행복하다고, 그러니까 그날 이후 그 어느 때보다 지금이 훨씬 더 행복하다고 자신 있게 말할 수 있어요." 비어트리스는 더 이상 말하지 않았다. 겉으로는 이토록 태연자약한 척했지만 더 이상 말을 이을 수가 없었던 것 같다.

고통스러운 빈 공간을 채우기 위해선지, 아니 어쩌면 점점 더 거세지는 저류에 사로잡혀 이미 무력감을 느꼈던지 이매뉴얼이 또다시 말하기 시작했다.

"그러니까 지금까지 전 임종 자리에 딱 두 번 있었는데……."

"당신 그런 쓸데없는 이야기보따리는 다른 데나 가서 풀어놓으세요." 엘레와가 명령했다. "어째서 소란을 바라는 거죠? 당신이 벌써 일으킨 소란만으로도 성에 안 차세요?"

"그가 말하도록 그냥 놔둬요. 이매뉴얼, 어서 계속하세요."

"제가 처음으로 죽음을 목격한 건 우리 아버지가 돌아가셨을 때였고 그다음이 크리스 선생님이었어요. 그분의 죽음을 보지 못했더라면 사람이 품위 있게 죽을 수 있다는 걸 알 수 없었을 거예요."

"그럼 자네 아버진 돌아가실 때 품위를 지키지 못했다는 거요?" 압둘이 당혹스러운 질문을 던졌다.

"그래요, 그러지 못했어요. 우리 아버지는 크리스 선생님과 비교하면 나이가 많았는데도 어떻게 죽어야 하는지 몰랐던 거죠. 아버지는 사람들에게 딱딱거리고 고함을 쳐 대면서 심지어 엉엉 울기까지 했어요. 죽는다는 사실에 겁을 잔뜩 집어먹은 아버지는 무서워서 어쩔 줄 몰라 했지요. 이 의사 저 의사를 찾아다녔고 더 이상 찾아갈 의사가 없게 되자 기도원이란 곳을 찾아다녔어요. 전립선암이었는데 외진 마을에 사는 어떤 남자 예언가나 여자 예언가의 이야기를 들었다는 사기꾼들이 날마다 어디선지 모르게 우리한테 나타나곤 했어요. 그러면 아버지는 다음 날 아침에 불쌍한 우리 엄마를 끌고 그곳을 찾아가셨죠. 정말 이런 말을 한다는 게 부끄럽지만 기막히게도 아버지가 돌아가시니까 안도의 한숨이 나오던걸요……. 하지만 크리스 선생님을 보세요. 아직 살아갈 날이 많은 젊은이였는데도 죽음을 똑바로 응시하고는 미소 지으며 농담도 할 수 있었어요. 정말이지 너무너무 놀랍더군요…….”

“당신은 내가 왜 방에 들어가 울었는지 모를 거예요……. 그 농담은 나한테, 우리한테 주는 메시지였어요.” 비어트리스가 이 말을 했을 때 그곳에 모인 사람들은 모두 다 깜짝 놀랐다. “그런데 아담마가 들은 말이 더 맞아요. 크리스가 우리에게 전하려던 말은 마지막 녹색이었어요. 그 말은 우리끼리 하던 농담인데 마지막 녹색 병(The last green bottle)이라는 말이었죠. 그건 끔찍하게 신랄한 농담이었어요. 자기 자신을 조롱하고 있었던 거지요. 그렇지만 바로 그런 점 때문에 그 두 사람, 크리스와 이켐이 훌륭한 거예요. 그들은 자신을 비웃을 수 있었던 사람들이었고 종종 그랬어요. 뭔가를 장악한 거만한 바보들은 스스로의 실수에 대해 자조적이지 못하죠.”

“맞아요!” 이매뉴얼이 말했다.

“어째서 제가 울었는지 아세요? 크리스는 그제야 비로소 그 신랄한 농담의 진짜 의미를 깨닫기 시작한 거였어요. 담 위에 아슬아슬하게 놓인 병들이 건방지게 거기서 세상 사람들을 내려다보고 있는 거예요. 크리스는 우리에게 정신 차리라는 메시지를 보내려던 거였어요. 어떤 소규모의 정당 위원회가 아무리 재능이 뛰어난 사람들로 구성되었다고 해도 이 세상은 그 위원회가 아니라 이 세상 사람들의 것이라는 것을요……."

"게다가 재능도 없는 사람들의 모임이라면 특히나 불합리하겠죠." 압둘이 말했다.

"오늘 오후에 엘레와의 삼촌이 큰 소리로 외치던 메시지와 똑같지 않아요? 물론 노인 분은 자기 나름대로 미친 듯이 외쳐 대긴 했지만요. 크리스는 명석하긴 했지만 그제야 비로소 그런 노인과 같은 사람들을 막연하게 인식하기 시작한 거였어요. 그의 기도문을 기억해요? 이전에는 이런 백인의 집에 들어온 적이 한 번도 없었지만 이번이 그의 마지막 방문이 아니기를 바란다고 했잖아요."

"그리고 우리는 이세! 하고 답했죠." 압둘이 말했다.

"우리는 그렇게 말했죠. 그건 맹세였어요. 최근에 들어 본 몇몇 공약들보다 더 나은 거면 좋겠어요."

"이세!"

드디어 그 특별한 날에 경이적으로 솟아난 열정도 바닥이 난 것 같았다. 집 밖에 어두움이 찾아왔듯이 집 안에서 벌어진 파티에도 침묵이 철저할 정도로 온전히 내려앉았다. 비어트리스가 욕심쟁이라고 별명 붙인 아마는 파파야 나무에 멋지게 달린 잘 익은 열매 같은 엘레와의 젖가슴뿐만 아니라 젖병의 우유까지 모두 들이켠 후 자기 침대에서 조용히 잠들어 있었다.

말을 하거나 몸을 움직이는 사람은 한 명도 없었다. 어느 누구도 다른 사람의 눈을 찾지 않았다. 비어트리스는 팔짱을 낀 채 몸을 곧추세우고 앉아 있었다…….

마침내 그녀는 두 눈에 보물 하나를 담고서 머나먼 마음의 여행길에서 방금 돌아온 사람처럼 중얼거렸다. 환영하는 무리를 향해서 말한 건가? 단순한 혼잣말인가? 아름답다! 그런 다음 그녀는 두 번째로 한층 더 부드럽게 그 말을 중얼거렸다. 아름답다!

나머지 사람들의 얼굴이 이제 그녀를 향했다. 비어트리스 혼자만 여전히 멀리 있는 어떤 것을 응시하고 있었다. 나머지 사람들에게는 보이지 않는 제3의 존재, 고조된 감정을 담아 조용히 말을 건넨 어떤 존재라도 있는 건가?

비어트리스에게서 일어난 변화는 아주 급작스러웠다. 방에 있는 모든 사람들이 들을 수 있을 정도로 깊은 숨을 내쉰 다음 조상 같던 모습이 녹아내렸을 때 사람들은 그녀가 이 자리로 귀환했다는 걸 알 수 있었다…….

"이매뉴얼, 당신에게 어떤 감사의 말을 해야 할지 모르겠어요. 그 자리에 함께 있어서 그 메시지를 가져다줄 수 있었던 것에 대해서요. 물론 아담마 당신한테도요." 비어트리스는 힘들게 미소를 지으며 두 사람을 차례로 쳐다보았다. "진실은 아름다워요. 안 그래요? 그러니까 누군가는 그런 고통 속에 죽어 가면서도…… 미소 지을 수 있었을 거예요. 크리스는 그걸 본 거죠. 그리고 그건…… 뭐라고 말할까요? ……견딜 수 없을 정도로, 그래요, 견딜 수 없을 정도로 아름다운 거예요. 바로 그거예요! 습격한 사람들이 빗발처럼 던져 대는 창을 맞은

쿠네네의 황제 샤카처럼요. 하지만 그 순간 그는 진리를 깨달았기에 미소 지으며 죽었다고 들었어요……. 오, 주여!"

비어트리스는 두 눈에서 눈물이 하염없이 흘러내리는데도 닦아 낼 생각조차 하지 않았다…….

"비비, 이렇게 계속 울 거예요?" 엘레와가 저 높은 곳에 계신 전능자를 향해 순진무구한 양손을 펼치며 불만을 토로했다. "나 같은 사람도 그렇게는 안 울었잖아요! 이제 또 어떤 소란을 일으키고 싶은 거죠? 제발요. 흐음!"

작품 해설

포스트식민주의 시대의 지속 가능한 국민 국가 건설에 관한 새로운 '이야기'

그러니까 이야기꾼은 위험을 초래하기 때문이지요.
그들은 모든 통제의 달인들에게 위협이 되고,
국가, 교회나 회교 사원, 정당 회의, 대학 또는
그 어디에서든지 인간 정신의 자유권을 빼앗는
사람들의 간담을 서늘하게 만들지요.(260쪽)

작가들은 처방책을 내놓지 않아요.
두통거리만 내놓죠!(274쪽)

1

『사바나의 개미 언덕』은 "아프리카 문학의 수립자"라는 평을 받은 나이지리아 작가 치누아 아체베의 다섯 번째이자 마지막 장편소설이다. 아체베는 아프리카 대륙에서 서구 식민 제국주의 지배가 물러난 다음 새로 건설된 국민 국가에서 야기되는 다양한 문제들을 다룬다. 전 세계적으로 최고 작품이라고 손꼽히는 그의 첫 번째 소설 『모든 것이 산산이 부서지다』(1958), 두 번째 소설 『더 이상 평안은 없다』(1960), 그 다음으로 『신의 화살』(1964)과 『민중의 사람』(1966)을 계속 출간한 아체베는 이십여 년 동안 장편소설 쓰기를 중단하고 오로지 단편소설, 시, 아동 문학, 평론, 에세이집만을 펴냈다. 왜 그랬을까? 그것은 아체베 자신이 깊이 연관된, 나이지리아 동부에 비아프라 공화국을 세우기 위한 비아프라 전쟁(1967~1970) 때문이었다. 결국 실패로 끝난 이 공화국의 공보처 장관을 역임한 아체베는 아마도 오랜 서구 제국주의의 후유증 속에서 격변하는 새로운 포스트식민주의의 문물상황들에 대하여 합리적인 분석이라든지 대응책 마련에 큰 혼란을 겪었을 것이다. 이 기간이 아마도 아체베에게는 아프리카에 알맞은 새로운 국가 건설 전략을 수립하기 위한 긴 숙려 기간이었을 것이다.

1983년 아체베는 『나이지리아의 문제점』이라는 논쟁적인 책자를 통해 나이지리아의 정치 경제 사회 문화의 다양한 문제점을 지적한 바 있다. 오랜 침묵 끝에 출간된 『사바나의 개미 언덕』이 주목받아야 하는 이유는 군사 쿠데타와 내란, 부정부패, 정치적 압제 등의 악순환을 거듭하고 있는 신생 아프리카 국가 수립에 대한 새로운 가능성을 오랜 사유를 통하여 탐색하고 있기 때문이다. 이런 제3세계 신생 국가의 혼란과 무질서 현상은 아프리카 대륙만의 문제가 아니라 서구형 제국주의의 착취와 식민주의의 수탈이 낳은 전 지구적인 후유증이었다.

이 작품에서 노정된 민주적 국민 국가 건설의 문제들은 어느 시대, 어느 지역에서든지 찾을 수 있는 보편적 문제이다. 좀 더 일반화시킨다면 인간의 권력에 대한 의지와 욕망, 서로 다른 계층 간의 언어적 의사소통 부재로 인한 대립과 반목, 종족적 차별과 싸움, 종교 간의 관용 부재, 지역 간의 차별과 갈등, 이념 투쟁 등 다양하고도 복잡한 현상들은 인간 역사와 문명에 편재해 있는 문제들이다. 결코 쉽지 않은 이런 상황 속에서 난제들을 해결하고 변화시키기 위해 실행 가능한 방책은 무엇일까?

2

『사바나의 개미 언덕』의 배경은 아프리카의 가상 국가인 캉안이다. 이 나라는 아체베의 조국인 나이지리아 또는 아프리카의 국민 국가 건설에서 여러 문제를 징후적으로 보여 주는 전형적인 포스트식민주의 국가이다. 아체베는 아프리카 국가들이 서구 제국주의적 식민주의에서 해방되어 새로운 독립 국가를 수립했지만 백인들의 통치가 끝난 다음 아프리카인들이 국가 운영을 제대로 하지 못하는 모습을 그리고 있다. 석유 같은 풍부한 천연자원을 국부로 지녔음에도 불구하고 민간 정부들의 무능한 국가 운영과 부정부패 등으로 국민을 위한 새로운 민주 국가로 발전시키지 못하게 되자 군사 엘리트들이 쿠데타를 일으켜 또 다른 군사 독재 체제로 전환되는 악순환을 지적한다. 이런 혼란 속에서 엘리트 지식인의 역할과 사명에 대한 깊은 반성이 들어 있다. 현재의 문제점을 과거 서구 제국주의의 나쁜 결과라고만 탓할 수는 없다. 식민주의 수탈과 토착 전통 파괴, 서구식 제도 유입에 따른 후유증을 결코 과소평가할 수는 없지만 이제는 현 사태의 책임을 아프리카인들이 스스로 져야 하는데 그들은 아직도 국가 운영의 역량을 제대로 발휘하지 못하는 것이다.

캉안의 정치 운영이 파행을 거듭하는 원인은 무엇일까? 이 소설 말미에 등장하는 토착민 노인은 그 이유를 "백인이 떠나간 후 캉안에는 너무 많은 문제가 발생했습니다. 계획을 세우는 사람들이 단지 자기 자신과 자기 가족만을 생각했기 때문이지요."(384쪽)라고 말한다. 이와 관련하여 이 소설의 주인공 이켐 오소디의 지적은 한층 더 현실적이다. 아체베의 분신이라고 볼 수 있을《내셔널 가제트》의 편집장 이켐은 군사 엘리트인 샘과 그의 정부를 강력하게 비판한다. 이켐이 생각하는 "이 정권의 주된 실패는 우리 지도자들이 바로 국가라는 존재의 심장부에서 마음의 상처를 입은 채 고통스럽게 떨고 있는 이 나라의 빈곤층이나 경제적 파산자와 긴요한 연결 고리를 확고하게 재확립하지 못"(241~242쪽)하는 것이다. '각하'라 불리는 샘은 이켐의 중고등학교 시절의 절친한 친구로 영국 육군사관학교를 나왔으며, 무능하고 부패한 민간 정부를 무너뜨린 후 최고 권좌에 오른 인물로 종신 대통령을 원하는 등 점차 괴물로 변해 가고 있다.

이켐에 의하면 이러한 정치 체제하에서 주변부 타자들인 "시골 농민들", "도시 빈민층", "흑인들", "민족적 종교적 소수 집단과 계층들"은 "특유의 지옥 생활"을 하고 있다. 그렇다고 혁명으로 억압 계층을 쉽게 해방시킬 수 있는 것은 아니다. 혁명은 오히려 환멸이나 또 다른 절망을 가져올 수 있기 때문이다. 캉안에서도 특히 낙후되고 소외된 북쪽 지역인 아바존 출신인 이켐은 "흙과 더불어 살아가는 사람들"과 연결되고 싶은 열망을 지닌 엘리트 지식인으로 내란 선동의 누명을 쓰고 체포되어 살해당한다. 샘과 이켐의 또 다른 중고등학교 동창인 크리스토퍼 오리코는 샘의 정부에서 공보처 장관으로 일하며 이 두 사람을 중재하려고 노력하지만, 크리스 역시 내란 동조죄로 체포령이 내려지자 이켐의 고향인 아바존으로 피신한다.

그러나 장거리 버스 도피 과정에서 어린 소녀를 겁탈하려는 술 취한 경관의 총에 맞아 숭고한 죽음을 맞으면서 크리스는 어떤 위원회가 아무리 재능이 뛰어난 사람들로 구성되었더라도 이 세상은 그 위원회가 아니라 이 세상 사람들의 것임을 늦게나마 깨닫는다. 크리스토퍼의 여자 친구인 비어트리스는 크리스와 이켐의 훌륭한 장점을 "자기 조롱"이라고 말한다. 자기 조롱은 겸손과 온유에 이르는 길이며 자신을 비우고 타자들과 소통하고 공감할 수 있는 미덕이기 때문이다. 샘 역시 부하의 모반 행위로 피살당하게 되어 캉안의 최고 엘리트 3인방 모두가 그들의 꿈을 펼치지 못하고 최후를 맞이한다. 그러나 작가 아체베는 남자들의 죽음으로 모든 것을 종결짓지 않고 살아남은 여자들을 통해 지속 가능한 민주적 국민 국가 건설에 새로운 가능성을 타진한다.

3

여자 주인공 비어트리스는 영국 유학을 한 재원으로 크리스의 애인이자 이켐의 친구이고 샘 정부에서 재정부 수석 비서관으로 일한다. 혹시 이 이름은 이탈리아의 시인 단테의 『신곡』에서 단테를 지옥에서 구해 내는 영원한 구원의 여성 베아트리체를 암시하는 것은 아닐까? 이켐은 살해당하기 전 자신이 "무당" 그리고 "예언자"라고 별칭을 붙여 준 비어트리스에게서 여성들에게 주어질 새로운 역할에 대한 통찰력을 얻었다고 그녀에게 고백한다. 아체베는 이전 소설에서 여자들의 능력과 역할에 대해 매우 인색했다는 비난을 받은 후 여자들의 정치적 잠재력에 대해 다음과 같이 말한다. "나의 모든 소설에서 여자의 존재는 항상 뚜렷하다. 생존이 위협당하는 위기에 이르기까지 여자들의 존재는 마치 중요하지 않은 것처럼 보이는데, 이것은 이보(아체베의 출신지) 사회의 표면적인 실제 상황이다." 마야 재기는 초판 서문에서 이렇게 밝힌다. "여자들은 점차 정치 문제에 개입하는데, 그것은 일직선은 아니지만 권력을 향한 투쟁이다."

혼자 타는 조개탄보다 여러 개가 함께 타는 조개탄의 빛과 열이 훨씬 강력하고 효과적이듯이, 비어트리스는 궁극적으로 교육 수준이나 사회적 지위를 뛰어넘어 상점에서 일하는 하층 계층의 엘레와나 가정부 애거서에게 연민을 느끼고 연대를 구축한다. 이켐이 살해당한 후 그의 아이를 엘레와가 출산한 후 비어트리스가 그 딸을 위해 마련한 명명식 장면이 이 소설의 절정이다. 캉안에서 이름을 짓는 역할은 으레 아버지의 몫이었고 그것은 한 인간의 정체성 결정의 중요한 과정이다. 비어트리스는 이 아가의 이름을 "길은 결코 닫히지 않을 것"이라는 뜻의 아마에치나로 정하는데, 명명식에 참석한 모든 사람들은 이 아기가 캉안의 살아 있는 희망이 될 "빛나는 이켐의 길"을 걸어가기를 기원한다. 이 명명식은 이 자리에 참석한 다양한 계층의 여자 남자 모두가 이제 캉안의 미래를 위해 새롭게 태어나 살아남은 자들의 사명을 감당하기로 다짐하는 지속 가능한 희망의 자리이다.

소설가인 아체베에게 있어 이야기가 중요한 것은 너무나도 당연하다. 그렇지만 거기에만 머무르는 것이 아니라 이야기는 역사의 변화, 사회 개혁, 나아가 인간 구원에 이르는 길이다. "아침에 우는 수탉은 어떤 한 집의 소유물이지만 이 목소리는 동네의 자산입니다."라고 말하는 아체베는 글쓰기, 작가의 중요성을 강조하며 자기 부족에서는 '기억이 최고'라는 뜻의 은코리카라는 이름을 딸들에게 지어 준다고 말한다. 이야기는 개인이나 민족에게 기록이며 역사이며 살아남는 방식이다. "이야기는 우리의 호위병이지요. 그게 없으면 우리는 장님이에요. (중략) 우리 또한 이야기의 주인이 아닙니다. 그보다는 이야기가 우리의 주인이 되어 우리를 인도하는 거지요."(213쪽)

인간은 서사 충동을 지닌 '이야기하는 동물'이다. 이것이 인간이 다른 동물들과 다른 점이다. 이야기의 내용과 방식이 한 민족이나 국가의 정체성을 나타낸다. 이야기는 한 집단의 지혜로서 기억의 거대한 저수지이며 보물 창고이다. 소설 제목인 '사바나의 개미 언덕'은 어떤 의미를 지니는가? 사바나란 아프리카의 거대한 초원 지대이다. 큰 나무나 숲이 없고 키 작은 관목만이 간간히 엿보이는 '아바존'과 유사한 황량한 지역이다. 사바나는 난제로 가득 차 있는 아프리카 신생 독립국 캉안을 의미하는 것이 아닐까? 개미 언덕은 이 황량한 초원 위에 꿋꿋하게 서서 지켜보며 기록처럼 남아 있는 이야기를 상징한다. 이야기는 계속 반복되며 영원하다. 인간은 이야기의 이야기의 이야기를 끊임없이 만들어 내며 역사나 문명을 지탱시키고 궁극적으로 인간 세계를 지속 가능하게 만든다.

아체베가 이 소설에서 이야기를 이끌어 가는 서사 방식은 매우 역동적이다. 여러 주인공들의 다양한 시점에 따라 이 소설의 서사 구조가 결정된다. 첫 번째 증인으로 크리스토퍼 오리코가 등장하고 두 번째로는 이켐이 등장한다. 그다음에는 비어트리스의 시점이 제시되면서 간혹 가다 작가인 아체베가 개입하지만, 주로 세 사람의 시점들이 교차로 혼합되면서 이야기가 역동적으로 전개되어 이른바 다성적(多聲的) 소설의 형태를 이룬다. 이외에도 남자 주인공 대 여자 주인공, 서구에서 교육받은 사람 대 교육받지 못한 토착민, 서구 근대 사상 대 토착민의 전통적인 지혜(속담, 신화 등)가 거의 모순적으로 혼합되어 있다. 하지만 이런 모순과 불일치는 쉽사리 조화나 통일로 나가는 것이 아니라 그대로 대화적 역동성을 유지한다. 아체베의 대리인인 이켐은 "모순은 제대로 이해되고 세심하게 관리만 된다면 발명의 불을 지필 수 있다. 우파든 좌파든 간에 통설은 창조력의 무덤이다."(172쪽)라고 선언한다.

4

아체베는 이 작품을 통해 18세기 서구에서 처음 시작된 근대 소설이란 이야기 양식을 다양한 언어들로 변형시킨다. 이 소설에는 등장인물들의 표준 영어, 토착민들의 이보어, 그리고 영어와 이보어의 혼합어인 피진 영어가 함께 뒤섞여 있다. 이 소설은 궁극적으로 영어로 쓰인 소설이다. 영어로 소설 쓰기를 포기한 케냐의 작가 응구기 와 시옹오는 "아체베는 이보어와 영어의 긴장 상태를 넘어서는 제3의 자리를 만들어 냈으며 그것이 그의 창조력의 토대가 되었다. 그의 작품에서는 아프리카의 목소리가 영어로 옮겨 가는 것을 느낄 수 있다."라고 극찬한다. 그러나 아체베는 표준 영어 구문을 수시로 비틀고 새롭게 조어(造語)를 만들어 내며 단순한 문장들을 끔찍할 정도로 길게 만드는 악취미를 가지고 있다. 이것 역시 아체베의 글쓰기 전략의 일환일 것이고 많은 영어권 독자들에게 새로운 지적 자극과 언어적 흥취를 느끼게 할 것이다.

그러나 식민지 경험을 한 아프리카 작가 아체베의 주체적 글쓰기 전략으로 생산된 이러한 복합적인 문학 작품을 한글로 옮겨야 하는 번역자에게는 고문일 수 있다. 역자의 고통은 이것으로 끝나지 않는다. 나이지리아 이보 지역의 신화, 격언 등을 풍요롭게 활용하면서 서구 방식과 이보 방식을 통문화적으로 결합시키는 고답스러운 방식을 따라가다 보면 아둔한 번역자는 감당하기 쉽지 않은 고통을 넘어 좌절에까지 이른다. 그렇지만 이런 과정은 언제나 번역이라는 사명을 통해 좁게는 아체베와 한국 독자들을 위해, 넓게는 세계 문학의 세계에 동참하고자 고통과 기쁨을 함께하는 모든 번역자들의 '사랑의 수고'가 아니겠는가?

2015년 4월

이소영

작가 연보

1930년 11월 16일 나이지리아 동부 이보족 마을인 오기디에서 출생. 본명은 앨버트 치누아루모구 아체베(Albert Chinualumogu Achebe). 목사인 아버지가 영국 빅토리아 여왕의 남편 이름을 따 아들의 세례명을 앨버트라 함.

1944년 우무아히아에 있는 중고등학교에 입학.

1948년 이바단 대학교(당시 런던 대학교 소속)에 입학해 영문학, 사학, 신학을 공부.

1954년 라고스의 나이지리아 방송국에서 프로듀서로 근무하기 시작하면서, 아프리카 여러 지역과 미국 등지를 여행.

1956년 영국 런던의 BBC에서 방송 관련 업무를 연수.

1958년 『모든 것이 산산이 부서지다』 출간.

1960년 『더 이상 평안은 없다』 출간.

1961년 크리스티 친웨 오콜리(Christie Chinwe Okoli)와 결혼. 국제 방송인 '나이지리아의 목소리' 창설.

1962년 단편집 『계란 제물』 출간. 하이네만 출판사의 아프리카 작가 시리즈 초대 편집자가 됨.(이 시리즈는 오늘날까지도 아프리카 작가, 이후 서인도 제도 작가들을 가장 체계적으로 방대하게 소개하는 중요한 역할을 하고 있음.)

1964년 『신의 화살』 출간. 이 작품으로 뉴 스테이츠먼 족 캠벨 상 수상.

1966년 『민중의 사람』 출간. 우무오피아를 떠나 도시로 이주한 소년의 경험과 성장을 다룬 아동 도서 『치케와 강』 출간.

1967년 방송국 직책을 사임하고, 비아프라 공화국의 외교관으로 활동. 시인인 크리스토퍼 오킥보와 함께 비아프라의 중심지인 에누구에서 출판사 시타텔 북스 설립. 나이지리아 대학교 선임 연구원으로 활동.

1971년 시집 『경계하라, 동포여』 출간. 나이지리아 문예지 《오키케》 창간을 주도.

1972년 미국 매사추세츠 주 애머스트 대학교에서 객원 교수로 초빙. 미국의 흑인 작가 제임스 볼드윈(James Baldwin)과 교류. 미국 다트머스 대학교에서 명예 박사 학위 받음. 『경계하라, 동포여』로 영연방 시상 수상. 아동 도서 『표범은 어떻게 발톱을 갖게 되었나』(존 이로아가나치 공저) 출간.

1973년 시집 『비아프라의 크리스마스』 출간. 나이지리아의 이상과 현실 사이의 괴리를 다룬 단편집 『전쟁의 소녀들』 출간.

1975년 미국의 코네티컷 대학교에서 객원 교수로 초빙. 산문집 『창조일의 아침』 출간. 아동 도서 『피리』 출간. 로터스 어워드(Lotus Award) 아시아 · 아프리카 작가 부문 수상.

1976년 나이지리아 대학교 영문학 교수가 됨.

1977년 아동 도서 『북』 출간.

1978년 비아프라 내전에서 숨진 동료 시인 크리스토퍼 오킥보의 시를 모은 『그를 묻지 마라 : 크리스토퍼 오킥보 추모 시집』(두벰 오카포 공편) 출간.

1982년 이보 시선집 『아카 웨타』(공편) 출간.

1984년 나이지리아의 무질서, 종족 분쟁, 부패 등과 함께 특히 지도력의 부재를 비판한 시평(時評) 『나이지리아의 문제점』 출간.

이보 문화를 다루는 격월간지 《우와 은디 이보》 창간.

1985년 1960년에서 1985년 사이에 발표된 아프리카 대표 단편 스무 편을 선정하여 수록한 『아프리카 단편집』(C. L. 이너스 공편) 출간. 나이지리아 대학교 명예 교수로 임명.

1987년 미국의 매사추세츠 대학교 교수(1987~1988)로 임명. 『사바나의 개미 언덕』 출간. 이 작품이 부커 상 후보에 오름. 나이지리아 최고 문화훈장인 국가 공로상 수상.

1988년 산문집 『희망과 장애물』 출간.

1990년 교통사고로 하반신 마비의 중상을 입음. 미국 뉴욕주 바드 대학교 언어문학 석좌 교수로 임명.

1992년 1980년대 아프리카 여러 지역을 대변하는 단편을 모은 『하이네만 현대 아프리카 단편소설집』(C. L. 이너스 공편) 출간.

1996년 미국 하버드 대학교에서 명예박사 학위를 받음.

1997년 인터뷰 모음인 『아체베와의 대화』 출간.

1998년 『또 하나의 아프리카 : 로버트 라이언스 사진집』(로버트 라이언스 사진, 아체베 글) 출간. 미국 브라운 대학교에서 명예박사 학위를 받음.

2000년 1988년 하버드 대학교에서의 강연을 묶은 『고향과 유배지』 출간.

2002년 독일 출판협회가 수여하는 평화상 수상. 남아프리카 공화국 케이프타운 대학교에서 명예박사 학위를 받음.

2004년 비아프라 내전의 상흔을 기록한 시집 『시선집』 출간. 나이지리아의 정치 상황에 대한 항의로 나이지리아 연방공화국 지도자 훈장을 거부함.

2007년 부커 국제상(Man Booker International Prize) 수상.

2008년 메이슨 어워드(Mason Award) 수상.

2010년 도로시 앤드 릴리언 기시 상(Dorothy and Lillian Gish Prize) 수상. 나이지리아 대학교 명예 교수이자 바드 대학교의 언어문학 석좌 교수, 브라운 대학교 아프리카 문헌학 교수로 재직.

2013년 3월 21일 미국 매사추세츠 주 보스턴에서 지병으로 사망.

세계문학전집 333

사바나의 개미 언덕

1판 1쇄 펴냄 2015년 4월 24일
1판 5쇄 펴냄 2024년 7월 18일

지은이 치누아 아체베
옮긴이 이소영
발행인 박근섭, 박상준
펴낸곳 (주)민음사

출판등록 1966. 5. 19. (제 16-490호)
서울특별시 강남구 도산대로1길 62(신사동) 강남출판문화센터 5층 (우편번호 06027)
대표전화 02-515-2000 팩시밀리 02-515-2007
www.minumsa.com

ISBN 978-89-374-6333-4 04800
ISBN 978-89-374-6000-5 (세트)

세계문학전집 목록

51·52 **내 이름은 빨강** 파묵 · 이난아 옮김 노벨 문학상 수상 작가
53 **오셀로** 셰익스피어 · 최종철 옮김 서울대 권장도서 100선
54 **조서** 르 클레지오 · 김윤진 옮김 노벨 문학상 수상 작가
55 **모래의 여자** 아베 코보 · 김난주 옮김
56·57 **부덴브로크 가의 사람들** 토마스 만 · 홍성광 옮김 노벨 문학상 수상 작가
58 **싯다르타** 헤세 · 박병덕 옮김 노벨 문학상 수상 작가
59·60 **아들과 연인** 로렌스 · 정상준 옮김 《뉴스위크》 선정 100대 명저
61 **설국** 가와바타 야스나리 · 유숙자 옮김 노벨 문학상 수상 작가 | 서울대 권장도서 100선
62 **벨킨 이야기 · 스페이드 여왕** 푸슈킨 · 최선 옮김
63·64 **넙치** 그라스 · 김재혁 옮김 노벨 문학상 수상 작가
65 **소망 없는 불행** 한트케 · 윤용호 옮김 노벨 문학상 수상 작가
66 **나르치스와 골드문트** 헤세 · 임홍배 옮김 노벨 문학상 수상 작가
67 **황야의 이리** 헤세 · 김누리 옮김 노벨 문학상 수상 작가
68 **페테르부르크 이야기** 고골 · 조주관 옮김
69 **밤으로의 긴 여로** 오닐 · 민승남 옮김 노벨 문학상 수상 작가 | 미국대학위원회 선정 SAT 추천도서
70 **체호프 단편선** 체호프 · 박현섭 옮김
71 **버스 정류장** 가오싱젠 · 오수경 옮김 노벨 문학상 수상 작가
72 **구운몽** 김만중 · 송성욱 옮김 서울대 권장도서 100선 | 국립중앙도서관 선정 청소년 권장도서
73 **대머리 여가수** 이오네스코 · 오세곤 옮김
74 **이솝 우화집** 이솝 · 유종호 옮김 논술 및 수능에 출제된 책(1998~2005)
75 **위대한 개츠비** 피츠제럴드 · 김욱동 옮김 《타임》 선정 현대 100대 영문소설
76 **푸른 꽃** 노발리스 · 김재혁 옮김
77 **1984** 오웰 · 정회성 옮김 《타임》 선정 현대 100대 영문소설 | 《뉴스위크》 선정 100대 명저
78·79 **영혼의 집** 아옌데 · 권미선 옮김
80 **첫사랑** 투르게네프 · 이항재 옮김
81 **내가 죽어 누워 있을 때** 포크너 · 김명주 옮김 노벨 문학상 수상 작가
82 **런던 스케치** 레싱 · 서숙 옮김 노벨 문학상 수상 작가
83 **팡세** 파스칼 · 이환 옮김
84 **질투** 로브그리예 · 박이문, 박희원 옮김
85·86 **채털리 부인의 연인** 로렌스 · 이인규 옮김
87 **그 후** 나쓰메 소세키 · 윤상인 옮김
88 **오만과 편견** 오스틴 · 윤지관, 전승희 옮김 미국대학위원회 선정 SAT 추천도서
89·90 **부활** 톨스토이 · 연진희 옮김 논술 및 수능에 출제된 책(1998~2005)
91 **방드르디, 태평양의 끝** 투르니에 · 김화영 옮김
92 **미겔 스트리트** 나이폴 · 이상옥 옮김 노벨 문학상 수상 작가
93 **페드로 파라모** 룰포 · 정창 옮김
94 **차라투스트라는 이렇게 말했다** 니체 · 장희창 옮김 국립중앙도서관 선정 청소년 권장도서
95·96 **적과 흑** 스탕달 · 이동렬 옮김 국립중앙도서관 선정 청소년 권장도서
97·98 **콜레라 시대의 사랑** 마르케스 · 송병선 옮김 노벨 문학상 수상 작가 | BBC 선정 꼭 읽어야 할 책
99 **맥베스** 셰익스피어 · 최종철 옮김 서울대 권장도서 100선 | 미국대학위원회 선정 SAT 추천도서
100 **춘향전** 작자 미상 · 송성욱 풀어 옮김 서울대 권장도서 100선
101 **페르디두르케** 곰브로비치 · 윤진 옮김
102 **포르노그라피아** 곰브로비치 · 임미경 옮김
103 **인간 실격** 다자이 오사무 · 김춘미 옮김
104 **네루다의 우편배달부** 스카르메타 · 우석균 옮김

105·106 이탈리아 기행 괴테 · 박찬기 외 옮김
107 나무 위의 남작 칼비노 · 이현경 옮김
108 달콤 쌉싸름한 초콜릿 에스키벨 · 권미선 옮김
109·110 제인 에어 C. 브론테 · 유종호 옮김 BBC 선정 꼭 읽어야 할 책
111 크눌프 헤세 · 이노은 옮김 노벨 문학상 수상 작가
112 시계태엽 오렌지 버지스 · 박시영 옮김 《타임》 선정 현대 100대 영문소설 | 《뉴스위크》 선정 100대 명저
113·114 파리의 노트르담 위고 · 정기수 옮김 미국대학위원회 선정 SAT 추천도서
115 새로운 인생 단테 · 박우수 옮김
116·117 로드 짐 콘래드 · 이상옥 옮김 《뉴스위크》 선정 100대 명저
118 폭풍의 언덕 E. 브론테 · 김종길 옮김 미국대학위원회 선정 SAT 추천도서
119 텔크테에서의 만남 그라스 · 안삼환 옮김 노벨 문학상 수상 작가
120 검찰관 고골 · 조주관 옮김
121 안개 우나무노 · 조민현 옮김
122 나사의 회전 제임스 · 최경도 옮김 미국대학위원회 선정 SAT 추천도서
123 피츠제럴드 단편선 1 피츠제럴드 · 김욱동 옮김
124 목화밭의 고독 속에서 콜테스 · 임수현 옮김
125 돼지꿈 황석영
126 라셀라스 존슨 · 이인규 옮김
127 리어 왕 셰익스피어 · 최종철 옮김 서울대 권장도서 100선 | 《뉴스위크》 선정 100대 명저
128·129 쿠오 바디스 시엔키에비츠 · 최성은 옮김 노벨 문학상 수상 작가
130 자기만의 방 · 3기니 울프 · 이미애 옮김
131 시르트의 바닷가 그라크 · 송진석 옮김
132 이성과 감성 오스틴 · 윤지관 옮김
133 바덴바덴에서의 여름 치프킨 · 이장욱 옮김
134 새로운 인생 파묵 · 이난아 옮김 노벨 문학상 수상 작가
135·136 무지개 로렌스 · 김정매 옮김
137 인생의 베일 서머싯 몸 · 황소연 옮김
138 보이지 않는 도시들 칼비노 · 이현경 옮김
139·140·141 연초 도매상 바스 · 이운경 옮김 《타임》 선정 현대 100대 영문소설
142·143 플로스 강의 물방앗간 엘리엇 · 한애경, 이봉지 옮김 미국대학위원회 선정 SAT 추천도서
144 연인 뒤라스 · 김인환 옮김
145·146 이름 없는 주드 하디 · 정종화 옮김
147 제49호 품목의 경매 핀천 · 김성곤 옮김 《타임》 선정 현대 100대 영문소설
148 성역 포크너 · 이진준 옮김 노벨 문학상 수상 작가 | 퓰리처상 수상 작가
149 무진기행 김승옥
150·151·152 신곡(지옥편 · 연옥편 · 천국편) 단테 · 박상진 옮김 《뉴스위크》 선정 100대 명저
153 구덩이 플라토노프 · 정보라 옮김
154·155·156 카라마조프가의 형제들 도스토옙스키 · 김연경 옮김
157 지상의 양식 지드 · 김화영 옮김 노벨 문학상 수상 작가
158 밤의 군대들 메일러 · 권택영 옮김 퓰리처상 수상 작가
159 주홍 글자 호손 · 김욱동 옮김 서울대 권장도서 100선 | 미국대학위원회 선정 SAT 추천도서
160 깊은 강 엔도 슈사쿠 · 유숙자 옮김
161 욕망이라는 이름의 전차 윌리엄스 · 김소임 옮김
162 마사 퀘스트 레싱 · 나영균 옮김 노벨 문학상 수상 작가
163·164 운명의 딸 아옌데 · 권미선 옮김

165 **모렐의 발명** 비오이 카사레스 · 송병선 옮김
166 **삼국유사** 일연 · 김원중 옮김 서울대 권장도서 100선
167 **풀잎은 노래한다** 레싱 · 이태동 옮김 노벨 문학상 수상 작가
168 **파리의 우울** 보들레르 · 윤영애 옮김
169 **포스트맨은 벨을 두 번 울린다** 케인 · 이만식 옮김
170 **썩은 잎** 마르케스 · 송병선 옮김 노벨 문학상 수상 작가
171 **모든 것이 산산이 부서지다** 아체베 · 조규형 옮김 《타임》 선정 현대 100대 영문소설
172 **한여름 밤의 꿈** 셰익스피어 · 최종철 옮김 미국대학위원회 선정 SAT 추천도서
173 **로미오와 줄리엣** 셰익스피어 · 최종철 옮김 미국대학위원회 선정 SAT 추천도서
174·175 **분노의 포도** 스타인벡 · 김승욱 옮김 노벨 문학상 수상 작가 | 《타임》 선정 현대 100대 영문소설
176·177 **괴테와의 대화** 에커만 · 장희창 옮김
178 **그물을 헤치고** 머독 · 유종호 옮김 《타임》 선정 현대 100대 영문소설
179 **브람스를 좋아하세요...** 사강 · 김남주 옮김
180 **카타리나 블룸의 잃어버린 명예** 하인리히 뵐 · 김연수 옮김 노벨 문학상 수상 작가
181·182 **에덴의 동쪽** 스타인벡 · 정회성 옮김 노벨 문학상 수상 작가
183 **순수의 시대** 워튼 · 송은주 옮김 《뉴스위크》 선정 100대 명저 | 퓰리처상 수상작
184 **도둑 일기** 주네 · 박형섭 옮김
185 **나자** 브르통 · 오생근 옮김
186·187 **캐치-22** 헬러 · 안정효 옮김 《타임》 선정 현대 100대 영문소설
188 **숄로호프 단편선** 숄로호프 · 이항재 옮김 노벨 문학상 수상 작가
189 **말** 사르트르 · 정명환 옮김
190·191 **보이지 않는 인간** 엘리슨 · 조영환 옮김 《타임》 선정 현대 100대 영문소설
192 **왑샷 가문 연대기** 치버 · 김승욱 옮김 퓰리처상 수상 작가
193 **왑샷 가문 몰락기** 치버 · 김승욱 옮김 퓰리처상 수상 작가
194 **필립과 다른 사람들** 노터봄 · 지명숙 옮김
195·196 **하드리아누스 황제의 회상록** 유르스나르 · 곽광수 옮김
197·198 **소피의 선택** 스타이런 · 한정아 옮김 퓰리처상 수상 작가
199 **피츠제럴드 단편선 2** 피츠제럴드 · 한은경 옮김
200 **홍길동전** 허균 · 김탁환 옮김
201 **요술 부지깽이** 쿠버 · 양윤희 옮김
202 **북호텔** 다비 · 원윤수 옮김
203 **톰 소여의 모험** 트웨인 · 김욱동 옮김
204 **금오신화** 김시습 · 이지하 옮김
205·206 **테스** 하디 · 정종화 옮김 미국대학위원회 선정 SAT 추천도서 | BBC 선정 꼭 읽어야 할 책
207 **브루스터플레이스의 여자들** 네일러 · 이소영 옮김
208 **더 이상 평안은 없다** 아체베 · 이소영 옮김
209 **그레인지 코플랜드의 세 번째 인생** 워커 · 김시현 옮김 퓰리처상 수상 작가
210 **어느 시골 신부의 일기** 베르나노스 · 정영란 옮김
211 **타라스 불바** 고골 · 조주관 옮김
212·213 **위대한 유산** 디킨스 · 이인규 옮김 서울대 권장도서 100선 | BBC 선정 꼭 읽어야 할 책
214 **면도날** 서머싯 몸 · 안진환 옮김
215·216 **성채** 크로닌 · 이은정 옮김
217 **오이디푸스 왕** 소포클레스 · 강대진 옮김 서울대 권장도서 100선
218 **세일즈맨의 죽음** 밀러 · 강유나 옮김
219·220·221 **안나 카레니나** 톨스토이 · 연진희 옮김 서울대 권장도서 100선

222 오스카 와일드 작품선 와일드 · 정영목 옮김
223 벨아미 모파상 · 송덕호 옮김
224 파스쿠알 두아르테 가족 호세 셀라 · 정동섭 옮김 노벨 문학상 수상 작가
225 시칠리아에서의 대화 비토리니 · 김운찬 옮김
226·227 길 위에서 케루악 · 이만식 옮김 《타임》 선정 현대 100대 영문소설 | 《뉴스위크》 선정 100대 명저
228 우리 시대의 영웅 레르몬토프 · 오정미 옮김
229 아우라 푸엔테스 · 송상기 옮김
230 클링조어의 마지막 여름 헤세 · 황승환 옮김 노벨 문학상 수상 작가
231 리스본의 겨울 무뇨스 몰리나 · 나송주 옮김
232 뻐꾸기 둥지 위로 날아간 새 키지 · 정회성 옮김 《타임》 선정 현대 100대 영문소설
233 페널티킥 앞에 선 골키퍼의 불안 한트케 · 윤용호 옮김 노벨 문학상 수상 작가
234 참을 수 없는 존재의 가벼움 쿤데라 · 이재룡 옮김
235·236 바다여, 바다여 머독 · 최옥영 옮김
237 한 줌의 먼지 에벌린 워 · 안진환 옮김 《타임》 선정 현대 100대 영문소설
238 뜨거운 양철 지붕 위의 고양이 · 유리 동물원 윌리엄스 · 김소임 옮김 퓰리처상 수상작
239 지하로부터의 수기 도스토옙스키 · 김연경 옮김
240 키메라 바스 · 이운경 옮김
241 반쪼가리 자작 칼비노 · 이현경 옮김
242 벌집 호세 셀라 · 남진희 옮김 노벨 문학상 수상 작가
243 불멸 쿤데라 · 김병욱 옮김
244·245 파우스트 박사 토마스 만 · 임홍배, 박병덕 옮김 노벨 문학상 수상 작가
246 사랑할 때와 죽을 때 레마르크 · 장희창 옮김
247 누가 버지니아 울프를 두려워하랴? 올비 · 강유나 옮김
248 인형의 집 입센 · 안미란 옮김
249 위폐범들 지드 · 원윤수 옮김 노벨 문학상 수상 작가
250 무정 이광수 · 정영훈 책임 편집 서울대 권장도서 100선
251·252 의지와 운명 푸엔테스 · 김현철 옮김
253 폭력적인 삶 파솔리니 · 이승수 옮김
254 거장과 마르가리타 불가코프 · 정보라 옮김
255·256 경이로운 도시 멘도사 · 김현철 옮김
257 야콥을 둘러싼 추측들 욘존 · 손대영 옮김
258 왕자와 거지 트웨인 · 김욱동 옮김
259 존재하지 않는 기사 칼비노 · 이현경 옮김
260·261 눈먼 암살자 애트우드 · 차은정 옮김 《타임》 선정 현대 100대 영문소설
262 베니스의 상인 셰익스피어 · 최종철 옮김
263 말리나 바흐만 · 남정애 옮김
264 사볼타 사건의 진실 멘도사 · 권미선 옮김
265 뒤렌마트 희곡선 뒤렌마트 · 김혜숙 옮김
266 이방인 카뮈 · 김화영 옮김 노벨 문학상 수상 작가 | 미국대학위원회 선정 SAT 추천도서
267 페스트 카뮈 · 김화영 옮김 노벨 문학상 수상 작가 | 국립중앙도서관 선정 청소년 권장도서
268 검은 튤립 뒤마 · 송진석 옮김
269·270 베를린 알렉산더 광장 되블린 · 김재혁 옮김
271 하얀 성 파묵 · 이난아 옮김 노벨 문학상 수상 작가
272 푸슈킨 선집 푸슈킨 · 최선 옮김
273·274 유리알 유희 헤세 · 이영임 옮김 노벨 문학상 수상 작가

275 픽션들 보르헤스 · 송병선 옮김 서울대 권장도서 100선
276 신의 화살 아체베 · 이소영 옮김
277 빌헬름 텔 · 간계와 사랑 실러 · 홍성광 옮김
278 노인과 바다 헤밍웨이 · 김욱동 옮김 노벨 문학상 수상 작가 | 퓰리처상 수상작
279 무기여 잘 있어라 헤밍웨이 · 김욱동 옮김 미국대학위원회 선정 SAT 추천도서
280 태양은 다시 떠오른다 헤밍웨이 · 김욱동 옮김 《타임》 선정 현대 100대 영문 소설
281 알레프 보르헤스 · 송병선 옮김
282 일곱 박공의 집 호손 · 정소영 옮김
283 에마 오스틴 · 윤지관, 김영희 옮김
284·285 죄와 벌 도스토옙스키 · 김연경 옮김 미국대학위원회 선정 SAT 추천도서
286 시련 밀러 · 최영 옮김
287 모두가 나의 아들 밀러 · 최영 옮김
288·289 누구를 위하여 종은 울리나 헤밍웨이 · 김욱동 옮김 노벨 문학상 수상 작가
290 구르브 연락 없다 멘도사 · 정창 옮김
291·292·293 데카메론 보카치오 · 박상진 옮김
294 나누어진 하늘 볼프 · 전영애 옮김
295·296 제브데트 씨와 아들들 파묵 · 이난아 옮김 노벨 문학상 수상 작가
297·298 여인의 초상 제임스 · 최경도 옮김 미국대학위원회 선정 SAT 추천도서
299 압살롬, 압살롬! 포크너 · 이태동 옮김 노벨 문학상 수상 작가
300 이상 소설 전집 이상 · 권영민 책임 편집
301·302·303·304·305 레 미제라블 위고 · 정기수 옮김
306 관객모독 한트케 · 윤용호 옮김 노벨 문학상 수상 작가
307 더블린 사람들 조이스 · 이종일 옮김
308 에드거 앨런 포 단편선 앨런 포 · 전승희 옮김 미국대학위원회 선정 SAT 추천도서
309 보이체크 · 당통의 죽음 뷔히너 · 홍성광 옮김
310 노르웨이의 숲 무라카미 하루키 · 양억관 옮김
311 운명론자 자크와 그의 주인 디드로 · 김희영 옮김
312·313 헤밍웨이 단편선 헤밍웨이 · 김욱동 옮김 노벨 문학상 수상 작가
314 피라미드 골딩 · 안지현 옮김 노벨 문학상 수상 작가
315 닫힌 방 · 악마와 선한 신 사르트르 · 지영래 옮김
316 등대로 울프 · 이미애 옮김 《타임》 선정 현대 100대 영문소설 | 《뉴스위크》 선정 100대 명저
317·318 한국 희곡선 송영 외 · 양승국 엮음
319 여자의 일생 모파상 · 이동렬 옮김
320 의식 노터봄 · 김영중 옮김
321 육체의 악마 라디게 · 원윤수 옮김
322·323 감정 교육 플로베르 · 지영화 옮김
324 불타는 평원 룰포 · 정창 옮김
325 위대한 몬느 알랭푸르니에 · 박영근 옮김
326 라쇼몬 아쿠타가와 류노스케 · 서은혜 옮김
327 반바지 당나귀 보스코 · 정영란 옮김
328 정복자들 말로 · 최윤주 옮김
329·330 우리 동네 아이들 마흐푸즈 · 배혜경 옮김 노벨 문학상 수상 작가
331·332 개선문 레마르크 · 장희창 옮김
333 사바나의 개미 언덕 아체베 · 이소영 옮김
334 게걸음으로 그라스 · 장희창 옮김 노벨 문학상 수상 작가

335 **코스모스** 곰브로비치 · 최성은 옮김
336 **좁은 문 · 전원교향곡 · 배덕자** 지드 · 동성식 옮김 노벨 문학상 수상 작가
337·338 **암 병동** 솔제니친 · 이영의 옮김 노벨 문학상 수상 작가
339 **피의 꽃잎들** 응구기 와 시옹오 · 왕은철 옮김
340 **운명** 케르테스 · 유진일 옮김 노벨 문학상 수상 작가
341·342 **벌거벗은 자와 죽은 자** 메일러 · 이운경 옮김 퓰리처상 수상 작가
343 **시지프 신화** 카뮈 · 김화영 옮김 노벨 문학상 수상 작가
344 **뇌우** 차오위 · 오수경 옮김
345 **모옌 중단편선** 모옌 · 심규호, 유소영 옮김 노벨 문학상 수상 작가
346 **일야서** 한사오궁 · 심규호, 유소영 옮김
347 **상속자들** 골딩 · 안지현 옮김 노벨 문학상 수상 작가
348 **설득** 오스틴 · 전승희 옮김
349 **히로시마 내 사랑** 뒤라스 · 방미경 옮김
350 **오 헨리 단편선** 오 헨리 · 김희용 옮김
351·352 **올리버 트위스트** 디킨스 · 이인규 옮김
353·354·355·356 **전쟁과 평화** 톨스토이 · 연진희 옮김
357 **다시 찾은 브라이즈헤드** 에벌린 워 · 백지민 옮김
358 **아무도 대령에게 편지하지 않다** 마르케스 · 송병선 옮김
359 **사양** 다자이 오사무 · 유숙자 옮김
360 **좌절** 케르테스 · 한경민 옮김 노벨 문학상 수상 작가
361·362 **닥터 지바고** 파스테르나크 · 김연경 옮김 노벨 문학상 수상 작가
363 **노생거 사원** 오스틴 · 윤지관 옮김
364 **개구리** 모옌 · 심규호, 유소영 옮김 노벨 문학상 수상 작가
365 **마왕** 투르니에 · 이원복 옮김 공쿠르상 수상 작가
366 **맨스필드 파크** 오스틴 · 김영희 옮김
367 **이선 프롬** 이디스 워튼 · 김욱동 옮김 퓰리처상 수상 작가
368 **여름** 이디스 워튼 · 김욱동 옮김 퓰리처상 수상 작가
369·370·371 **나는 고백한다** 자우메 카브레 · 권가람 옮김
372·373·374 **태엽 감는 새 연대기** 무라카미 하루키 · 김난주 옮김
375·376 **대사들** 제임스 · 정소영 옮김
377 **족장의 가을** 마르케스 · 송병선 옮김 노벨 문학상 수상 작가
378 **핏빛 자오선** 매카시 · 김시현 옮김
379 **모두 다 예쁜 말들** 매카시 · 김시현 옮김
380 **국경을 넘어** 매카시 · 김시현 옮김
381 **평원의 도시들** 매카시 · 김시현 옮김
382 **만년** 다자이 오사무 · 유숙자 옮김
383 **반항하는 인간** 카뮈 · 김화영 옮김 노벨 문학상 수상 작가
384·385·386 **악령** 도스토옙스키 · 김연경 옮김
387 **태평양을 막는 제방** 뒤라스 · 윤진 옮김
388 **남아 있는 나날** 가즈오 이시구로 · 송은경 옮김
389 **앙리 브륄라르의 생애** 스탕달 · 원윤수 옮김
390 **찻집** 라오서 · 오수경 옮김
391 **태어나지 않은 아이를 위한 기도** 케르테스 · 이상동 옮김 노벨 문학상 수상 작가
392·393 **서머싯 몸 단편선** 서머싯 몸 · 황소연 옮김
394 **케이크와 맥주** 서머싯 몸 · 황소연 옮김

395 **월든** 소로 · 정회성 옮김
396 **모래 사나이** E. T. A. 호프만 · 신동화 옮김
397·398 **검은 책** 오르한 파묵 · 이난아 옮김 노벨 문학상 수상 작가
399 **방랑자들** 올가 토카르추크 · 최성은 옮김 노벨 문학상 수상 작가
400 **시여, 침을 뱉어라** 김수영 · 이영준 엮음
401·402 **환락의 집** 이디스 워튼 · 전승희 옮김
403 **달려라 메로스** 다자이 오사무 · 유숙자 옮김
404 **아버지와 자식** 투르게네프 · 연진희 옮김
405 **청부 살인자의 성모** 바예호 · 송병선 옮김
406 **세피아빛 초상** 아옌데 · 조영실 옮김
407·408·409·410 **사기 열전** 사마천 · 김원중 옮김 서울대 권장도서 100선
411 **이상 시 전집** 이상 · 권영민 책임 편집
412 **어둠 속의 사건** 발자크 · 이동렬 옮김
413 **태평천하** 채만식 · 권영민 책임 편집
414·415 **노스트로모** 콘래드 · 이미애 옮김
416·417 **제르미날** 졸라 · 강충권 옮김
418 **명인** 가와바타 야스나리 · 유숙자 옮김 노벨 문학상 수상 작가
419 **핀처 마틴** 골딩 · 백지민 옮김 노벨 문학상 수상 작가
420 **사라진 · 샤베르 대령** 발자크 · 선영아 옮김
421 **빅 서** 케루악 · 김재성 옮김
422 **코뿔소** 이오네스코 · 박형섭 옮김
423 **블랙박스** 오즈 · 윤성덕, 김영화 옮김
424·425 **고양이 눈** 애트우드 · 차은정 옮김
426·427 **도둑 신부** 애트우드 · 이은선 옮김
428 **슈니츨러 작품선** 슈니츨러 · 신동화 옮김
429·430 **세계의 끝과 하드보일드 원더랜드** 무라카미 하루키 · 김난주 옮김
431 **멜랑콜리아 I–II** 욘 포세 · 손화수 옮김 노벨 문학상 수상 작가
432 **도적들** 실러 · 홍성광 옮김
433 **예브게니 오네긴 · 대위의 딸** 푸시킨 · 최선 옮김
434·435 **초대받은 여자** 보부아르 · 강초롱 옮김
436·437 **미들마치** 엘리엇 · 이미애 옮김
438 **이반 일리치의 죽음** 톨스토이 · 김연경 옮김
439·440 **캔터베리 이야기** 초서 · 이동일, 이동춘 옮김
441·442 **아소무아르** 졸라 · 윤진 옮김
443 **가난한 사람들** 도스토옙스키 · 이항재 옮김

세계문학전집은 계속 간행됩니다.